HEYNE <

Das Buch

Die Ukraine wird von einem Putschversuch erschüttert, und in Kiew herrscht Krieg, als Jegor Rasins Jagdbomber bei einem Angriff auf die Hauptstadt abgeschossen wird. Der Söldner gerät in Gefangenschaft und wird als Kriegsverbrecher zum Tode verurteilt. Da taucht ein gewisser Doktor Hubert, wissenschaftlicher Leiter eines geheimen staatlichen Forschungsinstituts, auf und bietet Rasin an, an einem wissenschaftlichen Experiment teilzunehmen. Dabei soll das Bewusstsein des Söldners kurzfristig in eine andere Zeit versetzt werden. Rasin willigt ein, doch während des Experiments verlieren die Forscher die Kontrolle – und der Söldner kommt in einer fremden Welt zu sich.

Rasin wird klar, dass er sich in der Zukunft in einem Russland nach der ultimativen Katastrophe befindet. Das Land ist verseucht, die technologischen Errungenschaften des 21. Jahrhunderts sind zerstört und die Menschen leben in Clans, wobei alle Macht bei denen liegt, die über Erdöl und Wasser verfügen. Orientierungslos wandert der kampferprobte Söldner durch eine verrohte Welt, die aus den Ruinen der untergegangenen Zivilisation entstanden ist, die von aggressiven Mutanten bevölkert und von der Nekrose – einem zerstörerischen Schimmel – bedroht wird.

Als Rasin auf Juna Galo trifft, die junge Tochter eines Clanoberhaupts, die ausgeschickt wurde, um ihren Clan vor der Zerstörung durch den nekrotischen Schimmel zu retten, erkennt er seine Chance, denn die Tätowierung auf der Schulter des jungen Mädchens zeigt das gleiche Symbol wie der Siegelring des geheimnisvollen Doktor Hubert. Gemeinsam, wenn auch mit unterschiedlichen Zielen, machen sich die beiden auf den Weg nach Moskau, ins Zentrum der Macht. Juna, weil sie hofft, unter Jegors Schutz den Mann zu finden, der ihrem Clan helfen kann und Rasin, weil Juna für ihn die einzige Verbindung zu seinem früheren Leben ist. Wird er mit ihrer Hilfe dorthin zurückkehren können?

Die Autoren

Aleksei Bobl und Andrei Levitski wurden als Autoren der russischen S.T.A.L.K.E.R.-Romanserie zum gleichnamigen Computerspiel bekannt. Mit ihrer neuen Serie TEKHNOTMA haben sie in Russland und der Ukraine bereits zahllose Fans begeistert.

ALEKSEI BOBL
ANDREI LEVITSKI

TEKHNOTMA

ZEIT DER DUNKELHEIT

Roman

Aus dem Russischen von
Anja Freckmann

WILHELM HEYNE VERLAG
MÜNCHEN

Die Originalausgabe ist unter dem Titel
Пароль: «вечность» (ТЕХНОТЬМА)
bei AST, Moskau erschienen.

FSC
www.fsc.org
MIX
Papier aus verantwortungsvollen Quellen
FSC® C014496

Verlagsgruppe Random House FSC-DEU-0100
Das für dieses Buch verwendete FSC®-zertifizierte Papier
Super Snowbright liefert Hellefoss AS, Hokksund, Norwegen.

Deutsche Erstausgabe 7/2012
Redaktion: Hana Hadas

www.heyne.de
Printed in Germany 2012
Umschlaggestaltung: Animagic, Bielefeld
Satz: EDV-Fotosatz Huber / Verlagsservice G. Pfeifer, Germering
Druck und Bindung: GGP Media GmbH, Pößneck

ISBN 978-3-453-52926-7

1.

Im späten Frühling wölbt sich der Himmel über Kiew hoch und klar, vom Dnepr weht ein frischer Wind, schaukelt die Kronen der Bäume auf den Hügeln. Die goldenen Kuppeln der Lawra glänzen, und die Statue der Mutter-Heimat, im Volksmund nur die »Eiserne Frau« genannt, ragt wie eine rachsüchtige Kriegsgöttin über der Stadt auf.

So hatte ich Kiew von meinen Besuchen als Jugendlicher in Erinnerung. Aber jetzt war alles anders: überall stieg dichter Rauch auf und verschleierte den Himmel, Bäume lagen entwurzelt da, in den Hängen der Hügel waren Bombentrichter zu sehen. Einige davon stammten von mir.

Über Kopfhörer hörte ich:

»Arbeiten wir wie immer?«

Unter den Tragflächen meiner SU-25 zogen die Dächer von Plattenbausiedlungen vorbei. Zu meiner Rechten lag das Stadtzentrum, wo sich dicke Rauchschwaden ballten, vor mir brannte das Höhlenkloster Lawra.

»Ja, wie immer«, antwortete ich meinem Flügelmann. »Bist du etwa neidisch?«

Der Kopfhörer schwieg einen Moment. Schmakin schien zu überlegen.

»Die Paton-Brücke bombardieren ...« Er klang fast wehmütig, und ich musste lachen. »Das kommt nicht jeden Tag vor, aber wenn ...«

»15 Grad links«, unterbrach ich ihn.

Wir überflogen das rechte Dnepr-Ufer und näherten uns der Statue. Was für ein Monster! Warum hatten die ukrainischen Brüder ihre Hauptstadt bloß so verschandelt? Soweit ich mich erinnern konnte, hatte man diese Scheußlichkeit noch zu Sowjetzeiten ungefragt und als Geschenk deklariert bei ihnen aufgestellt. Damals interessierte es keinen Menschen, was das Volk wollte.

Daran hatte sich im Übrigen nicht viel geändert.

»Los geht's. Du übernimmst die Flak.« Ich ließ meine Maschine steigen.

Rauchspuren von Geschossen kreuzten den Himmel von unten nach oben. Vom Vorplatz der Statue wurden wir von einer Flak beschossen, die Schmakin jetzt im Sturzflug angriff.

Unten am Ufer waren ein zerstörter Schwimmbagger, ein Lastenkahn und die Trümmer einer Ziegelei zu erkennen. Ich schaltete den Nachbrenner zu und schoss über dem Ufer entlang. Ich flog eine Fassrolle und steuerte die Maschine dann auf die Stadt zu, um meinen Angriff auf die Paton-Brücke zu starten.

Schmakins Jagdbomber beendete gerade seine Kurve über dem Dnepr.

Ein vertrauter Schauer lief mir über den Rücken, und ich drehte den Kopf nach hinten auf der Suche nach der Gefahrenquelle. Wieder kreischte der Radaralarm.

Meine Vorahnung trog mich nicht: Über der brennenden Lawra stieg ein Mi-24 der Nationalgarde in die Höhe. Der Kampfhubschrauber feuerte zwei Raketen ab, die mit Überschallgeschwindigkeit auf Schmakins Flugzeug zuschossen, und machte dann augenblicklich kehrt, um sich wieder in den dichten Rauchschwaden zwischen den Hügeln in Sicherheit zu bringen.

»Steig aus!«, schrie ich.

Fest davon überzeugt, dass mein Flügelmann meinen Befehl ausführte, machte ich neue Täuschfackeln scharf und stieß dann im Sturzflug auf die Brücke runter.

Die Konstruktion des Architekten Jewgeni Paton verbindet als einzige vollständig geschweißte Brücke der Welt die beiden Dnepr-Ufer miteinander. Ich steuerte den Jagdbomber darauf zu, denn inoffiziellen Informationen zufolge rückten von Südosten her motorisierte Abteilungen der Nationalgarde auf die Brücke vor.

Nachdem ich die Schutzkappe entfernt hatte, drückte ich den Auslöser für die ungelenkten Raketen. Gleichzeitig mit ihnen wurden zwei Sprengbomben abgeworfen.

Wieder schaltete ich den Nachbrenner zu, die Maschine gewann schlagartig an Höhe.

Der Donner der Explosionen erreichte das Flugzeug. Die Brücke brach an einer Stelle, Trümmer stürzten in die schäumenden Fluten des Dnepr. Während ich einen weiten Bogen über die Hochhäuser auf dem linken Ufer flog, suchte ich meinen Kamerad. Ich konnte ihn nirgendwo entdecken, sah nur dicke Rauchschwaden über dem Fluss.

»Serjoga?«, rief ich. »Serjoga!«

Der Äther schwieg. Natürlich hatte Schmakin nicht die geringste Chance gehabt, seine Maschine zu retten. Wird eine Luft-Luft-Rakete aus geringer Distanz abgefeuert, gibt es kein Entkommen. Aber warum hatte er den Schleudersitz nicht ausgelöst? Hatte die Technik versagt?

Oder war er nicht schnell genug gewesen? Ich versuchte, die Kuppel eines Fallschirms vor dem Hintergrund der grünen Hügel und grauen Rauchschwaden auszumachen – nichts zu sehen.

Aber da war er wieder, der blau-gelbe Hubschrauber flog auf die monumentale Statue zu und wiederholte Schmakins Manöver gegen die Flak auf der rechten Seite der Stadt. Offenbar gehörte er zum Gefechtsvorposten der gegnerischen Kolonnen, die in Richtung der Brücke vorrückten.

Als wir Kurs aufeinander nahmen, setzte ich zum Looping an. Das Blut stieg mir in den Kopf, pochte in meinen Schläfen. Im Zenit schwenkte ich in eine halbe Rolle und steuerte auf den Fluss zu. Ich nahm den Mi-24 ins Visier, der die Statue von der anderen Seite aus umflog, und feuerte.

Im Cockpit jaulte der Alarm.

Das Flugzeug erzitterte – wie immer, wenn zwei gelenkte P-60-Raketen mit einem Zischen losschossen.

Ihr sollt in der Hölle schmoren! Ihr Schweine! Das ist für Serjoga!

Ich machte kehrt, blickte aber dabei über die Schulter zurück, denn ich wollte sehen, wie der Hubschrauber auf Kiew runterstürzte. Diese Dreckskerle in dem Mi-24 hatten Schmakin auf dem Gewissen! Er war ein guter Pilot gewesen und ein anständiger Kumpel. Kein Freund – ich hatte keine Freunde –, aber damals in Kasachstan hatte er mich befreit. Er war zurückgekommen, hatte mich nur Minuten, ehe der Feind auftauchte, von diesem verdammten Plateau gerettet, wo ich als Letzter zurückgeblieben war …

Beide Raketen erreichten ihr Ziel. Eine traf das Cockpit, die andere zerfetzte den Heckausleger. Aber den Bruchteil einer Sekunde zuvor hatten die Piloten noch beidrehen können und ihrerseits gefeuert.

Ich flog auf die Statue zu. Im Cockpit kreischte der Alarm durchdringend, und meine Hand griff wie von selbst nach dem Hebel für den Schleudersitz.

Zwei Raketen schossen auf mein Flugzeug zu. Als ich den Hebel runterriss, gingen die Schlagbolzen der Treibladung los und über meinem Kopf wurde eine Lampe weggerissen. Der Gurt schnitt in meine Schulter, eine gewaltige Last drückte auf meine Brust, und ich wurde mit dem Sitz aus dem Cockpit geschleudert.

Das Flugzeug raste weiter und explodierte einen Atemzug später mit dröhnendem Donnern. Sengend heiße Luft schlug mir ins Gesicht.

Das brennende Flugzeugwrack stürzte auf die Statue und spaltete ihr den Kopf. Die Eiserne Frau schwankte, blieb aber stehen.

Mein Fallschirm hatte sich bereits geöffnet. Automatisch kontrollierte ich die Kuppel und zog die Fangleinen glatt. Während ich langsam abwärts schwebte, blickte ich auf die Trümmer meines »Fliegenden Panzers«, die auf dem Podest der Statue verstreut lagen.

Unter mir sprangen zwei Männer aus dem Ufergebüsch, sie waren wie ich mit schwarzen Helmen und grau-grünen Anzügen bekleidet. Einer von ihnen winkte mir zu.

Söldner. Ein Anflug von Erleichterung erfasste mich – unsere Leute! Gut auch, dass der Wind aus der richtigen Richtung wehte.

Ich traf mit den Füßen auf dem Asphalt auf, stürzte zu Boden, rollte mich über die Seite ab und sprang sofort wieder auf die Beine.

»Bist du verletzt?«, fragte einer der beiden Söldner. Er trug einen schwarzen Schnurrbart und sein Gesicht kam mir bekannt vor – soweit ich es unter dem Helm und hinter der schwarzen Brille überhaupt erkennen konnte. »Du bist ein Spitzen-Pilot, Mann! Barzew und ich haben gesehen, wie du den Hubschrauber zerlegt hast.«

»Opanas, lass uns von hier abhauen«, schrie der andere.

Er sank aufs rechte Knie und brachte sein Gewehr in Anschlag, den Blick auf die Hügel gerichtet.

Ich schnallte den Fallschirm ab, holte aus der Revolvertasche unter meiner Achsel eine Maschinenpistole vom Typ »Kedr« und klappte die Schulterstütze heraus. Die riesige Statue erhob sich über uns, ihre strengen, metallischen Gesichtszüge waren von Rußflecken überzogen, und aus dem breiten Spalt in ihrem Kopf ragte das stählerne Gerippe der Skulptur.

»Wohin wollt ihr?«, fragte ich.

»Zum Chreschtschatyk, da ist ein Sammelpunkt«, antwortete Opanas. »Wir können Kiew nicht halten, die Armee hat ihre Neutralität aufgegeben. Bist du auf dem Laufenden?«

»Nein.« Ich holte ein Magazin aus der Patronentasche am Unterschenkel und lud die Kedr. »Woher wisst ihr das?«

»Aus dem Radio. Vor zehn Minuten haben sie es gebracht. Kaum hatten wir die Nachricht verdaut, als unser Nachrichtenoffizier von den Nationalgarden erschossen wurde. Puff – damit war der Sender am Ende. Wir haben gerade noch gehört, dass erste Einheiten der Armee schon auf dem Schewtschenko-Boulevard sind und dort auf die Nationalgarde stoßen.«

Die Armee also. Eine dritte Kraft hatte sich in den Konflikt gemischt ... Ich tastete nach den Granaten in der Patronentasche am Gürtel, öffnete die Lasche.

Sich mit der Armee anzulegen, war völlig sinnlos – sie würden uns fertigmachen. Es war an der Zeit abzuhauen. Offenbar hatte der Chef einer großen ukrainischen Partei sich gründlich geirrt, was die Kräfteverhältnisse im Land anging. Sein Kalkül war nicht aufgegangen. Der Mann hatte die Landwehr in Kiew versammelt, ihre Reihen mit Söldnern aufgefüllt und Piloten angeheuert, die »friedensschaffende Maßnahmen« durchführen sollten, damit besagter Parteichef die Macht im Staat übernehmen konnte. Sein Plan war gescheitert. Erst hatte der Premierminister den Ausnahmezustand verkündet, dann hatte der Präsident ihn wieder aufgehoben. Jetzt hatten sich die bislang neutralen Generäle der Armee ins Spiel gebracht, und es war ein solches Chaos ausgebrochen, dass wir Söldner ab sofort der Willkür des Schicksals ausgeliefert waren.

Ich begann, Granaten auf meine Taschen zu verteilen.

»Und was ist mit dem Präsidenten?«

»Tot«, sagte Opanas. »Der Premier hat sich mit den Generälen geeinigt. Aber manche meinen, dass die Nachricht getürkt ist und der Präsident sich in Wirklichkeit nach Moskau abgesetzt hat, um die Hilfe der Russen anzufordern. Wer soll sich da auskennen? Ein einziges Chaos, und keinem kann man trauen.«

Eins war jedenfalls ziemlich sicher, nämlich dass unser Auftraggeber nach seiner Niederlage bereits im Privatflugzeug zu den Malediven unterwegs war. Die Armee würde vermutlich als Erstes die Präsidentengarde ausschalten, sie einfach vernichten. Der Premierminister würde mit Hilfe der Generäle der erste Diktator der unabhängigen Ukraine werden – sofern die Russen, ungeachtet des Protests der Europäischen Union, nicht vorher ihre Truppen einmarschieren ließen. Und uns, Landwehr und Söldner, würde man wie eine lästige kleine Fliege zwischen zwei Handflächen zerquetschen …

Jetzt musste jeder für sich selbst sorgen, zusehen, dass er aus dem Gemetzel rauskam.

Richtig wütend machte mich nur die Tatsache, dass ich erst die Hälfte des ausgehandelten Solds erhalten hatte – die andere konnte ich mir jetzt abschminken. Hätte ich die ganze Summe vorab bekommen, hätte das Geld ausgereicht, um endlich mit diesen Kriegsspielen aufzuhören und mein eigenes Geschäft aufzuziehen …

»Wir müssen hier raus.« Barzew sah sich nach allen Seiten um. »Auf dem Majdan warten Lastwagen.«

»Warum auf dem Majdan?« Ich war überrascht. »Der liegt doch unten zwischen den Hügeln, mitten in der Altstadt. Wer organisiert an so einer Stelle einen Sammelpunkt?«

Opanas zuckte mit den Schultern.

»Ich weiß es nicht, aber angeblich ist es auf der Instituts-Straße noch gefährlicher, andererseits …«

Er sprach nicht zu Ende – er duckte sich und fasste mich am Ärmel, als vom Hügel hinter der Statue Motorengeräusch zu uns drang und kurz darauf der Lärm einer wilden Schießerei losging.

»Lass uns verschwinden, Pilot, schnell.«

Opanas lief zurück in die Büsche, ich folgte ihm. Hinter mir knackten die Zweige, als Barzew sich an unsere Fersen heftete.

An den Fenstern des Regierungsgebäudes auf der Straße des Januaraufstandes waren Scharfschützen postiert, um die wir einen großen Bogen machen mussten.

Opanas war ein gesprächiger Typ und ich erfuhr, dass er zu den Saporoscher Kosaken gehörte, während Barzew irgendwo aus der Gegend von Winnyzja stammte und dort längere Zeit bei der Mechanisierten Infanterie gedient hatte, ehe er Söldner wurde. Außerdem berichtete der Schnurrbärtige noch, dass die angeblich auf dem Majdan zusammengezogene Lastwagenkolonne alle überlebenden Söldner zu einem provisorischen Lager auf dem Gelände einer verlassenen Kolchose bei Browary bringen sollte. Dort hatte man auf einem brachen Feld einen Flugplatz eingerichtet. Als ich das hörte, fiel mir wieder ein, wo ich Opanas zum ersten Mal begegnet war. Bei Ausbruch des Konfliktes hatten sich alle Piloten an eben diesem Flugplatz eingefunden. Die Abteilung, zu der Opanas gehörte, hatte damals unsere Flugzeuge bewacht, und ein grauhaariger Sergeant aus Donezk hatte sie befehligt.

Auf dem Lesja-Ukrainka-Boulevard stießen wir auf eine Gruppe Gardisten, die sich in einem Haus in den Hinterhalt gelegt hatten. Wir mussten zur Hospital-Straße umkehren – den Straßennamen hatte ich auf einem schief runterhängenden Schild an einer Ladenfassade gelesen. Die Schaufenster des Geschäftes waren zersplittert und im aufgesprengten Eingang lag ein Leichnam mit ausgestreckten Armen. Die Gardisten verfolgten uns. Offenbar wollten sie uns gefangen nehmen. Ich warf zwei Granaten in ihre Richtung und verbrauchte fast meinen gesamten Munitionsvorrat, um Opanas und Barzew auf ihrer Flucht zum Sportpalast Deckung zu geben.

Am Tolstoj-Platz holte ich die beiden Söldner ein. Wir erreichten gerade den Chreschtschatyk, als in nächster Nähe etwas donnernd einschlug. Was war da explodiert? Etwa eine gelenkte Rakete?

Wir hockten hinter einem Müllcontainer, und Opanas sagte: »Seht ihr das Haus da drüben, mit dem stuckverzierten Dach? Das sind die Markthallen. Bessarabischer Markt nennen sie das.«

Das Feuer verlosch bald, der Rauch hob sich langsam und wir konnten erkennen, dass das Gebäude von thermobaren Waffen angegriffen worden war.

»Scheiße!« Barzew griff sich unwillkürlich an seinen schwarzen Helm. »Das hat gesessen. Zu wem gehört der Hubschrauber? Da hinterm Haus, da fliegt er.«

»Keine Ahnung«, sagte ich. »Die Nationalen haben eigentlich keine solchen Maschinen.«

Starker Brandgeruch hing in der Luft, die Strahlen der Abendsonne drangen kaum durch die vernebelte Luft. Der Asphaltbelag der Straße war an vielen Stellen von Geschosstrichtern zerfetzt, überall standen stark beschädigte, verlassene Autos. Tote lagen herum. Es sah aus wie in einem Katastrophenfilm. Wir rannten von Versteck zu Versteck, arbeiteten uns so schnell wie möglich zum Sammelpunkt auf dem Majdan vor. Alle drei keuchten wir schwer, ich am meisten, denn ich war es nicht gewohnt, eine kugelsichere Weste zu tragen. Die hatte ich einem erschossenen Landwehrmann auf dem Lesja-Ukrainka-Boulevard abgenommen. Mein Rücken tat von dem Schleudersitzmanöver höllisch weh, und am liebsten hätte ich mir die verdammte Weste vom Leib gerissen. Aber es war nicht mehr weit bis zum Majdan – und es wäre dumm gewesen, das Risiko einzugehen.

Mein Anzug war an der Schulter aufgerissen, das Sonnenschutzglas meines Helms gesprungen, sodass ich es nach hinten klappen musste.

Aus Richtung des Schewtschenko-Boulevards erklangen Maschinengewehrsalven, dann hörten wir eine Explosion.

»Opanas, gib mir Deckung!«, sagte ich. »Komm, Barzew, da rüber, zu dem Kiosk!«

Opanas erhob sich halb und schwenkte den Lauf seiner Kalaschnikow von einer Seite zur anderen. Barzew und ich liefen geduckt über den Bürgersteig auf einen Zeitungskiosk mit abgerissenem Dach zu. Wir hatten nur noch zehn Meter vor uns, als ein Scharfschütze das Feuer auf uns eröffnete.

Mir war sofort klar, dass sich der Kerl in dem Gebäude auf der anderen Straßenseite versteckt halten musste. Genau wie in dem Moment, ehe Serjoga abgeschossen worden war, hatte ich auch diesmal unmittelbar zuvor eine Vorahnung. Ich spürte, wie ein eisiger Windhauch über mich hinwegfegte.

Aber um Barzew zu warnen, war es schon zu spät. Der Söldner lief näher an der Fahrbahn als ich und bot damit die bessere Zielscheibe. Eine Kugel durchschlug seinen Helm und er stürzte ohne Schrei zu Boden.

Hinter mir knallte Opanas' Kalaschnikow. Ich sprang zur Seite, tauchte hinter einem schwarzen Mercedes in Deckung. Auf dem Fahrersitz saß ein toter Mann.

Eine Kugel schlug ins Auto ein. Ich hockte mich hin, lehnte den Rücken gegen das Fahrzeug und erblickte vor mir auf dem Bürgersteig den reglosen Körper im grau-grünen, fleckigen Anzug.

Automatisch tastete ich meine Taschen nach Granaten ab, sie waren alle verbraucht. Egal, selbst wenn ich noch welche gehabt hätte … Der Scharfschütze hatte sich irgendwo im gegenüberliegenden Gebäude verschanzt – es war doch eines der Stadtverwaltung, genau, es war das Rathaus. Der obere Teil des Hauses war eingestürzt, aber drei Stockwerke standen noch, und irgendwo da drin lauerte er. Aber woher hätte ich wissen sollen, welches das richtige Fenster war?

Die Schüsse auf dem Schewtschenko-Boulevard wurden lauter. Die Armee fegte alle ohne Unterschied weg: Landwehr, Söldner und Nationalgardisten … Wie schnell würden die Truppen zum Chreschtschatyk vorrücken? Der Lärm ließ mich vermuten, dass die Gardisten etwa einen Block von hier kämpften, in der Nähe des Lenin-Denkmals. Aber sie würden sich nicht lange halten können. Und wenn die Armee die Gardisten erledigt hatte, kamen wir an die Reihe. Es war höchste Zeit, abzuhauen – vielleicht warteten ja tatsächlich noch Lastwagen auf uns, um die letzten Männer aus unseren Reihen zu evakuieren. Aber wie sollten wir zum Sammelpunkt kommen, solange auf der anderen Seite ein Scharfschütze Wache hielt?

Opanas spähte hinter dem Container hervor und machte eine unverständliche Geste.

»Was?!«, schrie ich.

Geschützlärm und Explosionen übertönten unsere Stimmen. Opanas prallte zurück, als eine Kugel den Container traf.

Ich ließ das Magazin aus meiner Maschinenpistole gleiten, klopfte mit dem Finger auf die grüne Hülse der obersten Patrone: Fünf im Magazin, eine im Lauf – das war alles, was ich noch an Munition hatte.

Plötzlich schoss Opanas eine Salve in meine Richtung ab. Die Kugeln drangen nicht weit von mir in die Karosserie des Mercedes' ein, ich riss die Kedr hoch, ohne zu begreifen, was los war. Opanas erhob sich, gestikulierte verzweifelt zu mir hinüber ... Da traf ihn eine Kugel in die rechte Schulter am äußersten Rand seiner Schutzweste. Der Söldner stürzte hinter den Container, sekundenlang ragten seine Beine hervor, eine zweite Kugel bohrte sich in den Bürgersteig neben ihm, ein Stück Asphalt löste sich, aber dann zog der Söldner die Knie ein und verschwand ganz aus meinem Blickfeld.

Etwas kam von links auf mich zu. Ich drehte mich gerade noch rechtzeitig um, ehe ein riesiger schwarzer Hund mich ansprang.

Bei dem Vorbereitungslehrgang zu diesem Einsatz hatte uns eben jener kräftige, grauhaarige Sergeant aus Donezk, der später die Wachmannschaft am Flughafen befehligte, Instruktionen erteilt. Unter anderem hatte er uns erklärt, wie wir mit den Killerhunden der Nationalgarde, speziell trainierten Wolfshunden, verfahren sollten, wenn keine Schusswaffe zur Hand war. Wir Piloten hatten uns nicht allzu sehr für das Thema interessiert, weil wir dachten, dass uns ein Zusammenstoß mit diesen Bestien erspart bleiben würde. Aber nein – ich hatte Glück.

Der Hund sprang mich an und warf mich auf die Seite. Meine Maschinenpistole war nicht schussbereit, daher hieb ich dem Tier mit dem Kolben auf die Schnauze.

Starke, gewaltige Kieferknochen schlossen sich um mein Handgelenk, das von einem langen Schutzhandschuh geschützt war. Ich schrie auf und stieß mit meinem breiten Armeemesser zu, das ich mit der anderen Hand aus dem Gürtel gezogen hatte.

Der Sergeant hatte gesagt, man solle die Klinge in die weiche Stelle unterhalb des Unterkiefers stechen. Sie dann mit aller Kraft hin- und herdrehen, um dem Tier so die Kehle zu durchtrennen. Ich aber traf es seitlich zwischen die Kieferknochen.

Die Klinge verursachte ein dumpfes Knacken, als sie einen Knochen zerteilte und anschließend Gewebe und Sehnen durchtrennte. Das Tier zappelte und zuckte unkontrolliert, die Krallen seiner Pfoten schlugen immer wieder klackend gegen meine Schutzweste. Ich trieb das Messer tiefer in seinen Kopf und drehte die Klinge – jetzt steckte es fast bis zum Griff fest. Das Tier jaulte heiser auf und verschied.

Ich hievte den schweren Körper von mir, setzte mich und schob das Magazin in die Maschinenpistole. Opanas war nicht zu sehen. Wahrscheinlich hockte er in der gleichen verkrampften Haltung wie ich hinter dem Müllcontainer und verband seine Schulter mit einer Schlauchbinde.

Barzew lag noch immer da, wo er niedergeschossen worden war. Er hatte mir das Leben gerettet, zum Preis von seinem. Opanas war ebenfalls meinetwegen verletzt. Er hatte versucht, mich vor dem Hund zu warnen. Er hatte ihn vor mir gesehen und auf ihn geschossen – weshalb er selbst von einer Kugel in die Schulter erwischt worden war. Wie sollte er es jetzt zum Majdan schaffen, wo die Laster warteten?

Falls sie noch warteten.

Der Hund gehörte vermutlich dem Scharfschützen auf der anderen Straßenseite. Ich erhob mich vorsichtig und ließ mich augenblicklich wieder fallen, als eine Kugel über meinen Helm pfiff.

Der Asphalt war überall aufgebrochen. Hier an dieser Stelle war der Chreschtschatyk von ausgebrannten Autowracks und Geschosstrichtern übersät, der Kiosk mit dem abgerissenen Dach befand sich nur wenige Meter von mir entfernt, aber solange der Scharfschütze auf uns lauerte, hatten wir keine Chance, irgendwo anders in Deckung zu gehen, geschweige denn weiterzukommen.

Vom Schewtschenko-Boulevard hörte ich jetzt Granatwerfer: Eine Granate pfiff mit weißer Rauchspur am völlig verrußten, kopflosen Lenin-Denkmal vorbei, schoss quer über die Straße und schlug mit voller Wucht in den schon schwer beschädigten Bessarabischen Markt ein. Unter lautem Krachen stürzten noch mehr Steine aus dem ruinenartigen Gebäude. Die Armee kam immer näher, es würde nur noch Minuten dauern, bis sie den Widerstand am Denkmal endgültig überwunden hätte. Was tun? Wie hier rauskommen?

Hinter dem Container schob sich Opanas' Kopf vor. Als er sah, dass ich am Leben war, nickte er und zog sich wieder zurück.

Ich erhob mich auf die Knie, blieb aber in Deckung und beugte mich durch die ausgebrochene rechte Vordertür in den Innenraum des Wagens. Der Mercedes sah weit besser aus als der Großteil der umliegenden Autowracks, zwar war der Kofferraum eingedrückt und eine Tür fehlte, aber vermutlich war er noch fahrtüchtig.

Hinter dem Lenkrad saß ein dicker Mann in Anzug, weißem Hemd und Krawatte. Er sah wie ein Chauffeur aus; vielleicht hatte er seinen Chef, einen Abgeordneten oder wichtigen Beamten, wieder mal zu einer außerordentlichen Sitzung kutschiert und beschlossen, auf ihn zu warten – zu seinem Pech, denn genau in dem Moment hatten die Nationalgarden ihren Angriff aufs Stadtzentrum gestartet.

Der Schlüssel steckte nicht im Zündschloss. Ich schob die Kedr auf den Rücken, kroch zu dem Fahrer und durchsuchte sein Jackett. Nichts, weder in der linken noch in der rechten Tasche und auch nicht in der Innentasche.

Plötzlich hörte ich ein dumpfes Geräusch, wie wenn ein Hammer auf ein Kissen schlägt. Der Leichnam zuckte zusammen, und dann noch mal ein Schlag. Der Scharfschütze hatte mich bemerkt und versuchte mich durch das zertrümmerte Fenster der Fahrertür zu treffen. Gut, dass die Tür überhaupt noch existierte, sie gab mir leidlich Deckung.

Also befand sich der Schütze im Erdgeschoss, maximal im ersten Stock – anders wäre ein solcher Schuss nicht möglich gewesen. Der Kerl hatte eine beschissene Position. Normalerweise gehen Scharfschützen so weit oben wie möglich in Stellung, und sie verbarrikadieren sich. Entweder war dieser Typ hier ein totaler Loser – bei den Gardisten findet man kaum echte Profis, anders hätten wir es niemals bis zum Chreschtschatyk geschafft –, oder er hatte gute Gründe, im unteren Stockwerk zu bleiben.

Der tote Körper vor mir zuckte wieder zusammen. Und wieder. Er fing an zu bluten, das weiße Hemd verfärbte sich über Brust und Bauch rot. Irgendwie gelang es mir, die Hand in die rechte Hosentasche des Toten zu schieben, wo ich etwas aus glattem Plastik zu fassen bekam. Ich zog den ovalen Sender mit Schlüssel heraus.

Mit einiger Mühe kroch ich in den Wagen, positionierte mich in Reichweite des Lenkrads und brachte meinen Fuß vors Gaspedal, drückte den Schlüssel ins Schloss und drehte ihn. Ein kurzes Piepsen ertönte, auf dem Armaturenbrett leuchtete eine rote Spirale auf, die weiß wurde, ehe sie verlosch. Ich drehte den Schlüssel wieder.

Der Anlasser schnurrte und der Motor sprang an.

Eine Kugel traf die Lenksäule und durchschlug sie mit einem Krachen. Ich zog den Kopf ein, warf den Schalthebel des automatischen Getriebes nach unten, presste den Fuß auf das Gaspedal und krallte mich ans Lenkrad. Der Mercedes fuhr an, nahm schwerfällig Fahrt auf, rollte schaukelnd mit seinen zerschossenen Reifen über den holprigen Asphalt. Ich drehte das Lenkrad, um einem zerstörten Kleinbus und dem Wrack eines Polizeiwagens auszuweichen, woraufhin der Mercedes nach links ausbrach, als würde er sich auf Glatteis bewegen. Geradewegs in das Rathaus reinzurasen war unmöglich, denn zu seinem Eingang führte eine breite Treppe hinauf. Dennoch drückte ich das Gaspedal bis zum Anschlag durch. In die Windschutzscheibe schlug eine Kugel ein, die Scheibe überzog sich mit einem Netz von Sprüngen. Krachend holperte das Auto über die Bordsteinkante. Eine zweite Kugel traf die Frontscheibe, das Glas zersplitterte. Der Fahrtwind schlug mir durch die Öffnung entgegen.

Im letzten Moment riss ich das Lenkrad herum und der Wagen grub sich mit dem linken Vorderrad in die unterste Stufe des Aufgangs.

Ich wurde so heftig aufs Armaturenbrett geworfen, dass ich mir die Zunge blutig biss. Eine Sekunde später sprang ich aus dem Auto und stürzte die Stufen zur geöffneten Eingangstür des Kiewer Rathauses hinauf.

Hinter mir knallten die Schüsse einer Kalaschnikow – Opanas hatte meine Absicht erkannt und schoss über den Container hinweg auf den unsichtbaren Schützen, um mir Deckung zu verschaffen. Im Fenster links von der Tür bewegte sich etwas. Ich feuerte im Laufen zweimal in die Richtung, sprang mit einem Satz auf den marmornen Treppenabsatz vor der Eingangstür, rannte weiter, ließ mich auf den Rücken fallen und schlitterte mit den Füßen voraus ins Gebäude.

Vor dem Fenster zu meiner Linken stand auf einem Turm von aufeinandergestapelten Möbelstücken ein Mann auf ein Knie gestützt und zielte mit einem Gewehr mit Zielfernrohr auf mich. Er trug einen blassblauen Anzug mit einem verwaschenen gelben Muster, war unrasiert, ohne Helm und Schutzweste und hatte einen langen schwarzen Haarschopf.

Er schoss. Noch immer auf dem Rücken liegend, betätigte ich den Abzug meiner Waffe. Sein Geschoss prallte an meiner Schutzweste ab, aber meine Kugeln drangen in die Brust des Scharfschützen. Sein Körper neigte sich nach hinten, das Gewehr rutschte ihm aus den Händen, er riss sich noch einmal nach vorne, schwankte und stürzte dann mit dem Gesicht voraus auf den Steinboden.

Die Hand auf die Brust gepresst, stand ich mühsam auf. Mein Herz raste und meine Rippen schmerzten heftig. Ich sah mich in der weiträumigen Eingangshalle um. Beide Treppenaufgänge waren eingestürzt, deshalb also hatte der Schütze sich hier unten postiert. Ich trat zu dem toten Mann, klappte die Schulterstütze meiner Kedr ein, verstaute sie in der Pistolentasche, griff mir sein Gewehr und zog zwei Magazine aus seiner Patronentasche, ehe ich wieder auf die Straße rauslief.

Jetzt wurde unmittelbar am Denkmal des geköpften Lenin geschossen: Ich konnte die blassblaugelben Anzüge der Gardisten und die grünbraun gemusterten Uniformen der Armeesoldaten erkennen. Die Kämpfer lagen zu beiden Seiten hinter dem Podest des Denkmals in Deckung. Einige Soldaten schlugen sich, von den Gardisten unbemerkt, seitlich durch die Büsche an ihre Gegner heran.

Opanas saß hinter seinem Container. Als ich bei ihm auftauchte, hob er sein leichenblasses Gesicht zu mir und krächzte: »Und ich dachte … der Pilot ist hinüber … erschossen.«

Ich fasste ihn schweigend um die Schulter, half ihm auf die Beine und zog ihn in Richtung Majdan.

In diesem Augenblick gingen die Soldaten zum Angriff über, und im Handumdrehen waren die Gardisten überwältigt. Wir befanden uns nur noch wenige Meter vom Majdan entfernt, als man uns entdeckte und das Feuer auf uns eröffnete. Die Schüsse wurden aus großer Entfernung abgegeben, Autowracks ragten zwischen uns und den Schützen auf, weiße Rauchschwaden krochen über den Chreschtschatyk. Kugeln pfiffen an uns vorbei, schlugen in den Asphalt und in die ausgebrannten Autos ein. Ich keuchte vor Anstrengung, schleifte Opanas mit mir, der sich mit letzter Kraft auf den Beinen hielt. Sein Kopf kippte immer wieder unkontrolliert zur Seite, mit dem Kinn auf die Schutzweste oder nach hinten in den Nacken. Er hustete und fragte immer wieder: »Siehst du die Laster? Siehst du sie?«

»Klar«, entgegnete ich, obwohl weit und breit kein Laster stand.

Barzew zufolge sollten sie hier irgendwo auf uns warten, aber bei dem großen Springbrunnen gähnte nur ein riesiger Geschosstrichter. Ich schleppte uns noch ein paar Schritte weiter und blieb dann stehen.

»Was ist los?«, fragte Opanas. »Warum halten wir an, Pilot? Scheiße, ich kann nichts sehen, vor meinen Augen ist alles schwarz … Sind wir schon da?«

Von links ertönte ein Hupen. Ich drehte mich um – ein einziger Laster stand da zwischen den Säulen, die das breite Vordach des zentralen städtischen Postamtes stützten. Wo waren die anderen Fahrzeuge?

»He! Hier rüber!« Eine Stimme übertönte die Schüsse.

Ein dürrer Kerl stand auf dem Trittbrett zur Fahrerkabine und winkte uns zu. Ich zerrte Opanas in Richtung Postamt. In diesem Augenblick ließen die Armeesoldaten aus irgendeinem Grund von uns ab und eröffneten das Feuer in die entgegengesetzte Richtung – vielleicht hatte sich vom Tolstoj-Platz aus noch eine Abteilung Gardisten durchgeschlagen.

Der Dürre schwang sich in die Kabine zurück und kurz darauf sprangen zwei Kämpfer in Anzügen, Schutzwesten und Helmen vom Laster und liefen uns entgegen.

Sie fassten Opanas unter den Armen und trugen ihn zum Fahrzeug. Ich überholte die drei im Laufschritt.

Die beiden Hochhäuser rechts vom Postamt waren vollständig zerstört, bei einem dritten war das Dach eingestürzt und aus dem Loch quoll Rauch.

Wir hatten den Laster fast erreicht, als ein schweres tiefes Knattern die Kampfgeräusche auf dem Chreschtschatyk übertönte.

»Was sind das für Hubschrauber?«, krächzte Opanas, und im selben Moment stiegen schon die Maschinen hinter der gegenüberliegenden Häuserzeile auf. Ein zweirotoriger Transporthubschrauber wurde von einem Paar schmalnasiger schwarzer »Krokodile« flankiert. Letztere waren mit Panzerabwehrlenkwaffen unter den Stummelflügeln und schwenkbaren Gatling-Maschinengewehren am Bug ausgestattet.

Sie nahmen uns ins Visier. Sekunden später war unser Lastwagen in einer grellen Stichflamme verschwunden.

Die Druckwelle der Explosion warf mich fast um, ich ging in die Knie, dann fiel ich nach vorne. Maschinengewehrfeuer ertönte, ein Streifen kleiner Explosionen lief über den Asphalt auf mich zu. Aber der Hubschrauber brach zur Seite aus, und der Explosionsstreifen lief in einem Bogen an mir vorbei und verschwand in meinem Rücken.

Durch das Geknattere ertönte ein kurzer Aufschrei.

Ich sah mich um.

Und sah drei reglose Körper. Opanas' gespaltenen Helm. Blut, das über seinen schwarzen Schnurrbart lief.

In diesem Moment erfasste mich vollständige Gleichgültigkeit. Es gab keine Rettung mehr – keine Fluchtmöglichkeit, kein Versteck.

Das Spiel war aus.

Ich hatte schon lange keine Hoffnung mehr gehabt. Es hatte so kommen müssen – für mich gab es keine Zukunft.

Ich setzte mich, zog mir den Gewehrriemen über den Kopf, schnallte das Pistolenhalfter mit der Kedr ab und warf beide Waffen vor mich auf den Asphalt. Die Krokodile flogen über den Chreschtschatyk, der Transporthubschrauber ließ sich mitten auf dem Majdan nieder und hinter den Häusern erhoben sich immer neue Hubschrauber, auf denen der doppelköpfige Adler prangte.

2.

»Du bist ein Kriegsverbrecher«, sagte der Mann in Zivil. »Obwohl das für einen hundsgemeinen Söldner noch zu nobel klingt, aber dem Gesetz nach bist du genau das: ein Kriegsverbrecher, und als solcher zum Tode verurteilt.«

Neben dem Mann in Zivil saß ein General der russischen Armee und schwieg.

Mit klirrenden Handschellen lehnte ich mich gegen die Rückenlehne meines harten, unbequemen Stuhls. Von der niedrigen Zimmerdecke hing eine Glühbirne in einem vergitterten Schirm herab. Die Wände waren aus Beton, die Tür aus Eisen, es gab einen Tisch, hinter dem die beiden Männer in zwei Bürostühlen saßen, und schließlich den Stuhl, auf dem ich hockte.

Ich leckte mir über die ausgetrockneten Lippen. Die Schürfwunde auf meiner Backe juckte, aber da meine Hände auf dem Rücken gefesselt waren, konnte ich sie nicht berühren. Auch mein Schädel kratzte. Man hatte ihn mir am Vorabend kahl rasiert und mit billigem Desinfektionsmittel bespritzt.

»Die Gerichtsverhandlung hat bereits stattgefunden, das Urteil wurde verhängt: Tod durch Erschießen.«

»Ach, es gab eine Gerichtsverhandlung?«, sagte ich. »Die muss ich verpasst haben.«

Der Zivile fiel mir vor allem durch seine kontrollierten Bewegungen, seinen machtvollen Blick und seine grauen Haare auf. Vor ihm auf dem Tisch stand ein schwarzer Laptop, und die meiste Zeit waren seine Augen auf den Bildschirm geheftet. Außerdem hatte er eine besondere Art, die linke Hand zur Faust zu ballen und sich dann mit dem großen goldenen Siegelring am Ringfinger über das Kinn zu reiben.

Der General war in mittlerem Alter, von drahtiger Gestalt und gesunder Gesichtsfarbe. Neben Verachtung signalisierte sein Blick hauptsächlich totale Gleichgültigkeit mir gegenüber, als sei ich ein Käfer, der im nächsten Augenblick zerdrückt würde, woraufhin sich nie wieder irgendwer an mich erinnern würde. Der Blick des anderen dagegen war interessiert und scharf.

»Ich kann mich gar nicht an den Gerichtssaal erinnern, den Richter und die Zeugen«, fuhr ich fort. »Und auch nicht an den Pflichtverteidiger, den Staatsanwalt … Und was gehört noch dazu?«

Meine Worte machten den General offenbar wütend. Bisher hatte er nur schweigend dagesessen und ab und zu genickt. Jetzt ergriff er das Wort:

»Es war ein Tribunal, kein Gericht. Für solche wie dich ist Erschießen noch zu milde. Wie viel Tote hast du auf dem Gewissen, Söldner?«

»Keine Ahnung«, entgegnete ich ehrlich. »Schließlich bin ich Kampfpilot. Das ist mein Beruf.«

»Du bist ein angeheuerter Pilot – also ein Söldner. Du hast für Geld getötet.«

»Alle, die ich getötet habe, waren entweder Soldaten oder Verbrecher. Bewaffnete Gruppierungen, schon mal davon gehört? Hätte ich sie nicht getötet, hätten sie mich getötet.«

»Besser, diese Teufel hätten dich mit ihren Stingers vom Himmel geholt, dann müssten wir jetzt nicht unsere Zeit mit dir vergeuden. Euch hätte man allesamt gleich auf dem Majdan an die Wand stellen sollen.«

Der General wandte sich an den Grauhaarigen:

»Wie die Zeiten sich geändert haben! Früher waren Söldner einfach nur Verbrecher. Sie galten nicht umsonst als feige Halunken. Und heutzutage haben sie Flugzeuge!«

Ich grinste schief. Der General fuhr fort:

»Wie viele hast du in den Tod geschickt? Wie viel Soldaten kehren wegen dir nicht mehr nach Hause zurück? Ein Zug, zwei? Ein Bataillon?«

Dieser hier war ein richtiger General und nicht irgendein unerfahrener Anfänger im Rang eines Leutnants. Dieser hier kam nicht um den Tisch herum, um mir in die Fresse zu hauen, er beschimpfte mich nicht einmal, sondern sprach einfach nur voller Verachtung aus, was er dachte.

Der Grauhaarige starrte noch immer auf den Bildschirm und sagte:

»Jegor … ist inzwischen ein seltener Name. Wer hat dich so genannt?«

»Die Leute im Waisenhaus.«

»Und der Nachname ist noch interessanter: Rasin. Über deine Kindheit haben wir praktisch nichts … Erzähl uns mal was.«

»Ich hatte keine Kindheit. Waisenhaus – das sagt doch alles. Dann Militärakademie, Pilotenausbildung …«

»Die du nicht beendet hast. Hier steht: zeigt wenig Emotionen, verschlossen, schweigsam, bevorzugt die Rolle des Beobachters, hat keine Freunde … Kurz, du warst alles andere als ein umgänglicher Typ, was, Rasin? Introvertierte Persönlichkeit – so nennen das die Psychologen. Selbstgenügsam, clever, einer, der immer weiß, was er will. Es fehlten nur eineinhalb Monate bis zum Abschluss, aber statt einem Diplom mit Auszeichnung hast du zwei Jahre auf Bewährung für eine Prügelei bekommen …« Der Grauhaarige blickte wieder auf den Bildschirm. »Schwere Körperverletzung in zwei Fällen.«

»Diese Dreckskerle wollten das Mädchen in ihr Auto zerren. Mitten in der Nacht. Eine Schülerin. Ihr Kleid war schon völlig zerrissen und sie schrie wie verrückt. Ich kam gerade vom Diensturlaub und war auf dem Weg zurück in die Militärakademie …«

»Leider war einer dieser ›Dreckskerle‹ der Sohn des Vizegouverneurs der Region«, fuhr der Grauhaarige fort. »Am Ende erhob das Mädchen dann doch keine Anzeige wegen versuchter Vergewaltigung, und dich jagten sie mit Schimpf und Schande davon. Danach war lange nichts mehr von Jegor Rasin zu hören. Warum?«

»Na, weil sie ihn angeworben haben!« Der General hatte dieses Gespräch gründlich satt. »Söldner sind abhängig von ihren Auftraggebern wie Nutten von ihren Zuhältern, die halten die Kohle bereit. Sie haben ihn angeworben und in irgendein Ausbildungslager in den Bergen geschickt. Deshalb hat man nichts von ihm gehört. Stimmt's, Rasin?«

»Du bist hier der Zuhälter, du schickst doch deine Soldaten in den Kugelhagel jedes hergelaufenen Mudschahedins. Ich suche mir wenigstens selbst aus, gegen wen und wo ich kämpfe.«

»Den Soldaten schickt das Vaterland in den Kampf! Er kämpft für sein Land! Aber du … du kämpfst nur für verfluchtes Geld!«

»Vaterland oder Regierung? Fallen deine Leute für ihr Land oder fallen sie für den jeweiligen Chef im Land?«

Auch für mich gab es keinen Grund, mit etwas hinterm Berg zu halten. Ich hatte nichts zu verlieren – mehr als einmal konnten sie mich nicht erschießen. Ich hätte nur gern gewusst, wozu dieses Gespräch gut sein sollte. Warum saß dieser Typ in Zivil mit seinem Laptop da und fragte mich über meine Kindheit aus? Wenn sie mich beseitigen wollten, brauchten sie mich doch nur aus dem Untersuchungsgefängnis in den Gefängnishof rüberzubringen und mir eine Kugel in den Hinterkopf zu jagen.

Der Grauhaarige sagte:

»Ist dir dein Schicksal wirklich so gleichgültig, Rasin? Bist du so ein Draufgänger? Oder bist du nur dumm? Es ist kein Scherz, dass wir dich erschießen.«

»Ich bin kein Draufgänger«, sagte ich. »Dann schon eher dumm, sonst säße ich nicht hier. Aber das hat andere Gründe.«

Er wandte mir neugierig den Blick zu:

»Was denn für welche?«

»Das Schicksal hat mich hierhergeführt. Und es hat diese Rakete gelenkt, die direkt auf meine Kabine zielte … Ich wusste schon, dass es so zu Ende gehen würde. So oder so ähnlich.«

Der Grauhaarige rieb sich wieder mit dem Siegelring über das Kinn.

»Wirklich? Du hast doch gut verdient. Warum dann dieser Einsatz hier gegen Kiew?«

»Ich liebe das Fliegen. Ich wollte in die Karibik abhauen und dort ein privates Flugunternehmen gründen. Ich war einmal da … ein guter Ort.«

»Hast du viel verdient?«, fragte der General dazwischen.

»Ich hätte Touristen befördert«, schloss ich meine Erklärung, ohne auf den General einzugehen.

»Alles klar.« Der Grauhaarige blickte mir direkt in die Augen. »Was hast du gedacht, ehe du auf Kiew geflogen bist?«

»Dass das mein letzter Einsatz ist … Der letzte Ort, den ich angreife. Dass ich da nicht mehr rauskomme.«

»Und du bist trotzdem geflogen. Ein Fatalist also. Obwohl du es ja doch geschafft hast, aus der Stadt rauszukommen. Nur anders, als du es dir gewünscht hättest.« Der Grauhaarige blickte wieder auf den Laptop. »Machen wir weiter. Was steht noch in deiner Akte: Zweiter deines Jahrgangs im Boxen, Sportmeister. Weiter … aha, Turgaj, Operation in Medeo, Freies Moldawien … Na klar, und auf der Krim warst du auch, hast Bachtschissaraj bombardiert. Und jetzt also der ukrainische Konflikt.«

Er schloss den Laptop und blickte den General fragend an.

»Mir egal, machen Sie, was Sie wollen«, sagte der.

Dabei war sein Ton alles andere als sachlich, der Mann klang wie ein beleidigtes Kind. »Ilja Andrejitsch hat mir entsprechende Weisungen erteilt, auch wenn ich diesen Verbrecher am liebsten mit eigenen Händen …« Er ballte die Faust, schüttelte sie durch die Luft, dann drehte er sich weg.

Der Grauhaarige nickte. Sein goldener Ring blitzte auf, als er wieder damit über sein Kinn rieb, dann holte er ein Handy aus der Tasche. Während er noch über etwas nachzudenken schien, zogen sich seine Brauen über der Nasenwurzel zusammen. Ich saß regungslos da und kämpfte gegen den Impuls, mich auf meinem Stuhl umzudrehen und meine juckende Wange gegen die Stuhllehne zu drücken.

Der Grauhaarige klappte das Handy auf und blickte mich durchdringend an.

Dieser Mann hatte etwas an sich, dem man sich schwer entziehen konnte. Sein Blick war kalt, machtvoll, hypnotisierend. Auch wenn er im ersten Moment wie eine Marionette in Zivil wirkte, konnte ich doch spüren, dass er hier den Ton angab und mein Schicksal nicht länger vom General abhing.

Ich riss mich zusammen. Im selben Moment ließ das Jucken an der Backe nach und ein Schauder lief mir zwischen den Schulterblättern über den Rücken runter. Es würde etwas passieren! Diese Vorahnungen hatten mir beim Fliegen mehrmals das Leben gerettet – hatten dafür gesorgt, dass ich rechtzeitig beigedreht, die Geschwindigkeit gedrosselt oder einen Knopf gedrückt hatte, um eine Rakete abzufeuern. Aber sie hatten mir nicht geholfen, Barzew, Opanas oder meinen Kumpel Sergej Schmakin zu retten. Nur mich selbst.

»Es gibt noch eine Chance für dich, Rasin«, sagte der Grauhaarige und unterstrich jedes einzelne Wort mit einem Klopfen seines Zeigefingers auf dem Laptop. »Ich brauche jemanden für ein Experiment. Ein gefährliches Experiment. Die Chancen, dass du es heil überstehst, liegen bei dreißig Prozent. Wenn du dich dazu bereit erklärst und das Experiment überlebst, bist du ein freier Mann. Wenn du dich weigerst, wirst du erschossen. Du hast zwei Minuten, um dich zu entscheiden.«

Er wartete, das aufgeklappte Handy in der Hand. Ich öffnete den Mund. Schloss ihn wieder. Versuchte, eine Frage zu formulieren, und schwieg dann doch. Die Situation hatte sich innerhalb von Sekunden vollkommen verändert! Ich hätte danach fragen können, um was für ein Experiment es sich handelte, wie lange es dauern würde, wer dafür garantierte, dass man mich im Überlebensfall freiließe. Aber ich kannte die Antworten bereits – oder besser, ich wusste, dass ich keine erhalten würde. Über das Experiment würde ich erst etwas erfahren, wenn ich mittendrin steckte. Und was die Garantie anging, die würde man mir ohnehin nicht geben. Ich hatte nur sein Wort, das Wort eines Mannes, dessen Namen ich nicht kannte.

»Warum gerade ich? Habt ihr so wenig Material in euren Gefängnissen? …« Ich verstummte, denn ich erinnerte mich plötzlich, wie mir der Gefängnisarzt gestern den Kopf kahl geschoren hatte, ehe mich die Wachen in ein Zimmer mit irgendeiner komplizierten technischen Untersuchungsanlage gebracht hatten. Dort hatte mich ein schmalgesichtiger junger Mann in Weiß erwartet, ganz offensichtlich kein einheimischer Arzt. Unter dem Kittel trug er einen Anzug, dazu teure Schuhe und er roch nach einem anständigen Rasierwasser. Er befestigte einige Messsonden an meinem Kopf, schaltete die gewaltige Apparatur ein und blickte dann lange Zeit mit gerunzelter Stirn auf die Messdaten, die auf Endlospapier aus dem Apparat herausflossen. Schließlich verließ er ohne jede Erklärung das Zimmer.

Der Grauhaarige hatte mich genauestens beobachtet und nickte.

»Erinnerst du dich? Das bioelektrische Potential deines Gehirns weist eine ungewöhnliche Dynamik der Amplitudenveränderung auf. Das ist sehr selten.«

»Aber ich merke nichts davon. Ich habe überhaupt keine besonderen Fähigkeiten, telepathische oder so. Ich sehe da keinen Unterschied zu anderen.«

Der Grauhaarige hob die Augenbrauen.

»Bist du dir da sicher? Menschen mit dieser Besonderheit haben für gewöhnlich eine stark ausgeprägte Intuition. Wie sieht es damit bei dir aus, Rasin?«

Ich verzog das Gesicht. Intuition … Meinte er damit meine Vorahnungen?

»Wozu braucht ihr überhaupt meine Zustimmung? Ich bin doch zum Tode verurteilt. Ihr könnt tun, was ihr wollt …«

»Wir sind kein Privatunternehmen, Rasin. Vor dir sitzen ein Armeegeneral und der wissenschaftliche Leiter einer staatlichen Forschungseinrichtung. Wir brauchen sehr wohl dein Einverständnis, deine Unterschrift.«

»Wollen Sie damit sagen, dass das Experiment nicht stattfindet, wenn ich mich weigere?« Ich schüttelte ungläubig den Kopf.

»Du wirst dich nicht weigern. Du bist doch kein Idiot.«

Wieder juckte die Backe schmerzhaft. Ich zog die Schulter hoch und rieb sie so gut es ging gegen die verheilende Wunde. Dann sagte ich:

»In Ordnung, unter einer Bedingung: Keine Handschellen mehr auf dem Rücken.«

Der Grauhaarige nickte, drückte einen Knopf seines Handys und hielt es an sein Ohr. Er wartete kurz, ehe er sagte:

»Wir verlassen das Gefängnis. Holt uns ab.«

3.

Ich hatte keine Ahnung, wo sich das Forschungsgelände befand. Auf der Reise dorthin wurde ich von zwei Wachmännern begleitet. Zuerst fuhren wir in einem Gefangenentransporter, dann wechselten wir auf ein Flugzeug, ehe wir mehrere Stunden in einem Kleinbus mit eisernen Fenstergittern unterwegs waren.

Der Grauhaarige wurde Doktor Hubert genannt, aber ich erfuhr weder seinen Vornamen noch seinen Vatersnamen. Nachdem er mich den beiden Wachmännern übergeben hatte, bekam ich ihn erst wieder im Labor zu Gesicht, wohin wir nach gründlicher Überprüfung durch eine lasergesteuerte Sicherheitsschleuse gelangten. In der Schleuse senkte sich ein rotes Lichtgitter auf uns nieder, das unsere Körper abtastete, woraufhin wir unsere Kleider ausziehen und lange unter einer sogenannten Ionen-Dusche stehen mussten – als solche wurde sie von einer dumpfen Stimme aus einem Lautsprecher angekündigt. Anstatt meiner alten Kleider erhielt ich einen beigen Plastikanzug und leichte Mokassins aus etwas härterem Plastik.

Wie ich schnell feststellte, liefen alle Leute in der Anlage in einem ähnlichen Aufzug herum, die Anzüge unterschieden sich nur in der Farbe voneinander, die vermutlich Rang oder Funktion des jeweiligen Trägers anzeigte.

Während mich die Wachen, jetzt in schwarzen Plastikanzügen gekleidet und mit Pistolenhalftern und Gummiknüppeln ausgerüstet, von der Schleuse tief ins Innere des Labortraktes führten, versuchte ich herauszufinden, womit man sich hier beschäftigte. Keine Chance. Wir durchquerten mehrere leere Räume und zwei lange Gänge, dann einen dritten Gang, dessen rechte Seitenwand komplett verglast war und einen weitläufigen Saal mit einer gläsernen Kuppel erkennen ließ.

Unter der Kuppel blinkte eine dreidimensionale Projektion der Erdkugel. Sie wurde von kleinen roten, wirbelnden Spiralen umkreist, die immer wieder durch feine, plötzlich aufleuchtende Linien kurzzeitig miteinander verbunden wurden; von Zeit zu Zeit lief eine dieser Linien auf die Erde zu, woraufhin unter dieser ein roter Lichtkreis aufflammte, der einmal über die blaue Kugel des Planeten glitt. Unter dem Hologramm standen drei Leute und gestikulierten lebhaft, wobei sie immer wieder mit den Fingern nach oben zeigten. Einer hielt eine Art Fernbedienung in der Hand, drehte an Knöpfen und schob einen Joystick hin und her, wodurch sich der Wirbel der Spiralen beschleunigte oder verlangsamte. Als wir den Gang fast durchquert hatten, wurden plötzlich alle Spiralen gleichzeitig durch ein Netz von Linien miteinander verbunden – es entstand ein Kubus aus Gitterlinien. Dieser legte sich über den Planeten und schloss ihn ein, dann flackerte er grell auf. Ich hatte das Gefühl, dass sich die Farbe der ursprünglich blauen Kugel ins widerlich Grünbraune veränderte und die Konturen der Kontinente sich auflösten. Unwillkürlich blieb ich stehen, um das Schauspiel zu beobachten, aber einer der Wächter stieß mich schweigend in den Rücken, drängte mich weiter.

Wir passierten eine Tür mit einem Schild, auf dem ein Totenkopf mit zwei gekreuzten Knochen abgebildet war, gingen an zwei Wissenschaftlern vorbei, die im Gehen miteinander stritten. Ich hörte, wie einer sagte:

»Nein, die ontologische Grundlage des Metasystems ist für alle Varianten gleich.«

»Aber die unterschiedlichen Ausgangsparameter können zu wesentlichen Änderungen der zeitlichen Verhältnisse führen. Alles kann abweichen, grundlegende Gesetzmäßigkeiten ebenso wie die allerkleinsten Details ...«

Es folgte ein weiterer Gang mit einer gläsernen Wand. Dahinter war ein Raum mit einem runden Tisch in der Mitte. An der einen Seite des Tisches befand sich auf einer Halterung fixiert eine metallische Halbkugel, deren gewölbte Seite vergittert war. An der flachen Seite befand sich eine Art Schaltpult. Davor saß auf einem hohen Hocker ein Mann in weißem Anzug und Helm mit durchsichtigem Visier und betätigte verschiedene Knöpfe. Die Luft vor dem vergitterten Halbrund vibrierte – es sah aus, als ob von dort ein unsichtbarer Energiestrahl ausginge. An der Wand gegenüber hing ein Plastikkübel mit Wasser, aus dem etwas ziemlich Großes herausragte. Auf dieses Etwas, das ich zunächst für ein Stück hellbraune selbst gemachte Seife von ungewohnter Dimension hielt, war der Strahl gerichtet, die Substanz zitterte leicht und schmolz, dicke Tropfen rollten ins Wasser, und von seiner Oberfläche stieg ein gelblicher Rauch auf.

»Was ist das?«, fragte ich verwundert und zeigte auf die seifenartige Substanz in dem Kübel. Natürlich erhielt ich keine Antwort.

Schließlich wurde ich in einen hell erleuchteten Raum geführt, der einem Operationssaal glich. In der Mitte stand eine Bahre auf Rädern, die mit einem weißen Laken überzogen war. Einer der Wachen sagte bellend:

»Zieh dich aus und leg dich hin.«

»Was denn, findet hier das Experiment statt?«, fragte ich.

»Zieh dich aus«, wiederholte der andere, und wies mit einem Nicken zu dem kleinen Tisch neben der Bahre.

Ich schüttelte den Kopf:

»Nein, erst will ich mit Doktor Hubert sprechen.«

»Ich geb dir gleich Doktor Hubert, verdammt noch mal!« Der zweite Wachmann schritt auf mich zu und packte den Gummiknüppel an seinem Gürtel. »Tu, was man dir sagt!«

Doktor Huberts Stimme erklang:

»Führ die Anordnungen des Personals aus, Rasin. Gleich kommt meine Assistentin und macht einen Check-up bei dir. Das Experiment beginnt erst später.«

Die Stimme kam aus einem Lautsprecher irgendwo an der Decke. Ich drehte mich um und richtete den Blick nach oben. An der Wand über dem Schrank hing eine Videokamera, deren Objektiv auf mich gerichtet war.

»Ich will was zu essen. Im Gefängnis gab es nur Graupensuppe. Keine Experimente auf leeren Magen, ist das klar?«

Nach einer kurzen Pause sagte Hubert:

»Ich werde das veranlassen. Aber jetzt zieh dich aus und leg dich hin.«

Ich gehorchte, und kurz darauf erschien eine junge Frau in weißem Anzug, die ein Wägelchen mit allerhand Instrumenten vor sich herschob. Sie nahm mir Blut ab, leuchtete mir in die Augen, maß meinen Blutdruck; dann setzte sie mir einen Metallreifen voller Kabel auf den Kopf und machte ein Enzephalogramm.

Aus dem Lautsprecher erklang Huberts Stimme:

»Wie lange noch, Ella?«

»Ich bin schon so weit.« Zum ersten Mal blickte sie mir in die Augen, ehe sie hinzufügte: »Ziehen Sie sich an.«

Ich schlüpfte in den Anzug. Das Wägelchen mit den medizinischen Instrumenten, darunter auch zwei Skalpelle, stand in Reichweite, aber die Chancen, unbemerkt etwas von dort zu entfernen, waren gleich null, denn die beiden Wachmänner an der Tür ließen kein Auge von mir.

Während ich die Füße in die Mokassins schob, überlegte ich eine andere Variante: Ich könnte das Skalpell nehmen, es Ella an den Hals drücken und so die beiden Typen am Eingang zwingen, ihre Waffen fallen zu lassen. Nein, unmöglich. Die beiden würden ihre Pistolen ziehen und schießen, ehe ich selbst zum Zuge käme. Meine Drohung, dem Mädchen die Kehle aufzuschlitzen, würde sie nicht beeindrucken.

»Michail, bring die Versuchsperson in Kantine drei, da steht alles bereit. Sie hat fünfzehn Minuten fürs Mittagessen. Dann bitte in den Hauptsaal. Ella, mit den Untersuchungsergebnissen zu mir, schleunigst.«

Wenig später betraten wir einen blitzsauberen Speisesaal, in dem absolut alles – von den Möbeln über die Wandverkleidung bis hin zu Tellern und Besteck – aus Plastik war.

»Bleib stehen!« Der Wächter trat an einen Tisch und nahm dort ein kleines weißes Messer weg. »Setz dich und beeil dich mit dem Essen.«

Ich hatte das geschmorte Fleisch, den Salat und den Orangensaft innerhalb von zehn Minuten verputzt, wischte mir die Lippen ab, erhob mich und gähnte:

»Jetzt würde ein Schläfchen nicht schaden.«

Ohne zu antworten, fasste der Wächter meine Schulter und schob mich zur Tür.

Wieder zogen Gänge, Zimmer, leise diskutierende Menschen in verschiedenfarbigen Anzügen und seltsame Geräte an mir vorbei. Schließlich drückte der Wachmann eine Tür auf und sagte:

»Rein mit dir.«

Ich stand in einem nicht sehr großen, gekachelten Saal. In der Mitte befand sich ein niedriges eisernes Podest, das eine etwa ein Meter dicke Röhre umgab. Diese Röhre bestand entweder aus Rauchglas oder aus halb durchsichtigem Plastik. Ein Kabel wand sich spiralförmig um sie. In den Ecken des Raums hingen gewaltige Gefäße, die mit einer zähflüssigen blassgelben Flüssigkeit gefüllt waren, von der kleine Bläschen aufstiegen.

Am Rand des Podests stand Doktor Hubert, bekleidet mit einem grell-orangenen Anzug, und besah sich einen Computerausdruck auf Endlospapier, den Ella ihm hinhielt.

»Wie ist die Stimmung, Rasin?«, sagte er, ohne mich anzusehen. »Leg dich hin.«

In der Mitte des Podests befand sich auf ausklappbaren Halterungen eine Plastikliege mit Riemen für Arme und Beine. Auf ihre Liegefläche war mit schwarzer Farbe eine Acht gemalt –

oder das Symbol für die Unendlichkeit, je nachdem, wie man es betrachtete.

Ich rührte mich nicht.

»Erzählen Sie mir erst von dem Experiment.«

In diesem Moment blickte mich Hubert zum ersten Mal an.

»Warum?« Er wirkte überrascht. »Das bringt absolut nichts. Es ist kompliziert und kostet viel zu viel Zeit. Los, leg dich hin.«

»Nein, erst erzählen Sie mir etwas darüber.«

Leicht verärgert nickte der Arzt zu dem Wächter hinüber, der neben mir stand:

»Mischa, bitte ...«

Ich hatte nicht einmal die Zeit, mich umzudrehen. Der Wachmann stieß mir seinen Gummiknüppel zwischen die Schulterblätter.

Etwas Ähnliches hatte ich bereits beim Kommandanten der Luftbasis in Kasachstan gesehen, nur hatte dessen Gummiknüppel beim Verteilen von – vermutlich deutlich schwächeren – Stromschlägen laut geknistert.

Ich begann heftig zu zittern, meine Beine knickten ein, in meinem Kopf schien ein Blitz aufzuflammen, und ich knallte auf den Boden. Dann wurde alles dunkel – und als ich wieder zu mir kam, hievten mich die beiden Wachmänner bereits auf die Liege.

Leise klickten die Schließen der Befestigungsgurte. Meine Sicht klärte sich allmählich und ich begriff, dass die beiden bleichen Ovale über mir das Gesicht von Doktor Hubert und Ella waren. Ich hörte Schritte, und in meinem Gesichtsfeld tauchte eine weitere Person auf. Es war derselbe schmalgesichtige junge Mann, der mich schon im Gefängnis untersucht hatte. Jetzt trug er einen weißen Anzug und hielt eine Akte in den Händen. Hubert richtete sich auf und sagte etwas zu ihm, ehe er sich wieder über mich beugte und dabei die Hand auf den Rand der Liege aufstützte. Ich drehte den Kopf etwas und blickte direkt auf den gewaltigen Siegelring an seinem Finger: Er war aus Gold, und in der massiven Fassung lag ein schwarzer Stein mit einer Gravur. Das Bild zeigte ein Zahnrad, in dessen Mitte ein Menschlein zu erkennen war. Ich blickte wieder in Huberts Gesicht. Seine Lippen bewegten sich.

»Jegor …«, hörte ich eine Stimme. »Rasin, komm zu dir, los!«

Ich schloss die Augen, verzog das Gesicht, blinzelte und öffnete erneut die Augen.

»Ich bin da«, sagte ich heiser.

»Hör mir gut zu«, fuhr Hubert fort, immer noch über mich gebeugt. »Dein Bewusstsein wird jetzt für kurze Zeit in eine andere zeitliche Sphäre versetzt. Wir benutzen deinen Verstand praktisch als Spionagesonde, begreifst du das? Diese andere Sphäre kann tödlich oder einfach nur feindlich sein. Vielleicht auch friedlich. Du sollst dort nichts tun, nur beobachten. Genau genommen, kannst du gar nichts tun. Und wir werden dich in dieser Zeit beobachten.« Er hob eine Hand und zeigte nach oben zu einer Reihe getönter Fensterscheiben unter der Decke des Saals. »Wir werden dich beobachten und die Messungen der Geräte auswerten. Das Ganze dauert nicht länger als eine Minute. Wenn das Experiment gelingt und dein Bewusstsein den Strom der artfremden Signale aushält, erzählst du uns anschließend alles, was du aufnehmen konntest. Einfach alles, was du dort gesehen hast. Und das werden vermutlich ziemlich seltsame Dinge sein.«

Er richtete sich auf und ich fragte:

»Eine Minute? Und was ist dann?«

»Morgen werden wir das Experiment unter anderen Voraussetzungen wiederholen. Unsere Aufgabe besteht darin, die Korrelation zwischen unseren Ausgangsparametern und den Besonderheiten der jeweiligen Sphäre oder sagen wir Zeitebene zu entschlüsseln. Grob gesagt, wir müssen lernen, den Vorgang zu steuern …«

»Morgen«, unterbrach ich ihn. »Sie haben gesagt, nach dem Experiment würden Sie mich freilassen.«

Hubert verschwand aus meinem Gesichtsfeld und ich hörte seine Stimme jetzt von links:

»Selbstverständlich, aber ich habe nicht gesagt, wie lange das Experiment dauert. Es besteht aus einer Reihe von Versuchen, und dieser hier ist der erste. Die Dauer der gesamten Versuchsreihe richtet sich danach, wie dein Bewusstsein mit dem Eintauchen in verschiedene zeitliche Sphären zurechtkommen wird.«

Etwas begann zu schnalzen, dann ertönte ein leises Klingeln. Vor mir tauchte der Assistent auf und sagte:

»Versuch dich zu entspannen. Hast du es mal mit Meditation versucht? Gleich …«

»Halt die Klappe!«, schnauzte ich ihn an. »He, Hubert!«

»Was ist, Rasin?« Diesmal kam seine Stimme von hinten.

»Was erwartet mich in dieser anderen zeitlichen Sphäre?«

»Die Ewigkeit.«

»Im Ernst?«

»Ich meine alles ernst, was ich sage, Rasin. Übrigens ist das auch unser Codewort, eine Art interne Parole für alle, die am Experiment beteiligt sind. Merk es dir für den Fall, dass dein Bewusstsein in der anderen Zeit verloren geht.«

»Was ist das für ein Unsinn? Hubert, wie viele Leute habt ihr vor mir schon in eine andere Zeit geschickt?«

»Vier«, entgegnete er nach kurzer Pause. »Manchmal folgt der Körper dem Bewusstsein dorthin, manchmal tut er das nicht.«

Der Assistent verließ den Saal, das Schnalzen wurde lauter.

»Und keiner hat überlebt?«

»Drei starben. Was den Vierten angeht, wissen wir nichts Genaues. Na gut, legt jetzt den Schalter für die virtuellen Partikel um.«

Wieder hörte ich Schritte, dann wurde es still. Ein Klappen ertönte. Ich konnte nichts sehen, aber mein Gefühl sagte mir: Die Tür war verschlossen und außer mir war niemand mehr im Saal.

Ich bog das linke Handgelenk nach innen und schob meine Finger so gut es ging in den Ärmel des Anzugs, um dort nach der Gabel zu tasten, die ich beim Mittagessen hatte mitgehen lassen. Meine Fingerspitzen versuchten das Besteckteil zu fassen zu bekommen, aber das glatte Plastik rutschte immer wieder weg.

Das Licht im Saal ging aus.

Endlich zog ich die Gabel heraus, packte sie fest, drückte sie gegen den Schnappverschluss über meinem Handgelenk und versuchte ihn zu öffnen. Das Licht zuckte und Schatten glitten durch den Saal.

Ich hatte die Gabel ohne eine konkrete Absicht mitgehen lassen. Mir war völlig klar, dass man mit so einem Spielzeug keine bewaffneten Wachen überwältigen konnte. Ich hatte einfach nur nach einem Strohhalm gegriffen, gehofft, die Ereignisse irgendwie beeinflussen zu können.

Der Verschluss gab nicht nach. Das Schnalzen wurde nun von einem undefinierbaren Lärm übertönt, immer schneller wirbelten die Schatten durch den Saal und auf einmal wurde mir klar, dass sie von den Bläschen herrührten, die von den Gefäßen in den Zimmerecken aufstiegen. Soweit ich es von meiner Liege aus sehen konnte, leuchtete die brodelnde Flüssigkeit in schillernden Farben auf.

Ich gab es auf, von unten gegen den Verschluss zu drücken, und versuchte nun, ihn aufzuspießen. Aus dem Lautsprecher an der Decke hörte ich Huberts Stimme:

»Sind die ontologischen Basisdaten geladen?«

Der Assistent brummte irgendetwas Unverständliches vor sich hin, und der Doktor fuhr fort:

»Gut so, ich hoffe, diesmal klappt alles und ihn ereilt nicht das gleiche Schicksal wie Bagrat. Ihr müsst alle Messergebnisse genauestens auswerten, einschließlich ... Warum ist der Lautsprecher im Saal eingeschaltet?«

Ich konnte drei Silhouetten im Fenster über der Decke erkennen. Eine verschwand, tauchte am benachbarten Fenster auf, ich hörte ein Knacken und Rauschen – dann verstummten die Stimmen.

Hubert beugte sich für einen Moment näher zur Fensterscheibe heran. Dann trat er wieder zurück. Hinter ihm ging Ella vorbei.

Die Schatten tanzten in einem wahnsinnigen Reigen um mich herum. Die Röhre rund um das Podest begann ebenfalls zu leuchten, in ihrem Innern kreisten dunkle Flecken.

Das Podest erzitterte.

Plötzlich sprang der Verschluss des Armriemens auf und gleichzeitig brachen die Zinken der Gabel ab. Mit der freien Hand öffnete ich den Verschluss am anderen Handgelenk und setzte mich auf, um auch die Füße abzuschnallen.

Der Lärm schwoll an, die Bläschen in den Gefäßen spritzten sprudelnd und zischend in die Höhe, die dunklen Flecken in der Röhre liefen zu schmalen Strömen zusammen. Ich fühlte mich, als wäre ich in ein rasendes, teuflisches Karussell geraten. In meinem Kopf drehte sich alles. Ich hielt mich noch an der Liege fest, um nicht zu stürzen, und sah, wie Doktor Hubert sich wieder zu der getönten Scheibe vorbeugte.

Durch das Getöse hindurch hörte ich seine Stimme:

»Rasin! Rasin!«

Ich ballte die Hand zur Faust und salutierte damit.

Dann wandte ich mich dem Rand des Podests zu.

»Rasin, bleib stehen! Wir können den Ladeprozess der neuen Parameter nicht mehr unterbrechen! Beweg dich nicht! Deinetwegen könnte das Metasystem zusammenbrechen! Rasin, bleib stehen! Du wirst vollständig in die andere Sphäre gezogen!!!«

Es war schwer, vorwärts zu kommen, alles um mich herum war in Bewegung, das Podest zitterte, rasender Lärm erfüllte den Saal. Dennoch ging ich weiter.

»Rasin, zurück!«

Die Silhouette hinter dem Fenster verschwand. Unter größter Anstrengung setzte ich einen Fuß vor den anderen, gewaltige Energiewellen brandeten mir entgegen, warfen mich fast um. Meine Augen begannen zu tränen, ich schwankte, musste mich vorbeugen, kniff die Augen zusammen. Auf was hoffte ich? Selbst wenn es mir gelänge, die Tür zu erreichen, selbst wenn sie nicht abgeschlossen wäre – was würde passieren? Der Laborkomplex war riesig und voller Menschen. Wie sollte ich hier rauskommen? Andererseits, vielleicht könnte ich eine Waffe an mich bringen oder eine Geisel nehmen.

Nichts dergleichen sollte passieren. Ich erreichte die Röhre und hielt erstaunt an. Von dieser Stelle aus erblickte ich auf einmal die Kuppel, die das Podest überspannte. Die Röhre war praktisch ihre Basis, von der sie in die Höhe wuchs – eine riesige regenbogenfarbene Blase, besser eine Halbblase, eine hauchzarte Halbkugel. Durch sie hindurch konnte ich Silhouetten sehen – seltsame, abartige Gestalten, die sich krümmten, ununterbrochen hin und her zuckten, miteinander verschmolzen und wieder zerfielen.

Ich stieg über die Röhre.

Und da brach die Welt auseinander. Der Lärm wurde zu einem tosenden Donnern, schlug mir entgegen, warf mich auf den Rücken. Ein breiter Riss durchschnitt den Raum. In diesem Riss bewegte sich etwas, ein gewaltiger Körper, oder eine Scheibe, eine Art Insel. Ich konnte nicht begreifen, was es war, sah nur, wie es hoch über der Erde dahinsegelte, irgendwo unter den Wolken.

Die Welt erzitterte und verschwand. Alles verschwand …

4.

Ich lag mit geschlossenen Augen auf dem Rücken. Mein Hinterkopf tat weh, und über mir spürte ich einen Luftzug. Ich fröstelte und nahm ungewohnte Gerüche wahr. Unter meinem Kopf spürte ich kaltes Metall.

Es raschelte. Was raschelte da? Ein vertrautes Geräusch …

Ich öffnete die Augen.

Hoch über mir befand sich die Zimmerdecke, die von einem breiten Riss durchzogen war. Kaltes Licht drang von dort herein und ich erkannte ungleichmäßig dicke Bewehrungseisen, die sich über den Riss zogen. Eine lange Ranke einer Pflanze, die einer Liane ähnelte und mit großen Blättern überzogen war, hing von oben herab und schaukelte leise im Wind.

Wieso gab es auf einmal eine Liane im Labor?

Das war mein erster Gedanke.

Und der zweite: Warum waren da Rostflecken an der Decke?

Langsam setzte ich mich auf. In meinem Kopf drehte sich alles. Ich schluckte, berührte vorsichtig meinen Hinterkopf – kein

Blut. Ich stützte meine Handflächen auf dem Boden auf, erhob mich und sah mich um.

Das Podest befand sich noch immer in der Mitte des Saals, aber der Saal selbst war völlig verändert. Anstelle der Tür, durch die man mich hereingeführt hatte, gähnte nur noch ein offener Durchlass. Die Fenster unter der Decke waren eingeschlagen. Die Kacheln an den Wänden waren gesprungen, viele abgebröckelt. Das Podest selbst war verrostet. Ich ging zu der Liege hinüber, von der ich geflüchtet war. Wann war das gewesen? Das war doch kaum ein paar Minuten her. Wieso war hier alles so verändert? Der Plastiküberzug war vergilbt und aufgerissen, irgendeine poröse Masse quoll darunter hervor, das Gestell war verbogen.

Was ging hier vor?

Ich trat zum Rand des Podests und sah dort ein menschliches Skelett, das hinter der Röhre lag. Aus einem Loch im Schädelknochen ragte ein kurzer Pfeil mit hellen Federn heraus.

Als ich mich auf die Röhre setzte und die Beine darüberschwang, hörte ich wieder ein Rascheln.

In dem Loch, wo sich ehemals die Tür befunden hatte, tauchte eine gedrungene Silhouette auf.

Ich vermutete, dass Vollmond war. Zwar konnte ich ihn durch den Riss in der Decke nicht sehen, aber sein kaltes helles Licht leuchtete den Saal gut aus. Und in diesem Licht erblickte ich jetzt ein vierbeiniges Wesen. Das eine Auge glänzte rot, das andere gelblich. Die Pupillen wirkten katzenhaft, aber im Körperbau glich es eher einem Wolf; die Ohren waren dreieckig und mit kleinen Haarbüscheln am oberen Ende versehen, wie bei Luchsen. Der seltsame Hybrid hatte mich bereits wahrgenommen, stieß ein heiseres Fauchen aus, umrundete die Röhre und kam langsam näher.

Als Antwort ertönte von oben ein weit entferntes mehrstimmiges Fauchen und ein dumpfes Geheul.

Ich saß reglos auf der Röhre. Der Hybrid kam noch näher.

Als uns nur noch zwei Meter trennten, sprang er. Ich hatte mich gerade noch rechtzeitig neben das Skelett fallen lassen und mit einem Ruck den Pfeil aus dem Loch in dessen Schädel ziehen können.

Das Wesen landete mit allen vier Pfoten auf der Röhre und stieß sich augenblicklich wieder von dort ab, um sich auf mich zu stürzen. Halb aufgerichtet bekam ich sein Genick zu fassen und trieb ihm den Pfeil in die Schnauze.

Die Spitze drang zwischen seinen Zähnen durch, in seinen Rachen hinein. Die Bestie heulte auf, ihr Gewicht warf mich zu Boden, aber ich bekam sie am Rücken zu fassen, wälzte mich über sie und setzte mich rittlings auf sie. Sie schlug mit den Pfoten nach mir, zerkratzte mir die Seiten. Ich versuchte den Pfeil tiefer in ihren Rachen zu drücken. Etwas zerbrach knackend, der Schaft des Pfeils zuckte in meiner Hand, ehe er mit einem Ruck tiefer in den Rachen des Tieres rutschte. Ich drückte noch fester, warf mich mit meinem ganzen Gewicht auf das Tier und durchstieß seine Kehle vollständig. Ein letztes Zucken, dann starb der Hybrid.

Ich blinzelte, da ich das beunruhigende Gefühl eines Déjà-vus empfand. Hier wiederholte sich ein Erlebnis, das noch nicht lange her war – nur im ersten Fall war es ein schwarzer Hund gewesen, dem ich ein Messer in die Kehle gesteckt hatte. Ich kniete mich hin und presste die Handflächen gegen meine Schläfen, kniff die Augen zusammen. Mein Herz schlug heftig, Schauerwellen liefen über meinen Rücken.

Am ganzen Körper zitternd, erhob ich mich. Das Tier lag reglos da. Ich betrachtete den glatten, weißlichen Bauch, die längliche Schnauze mit den starken Kieferknochen, die für einen Wolf zu schmal, für einen Fuchs jedoch viel zu groß waren. Die Luchsohren und die verschiedenfarbigen Katzenaugen. War das ein Kojote? Die kannte ich nur aus dem Fernsehen … Nein, die sahen anders aus. Sogar tot wirkte das Biest noch bösartig.

Ich zog den blutigen Pfeil aus dem Schlund des Tieres, wischte ihn an seinem Fell ab und bemerkte dabei eine Art Ausschlag an seiner Flanke, der sich wie eine dichte Kruste von der Hüfte über Rumpf und Hals bis hinauf zur Stirn zog und über dem rechten Auge endete.

Der Pfeil bestand aus einem länglichen metallischen Schaft mit einem Stück geschmiedeten Bewehrungseisen als Spitze und einem Bündelchen zerfetzter Federn am anderen Ende. Mit seiner Spitze fuhr ich über die Kruste, die das Tier bedeckte. Sie fühlte sich hart wie Baumrinde an. Auf dem Rücken des Tiers waren tiefe Falten zu sehen, und ich stellte fest, dass sich dort unter dem Fell Panzerplatten befanden. Es hatte wirklich einen ungewöhnlichen Körperbau.

Ich wandte mich von dem Hybrid ab, schwang mich endlich über die Röhre und sah mich wieder um.

Im Saal herrschte totale Verwüstung. Und vermutlich war hier seit Jahren kein Mensch mehr gewesen. Überall lagen dicker Staub und Blätter, das verrostete Podest war von trockenen Zweigen bedeckt. Die Metallschränke und Wände waren ebenfalls verrostet, und die elektronischen Geräte und Computer sahen aus, als würden sie nicht mehr funktionieren.

Von oben ertönte wieder ein gedämpftes Heulen. Es war ein ungewöhnliches Geräusch – Wolfsheulen hörte sich anders an. Es klang irgendwie dumpf und tot, wie aus einer Grabkammer.

Ich warf einen Blick durch die ehemalige Saaltür in den Flur, wohin das Mondlicht fast nicht mehr vordrang. Nachdem sich meine Augen an die Dunkelheit gewöhnt hatten, machte ich einige Schritte in den Gang hinein, wobei ich den Pfeil als Waffe ausgestreckt vor mich hielt, aber ich kam nicht weit. Nach wenigen Metern stieß ich auf einen Berg von Trümmern – hier war die Decke eingestürzt. Da ich nicht erkennen konnte, wie weit die Einsturzstelle reichte, kehrte ich wieder um.

Zweimal schritt ich den Saal ab, ehe ich schließlich auf dem Podest stehen blieb und den Kopf in den Nacken legte. Das Mondlicht strömte durch das Bewehrungsgitter über dem Riss in der Decke.

Oben raschelten Blätter, ab und zu hörte ich ein Knacken und Schlagen von Zweigen. Ein Lüftchen brachte die Liane zum Schaukeln.

Das Bewehrungsgitter war vermutlich verrostet, vielleicht war es möglich, einen der Metallstäbe durchzubrechen oder zur Seite zu biegen. Einen anderen Ausweg aus dem Saal gab es jedenfalls nicht. Ich schob zwei elektronische Messgeräte von einem Schrank herunter und hievte diesen auf das Podest. Auf den Schrank stellte ich ein Metalltischchen und kletterte dann auf den Turm. Das Ende der Liane baumelte jetzt auf Höhe meines Kopfes. Ich zog daran – sie schien zu halten. Die Ranke fühlte sich trocken und fest an, aber das Laub war nicht welk und die Pflanze wirkte gesund und kräftig. Außerdem war es keine richtige Liane, sondern hatte aus der Nähe mehr Ähnlichkeit mit einer langen Weinrebe.

Ich packte sie so weit oben wie möglich, sprang in die Höhe, und begann nach oben zu klettern.

Was ich für Bewehrungseisen gehalten hatte, erwiesen sich ebenfalls als Ranken, die den Riss bedeckten. Ich schob sie einfach beiseite, kletterte hinaus und fand mich auf dem Boden einer Art Senke mit steilen Abhängen wieder. Laub raschelte, am Himmel leuchtete der Vollmond, die Sterne wurden von seinem Licht fast völlig überstrahlt. Ich besah mir die runden Früchte zwischen den Blättern einer Ranke und pflückte eine ab – es war eine Weintraube, etwas größer als eine Pflaume, hart wie ein Apfel und sehr sauer im Geschmack. Ich spuckte den Bissen wieder aus.

Dann stieg ich aus der Senke. Nicht weit entfernt erblickte ich zwischen Bäumen die fensterlose Mauer eines eingeschossigen Gebäudes und ging langsam und möglichst lautlos darauf zu.

Die Mauer war aus Ziegelsteinen. Ich schritt sie ab, wobei ich meine Handfläche über die Oberfläche der Ziegel gleiten ließ. Ich spürte Vertiefungen, die von Einschusslöchern stammten.

Ich hatte Hunger und noch heftigeren Durst. Als ich das Ende der Mauer erreicht hatte, bog ich vorsichtig um die Ecke. In der sich anschließenden Wand war ein Fenster eingelassen – ein von Trockenheit rissig gewordener, hölzerner Rahmen ohne Verglasung. Mondlicht fiel durch ein Loch im Flachdach in das Haus und erleuchtete einen großen Raum. Ich konnte ein Doppelstockbett erkennen. War dies hier ein Kasernengelände? Vielleicht war Doktor Huberts Labor unterirdisch angelegt, unter einer Militärbasis?

Wo befand ich mich? Was war mit mir passiert?

Wo waren Hubert, sein Assistent und Ella? Wo die Wachen? Wo war das ganze Personal der Forschungsanlage?

Woher kam dieser seltsame Hybrid, diese Mischung aus Wolf, Fuchs, Luchs und Kojote?

Was hatte ich da für einen Pfeil in der Hand?

Vielleicht hing es mit dem Experiment zusammen. Vielleicht hatte man mich in eine Parallelwelt versetzt. So etwas kannte ich aus Fantasy-Romanen. Auch Söldner lesen manchmal. Aber warum war der Saal dann noch da, warum nur war er gealtert?

Gealtert? Und was, wenn …

In der Dunkelheit sah ich zwischen den Bäumen zwei Lichter aufglühen, dann noch ein Paar und noch eines und noch eines – einige Lichter waren rötlich, andere gelblich. Ein Fauchen erklang und wurde von Grabesgeheul abgelöst. Die Lichter kamen näher, das welke Laub am Boden raschelte.

Ich setzte ein Bein auf den Holzrahmen, stellte mich in die Fensteröffnung und fasste nach dem blechernen Dachvorsprung. Dieser riss fast augenblicklich ab, aber es gelang mir mit den Fingern Halt in einem Riss zwischen den oberen Ziegeln der Mauer zu finden.

Ich warf einen Blick über die Schulter. Die Tiere liefen hechelnd und fauchend auf mich zu.

Dank der Löcher und Risse in der Mauer gelang es mir, mich hochzuziehen und aufs Dach zu hieven. Als ich die Beine nach oben zog, tauchte unter mir die erste Bestie auf. Ein gedrungener Körper – also noch so ein Hybrid wie das Tier in der Forschungsanlage. Er sprang durchs Fenster in die Baracke, die anderen Tiere liefen fauchend an der Mauer auf und ab. Nach und nach sprangen weitere Tiere durchs Fenster ins Innere.

Mitten auf dem Dach lag etwas. Vorsichtig bewegte ich mich darauf zu, blieb aber wieder stehen, als ich begriff, dass es ein Mensch war.

Er lag ausgestreckt auf dem Rücken da, die Hände unter dem Kopf verschränkt. Leise rief ich:

»He, Mann!«

Die Gestalt rührte sich nicht. Aber seine Haltung ließ darauf schließen, dass er schlief und nicht tot war. Zur Mitte hin war das Dach äußerst baufällig, daher ging ich auf die Knie und kroch auf allen vieren weiter, während ich gleichzeitig den Pfeil in der rechten Hand hielt.

Unten hetzten die Hybride rastlos hin und her, fauchten, kreischten. Ich wiederholte:

»He, du! Wach auf!«

Der abgewetzte Filzhut war tief über die Augen gezogen und bedeckte fast das ganze Gesicht. Der Fremde trug eine Jacke mit einem riesengroßen Fettfleck auf der Brust, seltsame knielange Hosen aus hellem Leder und schwere schmutzige Stiefel. Unter der offenen Jacke war ein breiter Gürtel mit Taschen zu sehen.

Ich umrundete vorsichtig das große Loch und wiederholte:

»Wach auf!« Dann stupste ich ihn leicht mit dem Pfeil in die Schulter.

Der Mann zuckte zusammen, der Hut rutschte von seinem Gesicht.

Ich prallte zurück. Sein Anblick war grauenhaft. Das Mondlicht beleuchtete ein Gesicht, das von einer grobkörnigen, dem Aussehen nach harten Kruste überzogen war. Die Augen waren unwirklich dunkel. Zitternd und bebend richtete sich der Mann auf, streckte einen Arm aus, beugte ihn im Ellenbogen und wies damit zur Seite, als wollte er mir etwas zeigen, gleichzeitig winkte er krampfhaft mit der anderen Hand. Er bewegte sich ruckartig, wie ein kaputter Automat. Wie ein Zombie.

Ich wich zurück. Was sollte ich tun, wenn er zu sprechen anfing?

Der Mann schnaubte dumpf auf und begann zu röcheln. Ich spürte einen kalten Schauer über meinen Rücken laufen. Die Lippen des Zombies öffneten sich, die trockene Kruste in den Mundwinkeln spannte sich, und eine schwarze, aufgequollene Zunge schob sich heraus.

Der Fremde jaulte auf.

In seinem Schrei lag weder Schmerz noch Kummer, nicht einmal Gleichgültigkeit, es war einfach nur ein Heulen, als wollte er ein Signal geben. Von unten antworteten die Hybride.

Der Kopf des Mannes begann von einer Seite zur anderen zu wackeln, immer schneller und schneller. Seine Hände hämmerten auf das Dach. Das Heulen erstarb. Er zuckte noch einen Augenblick, dann erstarrte er.

Was war das? Ich hatte schwer Verletzte gesehen, Sterbende, eingequetschte Männer, die vor Schmerz tobten, im Fieberwahn Delirierende, hatte Todeskampf und katatonische Störungen gesehen, aber so etwas hatte ich noch nie erlebt. Der

Fremde wirkte wie besessen von einem Dämon, der in seinen toten Körper geschlüpft war und versuchte, ihn auf die Beine zu bringen.

Der erste Schreck ließ nach. Ich wollte gerade so weit wie möglich von dem Toten abrücken, als ich einen Griff unter seiner Jacke hervorblitzen sah. Eine Waffe in einem Halfter am Gürtel. Der Gürtel selbst war ebenfalls interessant, er hatte viele Taschen.

Von unten hörte ich, wie die Krallen der Hybride auf dem harten Boden der Baracke klatschten, ich hörte das Rascheln des Laubs, das Knacken von Zweigen und das dumpfe Fauchen der Bestien, die im und ums Haus herumliefen und mich bewachten. Ich überlegte einen Augenblick, dann streckte ich die Hand aus und berührte vorsichtig die breite Schnalle. Ich rechnete damit, dass der Mann wieder zusammenzucken würde, aber der Körper blieb reglos. Ich öffnete die Schnalle und zog an dem einen Gürtelende. Ich musste heftig zerren, um so mehr, als ich versuchte, den Toten nicht zu berühren, aber schließlich glitt das andere Gürtelende aus der letzten Schlaufe und ich robbte auf allen vieren mit meiner Beute davon.

Der Mond ging langsam unter, wurde blasser, und am Horizont, hinter den Baumkronen, tauchte noch kaum merklich ein heller Streifen auf.

Als ich mich halb abgewandt von dem Fremden nahe am Dachrand hinhockte und die Pistolentasche öffnete, erstarb das Fauchen und Heulen unter mir.

In der Stille erklang Vogelgezwitscher. Ich blickte nach unten.

Die Hybride hatten ihre Köpfe alle in die gleiche Richtung gewandt. Zweige knisterten, ein Stamm zerbrach mit lautem Knacken – irgendetwas Großes kam durch das Dickicht auf uns zu. Der größte Hybrid suchte das Weite und die anderen folgten ihm röchelnd und hechelnd.

Zwischen den Bäumen zeigte sich jetzt ein riesiges Tier, das mich an einen Stier erinnerte. Jedoch war sein Körper gedrungen und es hatte kürzere Beine, der Schwanz dagegen war dick und lang. Sein Rücken war von der schon bekannten Kruste überzogen. Das Tier bewegte sich zielstrebig, seine krummen Beine stampften laut über die Erde, und schon war es an der Baracke vorbei und verschwand hinter den Bäumen, der Herde von Hybriden dicht auf den Fersen.

Ich hörte noch eine Weile das Knacken von Zweigen, ein entferntes Fauchen und Schnauben, ein unterdrücktes Heulen – dann wurde es still. Lange saß ich auf dem Dachrand, ohne mich zu rühren, in den Händen die Armbrust, die ich der Waffentasche entnommen hatte. Kein Tier ließ sich mehr blicken. Der Mond verlosch allmählich und der Himmel wurde heller. Ich wünschte mir nichts mehr als zu schlafen. Eine Art Schock setzte ein, mein Organismus reagierte auf die Erlebnisse mit Frösteln und Schwäche, die Augen fielen mir zu. Aber ehe ich mich schlafen legte, wollte ich unbedingt noch die Waffe überprüfen.

In meinem ganzen Leben hatte ich nichts Derartiges gesehen. Es war eine Art Feuerarmbrust mit einem kurzen Schaft, der am Ende geborsten war, einem groben hölzernen Griff, einem Abzug aus einem dicken spiralförmig gewundenen Draht und einem antiquierten Radschloss mit Reibrad und Feder als Zündvorrichtung.

Die Armbrust war mit Papierpatronen geladen. Ich schob die Waffe zurück ins Halfter und begann die Gürteltaschen zu untersuchen. In einer fand ich einen Kompass aus Nickel, in den anderen ein selbst gebasteltes Feuerzeug ohne Feuerstein, eine Tabakdose, Zigarettenpapier, eine Fadenrolle, eine in ein Stück Stoff gewickelte, dicke Nadel, einen Karabinerhaken, einige Glieder einer Eisenkette und einige große hölzerne Knöpfe. In den ledernen Patronenschlaufen steckten sieben Schuss Munition, deren obere Enden mit Filz überzogen waren.

Ich holte die Patrone aus dem Lauf, pulte die Papphülse auf und schüttete ihren Inhalt in meine Hand: verbogene verrostete Schräubchen, Nagelköpfe und kleine Metallstücke.

In der größten Gürteltasche steckte ein Flachmann.

Ich schraubte ihn auf, roch am Inhalt, dann nahm ich einen Schluck. Es war irgendetwas Selbstgebranntes, beerenartig im Geschmack; das Gebräu war nicht sonderlich stark – höchstens dreißig Prozent.

Vor meinen Augen verschwamm alles vor Müdigkeit. Ich kippte noch einige Schlucke hinunter, dann verschloss ich die Flasche und blickte mich nach dem Fremden um, der noch immer dalag. Er regte sich nicht. Ich lud die Waffe mit einer neuen Patrone und deponierte sie neben mir. Dann legte ich mich auf die Seite, den soeben erbeuteten Gürtel unterm Kopf. Der Alkohol begann zu wirken, das Schwächegefühl verstärkte sich und ich konnte nicht mehr klar sehen.

Warum war im Labor alles Metall verrostet, das Plastik vergilbt? Waren wirklich Jahre oder sogar Jahrzehnte vergangen? Aber woher kamen dann diese vorsintflutliche Feuerwaffe und der merkwürdige Aufzug des Toten, der aussah wie ein Jäger aus dem 19. Jahrhundert? Obwohl es damals vermutlich noch keine Benzinfeuerzeuge gegeben hatte. Nein, ich konnte keine Logik in den Ereignissen erkennen, begriff nicht, was hier vor sich ging und wohin es mich verschlagen hatte … Aber was, wenn … Ich hatte nicht den Mut, zu Ende zu denken.

5.

Als ich aufwachte, stand die Sonne bereits im Zenit.

Ich wusste nicht gleich, wo ich mich befand, was das Graue, Harte unter mir war und weshalb um mich herum Laub raschelte und die Sonne auf mich hinunterbrannte. Ich setzte mich auf, rieb mir die Augen und blickte mich um. Dann fiel mir ein, was in der Nacht geschehen war. Im ersten Augenblick erschien es mir absolut unwirklich. Der Mann, der auf dem Dach gelegen hatte, war verschwunden. Aber ich hatte ja den Gürtel und die Armbrust. Ich packte meine Beute und sprang runter vom Dach auf den Erdboden.

Wohin war der Kerl verschwunden? Am Ende hatte er wieder angefangen zu zucken, womöglich war er durch das Loch im Dach in die Baracke gestürzt.

Ich schwang mich über den Fenstersims ins Innere des Hauses: Wie am Vorabend war es leer, dort gab es nichts als die Überreste zweier Stockbetten und irgendwelchen undefinierbaren Müll in den Ecken.

Unwillkürlich stellte ich mir vor, wie der Tote auf mich zuhinkte, während ich schlief, sich über mich beugte und mir mit seinen dunklen, trüben Augen ins Gesicht blickte. Ein Schauder lief mir über den Rücken.

Ich nahm einen Schluck aus dem Flachmann und verließ die heruntergekommene Baracke, die keinen konkreten Hinweis auf die Welt und die Zeit gab, in die ich geraten war.

Nachdem ich den Gürtel umgeschnallt und die Armbrust überprüft hatte, steuerte ich auf die Bäume zu. Nach kurzer Zeit stieß ich auf ein zweistöckiges Ziegelhaus mit ausgeschlagenen Fensterscheiben, vor dem sich ein rissiger Betonvorplatz erstreckte. Durch die Risse quollen Gräser und Unkraut. Ich betrachtete die dunklen unverglasten Fenster, die Schieferbrocken auf dem Dach, ein großes Schild über dem offenen Eingang. Ich ging näher heran, hoffte, die Aufschrift auf dem Schild würde etwas über diese Welt verraten, musste aber feststellen, dass die Buchstaben total verwittert waren.

Und dann blieb ich abrupt stehen. Die linke Hälfte des Gebäudes war vollständig von jener seltsamen grauen Kruste überzogenen.

»Verdammte Scheiße …«, murmelte ich verwirrt.

Es war die Kruste, die ich an den Hybriden und auf dem Gesicht des Toten gesehen hatte. Sie bedeckte auch Teile des Vorplatzes, kroch die Hausmauer hinauf bis zum Dach, hatte die Fensterrahmen an der linken Seite erfasst. Vermutlich war auch im Innern des Hauses alles davon befallen.

Hier wirkte die Kruste dunkler und feuchter als bei den Tieren und dem Toten. Wie ein fettiger Schimmelbelag, der sich auf alles legte, auf Ziegel und Beton genauso wie Holz und Schiefer.

Und auch auf das Gras an dieser Hausseite.

Hatte ich nicht auch schwarz glänzende Flecken auf den Baumstämmen und auf dem Weg gesehen? Und auf dem Boden in der Baracke? Dort waren nur einzelne Stellen vom Schimmel betroffen gewesen, während es hier riesige Flächen gab, die über und über verkrustet waren.

Auf einmal hatte ich das Gefühl zu schlafen … nein, nicht zu schlafen, aber mitten in diesem Experiment zu stecken! Es war noch längst nicht beendet, und ich wurde die ganze Zeit von oben beobachtet und sollte mir all die merkwürdigen Dinge, die ich sah, merken und später Doktor Hubert davon berichten.

Ich schüttelte den Kopf und kniff die Augen zusammen. Als ich sie wieder öffnete, sah ich, dass neben dem Haus ein Mensch hockte.

Ich riskierte es nicht, näher als bis auf zehn Meter an ihn heranzugehen. Der Fremde, der mit dem Rücken gegen die Hauswand gelehnt dasaß, trug keine Stiefel, sondern feste Halbschuhe, und seine Jacke war etwas anders geschnitten als die des Zombies vom Dach der Baracke. Der Schimmel zog sich von oben die Hauswand entlang wie ein dicker feuchter Film und wölbte sich dann vor, um über den Menschen weiterzukriechen, dessen Gesicht und Schultern bereits völlig davon bedeckt waren. Es sah aus, als wäre der Mensch mit dem Haus verschmolzen, deshalb hatte ich ihn nicht gleich bemerkt.

Ein Stück entfernt auf einer Waldwiese lag noch ein Mann, auch hier war alles mit der merkwürdigen Schimmelkruste überzogen. Dann trat aus dem Dickicht ein dritter Mann – im Gehen zuckte er wild mit den Gliedmaßen und schaukelte von einer Seite zur anderen; es sah aus, als würde er jeden Moment stürzen, aber irgendwie gelang es ihm, das Gleichgewicht zu bewahren, wobei er ununterbrochen mit den Armen ruderte und sein Kopf hin und her wackelte.

Seine Augen waren dunkelbraun, fast schwarz. Sein Kopf, sein Gesicht und sein Hals waren vollständig mit Schimmel bedeckt.

Wahrscheinlich versteckten sich die Tiere mit den verschiedenfarbigen Augen, die Hybride, hier irgendwo in den Tiefen dieses ausgestorbenen Geländes. Was, wenn die Verhärtung des Ausschlags die Verschlimmerung einer gefährlichen Krankheit und eine Verstärkung der Lähmung bedeutete? Wie gefährlich waren diese Leute für mich?

Ich hatte keine Lust, meine Theorien am eigenen Leib zu überprüfen und schlug deshalb die entgegengesetzte Richtung ein.

Es dauerte einige Zeit, bis ich ein Gebäude, das nach einer ehemaligen Kantine aussah, und zwei Baracken weiträumig umgangen hatte. Ich kam nur langsam vorwärts, da ich immer wieder Haken schlagen und Umwege machen musste, um den mit Schimmel überzogenen Stellen auszuweichen.

Bei dieser Wanderung wurde mir endgültig klar, dass ich mich auf dem Gelände einer ehemaligen, lange verlassenen Militärbasis befand. Dem Dickicht nach zu urteilen, das aus dem aufgeplatzten Beton wucherte, war sie schon vor vielen Jahren, vielleicht Jahrzehnten aufgegeben worden.

Das Gelände war rundherum mit einer Mauer aus inzwischen verwitterten Betonplatten eingezäunt, von denen einige umgestürzt waren. Als ich die Mauer endlich erreicht hatte, blickte ich durch eine Lücke nach draußen.

Die Militärbasis befand sich auf der Kuppe eines sanft abfallenden Hügels. Ich sah mit Gras bewachsene Abhänge und einen unbefestigten Weg, der zum Fuß des Hügels führte; dahinter Felder, Steppengras, krumme, verkrüppelte Bäume, ein Wäldchen und noch weiter entfernt eine Eisenbahnbrücke, die über ein ausgetrocknetes Flussbett führte und von Pflanzen überwuchert zu sein schien.

Es war heiß und am hohen blauen Himmel zog eine einsame Wolke entlang.

Ich besah mir die Betonplatten rechts und links des Lochs genauer und stellte fest, dass die eine Schimmelflecken aufwies, während die andere sauber war. Ich steckte die Armbrust in das Halfter, kletterte auf das unverseuchte Mauersegment und richtete mich, vorsichtig balancierend, auf.

Außerhalb der Betonmauer war nirgendwo Schimmel zu sehen, er hatte – soweit ich das von hier beurteilen konnte – nur den Gipfel des Hügels und die Basis befallen. Die Verseuchung betraf also ein überschaubares Gebiet.

Ich kannte die Welt, die sich vor mir ausstreckte, und gleichzeitig war sie mir fremd. Es hatte mich tief in die russische Provinz verschlagen, die mir bei aller Vertrautheit irgendwie abartig erschien. Irgendwie ging von dieser reglosen Landschaft etwas unterschwellig Bedrohliches aus.

War das Experiment wirklich noch nicht beendet? Waren die Gabel, mit der ich die Schnalle geöffnet hatte, die regenbogenfarbene Blase über dem Podest und der Riss in der Welt nur Träume gewesen? Halluzinationen, die meinen Übergang in eine andere zeitliche Sphäre begleiteten?

In der Militärakademie hatten wir viel an Simulatoren trainiert, hatten Spezialhelme und mit Sensoren versehene Anzüge angezogen und virtuelle Gefechte gefochten. Hing Huberts Experiment mit einer solchen virtuellen Realität zusammen? Oder ging es um etwas anderes?

Und wie zum Teufel sollte ich herausfinden, wo ich mich befand? Wenn es sich um eine perfekte Kopie der Wirklichkeit handelte, wo konnte ich *das Wurmloch* finden? *Das Schlupfloch, den Ausgang*?

Was hatte Hubert noch über das Codewort gesagt? Die interne Parole?… Ich kniff mich in die Backe, zog mich an der Nase, krauste die Stirn und sagte laut vor mich hin:

»Ewigkeit. Ewigkeit!«

Natürlich war es lächerlich, aber irgendwie rechnete ich damit, dass sich die Welt um mich herum auflösen würde, und vor mir in Großbuchstaben geschriebene Wörter auftauchen würden:

EINSTELLUNGEN
STEUERUNG
SPIELEENTWICKLER
EXIT

Natürlich geschah nichts dergleichen. Wie hatte Hubert das gemeint? Musste die Parole zu einem bestimmten Zeitpunkt oder an einem bestimmten Ort ausgesprochen werden? Oder hatte ich das falsch verstanden? Im Grunde hatte er nur erwähnt, dass es eine Art Code-Wort für alle Teilnehmer des Experiments sei …

Was sollte ich tun? Das Wichtigste war, festzustellen, wo ich mich befand, und einen Ausweg zu finden.

Ein warmer Wind wehte. Ich hielt mich an einem aufragenden Bewehrungseisen fest und beugte mich noch etwas weiter vor, als ich plötzlich ein Motorengeräusch hörte.

Es kam von unten und wurde schnell lauter. Ich hockte mich mit dem Rücken zur Militärbasis auf die Mauer und ließ die Beine runterhängen. Aus dem Wäldchen, das am unteren Ende des Weges lag, raste ein ungewöhnliches Gefährt auf mich zu.

Es sah aus wie eine Mischung aus einem Lkw und einem altmodischen Dampfschiff. Aus den Rohren über der Fahrerkabine wallte schwarzer Rauch. Die Karosserie war mit angenieteten Eisenplatten verkleidet, zwischen denen sich schmale Fensteröffnungen mit geschlossenen Fensterläden befanden. Im Dach konnte ich eine runde Luke erkennen.

Ich sprang von der Mauer und rannte winkend den Abhang hinunter.

Das Dröhnen des Motors wurde noch lauter, das Fahrzeug beschleunigte seine Geschwindigkeit. Als Nächstes schossen zwei schwarze Motorräder aus dem Wäldchen.

Mit einem Satz überquerte ich einen Graben und befand mich jetzt mitten auf dem Weg.

Ein Schuss knallte, von einem Motorrad stieg eine Rauchwolke auf, und das seltsame Gefährt kam ins Schleudern, neigte sich gefährlich zur Seite und hielt auf den Rand des Weges zu. Die Kugel hatte einen der Reifen erwischt. Der Fahrer versuchte gegenzusteuern, und das Fahrzeug wurde heftig hin und hergeschleudert.

Ich sprang zurück. Die eisernen Fensterläden von zwei Fensteröffnungen wurden zurückgeschlagen, Gewehrläufe nach draußen geschoben, der eine auf mich gerichtet, der andere in Richtung der Motorräder. Schüsse knallten, und eine Kugel pfiff an mir vorbei.

Das seltsame Fahrzeug raste jetzt am äußersten Wegesrand dahin. Der Schütze, der die Motorräder im Visier gehabt hatte, war erfolgreicher. Er traf einen der Fahrer. Dieser wurde zurückgeworfen, prallte dabei gegen den Beifahrer hinter ihm, und beide stürzten zu Boden. Das Motorrad kippte nach wenigen Metern um.

Das schiffartige Gefährt hing mit der einen Fahrzeugseite im Graben neben dem Weg. Es pflügte sich schwerfällig noch ein paar Meter vorwärts, ehe es sich weiter zur Seite neigte, der Motor aufheulte und es mit einem dumpfen Klatschen auf die Seite kippte.

Das zweite Motorrad hielt geradewegs auf mich zu. Zwei Männer saßen darauf, beide bärtig, bewaffnet und in lange schwarze Hemden und Reithosen gekleidet. Der hintere hob das Gewehr über die Schulter des Fahrers und schoss. Als das Motorrad vorbeiraste, hatte ich meine Armbrust bereits angelegt und betätigte den Abzug.

Aus dem Lauf der Waffe schoss eine Feuerzunge. Der Schuss dröhnte so laut, dass sich mir die Ohren verschlossen und der Rückschlag mich zu Boden warf.

Ein Teil der Schrotladung traf den Fahrer, ein anderer den Schützen. Der Lenker des Fahrzeugs wurde rumgerissen, das Motorrad geriet ins Schleudern und raste ungebremst in die Unterseite des Lastwagens.

Die Stille, die sich nun breitmachte, war geradezu ohrenbetäubend. Ich rieb mir mit den Fingern den Staub aus den Augen, stand auf und ging vorsichtig auf das umgestürzte Fahrzeug zu, während ich eine neue Patrone in die Armbrust schob.

Ein Motorrad lag mitten auf dem Weg, das andere neben dem umgestürzten Lastwagen. Eine aus ihrer Fassung gebrochene

Zündkerze versprühte Funken, das Vorderrad war abgerissen, die Lenkradgabel verbogen, der Ledersitz hing seitlich runter.

Möglicherweise war der Treibstoffbehälter bei dem Aufprall geplatzt, der Brennstoff könnte explodieren.

Ich blieb stehen. Die zwei schwarz gekleideten Gestalten lagen reglos neben dem Motorrad. Wahrscheinlich waren beide tot. Eine solche Ladung Schrot aus nächster Nähe und dazu der heftige Aufprall – das überlebt keiner.

Aber was war mit den Leuten im Lastwagen? Mindestens drei Personen mussten es sein – der Fahrer und zwei Schützen. Ich umrundete das Fahrzeug. Plötzlich erklang ein Schaben und Quietschen, dann ein Schlag, der Lukendeckel riss beim Aufklappen aus dem Scharnier und fiel zu Boden. Eine Gestalt kroch aus der Öffnung und richtete sich auf.

Sie hatte lange dunkle Haare, braune Haut und asiatische Züge, auf der Stirn prangte eine Schramme. Sie war schmal und mittelgroß, noch ein Mädchen – irgendetwas zwischen fünfzehn und achtzehn, schwer zu sagen.

Sie trug eine Lederhose und eine Weste, darüber einen kurzen Samtmantel mit Kapuze, an den Füßen Stiefel.

Mit offensichtlicher Anstrengung hob sie ein langläufiges Gewehr, zielte auf mich und gab einen Schuss ab. Klack – mehr nicht. Entweder war das Gewehr nicht geladen oder die Patrone war stecken geblieben.

»He, he, stopp!«, sagte ich und ließ die Armbrust fallen. »Immer langsam! Ich bin kein …«

»Bleib, wo du bist«, schrie das Mädchen und wich zurück. »Du bist ein Symbiot … Komm bloß nicht näher!«

»Aber ich …«

»Du kommst aus der Nekrose! Bleib mir fern, hab ich gesagt! Du steckst mich an!«

Sie lief los und verschwand hinter dem Fahrzeug. Ich folgte ihr, um zu verhindern, dass sie sich das Gewehr eines der Motorradfahrer schnappte.

Ein Schrei ertönte.

Wie sich herausstellte, hatte einer der bärtigen Verfolger überlebt und war unbemerkt hinter die Kabine gekrochen, wo er das Mädchen jetzt überwältigte. Mit der einen Hand hielt er ihren Arm auf dem Rücken verdreht und mit der anderen hatte er ihren Haarschopf gepackt. Als ich zu den beiden stieß, hockte sie auf den Knien, krümmte und wand sich mit zurückgeworfenem Kopf, und versuchte sich schluchzend und zappelnd zu befreien.

Langsam ging ich auf sie zu. Schießen verbot sich, denn meine Schrotladung hätte vermutlich beide erwischt. Das knielange schwarze Hemd des Bärtigen erinnerte an eine abgeschnittene Kutte. Es war an Brust und Schulter aufgerissen, aus einer Schürfwunde an der Stirn tropfte Blut, auch der Mund war blutverschmiert und in seinem Gebiss klaffte eine riesige Zahnlücke. Um seinen Hals trug der Bärtige eine eiserne Kette mit einem Amulett. Auf den ersten Blick ein Kruzifix, aber genauer besehen, erinnerte es eher an den Buchstaben »X«, und die daran gekreuzigte Figur wirkte nicht menschlich.

Der Bärtige ging leicht in die Hocke, zog den Kopf seiner Gefangenen ruckartig nach hinten und brachte das Mädchen so in Position, dass es ihm mit seinem Körper Deckung gab. Es stöhnte vor Schmerz auf.

»Im Namen des Ordens, Söldner!«, sagte er heiser. »Verschwinde! Was ist, begreifst du nicht, mit wem du dich anlegst?«

In seiner Stimme schwangen Zorn und Erregung. Ich näherte mich, ohne meine Waffe zu senken. Was konnte dieser Mann ausrichten? Ich sah nirgendwo eine Schusswaffe ... Der Bärtige begriff das ebenfalls und schubste das Mädchen auf mich zu.

Ich sprang zurück, und das Mädchen warf sich ins Gras. Mit einem Satz war der Bärtige bei mir und hieb mir mit einem kurzen Schlagstock, den er aus dem Ärmel gezogen hatte, auf den Oberarm. Die Armbrust donnerte wieder los, aber der Lauf war zur Seite gerutscht und das Schrot hagelte auf das Fahrzeug nieder.

Ich stieß dem Bärtigen den Schaft der Waffe in den Bauch, ließ sie dann fallen, breitete die Arme weit aus und schlug ihm mit den offenen Handflächen auf die Ohren. Angeblich können einem so Attackierten bei entsprechender Stärke der Schläge die Trommelfelle platzen. Ich hatte das noch nie geschafft. In jedem Fall bleibt ein solches Manöver nicht folgenlos. Der Bärtige stöhnte, riss den Mund auf, und aus seinen Augen schossen Tränen. Ich schlug ihm mit der Handkante seitlich in den Hals und gleich darauf mit den Knöcheln der Faust in den Adamsapfel. Ein Schmatzen ertönte, wie wenn ein Stein in dichten Matsch fällt, dann ein leises Knacken. Aus den breiten, haarigen Nasenlöchern des Bärtigen quoll Blut. Ein zweites Rinnsal trat aus seinem Mundwinkel und lief in den langen, dunklen Bart. Der Kerl stürzte rückwärts zu Boden.

Schwer atmend trat ich einen Schritt zurück und wandte mich um, als ich ein Schnalzen hörte.

Das Mädchen lag am Boden, zielte mit meiner Armbrust auf mich und zog immer wieder den Abzug.

»He, Freundin ...«, sagte ich und ging auf sie zu. »Ich hab dir gerade das Leben gerettet, und du ...«

»Komm nicht näher, komm bloß nicht näher!« Sie versuchte wieder zu schießen.

Ich packte die Waffe am Lauf und riss sie an mich. Das Mädchen ächzte, zog die Hände weg, versteckte sie hinter dem Rücken und schob sich rückwärts kriechend von mir fort. Langsam folgte ich ihr, während ich eine Patrone nachlud.

»Bleib weg von mir!« Sie wirkte beinahe hysterisch. Ihre großen hellen Augen waren vor Entsetzen weit aufgerissen. »Du bist … Nekrose …«

»Wovon verdammt noch mal redest du? Was soll dieser Nekrose-Scheiß?« Ich war stinkwütend. »Was redest du für einen Mist? Ich bin nicht krank.«

»Du bist von dem Hügel gekommen, ich hab dich aus der Schießscharte gesehen.«

Ich wandte mich um und blickte in Richtung der flachen Kuppe des Hügels. Mit einem Mal begriff ich, dass der obere Teil sich farblich von der Umgebung abhob. Er wirkte wie ein dunkler Fettfleck inmitten einer großen grauen, mit gelben und grünen Mustern verzierten Decke.

Als ich mich wieder dem Mädchen zuwandte, schwenkte sie bereits einen langen, krummen Stock, den sie im Gras entdeckt hatte, und schlug mir damit auf die Schulter.

Ich schwankte etwas, der Stock zerbrach krachend.

»Du bist ja völlig gestört!« Ich schob die Armbrust ins Halfter, packte das Mädchen und hob es hoch. Es begann wie wild zu zappeln, warf den Kopf nach hinten, und heftiges Entsetzen verzerrte seine Gesichtszüge. Es hatte wirklich Angst vor mir. Und dazu kam sicher ein gewisser Ekel, als sei ich eine widerwärtige, giftige Assel.

»Hör mal zu, Freundin!«, bellte ich. »Ich habe nichts. Keine Seuche. Alles in Ordnung, beruhige dich! Na! Wenn du nicht aufhörst zu zappeln, fessle ich dich.«

Das Mädchen erstarrte, blickte mir in die Augen. Vermutlich begriff es erst jetzt, dass sie ganz normal waren.

»Lass mich los!«

»Schon gut! Aber benimm dich, sonst kannst du was erleben.«

Ich stellte es wieder auf den Boden ab, und machte einige Schritte rückwärts zu dem Bärtigen hin, denn ich wollte ihm auf keinen Fall den Rücken zudrehen. Ich ging neben dem Mann in die Hocke und tastete nach seinem Puls am Hals. Er war tot. Ich hatte ihn nicht töten wollen. Es war einfach alles sehr schnell gegangen, und ich hatte reflexartig gehandelt. Es war eine dieser typischen Situationen gewesen, die ich auch bei meinem Verhör mit dem General erwähnt hatte: Wenn du sie nicht zuerst tötest, dann töten sie dich … Und dieser Mann hatte uns beide fertigmachen wollen. Mich ganz sicher. Wie hatte er mich genannt … Söldner? Söldner! War das mein Schicksal? Warum hatte der Bärtige nicht »Fremdling« oder »Wanderer« oder einfach »du da« gesagt? Warum Söldner?

»Warst du lange im Flecken?«, fragte das Mädchen. Ich hob den Kopf.

»In welchem Flecken?«

»Na, in dem da oben! Ist er alt?«

Ich zuckte mit den Schultern:

»Keine Ahnung. Ich bin nicht … von hier.«

»Wie heißt du?«

Ich wollte schon »Jegor« antworten, aber irgendetwas hielt mich zurück, und ich sagte:

»Rasin.«

»Rasin«, wiederholte sie. »Ich heiße Juna. Juna Galo.«

»Was ist das denn für ein Name?«

Das Mädchen warf den Kopf nach hinten und sagte:

»Überleg dir lieber, was du sagst. Ich bin aus dem Mecha-Korpus.«

»Was geht mich das an?« Ich ging um den umgestürzten Laster herum, um nach den anderen Motorradfahrern zu sehen. Vermutlich waren alle drei tot. Dieser hier, der uns angegriffen hatte, musste der Beifahrer auf der vorderen Maschine gewesen sein. Er war von seinem Fahrer aus dem Sitz geschleudert worden. Aber die anderen konnten eigentlich nicht überlebt haben.

So war es. Als ich zurückkam, war Juna Galo auf die Kabine geklettert und versuchte, die Fahrertür zu öffnen.

»Bist du ein Söldner?«

»Wie kommst du darauf?«

Sie nickte mit dem Kinn in Richtung des Bärtigen.

»Das sehe ich am Benehmen. Aber du bist wohl kein normaler Söldner. Was du kannst, bringen sie nicht jedem bei ... Wenn du von der Mechanischen Korporation wärst, würde ich dich kennen. Also bist du entweder ein entlassener Soldat aus dem Schloss Omega oder sie haben dich in einer dieser Kopfjäger-Einheiten gedrillt.«

Ich kletterte zu dem Mädchen auf die Kabine, ohne darauf zu achten, dass es reflexartig das Weite suchte – es fürchtete sich immer noch davor mich zu berühren. Dort hockte ich mich an den Rand des Türrahmens, stemmte die Füße gegen die Karosserie, packte den Griff und zog mit äußerster Kraft. Endlich, die Tür öffnete sich.

Was hätte ich antworten sollen? Ich hatte noch immer nicht den kleinsten Anhaltspunkt, in welcher *Zeit* und an welchem *Ort* ich gelandet war. Aber meine Geschichte konnte ich ihr schlecht erzählen. Diese Juna würde mich nur für durchgeknallt halten. Ich hätte behaupten können, dass ich nach einer Verletzung an Gedächtnisverlust litt … Aber das hätte ihr einen Vorteil mir gegenüber verschafft. Fürs Erste würde ich so tun, als wäre alles ganz normal. Mit der Zeit würde sie mir ohnehin auf die Schliche kommen, dann würde ich improvisieren müssen. Das Wichtigste war, diesen Zeitpunkt so lange wie möglich hinauszuzögern und sie zu verwirren.

Ich sagte:

»Es ist egal, woher ich komme. Wer hat euch verfolgt?«

»Was meinst du – wer? Siehst du das nicht – die Mönche.«

Ich setzte mich auf den Türrand und ließ die Beine in die Fahrerkabine hängen, dann beugte ich mich vor, um ins Innere blicken zu können.

»Schon klar, dass es Mönche sind. Ich meine: Warum sind sie hinter euch her? Was wollen sie von euch?«

Der Fahrer war tot – sein Kopf war offenbar mit voller Wucht gegen eine Metallstrebe geschlagen, als der Wagen kippte. Aber warum war die Windschutzscheibe nicht zerbrochen? Ich berührte sie, und sie gab unter meinen Fingern leicht nach. Sie war nicht aus Glas, sondern aus einer Art Plastikfolie, die mit einem Lack verstärkt war.

Als ich den Gürtel mit dem Halfter entdeckte, der an einem Haken unter dem Lenkrad hing, sprang ich sofort in die Kabine, um mir die Waffe zu holen. Dann kletterte ich wieder aus dem Fahrzeug.

»Es werden noch mehr kommen«, sagte Juna Galo. »Sie werden schon bald hier sein. Wir müssen verschwinden.«

»Aber warum sind sie hinter dir her?«

»Das geht dich nichts an, Söldner. Hör mal, warum trägst du so seltsame Kleidung? Ist der Anzug aus Plastik? Wo hast du den bloß her, von der Müllkippe?«

Ich sprang zu Boden und untersuchte meinen Fund. Der Revolver im Halfter erinnerte an einen Colt aus der Zeit des Wilden Westens. Ich kippte den Lauf ab und berührte die Zündhütchen, die aus der Trommel hervorragten. Die Patronen waren unmarkiert, trugen keinen Stempel des Herstellers – Marke Eigenbau.

Ich klappte den Lauf in die reguläre Position zurück, streckte die Hand aus, zielte … Dies hier war keine schlechte Waffe. Der Griff lag gut in der Hand.

»Wer ist da hinten noch?«, fragte ich. »Ihr wart doch mindestens zu zweit.«

»Michaj, mein Diener, aber er ist auch tot.« Sie sprach gleichgültig, als sei Michaj von Anfang an dazu bestimmt gewesen, für seine Herrin zu sterben. »Er wurde von einer Kugel durch die Schießscharte getroffen. Hörst du mich, Söldner? Wir müssen so schnell wie möglich von hier weg.«

Ich legte mir den Gürtel um und schob die Pistole zurück ins Halfter.

Ihr Ton ging mir auf die Nerven. Offenbar war sie es gewohnt, andere Leute herumzukommandieren, und rechnete damit, dass man ihr widerspruchslos gehorchte. Mir gefiel das nicht. Ehe ich durch die Luke ins Innere des Lastwagens kletterte, rief ich ihr über die Schulter zu:

»Dann geh doch. Aber sag mir nicht, was ich zu tun habe. Klar?«

Am Boden des Gefährts, der jetzt wie eine Seitenwand aufragte, waren zwei eiserne Bänke, eine Liege und ein Schrank festgeschraubt. Alles andere war kreuz und quer durcheinandergeschleudert worden – Geschirr, zwei Koffer – und der Körper eines grauhaarigen Mannes mit einem Loch im Kopf.

Ich hob Michajs Gewehr auf. Dann öffnete ich nacheinander die Koffer. In einem befand sich Kleidung, im anderen Lebensmittel: Brot, auf eine Schnur gezogene Stücke von Dörrfleisch, die Scherben von einem kaputten Gewürzglas, zwei große Kürbisflaschen. Von den Gewürzen kam vermutlich der seltsame Geruch im Wagen, der mich mehrmals zum Niesen brachte.

Es wurde dunkler – in der Luke tauchte der Kopf des Mädchens auf.

»Söldner!«, rief sie.

Ich hängte mir das Gewehr über die Schulter, befestigte die Patronentasche mit der Munition an meinem Gürtel und begann die Lebensmittel in einen herumliegenden Seesack zu laden.

»Was?«

»Ich danke dir«, sagte Juna Galo trocken. »Ich hätte mich gleich bedanken sollen, aber ich war durcheinander. Du hast mir das Leben gerettet. Aber jetzt müssen wir von hier verschwinden. Wenn du bleibst, werden die Mönche dich foltern, um zu erfahren, wohin ich gegangen bin, und danach werden sie dich töten.«

Ich zuckte mit den Schultern, richtete mich auf, warf mir den Seesack über die Schulter und kam zur Luke zurück, um rauszuklettern. Juna verschwand von der Öffnung.

»Wie viele kommen noch?«

»Ich weiß, dass uns ein Automobil, so groß wie unseres auf den Fersen ist und dann noch mindestens zwei Teutonen.«

Diese seltsame Kutsche hieß also Automobil … Und was waren Teutonen? Ich würde es noch erfahren. Das Mädchen stand mit dem Gewehr des Mönches in den Händen da und blickte auf den Weg. Ohne sich zu mir umzudrehen, sagte es:

»Ich bin reich, Söldner. Ich werde dich gut bezahlen. Ich weiß nicht, ob ich dir vertrauen kann … Aber ich heuere dich an. Fünf Goldstücke. Zwei im Voraus und drei, wenn wir unser Ziel erreicht haben. Du wirst mich begleiten und mich beschützen. Und jetzt lass uns aufbrechen, die Mönche werden jeden Augenblick da sein. Während du da drinnen warst, habe ich mir die Motorräder angesehen: Sie sind kaputt, also müssen wir zu Fuß gehen.«

Sie wies mit der Hand in Richtung der Eisenbahnbrücke über dem ausgetrockneten Flussbett.

»Wieso gehst du davon aus, dass ich bereit bin, dich zu beschützen?«, fragte ich.

»Du bist doch ein Söldner! Und ich bin die Tochter von Timerlan Galo.«

»Was habe ich damit zu tun?«

»Du … aber du …« Juna schnaubte vor Zorn. Sie schüttelte den Kopf, wollte etwas sagen, aber dann überlegte sie es sich anders. Sie holte eine silberne Haarspange aus ihrer Tasche und befestigte ihre schwarzen Haare damit.

Ich wühlte in dem Seesack herum, zog ein Stück Dörrfleisch von der Schnur, schnupperte daran und biss ab. Es war stark gepfeffert, schmeckte aber gut. Wobei mir in diesem Moment vermutlich alles geschmeckt hätte. Ich aß zwei Stücke, dann holte ich die Kürbisflasche heraus, roch an der Flüssigkeit darin – gewöhnliches Wasser – und nahm einige Schlucke.

Juna Galo zog ein graues Barett aus ihrem Gürtel und setzte es sich auf die zum Knoten gewundenen Haare.

»Fünf Goldstücke – das ist eine ernste Summe«, sagte sie kalt.

»Und diese Mönche sind ernste Kerle. Das weißt du selbst.«

»Wie viel willst du? Oder geht es dir nur darum, den Laster auszuplündern? Und mich auszuplündern?«

»Nein«, entgegnete ich mit vollem Mund. »Dich will ich nicht ausplündern. Aber …«

»Still!« Sie hob die Hand. Aus weiter Ferne drang Motorengeräusch zu uns, noch kaum hörbar.

»Wir müssen fort, Söldner! Hilfst du mir oder nicht? Wie viel willst du?«

Ich überlegte: Auf meinem Rücken trug ich ein Gewehr und einen Seesack voller Essen, am Gürtel einen Revolver; ich besaß Munition und ein Messer, ebenfalls aus dem Laster. Meine Situation war deutlich besser als vor einer halben Stunde, als ich nur mit einer vorsintflutlichen Armbrust bewaffnet auf diesem merkwürdigen Hügel herumgewandert war. Und trotzdem hatte ich noch keine Ahnung, wo ich mich befand. Und dieses Mädchen hier … Na ja, zumindest konnte ich nach und nach weitere Informationen aus ihm herauslocken, über diese Welt und diese Gegend. Mich einleben. Fürs Erste war es das Beste, mich an es zu halten. Später würde ich weitersehen.

»Sieben Goldstücke«, sagte Juna Galo und blickte besorgt über meine Schulter in Richtung des Wäldchens. »Sieben, Rasin! Damit kannst du dir eine Farm kaufen!«

»Na, gut«, sagte ich endlich. »Drei im Voraus.«

Sie packte mich an der Schulter und gab mir einen Schubs in Richtung Brücke. Im Gehen zog sie ein Ledersäckchen aus ihrer Tasche, holte drei große runde Münzen heraus und drückte sie mir in die Hand.

»Schneller, Söldner, wir müssen die Brücke erreichen, ehe sie hier auftauchen. Von da gibt es zwei Wege, einen nach Kewok und einen nach Grauer Brand. Die Mönche werden nicht wissen, welche Route wir genommen haben ...«

»Wohin willst du überhaupt?«, unterbrach ich sie, während ich mir einen Weg durch das hohe Steppengras bahnte.

»Nach Moskau«, sagte sie.

6.

Die Brücke war in einem jämmerlichen Zustand – die Gleise völlig verrostet, die Schwellen verfault, dazwischen wölbten sich Erdhügel, die mit Gras und Stauden überwuchert waren.

Ehe wir sie betraten, blickten wir uns noch einmal zu dem Hügel um. Inzwischen hatte neben dem umgestürzten Fahrzeug, mit dem Juna gekommen war, ein weiteres ähnlicher Bauart gehalten. Außerdem waren noch zwei gedrungene, ziemlich große Jeeps zu erkennen. Das waren also die sogenannten Teutonen.

»Wenn ihnen klar ist, was da passiert ist, werden sie direkt hierherkommen.« Juna setzte einen Fuß auf die Brücke, dann hielt sie inne.

»Was ist los?«

»Sei vorsichtig. Nimm dein Gewehr zur Hand, bewach mich! Wofür habe ich dich angeheuert?«

Ich blickte auf die leere Brücke.

»Hier ist weit und breit kein Mensch, lass uns gehen.«

»Ich habe gehört, dass solche Brücken oft … ich meine, dass manchmal irgendwelches Volk darunter lebt …« Sie verstummte.

»Trolle vielleicht?«

»Was sind Trolle?«

Juna rührte sich noch immer nicht. Ich aber zog sie am Ärmel und wollte losmarschieren:

»Lass uns gehen, sag ich.«

»Fass mich nicht an, Söldner!«, entgegnete das Mädchen mit scharfer Stimme und riss ihren Arm weg. »Berühr mich nicht, solange ich es dir nicht befehle! Hast du verstanden? Tu das nie wieder!«

Ich ging weiter, ohne mich umzudrehen. Juna Galo holte mich ein und schlug mir mit der Faust von hinten zwischen die Schulterblätter. Dann packte sie mich am Kragen, zerrte daran und schrie:

»Hast du gehört, was ich gesagt habe? Sieh mich an! Ich bezahle dich, und wehe du rührst mich noch mal an …«

Ich wandte mich um, schubste sie von mir fort, sodass sie über eine Schwelle stolperte und sich beinahe zwischen die Gleise gesetzt hätte.

»Hör du mir zu, Freundin!« Ich nahm zwei ihrer Münzen und schleuderte sie ihr vor die Füße. »Es ist mir scheißegal, wer hinter dir steht und wessen Tochter du bist. Eine Münze behalte ich dafür, dass ich dir das Leben gerettet habe. Und jetzt verschwinde, wohin du willst.« Dann ging ich weiter.

Hinter mir blieb es still. Als ich ein paar Meter weiter im Gebüsch neben den Gleisen einen Körper bemerkte, zog ich den Revolver aus der Tasche.

Ich war mir sicher, dass es sich um einen toten Menschen handelte – und damit lag ich richtig, zumindest fast richtig. Das Wesen war tot, aber es war kein Mensch.

Ich bog die Gräser auseinander und drehte mit dem Revolverlauf den hügeligen, mit dunklem Haar bewachsenen Schädel mit dem Gesicht zu mir. Das Geschöpf, das nur mit einer kurzen, mit einem Strick zusammengehaltenen Fellhose bekleidet war, erinnerte an einen Affen. Sein runzeliges, rosiges Gesicht war eine hässliche Mischung aus menschlichen und tierischen Zügen. Ein scheußlicher Anblick. Aus seiner linken Brust ragte ein Stück Bewehrungseisen, das offenbar zur Waffe umfunktioniert worden war: ein zugespitztes, pfeilartiges Ende steckte in der Brust des Toten, das andere Ende war sorgfältig mit einem Faden und Draht umwickelt.

In der rechten Hand hielt das Wesen einen langen Hüftknochen. Von einem Menschen.

Der Kies knirschte, ich hörte jemanden neben mir atmen. Nach kurzem Zögern streckte ich ohne hinzusehen meine Hand aus. Sekunden später fühlte ich kühles Metall auf der Handfläche, schloss die Finger darum, und schob die beiden Münzen wieder in meine Tasche.

»Das ist ein Mutant, kein Mutafag«, sagte Juna Galo leise. »Den haben die Fänger umgebracht, die benutzen solche Dinger.«

»Was sind …« Ich wollte schon nachfragen, schwieg dann aber.

»Was?«, fragte Juna nach kurzer Pause. Ich gab keine Antwort, und das Mädchen fügte hinzu: »Gehen wir, die Mönche sind sicher schon unterwegs hierher.«

Wir verließen die Brücke auf der anderen Seite. Entlang des Flussufers zogen sich Hügel, im Flussbett verlief ein kaum erkennbarer Weg mitten durch dichtes Gebüsch.

»Warst du schon mal hier in der Gegend?«, fragte Juna, und ich schüttelte den Kopf. »Woher kommst du?«

Wieder zögerte ich kurz, ehe ich das sagte, was mir als Erstes einfiel:

»Von der Küste.«

»Woher?« Sie verstand mich nicht. »Was meinst du damit … Also entweder vom Rand der Don-Wüste, vom Berg Krim oder von der Brücke? Alles andere ist ja unbewohnbar.«

Ich hatte ein schnelles Tempo eingeschlagen und machte im Gehen eine unbestimmte Handbewegung. Was sie da sagte, klang alles sehr seltsam: Wie konnte aus der Halbinsel Krim ein Berg geworden sein?

Wahrscheinlich war diese Welt eben doch virtuell. Ein besonderes Setting, verschiedene Maps und Zonen, dazu Programmierer und Designer, oder wer für solche Sachen zuständig war. Und die hatten vermutlich versucht, geläufige Namen zu verwenden. Vielleicht forschte Doktor Hubert ja daran, welche Auswirkungen das vollständige Eintauchen in eine künstliche Welt auf die menschliche Psyche hatte. Hier war Moskau, dort die Krim … dazu irgendwelche Mutafage, Fänger und Mutanten. Dieser seltsame Schimmel, der die Toten dazu brachte, aufzustehen und wie Zombies herumzuirren. Bestimmt hatte Juna diesen Schimmel gemeint, als sie von Nekrose sprach. Und warum hatte man das Mädchen in diese virtuelle Welt eingeführt? Was hatten die Ereignisse nach meiner Flucht aus dem Forschungszentrum zu bedeuten? Einen Programmabsturz? Oder war das nur ein

Versuch gewesen, mich zu verwirren? Vielleicht hatte man den Eindruck erwecken wollen, dass etwas mit dem Experiment schiefgelaufen war. Damit das Versuchskaninchen glaubte, es hätte sich der Kontrolle der Forscher entziehen können und befände sich in einer realen Welt.

Aber wenn das der Fall war, was sollte dann diese Nekrose? Ein Mutant war ja noch denkbar, aber dieser Schimmel machte einen viel zu fantastischen Eindruck. Und genau der war es, der mich am allermeisten an der Wirklichkeit dieser Welt zweifeln ließ. Wozu hatten sie ihn hier eingebaut? Welche Funktion erfüllte er?

Für einen Moment hatte ich das Gefühl, alles zu verstehen, die Lösung des Rätsels schwamm unmittelbar unter der Oberfläche meines Bewusstseins. Aber ich bekam sie nicht zu fassen, und vor Ärger spuckte ich aus.

Die Sonne stand schon tief am Horizont und es wurde kühler. Wieder spürte ich ein Hungergefühl. Ohne stehen zu bleiben, holte ich ein Stück Fleisch und Brot heraus und sah zu Juna hinüber, die neben mir ging.

»Willst du auch?«

Wortlos schüttelte sie den Kopf. Als ich fertig gekaut hatte, spülte ich mit einem Schluck aus dem Flachmann nach. Bisher war kein Motorengeräusch zu hören. Die Mönche hatten die Brücke noch nicht erreicht.

Vor uns teilte sich der Weg: der eine führte nach links, war breit und gut ausgetreten, der andere war schmal und schlecht zu erkennen und führte in die andere Richtung auf ein Waldstück zu.

»Links geht es nach Kewok.« Juna war stehen geblieben. »Bis dahin ist es ziemlich weit, wir müssen die Felder überqueren.

Rechts liegt Grauer Brand, das ist deutlich näher. Kewok ist eine Kleinstadt mitten im Ödland, und Brand liegt auf einer ehemaligen Müllhalde. Wir müssen uns entscheiden.«

»Ein Ort ist so gefährlich wie der andere, wenn uns die Mönche dort ohne Weiteres finden können. Schließlich brauchen sie sich nur in zwei Gruppen aufzuteilen … Wir müssen irgendwo anders übernachten.«

Sie sah mich an, als wäre ich ein kompletter Idiot:

»Was redest du da? Wir sind hier im nordöstlichen Teil des Ödlandes! Tagsüber sind hier vielleicht nur Panzertiere und Mutanten unterwegs, aber nachts kommen die Kriecher aus ihren Warzenhügeln und die buckeligen Hyänen tauchen auf, die Igel … Und in jeder Höhle sitzt ein Mutafag! Nachts zu zweit und ohne Sender in dieser Gegend unterwegs zu sein – das ist völlig ausgeschlossen! Wir müssen irgendwohin, wo Menschen sind.«

Ich hätte zu gern gewusst, was ein Sender war, und konnte mir die Frage nur mit Mühe verkneifen.

»Also gut, wohin dann?«

Juna dachte nach.

»Kewok ist größer, dort ist mehr los, und es gibt sogar eine Radiostation …« Sie warf den Kopf nach hinten. »Richtig. Sie haben einen Sendemast, sogar einen ziemlich starken. Die Mönche könnten mit ihren Leuten Kontakt aufnehmen und Verstärkung anfordern. In Grauer Brand gibt es keine Station.«

»Also müssen wir uns von Kewok fernhalten«, sagte ich, schüttelte dann aber den Kopf. »Andererseits können wir uns in einem größeren Ort leichter verstecken.«

Sie entgegnete:

»Wie kommst du darauf? Das nimmt sich nichts. Man wird uns so oder so bemerken, sobald wir in Sichtweite sind. Und die Mönche werden schnell herausfinden, wo wir stecken. An solchen Orten kann ein Fremder niemals unsichtbar bleiben.«

»Dann gehen wir nach Grauer Brand.« Ich wandte mich dem schmalen Weg zu, der nach rechts führte, und marschierte los. »Erzähl mir unterwegs, was du darüber weißt.«

Wir ließen die hügelige Gegend hinter uns und näherten uns dem Waldstück. Am Waldrand hörte der Weg plötzlich auf. Dort erhob sich ein Hügel, fast ein kleiner Berg, der mit buckeligen Auswüchsen überzogen war. Er sah aus, als hätte er Narben, und bestand aus Lehm und Stein, Schieferbrocken und Eisenbruch, morschen Brettern und zersprungenen Ziegeln. Ich warf einen beiläufigen Blick darauf, versuchte nicht zu neugierig zu wirken. Das Mädchen hatte dieses seltsame Wort gesagt: »Warzenhügel«. Das hier war vermutlich einer, oder nicht? Wenn ich richtig lag, dann wohnten da drin also die Kriecher, die sich erst nachts zeigten.

Der Wald sah harmlos aus, aber was, wenn sich eine Herde Hybride darin versteckt hielt. Ich beschloss, dass wir nicht in sein Inneres vordringen sollten, und ging am Waldrand weiter. Juna Galo folgte mir.

»Warst du hier schon mal?«, fragte ich sie.

Sie schüttelte den Kopf:

»Nein. Aber als wir uns auf den Weg nach Moskau machten, ließ ich mir von Michaj alles über die Gegenden erzählen, durch die wir kommen würden. Er war früher ein Fährtensucher, hat viele Saisons hier verbracht. Er hat mir von Kewok und Grauer Brand erzählt.«

Saisons? Ein merkwürdiger Ausdruck. Ich fragte weiter:

»Wer regiert da?«

»In Brand? Niemand. Da leben einfach Leute …«

»Aber warum haben sie sich ausgerechnet dort angesiedelt?«

»Wie ›warum‹? Manchmal stellst du komische Fragen, Söldner … Weil es dort Wasser gibt. Vor einigen Saisons sind sie dort auf eine Quelle gestoßen, und kurz darauf entstand die Siedlung ganz von selbst. In Brand leben viele Vagabunden, ruinierte Farmer und auch Goldgräber. Sie haben rundherum ihre kleinen Gärten angelegt und leben davon, dass sie Reisenden Wasser verkaufen.«

Ich blieb unvermittelt stehen, als ich auf dem Boden vor mir Spuren sah, die unseren Weg kreuzten. Ich hatte keine Ahnung, was das für ein Tier war, aber es musste groß und schwer sein. Vielleicht so eines, wie ich vom Dach der Baracke in der Militärbasis beobachtet hatte, das den Hybriden hinterhergejagt war.

»Seltsam«, sagte Juna. »Das sind Spuren wie von einem Manis. Aber woher sollte der kommen, die leben doch im Süden. Falls hier in diesem Wald einer ist, wird er uns vielleicht angreifen. Wir sollten uns beeilen.«

Schweigend ging ich weiter. Manis – wahrscheinlich würde ich noch lange damit leben müssen, dass die Menschen um mich herum seltsame Worte benutzten, nach denen ich nicht fragen konnte, ohne aufzufallen.

Die Sonne war gerade untergegangen, als wir das Wäldchen umgangen hatten. Vor uns öffnete sich eine weite hügelige Senke, die dicht mit Schrott und Müll übersät war. Ein Hebekran mit zerbrochenem Kranausleger ragte vor uns in den Himmel auf, überall lagen Tanks, Container, Metallbruch, zerbrochene Ziegel und kaputte Bauplatten herum. Im Fenster der Krankabine war eine Silhouette auszumachen und ich fragte:

»Werden die nicht auf uns schießen?«

»Nein. Wir könnten ja Abnehmer für ihr Wasser sein.«

»Sie könnten auch einfach versuchen, uns auszurauben, sobald wir in ihre Nähe kommen.«

»Was ist, hast du Angst?« Juna blickte mich an. »Du bist doch ein Söldner.«

»Es geht nicht darum, ob ich Angst habe. Ich will wissen, womit ich rechnen muss.«

»Womit musst du hier schon rechnen? In irgendeinem x-beliebigen Dorf des Ödlandes, wo nur ein Haufen jämmerlicher Gestalten vor sich hin vegetiert! So was hast du doch schon tausendfach gesehen! Feige wie die Iltisse sind sie. Wenn du schwach bist, beißen sie dich, wenn du Stärke zeigst, laufen sie kreischend auseinander … Du siehst aus wie einer, der sich wehren kann, Söldner. Ein Gewehr über der Schulter, ein Messer im Gürtel, eine brutale Visage, außerdem trägst du diesen seltsamen Anzug. Geh mit festem Schritt, und keiner wird sich dir in den Weg stellen.«

Ihr Gerede überzeugte mich nicht, trotzdem ließ ich das Gewehr fürs Erste auf dem Rücken hängen, um die »Iltisse« nicht aus Versehen aufzuschrecken. Vielleicht würden sie tatsächlich kreischend auseinanderlaufen, vielleicht würden sie sich aber auch aus dem Hinterhalt auf uns stürzen … also von irgendeinem dieser Müllhügel auf uns schießen.

Wir betraten die Müllhalde. Der Hebekran erhob sich direkt vor uns, und ich konnte sehen, wie sich die Gestalt mit einem Gewehr in den Händen aus der Kabine beugte. Der Wachmann beobachtete uns, hob das Gewehr aber nicht. Er trug irgendetwas Blassrotes und um den Kopf ein gelbes Tuch, das am Hinterkopf geknotet war. Als wir den Kran passierten, pfiff der Wachmann laut, und wenige Sekunden später erklang aus der Müllhalde ein zweiter Pfiff als Antwort.

Die Hitze hatte sich gelegt, aber die Halde hatte sich tagsüber aufgeheizt und jetzt stiegen überall Dampfwolken auf. Es roch nach verbranntem Gummi, Fäulnis und Heizöl.

Vor uns tauchten, dicht nebeneinanderstehend, große Kartons mit schief ausgeschnittenen Fensterchen auf. Ihre Dachflächen waren mit von Teer und Maschinenöl geschwärzten Lumpen eingedeckt – so wie man früher alte Bauernhäuser mit Stroh gedeckt hatte. Die letzte Kiste hatte keine Seitenwand und neben ihr saß im Schneidersitz auf einem Stück Weißblech ein halb nackter, abgerissener Typ. Über seinen verfilzten Haaren schwebte summend ein Schwarm Fliegen in der Luft.

»Wir gehen einfach weiter«, sagte Juna. »Achte nicht auf diesen Abschaum.«

»Ich seh schon, dein Herz ist voller Mitgefühl für deine Mitmenschen.«

Der Kerl blickte uns mit trüben Augen an. Als wir ihn erreicht hatten, erhob er sich etwas und streckte seinen Arm in unsere Richtung aus, als wollte er uns vor irgendetwas warnen. Aber er sagte nichts und plumpste zurück auf das Blech. Dann kroch er auf allen vieren in sein Kartonhaus zurück.

Hinter einem Wall Betontrümmer brannte ein Feuer. Zu beiden Seiten steckten zweispitzige Spieße in der Erde, die durch einen quer liegenden Spieß miteinander verbunden waren; an diesem hing eine dicke verrostete Feder, die vom Gewicht eines riesigen offenen Kessels auseinandergezogen wurde. Im Kessel blubberte etwas offenbar Essbares vor sich hin. Jedenfalls roch es entsprechend, allerdings hätte ich nur sehr ungern davon probiert. Rund um das Feuer saßen auf umgedrehten Eimern, auf Steinen oder direkt auf dem Boden Menschen, die sich kaum von jener zerlumpten Gestalt unterschieden, der wir kurz zuvor begegnet waren. Eine Frau mit rußverschmiertem Gesicht stand auf einem Haufen kaputter Ziegelsteine, schöpfte mit einer großen Kelle Flüssigkeit aus dem Kessel und schnupperte geräuschvoll daran.

Als wir auftauchten, drehten sich alle Köpfe zu uns; die Frau wäre beinahe von ihrem Ziegelhaufen gestürzt, und während sie versuchte, ihr Gleichgewicht zu halten, fiel die Schöpfkelle platschend in den Kessel. Fluchend sprang sie auf den Boden, wandte sich uns zu und starrte uns an, die Hände in die Seiten gestemmt. Sie trug einen kurzen Kittel und wattierte Hosen und aus ihrem Gürtel ragte ein mit einem Lumpen umwickelter Griff.

»He, ihr da!«, rief sie heiser, zog ihr Fleischerbeil hervor und schüttelte es.

»Geh schon, geh«, sagte Juna drängend. »Beachte sie nicht.«

»Bleibt stehen!« Wieder erklang eine Stimme hinter uns, aber Juna drehte sich nicht um.

Die Menschen starrten uns hinterher, bis wir das Gerippe eines Baggers umrundet hatten, in dessen Kabine ein Mensch schlief. Dann waren wir aus ihrem Blickfeld verschwunden. Als Nächstes passierten wir eine Reihe Pkws ohne Räder, die auf Ziegeln aufgebockt waren. Dahinter zwischen den Hügeln der Halde erstreckten sich Gärten. Auf schiefen Beeten grünten kleine Büsche und schwächliche Sprösslinge, die mit Stoffstreifen und Draht an Stöckchen angebunden waren.

Hinter dem nächsten Hügel öffnete sich ein weiter Platz. An seinem Rand erhob sich die einzige Behausung, die entfernte Ähnlichkeit mit einem normalen Gebäude hatte. Das Erdgeschoss bestand aus einer Art Gerüst aus zusammengeschweißten Rohren und Gittern als Wänden, der erste Stock war aus Brettern zusammengezimmert, aus denen schiefe Fenster herausgesägt waren, und es gab einen Balkon. Auf diesem Balkon saß auf einem hohen Hocker ein Mann mit einem breitrandigen Hut und einem Gewehr in der Hand.

Wahrscheinlich war dies das Zentrum von Grauer Brand und diente den Bewohnern als Versammlungsplatz. Neben dem Haus standen mehrere offene Geländewagen, und dazwischen gingen Typen in blassrötlicher Lederkleidung und mit Bandanas um den Kopf auf und ab. Nicht weit von uns befand sich ein Wasserhydrant, der von einem gusseisernen Zaun umgeben war. Zu dem Hydranten gelangte man durch eine Pforte im Zaun, die nur noch lose in einer Türangel hing.

Nach einem prüfenden Blick rund um den Platz begann Juna ihn mit entschlossenem Schritt zu überqueren. Ich sagte:

»Bleib stehen.«

»Vielleicht lässt sich hier was aushandeln, dass sie uns hinbringen …«

»Warte!«

Sie ging zügig weiter, ohne sich umzusehen.

Ich machte einige Schritte, dann blieb ich stehen und wiederholte:

»Halt, Juna.«

Starrköpfig ging sie weiter auf das Gebäude zu. Der Mann auf dem Balkon richtete sich zur vollen Größe auf – er war ein Riese von einem Kerl – und schüttelte sein ebenfalls gewaltiges, langes Gewehr mit extrem dickem Lauf. Die Waffe war sogar mit einer Zielvorrichtung ausgestattet.

Die Männer, die zwischen den Wagen patrouillierten, kamen Juna entgegen, von der Seite gesellten sich noch weitere dazu.

Ich zückte den Revolver, und der Kerl auf dem Balkon hob das Gewehr und schoss. Seine Kugel bohrte sich vor meinen Füßen in den Boden.

»Immer langsam, steck ihn zurück!«, schrie er.

»Ich bin aus dem Mecha-Korpus!«, rief Juna laut und ging ungerührt weiter auf das Haus zu. »Ich will euch anheuern!«

Diese Schlampe! Ich musste meinen Revolver zurückstecken. Plötzlich sprang ein barfüßiger Kerl in abgeschnittenen weichen Lederhosen und einem offenen Hemd von der Seite auf mich zu. Seine Haare waren wie bei einem Punk zu einem Kamm aufgestellt und schwarz gefärbt. Aus dem Kamm ragten wie Nadeln spitze Eisenteile und zerbrochene Klingenstücke heraus. Am Gürtel hingen Ketten mit metallenen Gewichten an den Enden, und in der Hand hielt er eine Waffe, die aus einem zum Haken gebogenen Armatureisen bestand und an einem Ende spitz zulief. Ich riss mein Gewehr von der Schulter, aber er schlug bereits zu, mit der Eisenwaffe zielte er auf meinen Kopf – glücklicherweise nicht mit dem spitzen Ende. Mein Finger betätigte den Abzug wie von selbst, und eine Kugel flog irgendwo ins Abseits. Der Punk schlug wieder zu, verfehlte mich, und da stieß ich ihm den Gewehrkolben in den eingefallenen Bauch.

Er stöhnte heiser auf und klappte zusammen. Hinter mir hörte ich Stampfen. Wieder ertönte Junas Stimme:

»Ich bin die Tochter von Timerlan Galo! Hört zu, Fänger, ich will euch anheuern! Du da oben! Bist du der Chef? Ich gehöre zur Korporation, hast du das verstanden?«

Der Koloss oben auf dem Balkon rief seinen Leuten zu:

»He, rührt sie nicht an! Und den anderen auch am Leben lassen – bringt beide ins Haus!«

Jetzt kamen drei Typen in blassrotem Leder auf mich zu. Einen wehrte ich mit einem Faustschlag ins Gesicht ab, dem zweiten knallte ich das Gewehr vor den Latz, aber der dritte kam mir mit seinem Haken schon reichlich nah – wieder löste sich unbeabsichtigt ein Schuss aus dem Gewehr. Von allen Seiten kamen sie jetzt auf mich zu. Den nächsten Gegner schleuderte ich von mir, einem weiteren stieß ich das Knie in die Herzgrube, aber dann grub einer seinen Eisenhaken in meine Schultern und ein anderer brachte mich mit einem Feger zu Fall.

Noch mehr Stampfen und Schreien brandete um mich herum auf. Ich schleuderte noch einen Typen von mir, sprang zurück auf die Beine, und da stand der Punk mit seinen Ketten wieder vor mir. Der Haarkamm auf seinem Kopf zitterte, seine Augen quollen aus den Höhlen. Mit vom Wahnsinn verzerrten Gesicht rasselte er mit den Ketten an seinem Gürtel. Ich holte ihn mit zwei Schlägen von den Beinen.

Aber dann stieß mir jemand den Gewehrkolben in den Rücken, und ich stürzte auf den Punk.

7.

Sie nahmen mir alle Waffen ab, schleppten mich in das windschiefe Gebäude und ließen mich auf den Lehmfußboden im Erdgeschoss plumpsen.

Als sich die roten Kreise vor meinen Augen aufgelöst hatten und das Getöse in den Ohren verstummt war, setzte ich mich auf, wischte mir mit dem Ärmel das Blut unter der Nase weg und tastete prüfend über Rippen und Kinn. Dann sah ich mich um. Das Abendlicht fiel durch die Gitterwände, draußen konnte ich auf einem Müllberg die Umrisse eines Wachmanns erkennen. Der Raum war schäbig möbliert: ein niedriger Tisch, bestehend aus einem Stück Stahlblech, das auf vier Steintürmen lag, dazu wackelige Hocker und eine Bank. Auf dem Tisch standen Flaschen, Schalen und Gläser.

Die beiden Fänger, die mich hergeschleift hatten, standen jetzt an der Treppe zum ersten Stock Wache. An ihren Gürteln hingen Feuerarmbruste, einer hielt außerdem einen Schlagstock in der Hand, der andere eine Axt. Schritte waren zu hören, die Tür ging auf und der Punk stand an der Schwelle. Sein Gesicht war zur Grimasse verzerrt und er leckte sich immer wieder über die Lippen. Seine Augen glitzerten, als ob der Kerl von irgendeiner Droge völlig breit wäre. Als er mich sah, fletschte er die Zähne, löste seine Ketten vom Gürtel und ging langsam auf mich zu. Seine Waffe erinnerte an eine vielschwänzige Peitsche und bestand aus einem kurzen Griff, von dem vier mit schweren Gewichten versehene Ketten herabbaumelten – ein Gewicht tödlicher als das andere: eine dornige Eisenkugel, ein gerippter Metallblock, ein Knäuel zusammengelöteter Eisenhaken, ein Würfel mit messerscharfen Kanten.

Mit wahnsinnigem Grinsen ging der Punk auf mich zu, schwenkte dabei seine martialische Peitsche, während ich wie erstarrt dasaß und ihm entgegensah.

Durch die Eingangstür wurde jetzt Juna Galo hereingeschubst, ihr folgten zwei Fänger. Mit einem von ihnen hatte ich draußen bereits Bekanntschaft gemacht, er humpelte. Der andere, der eine Petroleumlampe in der Hand hielt, trug Junas Gewehr über der Schulter.

»He, rührt ihn nicht an«, schrie sie.

Der Punk ignorierte sie und kam näher.

»Hörst du? Lass den Söldner in Ruhe.«

»Halt die Fresse!«, zischte der Wahnsinnige, ohne sich umzudrehen.

Ich überlegte, dass ich seitlich wegtauchen müsste, wenn der Punk zuschlug; ich musste sein Handgelenk zu fassen bekommen und ihn zu mir ziehen, mir mit seinem Körper Deckung vor den bewaffneten Typen an der Treppe verschaffen. Allerdings waren jetzt noch zwei Männer aufgetaucht, die sich auf der anderen Seite des Raums aufgestellt hatten, meine Chancen waren alles andere als gut.

Auf der Treppe knarrten schwere Schritte, und der Koloss vom Balkon kam runter.

»Wen haben wir denn hier?«

Der Kerl erinnerte an einen Zirkusathlet. Er war zwei Köpfe größer als ich und deutlich breitschultriger. Seine Beine steckten in hohen Stiefeln mit Aufschlägen. Sein unrasiertes Kinn stand vor, die Nase war riesig und buckelig und seine Stirn extrem niedrig. Er schob seinen Hut in den Nacken und fragte weiter:

»Bist du wirklich Timerlans Tochter?«

Der Koloss hielt noch immer sein Gewehr mit der Zielvorrichtung in den Händen. Genau genommen bestand diese aus einem auf den Lauf montierten Aluminiumrohr, in dessen Innern sich vermutlich eine Linse befand. Dass so ein Teil bei Schüssen aus großer Entfernung tatsächlich von Vorteil war, kam mir unwahrscheinlich vor, andererseits hatte der Kerl sauber zwischen meine Füße getroffen.

»Er ist mein Vater«, bestätigte Juna. »Weißt du, was hier los ist, wenn mir bei euch etwas passiert?«

»Na, vermutlich schicken sie aus Arsamas dreihundert Säbel her, die uns alle kaltmachen.«

»Genau!«

»Ich frage mich nur, woher sie in Arsamas etwas von mir und meinen Kumpeln erfahren wollen, wenn ich dich jetzt erschieße und im Müll verscharre?«

»Die Leute haben uns gesehen. Wenn mein Vater Aufklärer schickt, wird einer von ihnen reden …«

Der Koloss spuckte aus.

»Ach, die legen wir dann auch um – das wird ein Spaß, diese verdammten Stinker über die Halde zu jagen, was meint ihr?«

Die Fänger brummten zustimmend. Der Anführer sah mich an und grinste.

»Und der da ist wohl Timerlans Sohn, was? Wo hat Papa bloß den schicken Anzug für ihn aufgetrieben? Echtes Plastik!«

»Nein, er ist nur ein Söldner«, sagte Juna. »Ich kenne ihn erst seit ein paar Stunden.«

»Das heißt, den brauchst du nicht mehr?«

Sie schwieg.

»Du brauchst ihn nicht, wir brauchen ihn nicht …« Der Chef hatte seine Entscheidung schon gefällt. »Keiner braucht ihn. Und er hat Sip geschlagen. Hat es wehgetan, Sip? Ich hab vom Balkon aus gesehen, wie er dir eine verpasst hat …«

Der Punk flüsterte als Antwort etwas vor sich hin und starrte mich böse an.

»Wie es aussieht, können wir diesen Typ hier wegpusten, ohne viele Worte zu verlieren.«

Er kam in seinen riesigen Stiefeln auf mich zu, die Sporen klirrten leise. Unvermittelt drückte mir der Koloss seine Fußsohle in die Brust und ich wäre gestürzt, hätte ich nicht seinen Fuß zu fassen bekommen, ihn umgedreht und daran gezerrt.

Der Koloss packte Halt suchend nach der Schulter des neben ihm stehenden Sip.

»Wie kannst du es wagen, Burnos anzufassen?«, schrie der Punk, sprang auf mich zu und hieb mit seiner Peitsche nach mir.

Ich warf mich zur Seite, der Schlag streifte mich nur, aber die stachelige Kugel riss den Anzug an der Schulter auf und grub sich tief in die Haut. Sip sprang mit vorgebeugtem Kopf auf mich zu, und die aus seinem Haarkamm ragenden Klingen schnitten mir in die Backe – es fehlte nicht viel, und seine Attacke hätte mich ein Auge gekostet.

Jetzt wich der Punk zurück und holte zum nächsten Peitschenhieb aus, aber der Anführer schob ihn mit einer Handbewegung zur Seite. Es sah so aus, als ob Burnos den Punk kaum berührte, dennoch prallte dieser so heftig gegen die Gitterwand, dass Putz von der Decke rieselte.

»Burnos!«, kreischte er. »Überlass ihn mir …«

»Bleib, wo du bist«, befahl der andere und richtete seinen Gewehrlauf auf meine Brust.

»Wenn du ihn tötest, ist das ein herber Verlust für dich«, sagte Juna unvermittelt.

Burnos erstarrte, zögerte und grinste plötzlich breit:

»Du weißt, wann man das Maul aufreißen muss, was, Schönheit?« Ohne das Gewehr sinken zu lassen, blickte er über die Schulter zu ihr. »Was willst du damit sagen? Warum soll sein Tod ein Verlust sein?«

»Ich hab ihn getroffen, als er gerade aus einem Flecken kam«, sagte Juna. »Das war zur Mittagszeit. Und wie du siehst, ist er bis jetzt nicht krank. Er hat die Nekrose überlebt. Sich nicht angesteckt. Jetzt denk mal nach, wozu man so einen nicht alles gebrauchen kann.«

»Gleich hinter der Müllkippe gibt es einen Flecken.« Burnos hatte sich an den Rand der Höhle gesetzt und beobachtete mich durch das Gitter. »Dort hat früher Nadim Tesak gewohnt. Der hatte jede Menge Flinten in seiner Hütte. Aber dann verseuchte die Nekrose seine Hütte – und das war auch Nadims Ende! Ich hab ihn noch ein paarmal gesehen, wie er zuckend da rumlief, total mit Grind überzogen. Dann war er verschwunden … vielleicht liegt er in seiner Hütte und fault vor sich hin. Die Flinten sind jedenfalls noch da. Und die wirst du uns bringen.« Die Stimmung des Fängers wechselte offenbar schnell, im Moment war er ziemlich redselig. »Du glaubst, ich weiß nicht, was du jetzt denkst? Der Flecken ist nicht groß, du kannst uns nicht entkommen. Wir stellen uns rundrum auf und nehmen dich ins Visier. Außerdem legen wir dich an eine Kette, mit einem langen Halsband – daran können wir dich ruckzuck zurückholen. Nadim hatte auch Münzen, wahrscheinlich hat er sie im Keller versteckt. Die Nekrose greift Eisen nicht an, also müssen sie noch da sein. Die wirst du mir auch besorgen. Und dann …«

»Das heißt, Nadims Waffen waren ganz aus Eisen?« Ich warf eine Frage ein. »Da bin ich aber gespannt.«

Stutzig geworden, fragte er:

»Hä?«

»Du sagst, dass die Nekrose Eisen nicht angreift, und willst, dass ich dir Nadims Gewehr bringe. Woraus ist ein Gewehr? Da ist der Lauf, das Schloss. Und der Schaft und die Schulterstütze? Die sind doch aus Holz, Burnos.«

Er schüttelte den Kopf, strich sich über das hervorstehende Kinn und sagte:

»Du hast recht, Söldner. Es heißt, dass die Nekrose nicht nur Eisen verschont, sondern noch irgendwas … Glas oder so … Nein, du hast recht, Nadims Gewehre müssen wir abschreiben! Egal, Hauptsache du besorgst uns die Münzen. Und später bringen wir dich zu anderen Flecken. Angeblich breitet sich die Nekrose im ganzen Ödland aus. Es gibt immer mehr verseuchte Stellen. Du wirst ordentlich für uns arbeiten – und ich werde dich durchfüttern und nur ganz wenig schlagen, kapiert?«

Ich schüttelte den Kopf:

»Du kannst mich nicht zwingen, für dich zu schuften, Burnos.«

Er lachte.

»Ich kann dich zwingen. Du hast keine Ahnung, wozu unser Sip fähig ist. Er …« Das Oberhaupt der Fänger neigte sich vertraulich zu mir und stützte die Hände auf die Gitterstangen. »… er mag es, Leute zu quälen. So ein Kerlchen ist er. Er hat mal einen Farmer verstümmelt, ihm die Haut … Meine Jungs sagten dann schon: ›Jetzt bring ihn endlich um, Sip, der schreit die ganze Nacht und stört uns beim Schlafen.‹ Aber unser Sip ist eben ein echter Sadist … Drei Tage hat er den Farmer schreien lassen. Und du wirst auch schreien, Bruder, das kann ich dir sagen, denn Sip ist echt böse auf dich. Du wirst dich mit deinen blutigen Tränen waschen, wenn er dich bei lebendigem Leib häutet und dir nacheinander alle Gelenke bricht … Du wirst mich anflehen, für mich arbeiten zu dürfen, damit ich dich vor Sip beschütze. Na gut, Junge. Bis morgen hast du Zeit zu überlegen, dann werden wir ja sehen.«

Er stand auf und wandte sich zum Gehen, und ich sagte:

»Glaubst du ihr wirklich, Burnos?«

Das Oberhaupt erschien wieder am Rand der Erdhöhle.

»Hä?« Seine Stimme klang misstrauisch.

»Glaubst du ihr, dass sie Timerlans Tochter ist?«

»Warum sollte ich ihr nicht glauben?«

»Du bist vielleicht naiv, Fänger!« Ich versuchte meine Stimme spöttisch klingen zu lassen. »Schau sie dir doch an: Sie ist eine ganz gewöhnliche Schlampe. Und so eine soll die Tochter des berühmten Timerlan sein?«

Ich wusste von Timerlan nur so viel, dass er das Oberhaupt dieses seltsamen Mecha-Korpus war. Aber ich musste um jeden Preis versuchen, den Fänger misstrauisch zu machen, ihn aus dem Gleichgewicht zu bringen, und eine andere Möglichkeit hatte ich bislang nicht entdeckt.

»Sie ist anständig angezogen.« Burnos ließ sich immerhin zu einer Antwort hinreißen. »Sie redet vernünftig, die Straßennutten reden nicht so. Außerdem hat sie Geld, das ist das Wichtigste. Woher sollte eine Nutte Geld haben? Du lügst, Söldner.«

Ich hob die Hand und wollte mir mit dem Finger an die Stirn tippen, hielt aber noch rechtzeitig inne. Womöglich war diese Geste hier unbekannt. Ich spuckte stattdessen auf den Boden der Höhle.

»Sie redet vernünftig, weil sie einen Kerl hatte, der aus dieser … Na, jedenfalls war er Arzt, ziemlich clever. Las Bücher und so, kannte sich mit der Wissenschaft aus. Mit dem hat sie zusammengelebt. Weißt du, was das ist, die Wissenschaft? Jetzt denk doch mal selbst nach, Burnos. Wieso sollte Timerlans Tochter plötzlich hier auftauchen? Wie kommt die auf eure Müllhalde? Mit irgendeinem dahergelaufenen Söldner im Schlepptau, ohne Wachen, ohne alles …«

»Und das wirst du mir jetzt erklären?« Seine Augenbrauen waren zusammengezogen.

»Ich erklär es dir«, sagte ich selbstbewusst. »Wie ich schon gesagt hab: Sie ist nur eine Nutte, die das letzte Jahr mit einem reichen Arzt zusammengelebt hat …«

»Hä?«

Ich überlegte fieberhaft, was ich gerade gesagt hatte. Das Wort »Arzt« schien ihm bekannt zu sein. Aber irgendwas hatte ihn irritiert …

»Was hast du da eben gesagt, Söldner? Was soll das sein … dieses ›Ja‹?«

»Jahr …« Jetzt war ich selbst verwirrt. Hatten sie etwa eine andere Zeitrechnung?

»Ja, genau. Was ist das?«

»Na ja … So wird bei uns die Zeit gemessen.«

»Woher kommst du?«

»Von der Küste.«

»Hä? Was für eine Küste? Hast du Stechapfelgras geraucht, Junge? Du redest einen solchen Mist … und willst, dass ich dir glaube?«

Ich hatte keine Wahl, als bei meiner Geschichte zu bleiben:

»Ob ich das will oder nicht – ich weiß nur, dass ich die Wahrheit sage. Juna hat im letzten … in der letzten Zeit mit einem reichen Arzt zusammengelebt. Dann hat sie sich mit mir zusammengetan. Ich hatte schon allerhand getrieben, Mutafage gejagt und solche Sachen. Wir beschlossen, den Alten auszurauben. Wir wollten nur sein Geld, aber dann wachte er zu früh auf und mir blieb nichts anderes übrig, als ihn zu töten. In der gleichen Nacht sind wir von dort abgehauen. Ist ja klar, wir konnten nicht bleiben. Wir wollten nach Moskau. Erst sind wir gefahren, dann gegangen … Und als sie euch sah, hat sie beschlossen, mich zu verraten. Und dich wird sie auch verraten. Sie ist eine Nutte, meine Juna. Hast du das verstanden, Fänger?«

Er blickte mich einige Sekunden schweigend an, dann drehte er sich um, und weg war er.

Die Sonne ging unter und in der Höhle wurde es finster, aber die Fänger zündeten oben Fackeln an, deren Widerschein auch in mein Erdloch fiel. Mein Gefängnis lag hinter einem großen Müllberg an der Rückseite des zweistöckigen Hauses. Ich konnte die gedämpften Stimmen der Fänger und der Bewohner von Grauer Brand hören, das Knistern der Fackeln und sogar Geräusche, die aus dem Haus kamen, das Knarren der Bank und das Klappern von Geschirr.

Ich stellte mich auf die Zehenspitzen und streckte die Arme aus – wenn ich in die Höhe springen würde, könnte ich problemlos die Streben des Gitters fassen. Aber was dann? An den Ecken war es mit eisernen Pfosten verschweißt, die man tief in die Erde gerammt hatte. Und die Luke am Rand des Gitters war mit einem schweren Riegel und einem großen Vorhängeschloss gesichert. Ich könnte das Schloss zwar erreichen, wenn ich mich mit einer Hand halten und die andere durch die Gitterstäbe schieben würde, aber was würde es mir bringen?

Eine Fackel flackerte im Wind, in der Höhle wurde es heller und vor der Luke tauchte ein Kopf mit einem Haarkamm auf.

Sip setzte sich an den Rand des Gitters. In der einen Hand hielt er die Fackel, mit der anderen schwenkte er seine Peitsche. Die Metallgewichte klirrten gegen die Gitterstäbe.

Ich hockte mich auf den Boden, schlug die Beine unter und lehnte mich mit dem Rücken gegen die Wand. Sip beobachtete mich. Seine im Licht der Fackel rötlich funkelnden Augen hatten etwas Tierisches.

Schritte ertönten, und Burnos erschien ebenfalls am Höhleneingang.

»Verdammter Mistkerl«, stieß er hervor. »Am liebsten würde ich dir einen Mutafag auf den Hals hetzen, Söldner … Du hast mich angelogen! Das Mädchen hat uns das Siegel gezeigt! Und eine Papierrolle … Ich kann zwar nicht lesen, aber Manok kennt sich aus! Sie ist ganz sicher vom Mecha-Korpus! Und sie hat uns alles erklärt. Du hast ihr Automobil überfallen, die Wachen getötet, und das Mädchen wolltest du an ein Bordell in Kewok verkaufen. Aber dann hast du den falschen Weg genommen. Du kannst froh sein, dass ich gerade keine Lust habe, in deine Höhle zu steigen. Morgen rechne ich mit dir ab, und dann wirst du auf allen vieren in den Flecken kriechen, kapiert?«

Er verschwand für einen Augenblick aus meinem Blickfeld, um Sekunden später mit einem dicken Stein in der Hand wieder aufzutauchen. Im letzten Augenblick konnte ich mich nach vorne werfen, ehe der Stein nur Zentimeter hinter meinem Rücken auf den Boden plumpste.

»Pass auf, Sip!« Burnos' Stimme klang scharf. »Geh da nicht rein! Du hast selbst gesehen, dass der Kerl weiß, wie man andere fertigmacht. Das Mädchen hat erzählt, dass er zwei ihrer Leute mit bloßen Händen umgelegt hat, dem dritten hat er den Schädel mit einem Schuss zertrümmert. Ich weiß schon, du willst ihn mit deinen Ketten bearbeiten. Ich warne dich! Bleib hier oben, hast du verstanden?« Er packte Sip am Kragen, zog ihn zu sich und posaunte ihm ins Gesicht: »Hast du mich verstanden, will ich wissen.«

Die Antwort des Punks klang wie ein Zischen.

»Dann ist es ja gut!«, sagte Burnos, schubste den anderen von sich weg und verschwand.

Es wurde still, nur das Flackern der Fackel im Wind war zu hören. Tagsüber war es vermutlich ganz erträglich in der Höhle, aber die Erde speicherte die Wärme nicht und jetzt wurde es kalt.

Sip begann um die Höhle herumzuwandern, dann verschwand auch er aus meinem Blickfeld. Ich setzte mich wieder hin und schloss die Augen, um in Ruhe nachzudenken. Aber im selben Moment zwang mich eine innere Regung, die Augen wieder zu öffnen. Ich hob den Kopf und sprang auf die Füße, um besser nach draußen sehen zu können.

Am nachtschwarzen Himmel verloschen einer nach dem anderen die Sterne. Irgendetwas Riesenhaftes schob sich davor.

Ich sprang in die Höhe, packte die Gitterstäbe und zog mich so nahe wie möglich an die Öffnung heran, um das Gebilde am Himmel besser erkennen zu können. Was war das? So etwas hatte ich noch nie gesehen.

Das Ding war rund und gewaltig groß, so viel war klar. Aber woraus bestand es? Es sah nicht nach Eisen aus. Es schwebte weit oben in der Luft und war in der Dunkelheit nicht genau zu erkennen. Es musste doch aus irgendeinem Metall sein …

Ich war mir nicht sicher, ob sich auf der Oberfläche des Objektes Ausbuchtungen oder Vertiefungen befanden oder ob es völlig glatt war. Auch die Flughöhe und die genauen Ausmaße waren nicht zu bestimmen. Dieser Flugkörper, der wie eine fliegende Insel aussah, wirkte völlig deplaziert in dieser Welt, die ich allmählich und eher widerwillig zu begreifen begann. Er schien aus einer anderen Sphäre zu kommen.

Und plötzlich erinnerte ich mich, dass ich so etwas schon einmal gesehen hatte.

Damals, als ich mitten im Experiment versucht hatte, das Podest zu verlassen, damals, als der Raum über mir plötzlich von einem Riss durchzogen worden war. In diesem Riss war genauso eine fliegende Insel erschienen wie die, die jetzt neben den wenigen Wolken am Himmel durch die stille Nacht schwebte.

Ich hörte ein leises Klirren und meine Augen wanderten nach rechts. Sip schlich sich an, mit erhobenem Arm, in der Hand die Peitsche, deren Enden leise klimperten.

Ich blieb reglos in derselben Position hängen. Langsam kam der Punk auf die Höhle zu, schob sich vorsichtig näher und hieb dann mit voller Kraft zu.

Im letzten Augenblick zog ich die rechte Hand weg, die Gewichte prasselten auf das Gitter, wo Sekunden vorher meine Finger gewesen waren. An der linken Hand hängend, schnappte ich mit der rechten nach dem Ende einer der Peitschenschnüre und zog mit aller Kraft daran.

Ich hing mitten am Gitter, und daher hatte Sip sich bis ganz an den Rand der Höhlenöffnung vorwagen müssen, um auf mich zielen zu können. Er hatte die Peitsche mit einem Faustriemen an seinem Handgelenk befestigt, und als ich nun an einem der Peitschenenden zog, verlor der Fänger das Gleichgewicht und fiel flach auf das Gitter. Er zischte und versuchte sich aufzurappeln, rutschte dabei aber mit den Ellbogen und Knien zwischen die Gitterstangen. Ich schleuderte die Kette mit der rechten Hand um seinen Hals, fasste dann mit der linken das Gewicht und hängte mich daran, wodurch sein Kopf gegen das Gitter gepresst wurde.

Er zischte wieder und spuckte mir ins Gesicht. Ich baumelte unter ihm. Meine von Stacheln aufgerissene Handfläche blutete heftig, ich spürte, wie mir das Blut den Arm hinunter bis zur Schulter lief. Wenn Sip auf dem Rücken gelegen hätte, hätte die Kette ihn erwürgt, aber so drückte sie vorerst nur in seine Halswirbel. Er hatte keine Chance aufzustehen.

Jetzt stemmte er eine Hand gegen einen Gitterstab, fasste mit der anderen nach seinem Gürtel, wo ein Messer steckte. Ich holte tief Luft, dann krümmte ich den Rücken und zog die Beine mit einem Ruck hoch zu den Gitterstäben.

Ich presste die Plastiksohlen meiner Mokassins mit aller Gewalt ins Gesicht des Fängers. Er zuckte zusammen und im selben Augenblick bekam er das Messer zu fassen. Mit nach unten hängendem Kopf stemmte ich die Beine nach oben und versuchte sie auszustrecken. Sip röchelte, sein Hals bog sich immer mehr. Er versuchte mit dem Messer nach mir zu stechen, traf mich aber wegen der Stäbe nicht richtig und schnitt nur in meine Hosenbeine.

Meine linke Hand brannte wie Feuer, ununterbrochen lief Blut meinen Arm hinab. Ich kniff die Augen zusammen und streckte mit einem dumpfen Schrei die Beine aus.

In Sips Hals knackte es, sein Kopf fiel lose nach vorne, das Messer glitt aus seinen Fingern.

Ich zog meine Beine wieder an, ließ sie nach unten baumeln und sprang auf den Boden der Höhle. Die linke Hand pulsierte heftig vor Schmerz, die Stacheln hatten mehrere tiefe Schnitte in der Handfläche hinterlassen. Solche Wunden hören nicht von selbst auf zu bluten, ich musste sie unbedingt verbinden, aber Plastik war dafür völlig ungeeignet. Ich brauchte Stoffstreifen.

Vor meinen Augen begann alles zu verschwimmen. Sip lag über dem Gitter, die Hände baumelten durch die Gitterstäbe herab. Ich hob sein Messer vom Boden auf, schob es zwischen meine Zähne, dann sprang ich wieder hoch und packte mit der rechten Hand einen der Gitterstäbe. Ich legte auch die Finger der linken Hand um einen Stab, wobei ich versuchte, die Handfläche nicht mit zu belasten, zog mich heran und begann in der Kleidung des Punks herumzuwühlen.

In seiner Hosentasche stieß ich auf den Schlüssel. Ich hangelte mich die Stäbe entlang zur Luke, musste einige Zeit rumstochern, bis ich mit dem Schlüssel ins Schloss traf, schloss es auf und schlug die Luke zurück.

Mit letzter Kraft kletterte ich nach draußen, dann wurde ich bewusstlos. Die Anstrengung und der Blutverlust forderten ihren Tribut.

Als ich wieder zu mir kam, kauerte ich immer noch am Rand der Höhle, das Messer lag neben mir und meine Handfläche blutete nach wie vor. Vermutlich war ich nur kurz bewusstlos gewesen, wenige Minuten. Ich überwand meine Schwäche, nahm das Messer, kroch zu dem Punk auf dem Gitter und trennte die Hälfte seines Hemdes ab. Dabei entdeckte ich einen am Gürtel befestigten Flachmann, löste ihn, öffnete den Verschluss und roch daran. Dann goss ich den Inhalt zur Hälfte in meine verletzte Handfläche.

Es brannte so höllisch, dass ich nur mit Mühe einen Aufschrei unterdrücken konnte. Als die Flüssigkeit in der Handfläche getrocknet war, umwickelte ich die Hand mit dem Hemd. Dann trank ich einige Schlucke aus dem Flachmann.

Der Fusel brachte mich einigermaßen zu Verstand. Ich durchsuchte den Leichnam, ohne etwas Brauchbares zu finden. Als

Nächstes kletterte ich vom Gitter herunter und begann mich umzusehen.

Nicht weit entfernt von der Höhle steckte eine brennende Fackel in der Erde. Vage konnte ich das Gelände der Müllhalde erkennen, in nächster Nähe ragte das zweistöckige Haus auf. Von dort waren gedämpfte Stimmen zu hören, fahles Licht drang nach draußen. Ich hätte versuchen können, mich anzuschleichen, die Wachen auszuschalten und einen Wagen kurzzuschließen, um damit abzuhauen. Die Fahrzeuge wirkten ziemlich primitiv und bestanden vermutlich nur aus drei Pedalen, einem Getriebe und einer Gangschaltung. Aber die Fänger würden den Motorenlärm hören und sich gleich an meine Fersen heften. Und wie lange würde ich in diesem nächtlichen Labyrinth herumirren können? Wahrscheinlich würde ich ziemlich bald in einem Hügel stecken bleiben oder in eine Höhle rasen. Das war keine Lösung.

Nein, ich musste zu Fuß verschwinden und darauf hoffen, dass Burnos nicht so bald jemanden schickte, der Sip ablösen sollte. Und darauf, dass all die Mutafage und Kriecher und buckeligen Hyänen, von denen Juna gesprochen hatte, mich nicht witterten.

Als ich an Juna dachte, spuckte ich instinktiv aus. Dieses verdammte Mädchen!

Genau betrachtet, war an Junas Verrat natürlich nichts Außergewöhnliches. Das Mädchen hatte die Umstände für ihre Interessen genutzt. Die Fänger hätten uns ohnehin beide festgehalten, so hatte Juna mit ihrem Geschrei vom Mecha-Korpus immerhin erreicht, dass man sie erst einmal in Ruhe ließ und sich ganz auf mich konzentrierte. Für sie brachte das noch den Vorteil mit sich, dass sie einen Beschützer gegen mehrere eintauschte. Obwohl man diesen Typen hier ganz sicher nicht trauen konnte. Sie musste immer damit rechnen, dass Burnos sie bei der erstbesten Gelegenheit niederschlagen, ausrauben und im Müll verscharren würde. Aber immerhin bestand auch die Chance, dass seine Gier und die Aussicht auf mehr Geld ihn davon abhielten.

Ich überlegte immer noch, während ich wieder auf das Gitter kletterte, Sip unter den Armen hochhob und ihn zur Luke schleifte. Ehe ich ihn durch die Öffnung nach unten fallen ließ, zog ich ihm noch das Hemd aus, dann verschloss ich die Luke wieder mit dem Schloss. Auf den ersten Blick hätte man denken können, dass der Mensch dort unten am Boden der schlafende Gefangene war und Sip seinen Wachposten verlassen hatte. Vielleicht würde ich auf diese Weise etwas Zeit gewinnen.

Meine Hand schmerzte heftig und ich konnte die Finger kaum bewegen. Wenigstens hatte ich den Blutfluss stoppen können. Ich band mir die andere Hemdhälfte um die Hüften, steckte den Stiel der Peitsche in den improvisierten Gürtel, nahm noch einen Schluck aus dem Flachmann und ging los – fürs Erste nur weg von dem Haus, den Fängern und von Juna Galo.

Ein länglich gewundener Berg, eher ein Wall, trennte die Kuppe von einer großen brachliegenden Fläche. Ich versteckte mich auf dem Gipfel dieses Walls, um in Ruhe beobachten zu können, was auf der anderen Seite vor sich ging. Dort unten bewegten sich glänzende Geschöpfe hin und her – sie sahen aus wie dicke Würmer von etwa einem Meter Länge. Offenbar hatten sie kleine Beine. Die Viecher tummelten sich rund um einen großen dunklen Hügel, gelegentlich verschwand ein Tier darin, andere kamen herausgekrochen.

Wahrscheinlich war das dort unten ein Warzenhügel, und die glänzenden Geschöpfe waren – Kriecher. Ich wollte ihnen auf keinen Fall über den Weg laufen; selbst aus dieser Entfernung und im schwachen Mondlicht wirkten sie bösartig und gefährlich.

Wenig später sah ich den Beweis dafür mit eigenen Augen: Von rechts drangen ein Heulen und Röcheln zu mir, und ich wandte den Blick dorthin – eine größere Gruppe Kriecher zerrte etwas Lebendiges zu ihrem Bau. Auf den ersten Blick war es ein Mensch, aber dann erkannte ich, dass es sich um einen Mutanten handelte, ein Wesen, wie Juna und ich es an der Eisenbahnbrücke gesehen hatten. Die Kriecher transportierten ihn, indem sie, sich zu mehreren dicht um ihn drängend, einen glänzenden Ring um ihn bildeten. Ich hatte keine Ahnung, wie sie ihr Opfer festhielten, da sie keine Pfoten zu haben schienen. Jedenfalls zuckte und röchelte das Wesen nur hilflos, ohne die geringste Chance, den Bestien zu entkommen.

Als sie den Mutanten in den Warzenhügel schoben, stieß er ein letztes verzweifeltes Stöhnen aus. Die Viecher verschwanden wie durch Zauberhand, vermutlich durch verschiedene in der Dunkelheit nicht sichtbare Öffnungen. Dann wurde unten alles still.

Ich kroch auf allen vieren wieder den Abhang hinunter. Hier konnte ich nicht bleiben, die Fänger waren in nächster Nähe, und den Warzenhügel auf der anderen Seite zu passieren, wäre viel zu riskant. Ich würde einen großen Bogen um ihn machen müssen. Was war denn eigentlich mein nächstes Ziel? Ich musste Grauer Brand so schnell und so weit wie möglich hinter mir lassen. Und in dieser unbekannten und offensichtlich gefährlichen Welt überleben. Ich musste versuchen, so viel wie möglich von ihr zu verstehen und schließlich einen Ausweg aus ihr finden.

Die Empfindung, dass alles um mich herum absolut unwirklich war, hatte sich noch immer nicht gelegt. Immer wieder erfasste mich ein Gefühl, als ob ich mich in einem fortgeschrittenen Level einer künstlichen Welt befände. Obwohl meine Hand sehr real wehtat und mir von dem heftigen Schmerz sogar übel war. Ich fasste an meine Stirn, sie war heiß. Alles extrem realistisch für eine virtuelle Welt. Es wäre nicht schlecht, die Hand anständig zu desinfizieren und mit einer sauberen Binde zu verbinden, zweihundert Gramm Perzowka zu trinken, unter eine warme Decke zu schlüpfen und bis zum Morgen zu schlafen.

Endlich hatte ich den Warzenhügel ein gutes Stück hinter mir gelassen. Ich überwand den Müllwall und begann die vor mir liegende öde Brachfläche zu überqueren. Dabei versuchte ich, nicht auf Ziegel und herausragende Eisenteile zu treten und mich möglichst geräuschlos zu bewegen. Ab und zu gluckste der Schlamm unter meinen Füßen. Bald stieß ich immer öfter auf Autowracks und herumliegende Motorhauben.

Als ich die Fläche schon fast überquert hatte, hörte ich plötzlich ein Rascheln. Ich blieb stehen.

Nicht weit von mir erhob sich ein kleiner Wald, eine Art Hain, und zwischen den Bäumen befand sich jemand oder etwas. Ich zog das Messer aus dem Gürtel. Der Mond schob sich gerade hinter einer Wolke hervor, und sein Licht fiel auf einen geschuppten Rücken.

Ich sah eine Echse vor mir, etwa von der Größe eines neugeborenen Kalbes. Sie hatte einen dicken Schwanz und einen flachen Kopf auf einem langen Hals. Sie beugte sich über die Erde und verschlang etwas, was sie zwischen ihren Vorderpfoten festhielt, wobei sie laut schmatzte.

So ein Tier, nur noch größer, hatte doch die Hybride in der Militärbasis gejagt, oder nicht? Und was war mit den Spuren, die Juna und ich auf dem Weg nach Grauer Brand gesehen hatten? Was hatte sie gleich gesagt? Genau – Manis. Vielleicht bevorzugten Manise Wälder und Haine als Wohnort? Wovon ernährten sie sich wohl?

Noch hatte das Tier mich nicht gesehen. Es blieb mir nichts übrig, als auch diesen Wald weitläufig zu umgehen.

Vorsichtig wandte ich mich seitwärts, dabei trat ich auf einen trockenen Zweig, der knackte. Der Manis hob den Kopf.

Der Ausbilder in Kasachstan hatte uns erzählt, dass der Muskelapparat von Echsen anders funktionierte als der von Säugetieren, weshalb sie fähig sind, blitzartig enorme Energieleistungen aufzubringen. Und genau das geschah jetzt. Die Echse schoss wie eine Kanonenkugel auf mich zu. Ich riss die Peitsche aus meinem Hemdgürtel und schlug im selben Augenblick mit voller Kraft zu, als das Tier schon direkt vor mir war. Im Mondlicht konnte ich seinen aufgerissenen Schlund mit der gespaltenen Zunge und seine kurzen, krummen Beine erkennen, die wie wahnsinnig auf die Erde stampften. Alle vier Gewichte trafen die Echse am Kopf.

Mit einem wilden Fauchen und von dem Schlag erblindet, warf mich der Manis zu Boden. Der Peitschengriff wurde mir aus der Hand gerissen, Füße mit spitzen Krallen stampften neben meinem Ohr auf den Boden, Erde landete auf meinem Gesicht – und schon war die Bestie weg. Ich spuckte aus, drehte mich um und erhob mich auf alle viere. Die Echse strebte auf die Müllhalde zu, ihr langer Schwanz wand sich hinter ihr her, es klirrte heftig – die spitzen Enden der vier Ketten steckten noch in ihrem Kopf.

Vor lauter Schmerz in der Hand begriff ich kaum, was vor sich ging. Ich stand auf und strauchelte auf den Hain zu, fasste mich an die Brust, wo das Vieh seinen flachen Kopf hineingestoßen hatte. Mein Herz schlug wie wahnsinnig, meine Rippen taten heftig weh, die nächtliche Welt um mich herum schwankte und bebte. Im Gehen wurde mir klar, dass ich das Messer zurückgelassen hatte, also kehrte ich noch einmal um, hob es auf und wandte mich wieder in Richtung des Hains.

Als ich hinter mir gedämpften Lärm hörte, drehte ich mich um. Weit entfernt über der Müllhalde war ein Lichtschein zu sehen. Ein greller Strahl zog sich in den Himmel, blinkte und verlosch. Eine gedämpfte Detonation war zu hören, dann Schüsse. Ich versuchte zu begreifen, was das zu bedeuten hatte – waren das Einzelschüsse oder feuerte da jemand aus einem Maschinengewehr? Nein, die Salve war zu lang, also war ein MG am Werk. Die Fänger hatten keine solchen Waffen. Waren das die Mönche? Hatten sie Grauer Brand überfallen? Und die Fänger versuchten, sie abzuwehren?

Wenn ja – bestens. Dann hatte keiner mehr Zeit, nach mir zu suchen.

Bald darauf erreichte ich einen dicken Baum mit einem zweigeteilten Stamm. Er erinnerte an eine Eiche, aber seine Zweige wanden sich spiralförmig. Auch dies war wohl eine Art Mutant. Ein Baum-Mutant. In dieser Welt war alles nicht ganz so, wie es sein sollte. Teufel noch mal, wohin hatte es mich verschlagen? Hol euch doch allesamt ein verdammter Mutafag!

Vor Schmerzen ächzend kletterte ich auf den Baum. Die erste Gabelung war zu nah am Boden, aber weiter oben teilte sich der Stamm ein zweites Mal. Der Schmerz in der Brust hatte nachgelassen, aber meine Hände zitterten und meine Sicht war verschleiert. Wenn ich es noch nach oben schaffte, wenn es mir gelänge, mich anzubinden …

Mit letzter Kraft erreichte ich eine sichere Position im Baum. Nachdem ich mich auf der höher gelegenen, abgeflachten Astgabel halbwegs bequem eingerichtet hatte, steckte ich das Messer ins Holz vor mir, löste den Hemdgürtel von meiner Hüfte und zog das Kleidungsstück erst um den dicken Stamm und dann um meinen Bauch, knotete ihn einmal, zweimal, dreimal fest zu. Ich wollte die Position des Messers noch korrigieren, damit ich es schnell zur Hand hätte, aber meine Energiereserven waren aufgebraucht. Ich kippte nach hinten, lehnte mich gegen den Stamm hinter mir und verlor das Bewusstsein.

8.

Ein Motor knatterte. Ganz in der Nähe knallte ein Schuss. Dann ein zweiter.

Ich begriff nur so viel, dass ich weit vorgebeugt auf der Astgabel hing, mein Kinn auf der Brust lag, die Arme zwischen den Knien herunterhingen und nur der Gurt aus Sips Hemd verhinderte, dass ich vom Baum rutschte. Meine linke Hand tat noch immer weh. Es war kalt und dämmerig – ich nahm ein gräuliches, irgendwie dünnflüssiges Licht wahr.

Der Motor heulte auf und verstummte, etwas schlug rhythmisch auf den Stamm der Eiche. Ich rührte mich nicht, dachte nach: Das Messer steckte zu meiner Linken in einem Ast, ich konnte es mit der rechten Hand herausreißen und mich gleichzeitig nach unten fallen lassen, auf den, der da stand und auf mich zielte. Nein, das ging nicht, ich war ja festgebunden. Dann anders: Ich würde mir das Messer schnappen, den Gurt durchschneiden und dann springen …

Juna Galos Stimme erklang:

»Ich habe deine Lider zucken sehen. Hör auf, dich bewusstlos zu stellen, Rasin. Du beißt doch nicht ins Gras, oder?«

Ich hob den Kopf. Unter der Eiche lag der Manis. Aus seinem Maul hing ein Stück Kette – die Dornenkugel steckte noch immer in der Augenhöhle, sein Bauch war von Kugeln zerfetzt. Er schlug mit dem Schwanz gegen den Stamm und seine krummen Füße zuckten wild. In seinem aufgerissenen Rachen waren Reißzähne von beängstigendem Ausmaß zu sehen.

Daneben stand Juna Galo mit einer Howdah in den Händen. So hatte der englische Ausbilder im Trainingslager auf dem Turgaj-Plateau die kurzen, zweiläufigen Stutzen genannt. Etwas abseits zwischen den Bäumen stand mit laufendem Motor ein gedrungener offener Geländewagen mit großen schwarzen Rädern.

Das Mädchen hatte ihr hohlwangiges Gesicht zu mir gedreht.

»Der Manis wollte dich fressen. Ich verstehe nicht, was er hier macht. Ich kenne Manise nur aus Arsamas, wenn unsere Jäger sie zusammentreiben. Sie leben eigentlich im Süden, in der Don-Wüste. Hier gab es nie welche. Sie sind gefährliche Bestien. Hörst du mich, Rasin? Er hatte sich mit den Vorderfüßen in den Stamm gestemmt und den Hals nach oben gereckt. Wenn er dich an den Füßen erwischt hätte … Du siehst ja selbst, was er für Zähne hat.«

»Ja, das sehe ich«, sagte ich und begann das Hemd aufzuknoten.

Juna sah schlecht aus – die Haare standen wild ab, unter den Augen hatte sie Ringe, über eine Wange zog sich ein böser Kratzer, und ihr rechter Hemdsärmel war fast ganz abgerissen. Ich zog das Messer aus dem Ast, während mein Blick zu dem Wagen hinüberglitt. Auf dem Beifahrersitz lag eine Windjacke und ein Gewehr mit einem Aluminiumrohr als Zielvorrichtung.

»Mönche?«, fragte ich.

Juna nickte. Der Manis peitschte ein letztes Mal seinen Schwanz gegen den Stamm, dann wurde es still.

»Sie haben mitten in der Nacht zugeschlagen«, erklärte das Mädchen. »Burnos ist ein totaler Idiot. Als er sah, dass Sip tot war und du verschwunden warst … Na ja, Sip ist wohl sein Bruder. Besser gesagt, war sein Bruder. Jedenfalls wollte Burnos dich suchen. Ich sagte ihm: ›Lass uns bis morgen warten, und überhaupt lohnt es sich nicht, seine Zeit mit diesem Söldner zu vergeuden …‹, aber er war nicht zu bremsen. Wir verteilten uns auf die Sender und wollten gerade aufbrechen, als die Mönche uns angriffen. Es waren nicht viele – wahrscheinlich haben sie sich geteilt. Die Hälfte ist nach Kewok, und die andere Hälfte hierher. Deshalb haben sie gewartet, bis es dunkel war, sie wussten ja nicht, wie viele Leute Burnos hat. Als wir losfuhren, fingen sie an zu schießen. Burnos erwischte es als einen der ersten, dann nach und nach die anderen. Ich bin mit Ach und Krach davongekommen. Burnos hatte den ganzen Gürtel voller Granaten, damit habe ich sie beworfen. Schließlich habe ich den Kerl aus dem Sender geworfen, mich hinters Steuer gehockt und bin hierhergeflüchtet. Es ist ein Wunder, dass ich entkommen konnte – nur weil es noch dunkel war.«

Ich warf das Messer zu Boden und kletterte hinunter. Juna Galo schwieg eine Weile, dann ertönte ihre Stimme wieder:

»Entschuldige, Rasin. Ich wollte dich nicht verraten. Aber meine Mission … der Auftrag, mit dem ich unterwegs bin, ist extrem wichtig. Viele Menschenleben hängen davon ab, ob ich ihn erfüllen kann. Tausende, verstehst du? Aber es war trotzdem nicht richtig von mir. Es … war der Tochter von Timerlan Galo nicht würdig. Ich bitte dich, mir zu verzeihen und …«

Ich trat auf sie zu, packte sie am Kragen, zog ihn so hoch, dass sie sich auf die Zehenspitzen stellen musste und hielt ihr meine Faust vors Gesicht. Juna Galo schloss die Augen – sie kreischte nicht und versuchte auch nicht, sich loszureißen, sie zerrte nicht an meinem Arm, sondern erwartete mit geschlossenen Augen meinen Schlag. Ich sah ihr Gesicht aus nächster Nähe: ein schmales Kinn mit einem Muttermal, zarte Lippen, eine verblichene Narbe an der Schläfe. Die gebräunte Haut, fast schwarze Augenbrauen … War ihr Vater, dieser Timerlan, ein Kasache? Der östliche Einschlag war unverkennbar.

Sie stand reglos da. Ich war immer noch wütend, sehr wütend auf sie. Aber meine Faust senkte sich wie von selbst. Ich nahm dem Mädchen die Howdah ab und ging zum Wagen hinüber.

Die Karre war primitiver, als ich gedacht hatte: eine aus Stahlrohren zusammengeschweißte Karosserie, ein kleiner Motor, vier Räder, unter einer Blechklappe ein Tank und dazu eine simple Lenkung. Anstatt einer Windschutzscheibe war da ein schräg aufgesetzter Rahmen, der wieder mit dieser durchsichtigen, mit Lack verstärkten Folie bespannt war. Zwei Sitze, gleich dahinter der Kofferraum mit zwei eisernen Bügeln, an denen mit Gurten ein großer Quersack befestigt war. Über der hinteren massiven Stoßstange hing in einem Korb aus Bewehrungseisen ein Kanister.

Ich löste die Gurte und öffnete den Quersack. Darin befanden sich jede Menge Vorräte: Dörrfleisch, Brot, mehrere in ein Tuch gewickelte Äpfel, einige Flaschen. In einer war Wasser, und ich trank davon, bis ich endlich keinen Durst mehr spürte.

Juna kam zum Wagen und setzte sich auf die Motorhaube.

»Dieser Sender macht es nicht mehr lange«, sagte sie müde. »Der Treibstoff ist fast alle, damit kommen wir nicht mal bis zu den Ljuberzer Versorgern. Und der Kanister ist leer.«

»Wir?«

»Begleitest du mich?«

Ich schüttelte den Kopf.

»Burnos hat mein ganzes Geld genommen«, sagte das Mädchen nach kurzem Schweigen. »Er wollte es als Bezahlung für seinen ›Schutz‹. Aber man wird dir geben, was ich dir versprochen habe. Ich schwöre es, Rasin! Ich schwöre es ... beim Leben meines Vaters.«

»Warum nicht beim Leben deiner Mutter?«, fragte ich und zog dabei einen Beutel mit Gläsern aus dem Quersack.

»Ich habe keine Mutter. Besser gesagt, ich habe sie nie kennengelernt. Hör zu, Rasin!« Juna sprang von der Motorhaube und trat zu mir. »Die Nekrose steht vor den Toren Arsamas'. In zwei oder drei Tagen wird die Stadt untergehen. Ich muss so schnell wie möglich nach Moskau. Ich werde in Balaschicha erwartet. Hilf mir dorthin zu kommen, ich bitte dich!«

Sie stand jetzt direkt vor mir und legte mir eine Hand auf die Schulter, blickte mir von unten in die Augen. Aber ich wandte mich ab und begann die Glasgefäße aus dem Beutel zu holen, eines nach dem anderen zu öffnen und daran zu riechen.

»Warum nicht?«, fragte Juna.

Ich zuckte mit den Schultern:

»Ich kann dir nicht mehr vertrauen. Das heißt, ich habe dir vorher auch nicht vertraut, aber jetzt ... weiß ich, dass ich mit dem Schlimmsten rechnen muss. Du bist zu allem fähig. Wenn ich mich umdrehe, kann es sein, dass du mir eine Kugel in den Rücken jagst, nur weil es gerade am günstigsten für dich ist. Mach dich mit der Karre auf den Weg. Ich nehme einen Teil der Vorräte, die Howdah und die Munition, die dazugehören. Du kannst das Gewehr haben.«

»Was schnüffelst du die ganze Zeit daran?« Sie unterbrach mich und nahm mir das Glasgefäß ab, das ich gerade in der Hand hielt. »Weißt du etwa nicht, was das ist? He, zeig mal deine Hand … Aha … Womit hast du dir die Handfläche aufgerissen? Egal.«

Juna öffnete ein anderes dickbauchiges Glas, strich die tiefen, schwärenden Wunden mit der dicken, stark riechenden Creme aus dem Glas ein und umwickelte die Hand mit einem sauberen Tuch. Dann legte sie alle Gläser zurück in den Sack und sagte:

»Ohne dich schaffe ich es nicht. Vielleicht komme ich bis zu den Versorgern, aber dort …«

»Du hast doch gesagt, du wirst in Balaschicha erwartet.«

»Ja, aber da muss ich erst mal hinkommen! Und jetzt habe ich nicht mal mehr Geld, um jemanden als Begleitschutz anzuheuern.«

»Ich kenne mich hier nicht aus. Da bin ich dir sowieso keine große Hilfe.«

»Darum geht es nicht! Du kannst kämpfen, du kannst schießen. Solche Hilfe brauche ich.«

Wahrscheinlich brauchte Juna Galo mich wirklich. Aber ich glaubte nicht daran, dass sie ihr Verhalten bereute und ihre Entschuldigung aufrichtig gewesen war. Sie würde ihre Chancen bei der nächsten unerwarteten Situation wieder neu abwägen, und sie würde sich immer für ihren eigenen Vorteil entscheiden. Genau wie es hier mit den Fängern der Fall gewesen war. Ihre Entschuldigung war nur ein Versuch, mich zu manipulieren.

Daher schüttelte ich den Kopf, warf mir den halb vollen Quersack über die Schulter und fing an, den Schultergurt der Howdah einzustellen, sodass die Waffe im Gehen nicht gegen meine Hüfte schlug, aber auch nicht zu hoch unter der Achsel hing.

Juna Galo stand mit gesenktem Kopf da. Tränen liefen ihr übers Gesicht, aber das war mir egal.

Ich sah etwas ganz anderes.

Sie stand seitlich zu mir. Der rechte Hemdärmel war fast ganz abgerissen und der Kragen klaffte zur Schulter hin weit auf. Dort war ihre dunkle Haut zu sehen.

Mit einer Tätowierung.

Einer Zeichnung.

Ein Mensch in einem Zahnrad.

Genau wie in Doktor Huberts Siegelring.

9.

Der Wagen fuhr miserabel an, die Lenkung reagierte schlecht, der Motor knatterte und hustete, rußiger Rauch stieg aus dem Auspuff auf. Dafür verfügte das gedrungene Gefährt dank der hohen Reifen über eine überraschende Bodenfreiheit, und die Reifen selbst sorgten für gute Geländegängigkeit.

Wir ließen das Wäldchen hinter uns, fuhren durch eine tiefe Wasserlache und überquerten dann einen Hügel. Dann lag wieder weites ödes Land vor uns, an dessen Horizont sich sporadisch die Umrisse von Gebäuden abzeichneten.

Ich saß am Steuer und dachte über die Ereignisse nach. Mein alter Verdacht war wieder erwacht. Was, wenn dies alles eine virtuelle Welt war und der Mensch im Zahnrad – ein Zeichen, das Hubert mir zugespielt hatte, etwas in der Art einer internen Parole, wie er es genannt hatte? Vielleicht hatten sie plötzlich die Möglichkeit verloren, ihre virtuellen Kinder zu steuern und mich hierhergeschickt, um … na ja, als eine Art Agent, der ihre Probleme lösen sollte. Vielleicht hätte ich noch eine genaue Einweisung erhalten sollen, aber durch den Absturz des Programms war ich gleich hier in diesem Level gelandet. Und das Mädchen mit der Tätowierung hatte Hubert auf die Schnelle als eine Art Programm-Hilfe für mich installieren lassen.

Juna schlief auf dem Beifahrersitz, das Gewehr auf den Knien. Vor mir ragten die Überreste einer Betonplatte aus der Erde, an der einen Seite stand ein wildes Knäuel verrosteter Bewehrungseisen heraus. Vorsichtig steuerte ich um das Hindernis herum. Verdammt! Der Kampf mit Sip, die Verletzung an der Hand, der Manis, der mir seinen Kopf in die Brust gerammt hatte … das alles war zu real. In keinem noch so raffinierten Spiel war das, soweit ich wusste, möglich.

Andererseits, wenn der Strom der Signale direkt ins Gehirn geleitet wurde, etwa durch irgendwelche Neuronenshunts, dann mussten alle Empfindungen, einschließlich dem Schmerz, absolut real sein. Ja, das war der Schlüssel: Wenn es einen direkten Zugang zu meiner audiovisuellen Wahrnehmung, besser noch zu meinem gesamten sensorischen Wahrnehmungszentrum gab, dann hatte ich keine Möglichkeit mehr zu unterscheiden, ob die Welt um mich herum real oder virtuell war. Denn die Auswirkungen auf meine Wahrnehmung waren die gleichen, unabhängig davon, ob die von mir wahrgenommenen Dinge wirklich waren oder nicht. Ich erinnerte mich wieder daran, wie wir im Trainingslager an den Flugsimulatoren geübt hatten. Obwohl wir längst nicht vollständig an die simulierte Welt angeschlossen gewesen waren, hatte ich die Situationen immer als äußerst realistisch erlebt. Wenn die Maschine absackte, stockte alles in meinem Inneren, mein Herz begann von der Belastung heftig zu schlagen, das Blut pulsierte in den Adern. Derartige Effekte ließen sich bereits ziemlich gut durch den Einsatz von Telehelmen und sensorischen Anzügen erzeugen. Auch wenn diese sicher nicht dem neuesten Stand der Technik entsprochen hatten. Wer wusste schon, was mit hoch entwickelten Technologien alles möglich war.

Ich blickte auf das brachliegende, verödete Land vor mir. War das nur eine verdammte Matrize? Zum Teufel mit den Mutafagen und dem ganzen Gesocks!

Eins war mir jedenfalls klar: Ich durfte Juna Galo um keinen Preis aus den Augen lassen. Ganz egal, was geschehen würde – sie war der Schlüssel zu der Tür, hinter der sich die Lösung versteckte. Ich hatte das starke, unmissverständliche Gefühl, dass ich mich hier niemals zurechtfinden würde, wenn ich aus irgendeinem Grund von diesem Mädchen getrennt werden sollte. Ich würde zwischen Müllhalden und Brachen umherirren, mit Fängern und Obdachlosen, mit allen möglichen Bestien, Mutafagen und Echsen kämpfen müssen, bis mich irgendwann einer abknallen oder mir den Kopf abreißen würde.

Ohne den Blick von dem Gelände vor uns zu wenden, tastete ich nach der Flasche zwischen den Sitzen, zog mit den Zähnen den Korken ab, spuckte ihn aus und nahm einige Schlucke – Fusel.

»Tut deine Hand noch weh?«, fragte Juna verschlafen. »Schlimm?«

Ich nahm noch einen Schluck. Der Fusel war stark und in meinem Kopf begann es zu rauschen. Scheißegal, hier gab es keine Straßenpolizei und auch keine Überwachungskameras.

»Trink«, sagte ich und hielt ihr die Flasche hin.

Juna nahm einen kleinen Schluck, suchte den Korken zwischen ihren Füßen hervor, verschloss die Flasche und legte sie zurück. Dann ließ sie sich wieder in den Sitz sinken und schloss die Augen.

Ich blickte misstrauisch zu Juna hinüber. Wusste sie etwa Bescheid? Kannte sie das Geheimnis dieser Welt, den Grund für mein Auftauchen hier, wusste sie, wer ich in Wirklichkeit war?

Nein, es wäre paranoid, das zu glauben. Aber wer hatte ihr dieses Tattoo gestochen?

Bei seinem Anblick hatte ich mich nur mit Mühe zurückhalten können, das Mädchen nicht an den Schultern zu packen, um endlich die Wahrheit aus ihr herauszuschütteln. Nur ein Gedanke hatte ich mich zurückgehalten: Wenn es sich um eine Verschwörung handelte, würde sie mir einfach ins Gesicht lügen. So oder so hatte ich keine Möglichkeit, zu überprüfen, ob das, was sie mir erzählte, die Wahrheit war oder nicht. Ich musste vorsichtig agieren. Daher erwähnte ich die Tätowierung erst eine ganze Weile später und möglichst beiläufig. Zu dem Zeitpunkt waren wir schon im Sender unterwegs. Das Mädchen war überrascht, rieb sich die Haut am Halsansatz und erklärte, dass sie die Zeichnung bereits seit frühester Kindheit hätte. Dann runzelte sie die Brauen und fügte hinzu:

»Seltsam, wo du davon sprichst, fällt mir wieder ein … Ich habe meinen Vater früher selbst oft danach gefragt, aber er hat mir nie eine richtige Antwort gegeben.«

Timerlan. Timerlan Galo, das Oberhaupt des Mecha-Korpus, also der Mechanischen Korporation. Deren Basis sich in Arsamas befand. Und wir waren jetzt irgendwo zwischen Arsamas und Moskau. Ich versuchte mir eine Landkarte vorzustellen, die Lage der Städte zu rekonstruieren, erinnerte mich, dass hier in der Gegend auch Wladimir, Murom, Rjasan liegen mussten …

Und die Oka? Südöstlich von Moskau verlief doch die Oka. Oder waren wir schon zu nahe an der Hauptstadt?

Oder war die Oka ausgetrocknet?

Vielleicht gehörte ja das Flussbett, das wir mit der Eisenbahnbrücke überquert hatten, zur Oka.

Ich lenkte den Wagen über das stellenweise morastige Ödland, umfuhr Waldstücke und Häuserruinen. Könnte ich Juna Galo vormachen, dass ich durch die Nekrose mein Gedächtnis verloren hatte? Dass ich mich an nichts mehr erinnerte, seit ich dort auf dem Hügel aufgetaucht war? Dann könnte ich sie bei Bedarf jederzeit bitten, mir diese Welt zu erklären.

Nein, erst mal noch nicht. Ich traute ihr nicht. Zwar schien ihre Entschuldigung von heute Vormittag halbwegs aufrichtig, aber wenn ihr erst bewusst wäre, wie ahnungslos ich war, würde sie das vermutlich skrupellos ausnutzen.

Wir bewegten uns abwechselnd über festen Erdboden und durch Morast und Pfützen vorwärts. Ich drehte das Lenkrad, um einen riesigen Warzenhügel zu umfahren, der sich auf dem Dach eines Gebäudes auftürmte. Das Gebäude war bis zu den Fenstern in die Erde eingesunken. Plötzlich fing Juna an zu sprechen:

»Ich werde dir erzählen, was hier passiert.«

»Höchste Zeit«, entgegnete ich.

Ohne auf mich zu achten, fuhr sie fort:

»Damit du mir vertrauen kannst, musst du verstehen, wo du reingeraten bist. Ich bin auf dem Weg zum Tempel, um …«

»Tempel?« Ich fiel ihr ins Wort. Dieses Wort passte genauso wenig in das allgemeine Bild von grenzenlosen verödeten Landschaften, Müllhalden, abgerissenen Obdachlosen und Banditen in primitiven Fahrzeugen wie der gewaltige Flugkörper, den ich in der Nacht am Himmel gesehen hatte. Auch wenn Juna Galos Verfolger seltsame Mönche waren …

»Ja, klar.« Sie blickte mich an. »Was überrascht dich daran? Zum Tempel des Ordens der Reinheit.«

Um meine Unwissenheit zu überspielen, fragte ich:

»Was könnten der Mecha-Korpus und der Orden schon miteinander zu tun haben?«

Ich hatte ins Schwarze getroffen. Juna nickte:

»Stimmt, das ist schwer vorstellbar. Der Orden mag uns nicht. Aber wir haben ihm versprochen, ihn im Kampf gegen die Mutanten zu unterstützen, wenn er uns hilft. Die Nekrose hat Arsamas eingekreist, Tausende von Menschen sind in der Stadt eingeschlossen. Wir haben die Himmelsgänger angefordert, aber bis ihre Luftschiffe uns erreichen …«

Himmelsgänger, Luftschiffe? Interessant, gab es hier etwa Flugzeuge? Ich musste das Gespräch im Fluss halten, daher sagte ich:

»Luftschiffe sind nicht besonders schnell.«

»Außerdem sind es viel zu wenige, um alle Bewohner der Stadt zu retten!«, ergänzte Juna. »In Arsamas befinden sich unsere Labors und Werkstätten. Wenn die Nekrose sie befällt, ist das unser Ende. Der Herrscher des Tempels hat uns zu verstehen gegeben, dass er weiß, wie man die Nekrose aufhalten kann. Deshalb bin ich auf dem Weg zu ihm.«

»Zwei Dinge verstehe ich nicht.« Wieder unterbrach ich sie.

»Frag alles, was du wissen willst, Rasin. Ich werde nichts verheimlichen.«

Vor uns tauchte ein Tümpel auf, der mit einem regenbogenfarbenen Schaum bedeckt war. Eine breite Brücke führte ans andere Ufer. Während ich unseren Wagen darauf zulenkte, sagte ich:

»Warum schicken sie dich zu diesen Gesprächen? Du …«

»Ich bin Timerlan Galos Tochter, das einzige Kind des Oberhauptes vom Mecha-Korpus!«

»Aber du bist noch sehr jung.«

Wieder blickte sie mich überrascht an. Dann sagte sie trocken:

»Ich bin von Kind auf dazu erzogen worden. Man hat mich seit Jahren auf die Rolle des Unterhändlers vorbereitet. Vor vier Saisons habe ich zum ersten Mal eine Verhandlung geführt und erfolgreich abgeschlossen. Damals habe ich mit den Waffenschmieden in Charkow einen Vertrag über die Lieferung von gezogenen Karabinern ausgehandelt. Inzwischen leite ich alle Verhandlungen des Mecha-Korpus. Wer also wäre geeigneter als ich, um nach Moskau zu reisen?«

»Dein Vater. Schließlich geht es um Leben und Tod …«

»Aber mein Vater ist nicht auf Verhandlungen spezialisiert! Ihr im Süden scheint ja seltsame Geschäftsgebräuche zu haben. Mein Vater wird im Moment in Arsamas gebraucht, dort passieren so viele Dinge. Er kann die Stadt unmöglich verlassen, außerdem ist er …« Juna verstummte.

Ich wartete nicht darauf, dass sie weitersprach, sondern sagte:

»Also gut. Zweite Frage: Warum jagen dich die Mönche? Wenn du doch zu ihrem Herrscher fährst, um mit ihm zu verhandeln …«

Ich unterbrach meinen Satz, weil mir klar wurde, dass ich nur eine Vermutung äußerte. Vielleicht hatte der Tempel nichts mit den Mönchen zu tun. Vielleicht hockten im Tempel irgendwelche Opferpriesterinnen, und Mönch war nur die Bezeichnung für die Angehörigen einer bestimmten Bande.

»Das verstehe ich auch nicht!«, rief Juna hitzig aus, und ich atmete erleichtert auf. Etwas ruhiger fuhr das Mädchen fort: »Sie haben uns schon kurz nach unserer Abreise aus Arsamas überfallen. Ein Himmelsgänger war gerade bei uns zu Verhandlungen zu Besuch gewesen. Wir hatten vereinbart, dass er mich mit seinem Luftschiff direkt bis nach Balaschicha bringt, wo Luka Stiditsch, der Gesandte des Herrschers, mich in Empfang nehmen sollte. Danach wollte er nach Minsk fliegen und die anderen Himmelsgänger über die Ereignisse in Arsamas informieren. Aber kaum hatte das Luftschiff die Nekrose überquert, eröffneten die Mönche das Feuer auf uns. Wir flogen nicht sehr hoch, und das Luftschiff stürzte ab. Kurz darauf tauchten die Mönche an der Absturzstelle auf, und es kam zu einer wilden Schießerei. Die meisten meiner Begleiter starben im Kampf, auch die Besatzung des Luftschiffs. Wir nahmen einem Händler, der gerade vorbeikam, das Automobil ab – ich gab ihm Geld dafür. Damit fuhren wir weiter. Die überlebenden Mönche verfolgten uns. Zunächst hatten wir einen guten Vorsprung, aber dann holten zwei Motorräder auf. Sie hatten uns schon fast eingeholt, als du plötzlich auftauchtest. Wahrscheinlich ist der andere Teil der Mönche, alle die, die nach Kewok gefahren sind, uns auch noch auf den Fersen …« Sie verstummte, wandte sich auf ihrem Sitz um und blickte nach hinten.

Unser Wagen rumpelte von der Brücke. Ich sah zu dem Mädchen hinüber. Sie hockte auf den Knien auf ihrem Sitz, stützte sich mit den Ellenbogen auf der Rückenlehne auf. Meist wirkte Juna Galo reif und ernst, erfahren, daran gewöhnt, Entscheidungen zu treffen, aber in diesem Moment fiel ihr ganzes erwachsenes Benehmen einfach von ihr ab.

»Was ist da?«, fragte ich und machte mit dem Kinn eine Bewegung über die Schulter.

»Mir ist plötzlich eingefallen, dass diese Mönche aus Kiew sind«, murmelte sie.

Ich wusste nicht, was ich dazu sagen sollte.

»Die sind mit den Moskauern nicht mehr ... Jemand hat mir erzählt, dass ihre Beziehungen in letzter Zeit, genau genommen, seit es im Kiewer Tempel einen neuen Herrscher gibt, ziemlich schlecht sind. Die Kiewer tragen ein etwas anderes Zeichen auf der Brust. Ihr Kreuz ist versilbert, das der Moskauer aus Messing. Du hast es ja gesehen, oder? Es sind also andere als die, zu denen ich fahre. Aber warum jagen uns die Kiewer?«

Ich fragte:

»Was genau habt ihr dem Herrscher dafür versprochen, dass der Orden euch im Kampf gegen die Nekrose hilft?«

»Der Moskauer Tempel will die Mutanten aus dem nördlichen Ödland vertreiben, aber seine Kräfte reichen nicht dafür. Die Mönche haben sich auch schon an die Brennstoff-Könige gewandt, aber die Clans weigern sich. Sie legen sich nur mit den Mutanten an, wenn sie zu nah an ihre Bohrlöcher und Ölfelder kommen. Wir haben ihnen jetzt unsere Hilfe im Kampf gegen die Bestien zugesichert.«

»Du hast gesagt, dass die Mönche euch nicht besonders mögen.«

»Klar, genau wie die Brennstoff-Clans. Weil in unseren Laboranlagen Dinge erzeugt werden, die ... Wir sind die Einzigen, die versuchen, an die alte Wissenschaft anzuknüpfen, die früher Elektronik genannt wurde. Vielleicht weißt du das nicht, Rasin, aber vor dem Untergang waren die Menschen in der Lage, Energie aus Sonne und aus anderen Quellen zu gewinnen, nicht nur aus Öl und Kohle. Die Brennstoff-Clans haben Angst, dass wir dieses alte Handwerk wiederbeleben könnten. Dann fällt der Ölpreis, und ihre Bohrlöcher werden vielleicht irgendwann ganz überflüssig. Jetzt herrschen die Brennstoff-Clans über das ganze Ödland, aber dann … Der Tempel hat sich immer gegen jede Art von Technik im Allgemeinen ausgesprochen, gegen unsere Erfindungen und gegen alles Neue. Die Mönche glauben, dass es der technische Fortschritt war, der zum Untergang geführt hat; und die Mutanten, die eine Ausgeburt des Bösen sind, bedrohen alle und jeden. Aber wenn unsere Technik den Mönchen helfen kann, die Mutanten auszurotten, sind sie bereit, ihre Prinzipien zu brechen. So kam es überhaupt erst zu den Verhandlungen.«

Untergang? Sie sprach das Wort aus wie etwas sehr Großes, Wichtiges. Ich versuchte, alle Informationen zu einem Bild zusammenzusetzen. Also gab es neben den Fängern mindestes vier weitere ernst zu nehmende Kräfte: den Orden der Reinheit, die Himmelsgänger, die Brennstoff-Clans und den Mecha-Korpus. Und sie schienen sich gegenseitig nicht besonders zu mögen. Die Mechanische Korporation forschte, um die Elektronik und Energiegewinnungstechniken weiterzuentwickeln. Der Orden stand für eine gewisse Ideologie und wollte die Mutanten ausmerzen. Die Himmelsgänger – waren entweder im Transportwesen tätig, oder … Es war schon immer so gewesen, dass die Luftfahrt als Angriffskraft im Kampf eine entscheidende Rolle gespielt hatte. Na ja. Und die Brennstoff-Könige förderten Öl, das sie zu Treibstoff verarbeiteten und im gesamten Ödland vertrieben. Und offenbar waren sie stark daran interessiert, dass sich kein anderer in ihr Business mischte. Der Orden verfügte über zwei Tempel, den Moskauer und den Kiewer, deren Beziehungen nicht gut zu sein schienen. Außerdem gab es da in Charkow offenkundig noch eine Fabrik oder mehrere Fabriken, die Waffen herstellten … Politik! Ein vertrautes Geschäft, und auch in meiner Welt ein hässliches. Wie es aussah, war ich mitten ins Epizentrum eines großen politischen Machtkampfes geraten.

Ungewöhnlich daran war nur, dass man ein junges Mädchen losgeschickt hatte – auch wenn sie die Tochter eines Clanchefs war –, um überlebenswichtige Fragen zu klären.

In meinem Kopf wirbelten die Gedanken nur so durcheinander. Ich stellte eine letzte Frage:

»Und was ist es, worüber der Tempel verfügt und das euch im Kampf gegen die Nekrose helfen könnte?«

Juna schüttelte den Kopf:

»Ich weiß es nicht. Gest, der Herrscher, wird es mir persönlich mitteilen. Oder Luka Stiditsch erzählt es mir auf dem Weg nach Moskau. Hast du nachgesehen, wie viel Benzin wir noch haben? Ich habe das Gefühl, dass wir gerade die letzten Tropfen verbrauchen. Wir müssen in diese Richtung.« Sie zeigte nach links, vorbei an verschiedenen Ruinen, die sich immer deutlicher am Horizont abzeichneten.

»Was ist da?«, fragte ich.

»Der Bruch, was sonst? Davor liegt eine Bohrstelle der Südlichen Bruderschaft, und nicht weit davon eine ihrer Siedlungen und ein Brennstofflager. Ihre Pipeline führt entlang der Lenin-Trasse bis nach Moskau. Dort können wir tanken, allerdings habe ich kein Geld mehr.«

Der Motor hustete und knatterte, als wäre er wütend, dass man ihn nicht fütterte. Wir fuhren ohne anzuhalten, aßen im Fahren. Juna bot mir an, mich am Steuer abzulösen, doch ich lehnte ab. Meine Hand tat noch weh – aber nicht mehr so stark wie am Morgen. Offenbar wirkte die Creme aus dem Glas heilend. Allerdings gehorchten mir meine Finger immer noch nicht richtig.

Als die Sonne im Westen bereits wieder auf den Horizont zurückte, erreichten wir eine asphaltierte Straße voller Schlaglöcher. Mehrere Kilometer vor uns zeichnete sich etwas Dunkelgraues ab. Ich konnte nicht erkennen, was es war. Aber dann fielen mir wieder Junas Worte ein, Brennstofflager hatte sie gesagt. Lag da etwa ein Ölfeld vor uns?

»Hauptsache, wir schaffen es bis dahin«, sagte sie.

»Wem gehört die Siedlung dort?«

»Hab ich doch schon gesagt, der Südlichen Bruderschaft. Genau wie das Bohrloch und die Raffinerie.«

»Sind die reich?«, fragte ich.

Sie sah mich wieder einmal erstaunt an:

»Klar. Die Südliche Bruderschaft ist der größte Brennstoff-Clan überhaupt … Wie kann es sein, dass du das nicht weißt?«

»Vergiss nicht, ich bin von der Küste … vom Rand der Don-Wüste. Ich war noch nie im Norden und habe null Ahnung, wer hier was macht.«

»Aber die Brennstoff-Clans kennt jeder! Und die Südliche Bruderschaft vertreibt ihre Erzeugnisse im ganzen Ödland, sogar auf der Krim. Rasin, was hast du früher gemacht?«

»Gekämpft.«

»Für wen und wo? Warst du bei der Truppe dabei, die die Krim-Bewohner gegen die Nomaden in der Don-Wüste losschickten?«

»Ja.« Ich nickte. »Ich war einige Jahre, ich meine einige Saisons in Gefangenschaft, lebte bei den Nomaden. Bis ich fliehen konnte. Ich hab einfach den Anschluss verloren.«

»Und sie haben dich nicht gefressen?«, fragte sie. »Die Nomaden sind doch Kannibalen. Sagt man jedenfalls. Stimmt das?«

»Na ja … nicht alle …«, sagte ich gedehnt.

Wir erreichten die Siedlung der Südlichen Bruderschaft, die von einer Mauer aus Lehmziegeln umgeben war. Vor der Mauer war ein breiter Streifen mit Zement ausgegossen, aus dem Flaschenscherben und zugespitzte Eisenstäbe ragten. Auf ihrem oberen Rand war Stacheldraht gespannt.

Rechts und links der Straße standen zwei große Tanks, auf die Maschinengewehre montiert waren. Zwischen den Tanks befand sich ein geschlossenes eisernes Flügeltor.

»Besser, ich rede«, sagte Juna. »Sie dürfen auf keinen Fall herausfinden, wer ich bin. Halt den Sender an und bleib sitzen.«

Ich brachte das Fahrzeug zum Stehen und ließ den Motor laufen. Im unteren Teil der Tanks waren Türen eingelassen – eine öffnete sich und zwei Männer mit Revolvern am Gürtel traten heraus. Juna, die Burnos' Gewehr auf dem Sitz liegen gelassen hatte, stieg aus und ging auf sie zu.

Das Mädchen hatte gesagt, dass Balaschicha nicht weit von hier lag. Das bedeutete, dass wir bereits im Moskauer Umland waren. Aber wieso gab es hier Öl? Juna hatte von einem Untergang gesprochen. War das etwa so wie mit der Geburt von Jesus? Ein einschneidendes Ereignis, das zum Ausgangspunkt einer neuen Zeitzählung geworden war? Vor dem Untergang und nach dem Untergang? Und das Öl? Vielleicht war es hier ja infolge der Katastrophe aufgetaucht, die Untergang genannt wurde. Ich hatte mal darüber gelesen, dass schwere Erdbeben dazu führen konnten, dass Erdöl aus großer Tiefe an die Oberfläche gepresst wurde, weshalb es dann plötzlich in Regionen zu finden war, wo es vorher keine Vorkommen gegeben hatte. Wenn vor uns dieser Bruch lag – ein Wort, das Juna wie viele andere mit gewissem Nachdruck ausgesprochen hatte –, also vermutlich eine Art Graben oder eine Schlucht in der Erde, die womöglich bis in die tektonischen Platten der Erdkruste reichte –, dann waren dadurch vielleicht neue Erdölvorkommen entstanden.

Juna stand mit einer der Wachen neben dem Tank, der zweite Typ kam jetzt zu mir rüber. Ich saß reglos hinterm Steuer und blickte vor mich hin. Langsam ging er um unseren Wagen herum, klopfte gegen den Kofferraum und auf die Motorhaube. Dann griff er nach Burnos' Gewehr, besah es sich, schnalzte mit der Zunge und legte es demonstrativ gelangweilt zurück. Als er schließlich direkt vor der Motorhaube stehen blieb, blickte ich ihn an. Sein Gesichtsausdruck war spöttisch, ja verächtlich.

»Und du, Wanderer, kommst also aus der Don-Wüste zu uns?«, sagte der Typ mit schleifender Aussprache. »Laufen da alle in solchen Klamotten rum?«

Ich wandte den Blick gleichgültig ab. Er stand noch eine Weile so da, und ich konnte physisch spüren, wie seine Wut auf mich wuchs. Aber dann wurde er von seinem Kollegen gerufen und ging zurück zum Tank.

Kurz darauf kehrte Juna zum Wagen zurück und setzte sich wieder neben mich. Die beiden Wachen machten sich daran, das Tor zu öffnen.

»Was hast du ihnen gesagt?«, fragte ich und fuhr an.

»Dass ich von einer Farm nicht weit von Arsamas komme. Und dass die Nekrose dort alles befallen hat und ich mich als Einzige retten konnte. Du bist mein Bruder, der lange in der Don-Wüste gelebt hat und gerade erst zurückgekommen ist. Wir sind hierher geflüchtet, weil wir nicht wissen, wohin sonst.«

Unter Quietschen schlugen die beiden Torflügel auf und wir fuhren in die Siedlung der Südlichen Bruderschaft.

10.

Mit den letzten Tropfen Benzin rollte der Sender zur Tankstelle und hielt neben einer eisernen Zapfsäule. In der Aufhängung hing eine Art Pistole, die durch einen Schlauch mit der Zapfsäule verbunden war. Auf der anderen Seite der Säule befand sich ein Griff, an dem man vermutlich ziehen musste. Am einen Ende des langen Schirmdachs, das die Tankstelle überspannte, stand eine Baracke, aus der jetzt ein Mann in einem Segeltuchanzug trat. Juna sprang mit einem Satz aus dem Wagen und fragte:

»Wo ist der Verwalter?«

»Da oben …« Der Tankwart kam näher und starrte das Mädchen unverhohlen an.

Neben der Tankstelle standen drei aneinandergekoppelte Tankwagen und eine gepanzerte Zugmaschine. In der Kabine saß ein Mann mit Gewehr und beobachtete uns. Auf der anderen Seite erhob sich ein Kesselhaus; aus seinem Schornstein qualmte es heftig. Auf dem Dach des Kesselhauses standen auf eisernen Böcken zwei große, ölverschmierte Behälter mit Teerplatten an den Seiten. Von diesen Behältern führten dicke Rohre ins Dach.

Ich stieg aus, hängte mir die Howdah um und begann mich umzusehen. Die Siedlung war alles andere als eine Augenweide. Sie bestand aus einigen länglichen Baracken mit Fenstern, die mit der schon bekannten Plastikfolie bespannt waren, und aus einem zweistöckigen Ziegelgebäude, auf dessen Dach eine schwarz-gelbe Flagge gehisst war. Im Erdgeschoss des Hauses schien sich den Geräuschen nach zu urteilen eine Art Kantine oder Speisesaal zu befinden, und auf den ersten Blick hätte ich im ersten Stock Gästezimmer vermutet. Allerdings hatte der Tankwart dorthin gezeigt, als Juna nach dem Verwalter gefragt hatte. Deshalb nahm ich an, dass dort die Administration der Siedlung untergebracht war.

Auf einer eingezäunten Parzelle zwischen den Baracken ragte ein langes eisernes Rohr in die Höhe, auf das Leitersprossen montiert waren. Am oberen Ende des Rohrs drehte sich ein Propeller im Wind. Das Rohr war mit Drahtseilen fixiert und schwankte quietschend vor sich hin. An seiner Basis war ein Geflecht von Leitungen zu erkennen, die zu einem danebenstehenden schrankgroßen Transformator führten. Der brummte laut vor sich hin und aus einem Gitter an seiner Oberseite stoben Funken heraus.

Nachdem der Tankwart mit Juna gesprochen hatte, kehrte er zu seinem Kollegen in das Häuschen zurück. Ich löste den Quersack vom Kofferraum, das Mädchen nahm Burnos' Gewehr an sich. Einige Neugierige zeigten sich an den Fenstern der Baracken, Passanten sahen sich nach uns um. Die Leute hier waren deutlich besser gekleidet als in Grauer Brand. Keiner sah abgerissen und zerlumpt aus. Sie trugen Anzüge aus Segeltuch, Hosen und lose Hemden aus handgewebtem Leinen, Lederjacken, Stiefel und Schuhe, Hüte.

Gleich hinter der Tankstelle fiel das Gelände steil ab. Unten befand sich eine mit Stacheldraht verstärkte Ziegelmauer. An einer Stelle der Mauer ragte ein Wachturm auf, darin war ein bewaffneter Wachmann zu sehen. Hinter der Mauer begann das Ölbecken: ein schwarzer, fettig glänzender See, in dem sich wie kleine graue Inseln Erdhügel erhoben. Auf der anderen Seite war ein dickes Rohr zu erkennen, das auf ein Feld zuführte, dort schossen Feuersäulen in den Himmel.

Hinter uns ertönte ein lautes Knacken, und ich drehte mich um. Aus dem Gitter an der Oberseite des Transformators stieg Rauch auf. Die Maschine brummte dröhnend, in ihrem Innern flackerte etwas auf, und im gleichen Moment erloschen die Scheinwerfer, die die Wachen am Tor eingeschaltet hatten.

Im ersten Stock des Ziegelhauses öffnete sich ein Fenster und ein breitgesichtiger, schnurrbärtiger Mann beugte sich heraus und sagte mit tiefer Stimme:

»Scheiße, verdammt noch mal – nicht schon wieder! Wo ist Tschak?«

Die Tür zum Tankstellenhäuschen ging auf, eine kleinwüchsige Gestalt kam eilig herausgetrippelt und wischte sich im Gehen den Mund ab. Der Zwerg war etwa einen guten Meter groß und trug einen Anzug voller Brandflecken mit einem großen Loch am Ärmel. In der einen Hand trug er einen kleinen eisernen Koffer. Auf der Stirn seines kahl rasierten Schädels war eine Tätowierung zu sehen: ein weit geöffnetes Auge in einem Dreieck.

»Hier bin ich!«, schrie der Kleinwüchsige im Falsett und lief zu dem Transformator.

Auch der Tankwart erschien in der Türöffnung, in der Hand ein Glas, aber als er den Schnurrbärtigen im Fenster erblickte, verschwand er schleunigst wieder im Inneren der Baracke.

»Ihr Schweine, wieder seid ihr am Trinken! Wenn du das nicht augenblicklich reparierst, schick ich dich noch heute Nacht am anderen Ufer auf Patrouille. Kapiert?«

»Ich hab's ja verstanden!« Der Zwerg heulte auf. »Aber ohne Einzoller? Wie soll ich ihn da reparieren?«

Der Schnurrbärtige zeigte Tschak die Faust, spuckte aus und verschwand.

Aber gleich darauf tauchte er wieder in der Fensteröffnung auf und blickte misstrauisch zu uns hinüber.

»Und wo ist der Bruch?«, fragte ich Juna. Sie wies mit der Hand in die entgegengesetzte Richtung des Ölbeckens.

»Bleib hier beim Fahrzeug. Ich gehe zum Verwalter und versuche was auszuhandeln. Das muss der da oben am Fenster sein.«

»Wozu brauchst du ihn?«

»In den Öl-Siedlungen bestimmt der Verwalter alles. Ohne seine Erlaubnis geschieht hier gar nichts. Ich werde versuchen, das Gewehr einzutauschen.«

»Fahren wir dann sofort weiter?«

Sie schüttelte den Kopf:

»Nein, das ist sinnlos. Luka Stiditsch erwartet uns erst morgen gegen Abend in Balaschicha. Es ist besser, hier zu übernachten. Morgen fahren wir den Bruch entlang bis zum Maut-Übergang, und dann auf der Schtschjolkowo-Trasse bis Balaschicha.«

»Und wenn die Mönche hier auftauchen?«

»Wenn wir jetzt weiterfahren, greifen sie uns unterwegs an. Hier in der Siedlung der Südlichen Bruderschaft können sie zumindest nicht auf uns schießen. Vielleicht lässt man sie auch gar nicht erst rein. Jedenfalls, wenn es wirklich die Kiewer Mönche sind und nicht die Moskauer.«

»Dann lass mich mit dem Verwalter sprechen«, schlug ich vor. »Der Typ gefällt mir nicht.«

»Nein, bleib du beim Sender. Schließlich hast du selbst gesagt, dass du dich nicht auskennst. Und wenn einer kommt und dich ausfragen will, erzähl auf keinen Fall, woher ich komme. Wenn sie herausfinden, wer ich bin …«

»Was dann?«

Sie schüttelte den Kopf:

»Sie könnten mich zum Beispiel als Geisel nehmen und meinen Vater erpressen. Oder ein Lösegeld fordern. Möglich ist auch, dass der Verwalter einen Heidenschreck kriegt. Schließlich ist er nur hier in der Siedlung der Chef, für die Bruderschaft ist er eine kleine Nummer. Vielleicht würde er uns auch mit allen Ehren, mit Wache und kostenlosem Treibstoff nach Balaschicha weiterschicken, aber gleichzeitig einen Boten zur Festung in Moskau schicken, um die Zentrale zu informieren. Oder er verbreitet die Nachricht von unserer Ankunft per Radio, falls er hier einen Sendemast hat. Deshalb darf keiner erfahren, wer ich bin. Wir sind vor der Nekrose geflüchtet, das ist alles, verstanden?«

»In Ordnung«, sagte ich. »Aber versuch das Gewehr ordentlich zu verkaufen. Außer Treibstoff brauchen wir noch etwas zu essen und es wäre schön, nicht in dieser Kutsche übernachten zu müssen, sondern in einem Bett.«

»Hier gibt es kein Hotel, nur die Baracken der Erdölarbeiter. Warum sagst du eigentlich ›Kutsche‹ zu unserem Sender? Eine Kutsche ist doch ein Karren, wie er in den Steinbrüchen zum Transport von Steinen verwendet wird. Unser Sender dagegen ist ein Fahrzeug, mit dem man durch die sandigen Gegenden des Ödlands fahren kann. Schau dir die Reifen an!«

»Im Süden sagen wir das manchmal so daher«, erklärte ich.

Juna machte sich auf den Weg zu dem Ziegelbau. Die Einheimischen waren wieder verschwunden. Ebenso der Schnurrbärtige und die beiden Tankwärter. Der Zwerg war noch mit der Reparatur des Transformators beschäftigt. Er stand auf einem kleinen Hocker und fingerte an den Leitungen herum, brummelte dabei leise vor sich hin. Die Maschine rauchte und summte, immer wieder schossen Funken aus dem Gitter.

Ich griff zu dem Flachmann und nahm einige Schlucke von dem Fusel, ehe ich mit Wasser aus der Kürbisflasche nachspülte. Dann setzte ich mich auf die Motorhaube und wartete.

Juna kam schnell zurück. Sie hielt einige Münzen in der Hand – eine davon größer. Ich nahm sie ihr aus der Hand, um sie zu besehen. Junas drei Goldmünzen hatte Burnos mir abgenommen, ehe ich sie mir hatte anschauen können. Auf dieser Münze war eine winzige, undeutliche Aufschrift zu erkennen, und auf der anderen Seite war ein menschliches Profil geprägt und darunter ein Kreuz, das an den Buchstaben »X« erinnerte – genau wie bei dem Anhänger des Mönchs.

»Hast du so eine noch nie gesehen?«, fragte Juna. »Sie sind überall im Umlauf. Diese hier ist eine Kiewer Griwna. Egal, füll den Tank und den Kanister, dann gehen wir. Wir können in einer der Baracken übernachten.«

Der Tankwart hatte nichts dagegen, dass wir den Wagen unter dem Tankstellendach parkten. Er nahm das Geld an sich und half mir, den Tank zu befüllen. Dann gingen wir in die Kantine, wo man uns eine Schüssel Maisbrei, Brot und einen Krug säuerliches Bier vorsetzte, das mir so wenig schmeckte, dass ich mein Essen mit Wasser aus der Kürbisflasche runterspülte.

Es war dunkel geworden und im Saal schaltete jemand die Beleuchtung an, aber die Lampen flackerten ständig und erloschen schließlich wieder ganz. Ein beleibter Koch kam schimpfend aus der Küche und zündete mehrere Öllampen an.

Erschöpft wie wir waren, gingen wir nach der Mahlzeit sofort zu unserer Baracke. Die eine Schicht Erdölarbeiter war noch nicht zurückgekommen, die andere noch nicht aufgestanden. Der dunkle, längliche Raum mit niedriger Decke hallte vor Schnarchen. Unter den Betten, die in zwei Reihen entlang der Wand aufgereiht waren, standen schmutzige Stiefel und Schuhe, auf den Bänken davor türmte sich Kleidung, und es roch verbraucht und muffig.

Wie sich herausstellte, hatte man uns eine gemeinsame Bettstatt zugeteilt. Das Bett war zwar breit, aber Juna gefiel die Vorstellung überhaupt nicht, es mit mir zu teilen. Sie zog die Decke weg, legte sie auf den Boden und verlangte, dass ich dort schlafen sollte. Ich weigerte mich. Sie werde auf keinen Fall bei irgendeinem dahergelaufenen Söldner schlafen, sagte sie, woraufhin ich entgegnete, sie könne auch bei irgendeinem dahergelaufenen Erdölarbeiter schlafen, da sei die Auswahl größer. Außerdem, fügte ich hinzu, sei ich so müde, dass mich ihre halb kindlichen Reize völlig kaltließen.

Sie war beleidigt, und unser Streit endete damit, dass sie sich mit Kissen und Decke auf dem Boden langmachte. Ehe ich ihr noch einmal anbieten konnte, ihr so viel Platz wie möglich zu überlassen, drang bereits ein leises, regelmäßiges Schnaufen vom Boden – entweder sie schlief tatsächlich schon oder sie tat so.

Ich legte die Howdah auf die schmale, wackelige Bank vor dem Bett, zog meine Schuhe aus, schlüpfte aus den Ärmeln des Plastikanzuges, legte mich hin und schob die Hände unter den Kopf. Die linke Handfläche tat noch weh, aber Juna hatte sie vor dem Abendessen noch einmal mit der Creme eingestrichen und neu verbunden, und sie fühlte sich insgesamt viel besser an.

Ich schloss die Augen. Mir ging durch den Kopf, dass ich an diesem Tag eine Menge erfahren hatte, dann schlief ich ein.

Mitten in der Nacht setzte ich mich mit einem Ruck auf und starrte vor mich hin. Was, wenn diese Nekrose ein Virus war? Ein Virus, der Doktor Huberts virtuelle Welt auffraß? Deshalb hatte er mich hergeschickt – ich sollte diesen Virus ausrotten. Wegen des Virus stürzten die Programmteile ab, die für Verhalten und Bewegung der Lebewesen zuständig waren, und in der virtuellen Welt sah das für mich aus wie ein Schimmelpilz, und dazu dieses seltsame Zucken und Zittern …

Es war ziemlich dunkel in der Baracke, die einzige Glühbirne an der Decke brannte nicht – dem Zwerg war es also nicht gelungen, den Transformator zu reparieren. In allen Kojen schnarchten die Erdölarbeiter vor sich hin.

Ich blickte zur Seite, wo ich Juna Galos Umrisse neben mir erkannte. Offenbar hatte sie sich irgendwann mit ihrem Kissen und der Decke ins Bett geflüchtet, wo sie jetzt schlief. Sie hatte die Decke über uns beide gezogen. Ihr Gesicht war mir zugewandt und sah absolut kindlich und schutzlos aus. Auf der Bank lagen ihre Jacke und ihre Hose neben meiner Howdah, die Schuhe standen auf dem Boden.

Was hatte mich geweckt? Die Erinnerung an die Nekrose? Die Idee, dass sie ein Virus sein könnte? Konnte man im Traum zusammenhängende Gedanken fassen? Angeblich hatte ja auch Mendelejew sein Periodensystem zum ersten Mal im Traum gesehen.

Im ersten Augenblick war mir die Idee vom Virus genial erschienen, aber jetzt kam sie mir eher albern vor.

Diese absurde Idee sollte mich geweckt haben? Nein, da musste noch etwas anderes gewesen sein, eine Vorahnung. Das vertraute Vorgefühl, das ich seit Beginn des Experiments nicht mehr empfunden hatte.

Irgendetwas ging hier vor sich. Etwas Gefährliches.

Von draußen hörte ich gedämpftes Motorengeräusch. Ich schlüpfte aus dem Bett, ging darum herum und setzte mich auf Junas Seite, dort zog ich die Plastikmokassins über. Der Motor verstummte, ich hörte Stimmen und schlich zum Fenster.

Von hier aus konnte ich den Rand der Tankstelle sehen, die Böschung, die Mauer mit dem Wachturm und einen Großteil des Ölbeckens. Auf dem Turm brannten drei Lampen, und in ihrem Licht erkannte ich den schlafenden Wachmann. Über dem Ölfeld türmte sich eine dichte Nebelwolke auf, die im Mondlicht dunkel glänzte und wie Quecksilber wirkte. Sie glitt in trägen Wellenbewegungen vom anderen Ende des Sees auf die Siedlung zu.

Die Stimmen kamen von der anderen Seite und ich ging zum Fenster am anderen Ende des Raumes.

Die Scheinwerfer an den Toren funktionierten nicht, aber die Fahrbahn war zu beiden Seiten von Öllampen erleuchtet, die an Hacken von niedrigen Pfeilern herabhingen. Neben dem Transformator saß noch immer der kleinwüchsige Tschak und brummte finster vor sich hin. Dabei schob er verschiedene Eisenwerkzeuge auf seinen Knien hin und her. Ich blickte in die andere Richtung – vor den halb geöffneten Toren standen zwei Fahrzeuge und daneben Männer in Windjacken. Ich kniff die Augen zusammen. Von den vieren waren drei bärtig, aber das musste noch nichts heißen.

Ich hörte jetzt die Stimme des Wachmanns, den ich an seiner verschliffenen Aussprache erkannte:

»Seid ihr lange gefahren?«

»Drei Tage ohne Pause«, entgegnete einer der Männer neben den Fahrzeugen. »Ist es hier ruhig?«

Der andere Wachmann mischte sich ins Gespräch:

»Du weißt doch, Ignat, am Bruch ist es immer ruhig. Mutanten gibt es hier keine mehr, die Mönche haben in der letzten Saison sauber aufgeräumt.«

Nein, das waren nicht unsere Verfolger, sondern Leute, die zur Südlichen Bruderschaft gehörten. Ich wandte mich wieder zu dem Schlafsaal und ließ den Blick darüberschweifen: Schnarchen und schweres Atmen waren zu hören, hier und da redete einer im Schlaf, brummte vor sich hin.

Was hatte mich geweckt?

Juna Galo richtete sich im Bett auf und blickte mich an. Ich setzte mich an den Bettrand.

»Was ist los?«, fragte sie im Flüsterton.

»Nichts.«

»Warum bist du wach?«

»Ich weiß nicht, was mich geweckt hat. Aber draußen ist alles o.k.. Irgendwer ist gekommen.«

»Wer?« Junas Stimme klang jetzt hellwach.

»Keine Mönche, irgendwelche Typen von hier. Und dann ist da noch dieser Nebel …«

»Dann leg dich hin und …« Juna hielt im Satz inne und blickte mich an. »Was für ein Nebel? Wo?«

»Über dem Ölfeld, ganz dichte Nebelschwaden. Seltsam, woher kommen die? Vielleicht dampft Rohöl …«

Sie sprang auf und lief barfuß und nur mit einem langen weißen Hemd bekleidet zum Fenster.

Ich nahm die Howdah von der Bank und folgte ihr. Beim Anblick des seltsamen Gebildes über dem Ölbecken stieß das Mädchen einen leisen Laut der Verwunderung aus.

Der Nebel hatte bereits den Wachturm erfasst und kroch jetzt den Abhang hinauf. Er bewegte sich seltsam. In Form eines breiten keilartigen Streifens, der sich in das Dorf hineinschob und es in zwei Teile zu zerteilen drohte: Auf der einen Seite befand sich die Tankstelle, das Tor und der Ziegelbau sowie einige Baracken, auf der anderen Seite, zu der wir gehörten, das Kesselhaus, der Transformator und die übrigen Baracken.

Eine Bewegung auf dem Wachturm lenkte meine Aufmerksamkeit auf sich. Automatisch beugte ich mich vor und stieß mit der Stirn gegen die Fensterfolie. Der schlafende Wachmann zuckte heftig vor sich hin. Im Chor sagten wir:

»Die Nekrose!«

Unsere Stimmen hallten unerwartet laut, in einer Ecke drehte sich ein Erdölarbeiter um. Der Mann im Nachbarbett setzte sich auf, murmelte verschlafen etwas vor sich hin.

»Schnell, zieh dich an«, flüsterte ich Juna zu. »Gleich schneidet uns die Nekrose den Weg zum Sender ab.«

Das Mädchen lief eilig zur Bank, ich folgte ihr, schlüpfte im Laufen in die Ärmel meines Anzugs.

Während ich den Quersack unter dem Bett hervorholte und die Waffe umlegte, zog Juna sich an. Im Schlafsaal war wieder alles ruhig, alle lagen schlafend in ihren Kojen. Auf Zehenspitzen schlichen wir zur Tür, als plötzlich der gellende Schrei des Zwergs ertönte:

»Alarm! Die Nekrose kommt! Wacht auf, ihr Idioten!«

Wir stürmten nach draußen und stellten fest, dass der Nebelkeil das Dorf bereits in zwei Hälften geteilt hatte. Das Mondlicht schien sich in der langen quecksilberfarbenen Nebelzunge zu spiegeln, die mit jeder Sekunde breiter wurde. Mit dem Raum, der bereits vom Nebel erfasst worden war, ging etwas Merkwürdiges vor sich, es war fast unbeschreiblich … Der Nebel gerann, wie wenn Milch sauer wurde.

Auf der anderen Seite des Keils wandten sich jetzt mehrere Gestalten vom Tor ab und machten einige Schritte in Richtung des Nebels. Am nächsten kam uns ein großer, bärtiger Typ, und ich konnte erkennen, dass er Reithosen trug.

Ein Mönch? Dann waren sie also doch gekommen. Aber warum hatten die Wächter sich mit ihnen unterhalten, als wären sie alte Bekannte?

Die panisch aus den Baracken drängenden Erdölarbeiter schrien wild durcheinander, manche versuchten sich im Laufen anzuziehen. Einer prallte gegen uns, und ich schob ihn mit der Schulter weg, ein zweiter stolperte über einen Eimer neben der Eingangstür und fiel zu Boden. Einige flüchteten hinter die Baracken. Auch auf der anderen Seite des Nebelkeils brach jetzt Panik aus.

»Wie kommen wir hier weg?«, fragte ich Juna. »Die Einfahrt, durch die wir gekommen sind, liegt auf der anderen Seite. Gibt es noch eine andere Straße?«

»Ja, die führt zum Bruch … Was redest du, wofür brauchen wir eine Straße, der Sender steht drüben!«

»Genau, und da sind auch die Mönche. Aber du hast was vergessen …«

»Mönche?«

In diesem Moment bemerkte uns der Typ, der uns am nächsten stand. Er erkannte Juna, schrie den anderen etwas zu und zeigte auf uns.

»Versteck dich hinter dem Transformator!«, befahl ich dem Mädchen und lief auf den quecksilbernen Nebel zu.

Hinter mir hörte ich ein Aufheulen, irgendwer fluchte vor Überraschung. Sobald ich in den Nebel eingetaucht war, verdunkelte sich das Mondlicht. Alle Laute drangen nur noch stark gedämpft und wie von weit her an mein Gehör. In der Militärbasis hatte ich das nicht erlebt … Wahrscheinlich hing das damit zusammen, dass die Nekrose hier ganz frisch war und mitten im Wachstum. Dagegen war der Flecken auf dem Hügel offenbar schon älter gewesen.

Klatschend flogen Klumpen unter meinen Füßen hoch. Was war das? Frischer Schimmel, der später aushärten würde, wie jene seltsame Rinde? Ich konnte nur hoffen, dass ich noch über meine Immunität gegen die Nekrose verfügte!

Als ich auf der anderen Seite ins Freie, also in den unverseuchten Raum trat, wurden die Geräusche schlagartig wieder laut und das Licht der Öllampen, das in der Nekrose wie verwischte gelbe Flecken ausgesehen hatte, blendete mich grell.

Der Nebel bedeckte bereits einen Teil der Tankstelle, aber die Zapfsäule und unser Sender lagen noch unberührt da. In der Nähe des Tors standen die vier Mönche. Ein hoch gewachsener bärtiger Typ deutete mit erschütterter Miene in meine Richtung. Ein zweiter hob das Gewehr und zielte auf mich, aber wieder ein anderer schlug von unten gegen den Gewehrlauf, sodass die Kugel über meinen Kopf hinwegpfiff.

Ich hatte mir im Laufen die Howdah vom Rücken gezogen und sie in die Hände genommen, jetzt schoss ich aus dem einen Lauf. Zwei Mönche gingen in Deckung, ein dritter stürzte zu Boden. Das Schrot hatte ihn in die Seite getroffen.

Ich warf mich auf den Fahrersitz des Senders. Der Anlasser hustete, der Motor sprang an. Aus der Tür der Baracke, die im Nebel kaum noch zu erkennen war, trat schwankend eine Gestalt und stolperte auf das Fahrzeug zu. Es war der Tankwart. Er heulte leise auf, taumelte, warf den Kopf nach hinten und zerkratzte sich mit den Fingernägeln das Gesicht. Ich legte den Rückwärtsgang ein, wendete das Fahrzeug, wobei ich versuchte, den Mann nicht zu überfahren. Der hatte sich auf die Knie niedergelassen und streckte die Arme vor sich aus. Sein linkes Auge versank in einer dunklen, pulsierenden Brühe, das rechte rollte unkontrolliert in der Augenhöhle, die Wangenhaut war so tief aufgerissen, dass die Zähne zwischen den klaffenden Wunden sichtbar wurden. Das war es also, was die Nekrose den Menschen hier antat. Kein Wunder, dass man sie so fürchtete.

Ein Schuss ertönte, die Kugel drang in den Kofferraum ein. Die Mönche wollten wohl die Reifen zerschießen, aber auf mich zielten sie nicht. Ich drückte aufs Gaspedal. Das Fahrzeug machte einen Satz und raste in den Quecksilbernebel. Während ich das Lenkrad mit einer Hand festhielt, wandte ich mich um und schoss aus dem zweiten Lauf der Howdah.

Für eine Sekunde war wieder alles still und dunkel um mich herum, dann leuchteten die Öllampen auf. Schreie, Fußgetrappel und das Knattern des Motors schlugen an meine Ohren. Ich fuhr eine Kurve, hätte fast zwei flüchtende Erdölarbeiter überfahren und brachte das Fahrzeug mit quietschenden Reifen vor dem Transformator zum Stehen. Während ich mich im Sitz zu voller Größe aufrichtete, schrie ich:

»Juna!«

Rundherum liefen immer noch aufgescheuchte Menschen durcheinander, im Kesselhaus gab jemand Befehle. Die Türen öffneten sich und einige Männer rannten heraus. Ich konnte sehen, wie sich die Mönche auf der anderen Seite des Nebelstreifens in ihre Fahrzeuge warfen und durch die geöffnete Einfahrt davonbrausten. Vermutlich wollten sie das Dorf umfahren, um uns von der anderen Seite abzupassen.

Mit einem flüchtigen Blick überprüfte ich, ob der Sender keinen Schimmel angesetzt hatte. Die Karosserie und die Reifen sahen unversehrt aus. Wahrscheinlich weil der Nekrosestreifen noch ganz schmal war und das Fahrzeug ihn in Sekundenschnelle durchquert hatte.

Aber wo war das Mädchen? Ich stieg aus und rannte um den Transformator herum, da kam sie aus unserer Schlafbaracke gelaufen. Über einer Schulter hing ein Halfter, über der anderen ein Patronengürtel.

»Wo warst du?!«

»Ich musste noch eine Waffe holen …«, rief Juna und schlüpfte in den Sender. »Rasin, du bist wirklich durch die Nekrose gelaufen! Ich habe es mit eigenen Augen gesehen! Das ist völlig unglaublich!«

Ich sprang auf den Fahrersitz, legte den Gang ein und drückte aufs Gas. Hinter den Baracken breitete sich ein Feuer aus, die Flammen knisterten und flackerten, dichte Rauchschwaden von verbranntem Gummi wallten uns entgegen und Juna begann zu husten. Als der Sender das Kesselhaus passierte, sagte das Mädchen:

»Fahr links! Hinter das Lagerhaus!«

»Woher weißt du, dass da ein Lagerhaus ist?«, entgegnete ich, während ich das Steuerrad drehte. »Du warst doch noch nie hier.«

»Aber in der Richtung liegt der Bruch!«

»Genau, und da gibt es keine Ausfahrt.« Von hinten hörten wir eine fremde Stimme.

Wir drehten uns um. Auf dem Kofferraumdeckel lag, der Länge nach ausgestreckt und sich an den Kofferraumspangen festhaltend, Tschak. Sein Öl und Teer verschmierter Anzug verschmolz fast mit dem dunklen Metall, daher hatte ich den Zwerg im schummrigen Dunkel nicht gesehen. Ich wusste nur so viel, dass er noch nicht auf dem Kofferraumdeckel gelegen hatte, als ich mit dem Sender durch die Nekrose fuhr. Tschak musste sich an uns gehängt haben, während ich Juna gesucht hatte.

»Wir müssen nach rechts«, sagte Tschak mit energischer Stimme. »Siehst du die Holzbalken dort? Da musst du hin. Dahinter kommt ein Abhang, weiter unten eine Mauer mit Stacheldraht. Sie ist nicht hoch, und der Abhang ist steil. Du musst Vollgas geben und drüberschanzen. Was glotzt du mich so an, Mensch? Fahr schon, na los! Du hast doch selbst gesehen, dass die Mönche auch schon unterwegs sind.«

11.

»Kann doch nicht sein, Mensch, dass es hier keinen Helm gibt. Such doch, na such schon, da ist bestimmt einer.«

Der Zwerg saß auf dem Kofferraum und hielt sich an den Spangen fest, seine Beine baumelten zwischen den Rückenlehnen unserer Sitze herunter. Der Fahrtwind blies ihm ins Gesicht. Tschak hatte kurze weißliche Augenbrauen. Seine Augen waren sehr hell, fast durchsichtig, und der rasierte Schädel glänzte in den frühmorgendlichen Sonnenstrahlen. Er sprach sehr merkwürdig, wie ich hier noch niemanden hatte sprechen hören. Und Juna schien es ähnlich zu gehen.

Tschaks linkes Ohr zierte ein großer goldener Ohrring, an dem er häufig drehte und zupfte. An den Händen trug er Handschuhe aus Wolle mit abgeschnittenen Fingern.

»Findest du jetzt einen Helm für mich oder nicht?«, fragte er wieder. »Und eine Brille. Der Wind bläst mir so stark ins Gesicht.«

Anstelle eines Handschuhfaches befand sich ein eiserner Kasten vor Junas Knien, der an die Karosserie geschweißt war. Das

Mädchen öffnete ihn, begann darin zu wühlen und zog nacheinander einen aufgerollten Gummischlauch, ein Knäuel alter Lumpen und ein blassrotes, dreieckiges Stück Stoff heraus, das aussah wie die Bandanas der Fänger.

»Nein, da ist nichts«, sagte Juna und schloss den Kasten wieder.

»Dann gib mir wenigstens so ein Kopftuch, damit kann ich meine Ohren schützen.«

Sie schleuderte den Stofffetzen nach hinten. Tschak fing ihn geschickt auf und band sich ihn um den Kopf.

»Warum hast du dich an uns gehängt?«, fragte Juna.

»Alle sind losgelaufen, und ich …«

»Genau, die anderen sind gelaufen, die haben sich auch nicht auf unseren Kofferraumdeckel gehockt. Antworte auf meine Frage.«

»Er wollte vor den Mönchen flüchten«, erklärte ich, während ich den Sender über den Gras bewachsenen Abhang runterlenkte.

Das Mädchen wandte sich um.

»Stimmt das?«

Der Kleinwüchsige hatte das Tuch endlich im Nacken zugeknotet und zuckte mit den kindlich wirkenden Schultern.

»Ja, stimmt, Schönheit. Ich mag diese bärtigen Reithosen nicht. Als ich sie sah, dachte ich, dass sie hinter mir her sind …«

Juna hatte aus der Siedlung eine Armbrust mitgehen lassen, die jetzt über ihrer Schulter hing. Sie packte die Waffe mit beiden Händen, drehte sich zu Tschak um und hielt ihm den breiten Lauf unter die Nase.

»Wenn du mich noch einmal so nennst«, sagte sie sehr deutlich, »dann puste ich deinen Kopf weg, verstanden?«

Ich warf einen Blick nach hinten. Der Zwerg war kein bisschen erschrocken. Er rückte so gut es ging von der Waffe weg, packte den Lauf mit seinen kurzen, kindlichen Fingerchen und drückte ihn zur Seite.

»Schon gut, verstanden«, sagte er freundlich und dann zwinkerte er mir zu. »Warum glotzt du so, Mann? Deine Freundin ist vielleicht eine Kriegerin... Hat man dir schon mal gesagt, Mädchen, dass du Juna Galo, der Tochter vom Chef des Mecha-Korpus, ähnlich siehst?«

Daraufhin ließ sie die Armbrust sinken und starrte Tschak wortlos an.

»Du bist es also doch«, schloss der Kleinwüchsige.

»Woher kennst du mich?«

»Woher wohl. Als ich mal in Arsamas war, hab ich dich gesehen.«

»Aber ich bin nie ... Wenn ich in der Stadt unterwegs bin, ziehe ich mich immer ganz unauffällig an. Keiner weiß Bescheid und keiner erkennt mich.«

»Ich habe dich nicht in der Stadt gesehen, sondern in diesem riesigen Haus auf dem Berg, das ihr Fort nennt...« Der Zwerg stockte. »Schon gut, später werd ich es dir genauer erklären. Was ich eigentlich sagen wollte: Ich dachte, die bärtigen Kerle seien Mönche, und da kam dein Freund hier gerade mit dem Sender aus der Nekrose geschossen. Während er nach dir suchte, hab ich nachgeschaut, ob der Sender auch keinen Schimmel hat, und dann bin ich hinten auf den Kofferraumdeckel gesprungen. Hör mal, Mensch, bist du am Ende ein Mutant, oder was? So was habe ich noch nie gesehen, dass jemand einfach so mit heiler Haut durch die Nekrose geht.«

Hinter uns lag jetzt ein Hügel und vor uns öffnete sich der Bruch: eine breite, felsige Kluft, durch die der Wind pfiff. Auf der anderen Seite erstreckten sich grünende Felder. Links von uns führte in einiger Entfernung eine Holzbrücke über die Schlucht, und noch weiter entfernt war eine zweite Brücke zu erkennen, mit halbrunden Trägern wie bei einer Eisenbahnbrücke.

»Warum bist du vor den Mönchen davongelaufen?«, fragte Juna.

»Die Nekrose soll die Kerle holen, wie ich sie verabscheue! Aber sie waren keine echten Mönche, oder? Ich bin ja noch nicht lange in der Siedlung, und dieser Job hier war nur so eine Art Übergangsarbeit für mich, weil ihr Elektriker gestorben ist. Ich wusste nicht gleich, woher ich das Gesicht von dem einen Kerl kannte. Aber dann ist es mir wieder eingefallen: Der hat sich in meiner Anfangszeit in der Siedlung rumgedrückt und dann ist er plötzlich verschwunden. Und heute Nacht tauchte er wieder auf, zusammen mit anderen Kerlen. Nur dass er auf einmal einen Bart trug.«

»Soll das heißen, dass die Männer mit den Bärten Leute aus der Südlichen Bruderschaft waren?«, fragte Juna.

»Was erzähle ich euch denn schon die ganze Zeit? Diversanten werden sie, glaube ich, genannt, oder? Sie sind erst losgezogen, um euch aufzustöbern, und dann haben sie euch bis hier verfolgt ... Sie sind doch hinter euch her, oder?«

»Hast du das gehört, Rasin? Leute von den Brennstoff-Clans verfolgen uns, sie gehören zur Südlichen Bruderschaft! Diversanten. Normalerweise legen diese Typen Feuer an den Bohrtürmen anderer Clans, um deren Geschäfte zu ruinieren. Aber diesmal haben sie sich als Kiewer Mönche verkleidet ... Aber weshalb? Weißt du, was das bedeutet?«

»Dass unsere Karten noch schlechter stehen als gedacht.« Ich hielt an, griff mir meine Howdah, die zwischen den Sitzen lag, und stieg aus. »Schließlich haben die Kiewer Mönche in dieser Gegend nicht allzu viele Stützpunkte. Aber die Brennstoff-Clans sind hier zu Hause.«

»Hier können wir uns nirgendwo vor ihnen verstecken! Sie sind überall. Balaschicha steht unter ihrer Herrschaft, und da soll ich doch Luka treffen.«

»Eins nach dem anderen, ich werde mich mal umsehen.« Ich wandte mich zu dem Hügel. »Ihr bleibt erst mal hier sitzen.«

Es war trüb und kühl, ein böiger Wind wehte und von Westen zogen schwarze Wolken heran. Das Ölfeld lag weit hinter uns – von der höchsten Stelle des Hügels, wo ich mich der Länge nach ausgestreckt hatte, sah es wie eine schwarze, ölige Riesenpfütze aus. Schade, dass wir Burnos' Gewehr im Dorf gelassen hatten, das Zielfernrohr hätte uns jetzt gute Dienste erwiesen.

Durch die Einöde kamen drei Autos auf uns zu. Sehr weit hatten wir uns nicht von ihnen abgesetzt, aber noch reichte die Zeit, um sich einen Überblick zu verschaffen und in Ruhe zu entscheiden, was wir als Nächstes tun sollten.

Ich hörte Schritte, schweres Atmen, und rechts und links von mir hockten sich Juna Galo und Tschak neben mir auf den Boden.

»He, Mensch, wie kommt es, dass du durch die Nekrose gehen kannst?«, fragte der Zwerg.

Seine Stimme klang anders, ich wandte ihm das Gesicht zu. Er sah mich ernst an, seine hellen, durchsichtigen Augen blickten scharf und konzentriert. Und das tätowierte Auge auf der Stirn schien mich ebenfalls zu beobachten.

Ich setzte mich auf und packte ihn am Kragen, und im selben Augenblick schlug er zu. Er stieß mir die Fingerknöchel in die Nieren, riss meine Hände von seinem Kragen. Es kam unerwartet, ich hatte nicht damit gerechnet, dass die kleine Ratte so flink war. Er versuchte mir mit der Handkante an den Hals zu schlagen, aber ich wehrte ihn mit dem Ellenbogen ab, warf mich auf ihn, presste ihn zu Boden und schlug ihn einige Male fest ins Gesicht. Wieder packte ich ihn mit einer Hand am Kragenaufschlag und hielt ihm den Lauf der Howdah unters Kinn.

»Rasin!« Juna klang verstört. »Warum …«

Tschak zappelte noch etwas, dann hielt er still. Seine geschundenen Lippen schwollen an, und Blut tropfte aus seiner Nase.

»Du antwortest mir jetzt, und wehe du verarschst mich«, sagte ich. »Wir brauchen dich nicht, Tschak. Hast du kapiert? Du bist eine Last für uns. Und wenn ich das Gefühl habe, dass du lügst, erschieße ich dich. Woher kommst du? Na, los!«

»Es stimmt nicht, dass ihr mich nicht braucht. Im Gegenteil«, jaulte er. »Ich kenne mich hier aus … Wie wollt ihr nach Balaschicha kommen? Na, ihr Klugscheißer?«

»Wir nehmen den Maut-Übergang an der Schtschjolkowo-Route«, sagte Juna.

»Dumme Pute«, prustete der Zwerg. »Der gehört doch den Brennstoff-Königen! Sie sind es doch, die die Kohle einstreichen. Wenn ihr abhauen wollt, dort schnappen sie euch ganz bestimmt. Ich kenne andere …«

»Darum geht es jetzt nicht.« Ich schüttelte ihn. »Vielleicht bist du aber auch ein Spion der Clans. Jetzt red schon!«

»Ach was! Ich bin von der Krim! Hör mal, Mensch, ich habe mir nämlich überlegt: Wenn die Typen gesehen haben, wie du durch die Nekrose gefahren bist, dann sind sie jetzt bestimmt ganz versessen darauf, dich zu schnappen. Alle Moskauer Clans werden Jagd auf dich machen. Und wenn sie dich erwischen, werden sie dich so lange foltern, bis du ihnen verrätst, wie du das machst, dass der Schimmel dich nicht angreift.«

»Du bist ein Dieb«, unterbrach ich ihn, und Tschak verstummte. Aus zusammengekniffenen Augen blickte er mich an, Blut lief über seine Wange.

»Ja, und?«, fragte er. »Was bist du? Ein heiliger Einsiedler aus den Kiewer Katakomben? Du bist ein Killer, das seh ich an deiner Visage … Die von deiner Sorte kenn ich … Ein Söldner, stimmt's? Oder ein Deserteur aus dem Schloss Omega? Du hast so ein Benehmen … Na, egal, lass mich jetzt los, ich erzähl ja schon!«

Juna legte mir die Hand auf die Schulter. Nach kurzem Zögern schob ich den Zwerg von mir. Er setzte sich, fasste sich an den Hals und wischte sich mit dem Ärmel das Blut vom Gesicht.

»Eigentlich gibt es nicht viel dazu zu sagen. Ja, ich bin ein Dieb. Bei meiner Größe kann ich in alle möglichen Ritzen, durch Rohre, kleine Fenster und Lüftungsschächte kriechen. Außerdem kenne ich mich mit Mechanik und Elektrizität aus. Ich kann mit Geräten umgehen und selber welche bauen. Einmal, stellt euch vor, habe ich mir einen Ranzen mit einem Propeller hintendrauf gebastelt. Damit bin ich über ein Dach geflogen. Na ja, ist 'ne alte Geschichte. Aber es kann sein, dass mich die Mönche seitdem suchen, denn es war das Dach des Kiewer Tempels, ja genau, ihre heilige Lawra. Und dann ist der Ranzen explodiert, leider nicht im richtigen Augenblick, hat mir den ganzen Rücken verbrannt und ist in tausend Stücke über der Lawra zersprungen.

So haben sie mich erwischt. Das ist auch schon alles. Deshalb will ich ihnen nicht über den Weg laufen und mehr gibt es nicht dazu zu erzählen.«

»Die Krim ist weit«, sagte ich. »Warum bist du hier?«

»Ich musste von da flüchten. Mit meiner Beute. Ich hatte einen wichtigen Kerl vom Südlichen Basar bestohlen. Unterwegs wurde ich selbst überfallen. Von den Fängern. Sie haben mich im Ödland liegen gelassen, dachten wohl, dass ich krepiere, aber ich hab mich durchgeschlagen. Hab mich längere Zeit hier am Bruch herumgetrieben. Eine Weile bei den Versorgern in Ljuberzy gearbeitet, dann an den Bohrlöchern … Ach, war es auf der Krim schön! Da gibt es eure elende Nekrose nicht, es ist wärmer, Manise laufen da herum, ihr Fleisch schmeckt lecker.«

Ich unterbrach ihn:

»Und in der Siedlung wolltest du auch etwas klauen?«

Tschak gab ein undeutliches »Hm« von sich. Dann fügte er hinzu:

»Stell dir vor, Mensch, ihr Chef da, dieser Verwalter, der hatte einen Tresor im Zimmer, der war in der Wand eingelassen … und jede Menge Münzen darin, um die Erdölarbeiter damit zu bezahlen. Aber der Safe war mit einem Alarm ausgerüstet. Und …«

»Was für ein Alarm?«, fragte Juna.

»Was bist du für ein dummes Mädchen. Ich denke, du bist die Tochter eines großen Mannes! Alarm heißt eine Sirene, Hupe, so was in der Art. Ein Mordslärm, der losgeht, sobald einer versucht, den Tresor ohne den richtigen Code zu öffnen. Also wenn einer irgendwelche Nummern zur Probe eingibt oder die Wand aufbrechen will. Deshalb hab ich den Transformator manipuliert und so den Alarm ausgestellt – ich hab für einen totalen Stromausfall gesorgt. Ich wollte das Ding heut Nacht drehen – aber dann seid ihr gekommen! Und die Nekrose! Und die Mönche, die gar keine waren! Und ich musste abhauen!« Tschak wandte sich um. »Oh, sie haben angehalten! Ha! Sie haben kein Benzin mehr.«

Die Diversanten waren ausgestiegen und liefen hektisch um ihre Fahrzeuge herum. Mir war überhaupt nicht klar, was sie da taten. Sie würden uns ja wohl kaum zu Fuß verfolgen wollen. Was dann? Ihre Kisten standen Tür an Tür eng nebeneinander.

»Na gut, lasst uns gehen, oder?«, sagte Tschak. »Ich zeige euch einen Weg über den Bruch.«

Ich erkannte in den Händen eines Diveranten einen Schlauch, den er von seiner Tanköffnung zum Tank des Nachbarautos verlegte. Ach ja, so ein Schlauch lag auch bei uns im Handschuhfach.

»Jetzt pumpen sie alle Benzinreste in den Tank eines Wagens, und dann fahren sie weiter. Los, schnell.«

Wir liefen die Böschung runter und stiegen wieder in den Sender. Auf dem Fahrersitz drehte ich mich noch einmal um, packte Tschak am Kragen und sagte:

»Wenn sich herausstellt, dass du gelogen hast und dich doch nicht auskennst, erschieße ich dich.«

Wolken zogen über den Himmel, die Luft war frisch und klar. In der Ferne hinter dem Bruch stand schon eine dunkelgraue Regenwand.

»Das war's, die Regenzeit fängt an«, sagte Tschak. »Bald steht Moskau wieder zu einem Drittel unter Wasser. Seit der Osten eingebrochen ist, gibt es dort jedes Mal eine Überschwemmung.«

Die alte, schiefe Brücke ohne Geländer quietschte und bebte unter den Reifen des Senders. Über der tiefen Schlucht unter uns pfiff ein starker Wind, so stark, dass ich fürchtete, unser Fahrzeug würde von der Brücke geweht und in den tiefen, schattigen Abgrund stürzen, der unter uns gähnte.

»Dieses Ding hat die Liga gebaut«, erzählte Tschak uns unterwegs. »Ihr wisst schon, die Liga, in der sich die Farmer aus dem Süden, von der Krim und von den Ufern der Don-Wüste zusammengeschlossen haben. Sie wollten im Luschniki-Stadion ihre Waren verkaufen. Aber die Ljuberzer sprachen sich mit der Bruderschaft Ilmar Zaklepas ab, damals dem stärksten Banditen-Clan im Großen Moskowien, und seine Leute überfielen dann systematisch die Karawanen der Farmer und vernichteten sie. Der Liga gelang es einfach nicht, hier Fuß zu fassen und Handel zu treiben. Aber, wie ihr seht, ist der Übergang geblieben. Er verfällt zwar langsam, weil keiner da ist, der sich darum kümmert …« Tschak hockte auf dem Kofferraumdeckel, hielt sich an den Spangen fest und beugte sich über die Außenseite des Fahrzeugs. »Schaut euch das an, was für eine Schönheit! Diese Höhe, ach ich liebe die Höhe! Und die Weite! Dafür lohnt es sich zu leben, nicht für eure lausigen, kleinen Hütten und Straßen, Mauern und engen Einfahrten.«

Die Brücke summte und schaukelte im Wind und der Grund der steinernen Schlucht lag unendlich tief unter uns. Als die Reifen des Senders endlich wieder auf festem Erdboden rollten, atmeten Juna und ich erleichtert auf.

Ich hielt an, öffnete den eisernen Kasten vor Juna und holte den Schlauch und die Lumpen heraus.

»Was willst du damit, Söldner?«, fragte Tschak.

Ich sprang aus dem Sender, ging zur hinteren Stoßstange und holte den Ersatzkanister aus dem angeschweißten Korb.

»Aha!« Der Kleinwüchsige klopfte sich die Taschen ab und zog ein Feuerzeug heraus. »Hier, nimm. Ich habe es selbst zusammengebastelt. Aber ich will es wieder haben.«

»Wir gehen zusammen«, sagte ich zu ihm.

Juna beobachtete uns verständnislos. Im Gehen öffnete ich den Kanister, und als wir die Brücke erreicht hatten, begann ich die Planken und dann die Lumpen mit Benzin zu begießen. Ich schüttelte den Kanister zwischen den Händen, um abzuschätzen, wie viel Benzin sich darin befand. Ich würde noch mehr auskippen müssen, damit sich die Dämpfe im oberen Teil des Behälters sammeln konnten.

Tschak trat heran und knipste sein Feuerzeug an. Von dem Hügel auf der anderen Seite der Brücke drang ein leises Motorengeräusch herüber. Ich lief schnell weiter, begoss die Holzbretter. Wenn die Diversanten uns erst sehen konnten, würden sie vielleicht versuchen, mit Hilfe von Zielfernrohren auf uns zu schießen. Ich wollte nicht herausfinden, ob sie welche hatten oder nicht.

»Komm hierher!« Ich hörte Tschaks gehetzte Stimme hinter mir.

Er hatte einige Male fest mit dem Absatz auf eine morsche Stelle getreten und so ein größeres Loch in die Holzbeplankung gebrochen. Jetzt stand er bis zum Gürtel in diesem Loch und winkte mir. Ich trat näher.

»Kletter noch weiter runter.«

Der Zwerg verschwand noch tiefer in dem Loch. Nachdem ich die Öffnung des Kanisters mit einem Lumpen verstopft hatte, schob ich den Schlauch in das Loch zu Tschak hinunter. Als der Zwerg ihn zu fassen bekam, sagte ich:

»Sieh zu, dass du die ihn gut am Balken befestigst.«

Tschak brummte nur als Antwort. Das Motorengeräusch wurde lauter, aber ich drehte mich nicht danach um, sondern blieb am Rand des Loches hocken.

Als ich schließlich auch noch den Kanister in das Loch schob, hörte ich Tschaks Stimme von unten.

»Alles klar.«

»Warte noch«, sagte ich, denn mir war eine Idee gekommen. »Juna«, schrie ich in Richtung des Senders.

»Was?«

Sie hockte auf dem Kofferraumdeckel und blickte zum Hügel auf der anderen Seite, dorthin, wo unsere Verfolger jeden Augenblick auftauchen konnten.

»Bring uns ein paar Patronen!«

Ich musste sie nicht zweimal bitten. Schon stand sie mit den Patronen neben mir. Ich schnitt mit dem Messer die Spitzen der Kartonhülsen ab.

»Tschak!«

»Schrei doch nicht so.« Der Zwerg war gerade dabei, sich durch das Loch in der Beplankung wieder nach oben zu schieben.

»Hier nimm.« Ich hielt ihm die Patronen hin. »Ist dir klar, was du damit tun sollst?«

Er nickte und verschwand wieder unter der Brücke.

»Pass nur auf, dass das Pulver nicht gleich vom Feuer erwischt wird. Am besten du wickelst sie in ein Stück Lumpen und schiebst sie in die Kanisteröffnung, dann …«

»Ich weiß schon, Klugscheißer«, ertönte es von unten.

»Mach schnell. Sie werden gleich hier sein.«

Ich packte Juna am Ärmel und zog sie zum Sender. Als wir uns gerade setzten, kam Tschak bereits komisch hüpfend auf uns zugelaufen. Er schob sich von hinten über die Stoßstange auf den Kofferraumdeckel und rief:

»Fahr los!«

Ich ließ den Motor an. Das Brummen des Motors auf der anderen Seite dröhnte jetzt laut zu uns herüber, und der Sender der Diversanten rollte geradewegs von der Hügelkuppe jenseits der Brücke auf uns zu.

»Hast du alles richtig gemacht?«

»Willst du mich beleidigen, Mann?«

Unter der Brücke erklang ein Donnern, Planken wurden in die Luft geschleudert, eine riesige Stichflamme schoss in die Höhe und ein dichter, giftiger Rauch wurde vom Wind über den Bruch getrieben.

Ich nickte und fuhr los. Aus dem Augenwinkel konnte ich sehen, dass Juna immer noch zur Brücke blickte.

»Was siehst du?«

»Auf unserer Seite ist die Brücke zerstört«, antwortete der Zwerg statt ihr. »Jetzt halten sie. Ah, sie kehren wieder um … Die Klugscheißer haben kapiert, dass hier nichts mehr läuft. Fahr zu, Mensch, aber schön gemütlich. Bis zum Abend haben wir unsere Ruhe. Sie müssen die Umfahrung über die Schtschjolkowo-Route nehmen.«

Vor uns dehnten sich die gleichmäßigen Rechtecke bebauter Felder aus, mit sporadischen Wachtürmen dazwischen. An den

Rändern verliefen die Feldwege wie gerade Streifen. Als Juna auf einen zeigte, schüttelte Tschak den Kopf und sagte zu mir:

»Nee, nee, fahr lieber dort lang! Den rechten da, siehst du? Der Weg ist kürzer, ich sag's dir.«

Ich lenkte den Wagen in die angewiesene Richtung und fragte:

»Aber warum fahren wir nach Balaschicha, wenn dort die Brennstoff-Clans herrschen? Sie könnten in der Stadt schon über uns informiert sein.«

»Klar.« Der Zwerg stimmte mir zu. »Oder glaubst du, dass diese Typen, die hinter euch her sind, sich noch nicht mit ihren Leuten in Verbindung gesetzt haben? Sie haben bestimmt einen Aufruf gesendet ... Obwohl, nein!«

»Von einem der Fahrzeuge?«

»Genau!« Der Zwerg winkte mit den Armen. »Das habe ich auch gerade kapiert! Von den Sendern hat man nur eine minimale Reichweite, nach Balaschicha reichen ihre Antennen auf keinen Fall. Sie können sich im besten Fall untereinander verständigen, wenn sie im gleichen Gebiet unterwegs sind. Aber wir wissen ja nicht, was in der Siedlung passiert ist. Vielleicht hat die Nekrose alles verschlungen, vielleicht ist sie stehen geblieben. Vielleicht haben diese falschen Mönche dem Verwalter noch von euch erzählt, und der hat von seiner Sendestation eine Nachricht nach Balaschicha gesendet. Die Antenne dort wäre jedenfalls stark genug.«

»Ich muss den Opferpriester vom Tempel in Balaschicha treffen, Luka Stiditsch«, sagte Juna. »Er wartet dort auf mich. Deshalb fahren wir dorthin.«

»Aber vielleicht stellen sie uns da eine Falle«, wandte ich ein.

»Immerhin ist Balaschicha keine kleine Siedlung für Erdölarbeiter«, erklärte Tschak. »Die Stadt wird zwar von den Clans kontrolliert, aber sie gehört ihnen nicht vollständig. Ihre Leute stehen nicht an jeder Ecke. In Balaschicha gibt es so viele Etagen … Nee, nee, wenn es sein muss, kann man sich da schon verstecken.«

»Was denn für Etag…?«, fragte ich, unterbrach mich aber, als ich plötzlich Leute vor uns sah.

Sie trugen Körbe, wanderten über die Felder und streuten mit weiten Armbewegungen irgendetwas aus. Am hinteren Ende des Feldes war ein Wachturm mit einem Wachmann zu sehen, außerdem drei Windmühlen, deren Windblätter sich langsam drehten.

»Bieg nach links ab, Söldner«, kommandierte Tschak. »Da, siehst du das Brückchen über den Kanal? Schaut euch nur mal an, wie die Versorger die Bewässerung der Felder eingerichtet haben. Hier gibt es Hunderte von diesen Kanälen, und in der Regenzeit brodelt es in ihnen nur so.«

Als der Sender über die Brücke rollte, sah ich, dass sich auf dem benachbarten Weg große, mit Säcken beladene Fuhrwerke bewegten, die von Zwergpferden ohne Schweif gezogen wurden. Davor und dahinter fuhr jeweils ein Motorrad mit Beiwagen. Der Fahrer des ersten hielt an, drehte den Kopf zu uns. Dann verschwand das Motorrad wieder hinter einer Abgaswolke.

Die Regenwand vor uns wurde dichter, aber da wo die Sonne durch die Wolkendecke drang, wurde sie von hellen Streifen durchzogen. Es war feucht und ziemlich frisch. Kalter Wind fegte über den Rahmen der Windschutzscheibe, zerzauste Junas dunkle Haare und blies eisig über meinen rasierten Schädel.

Und das sollte eine virtuelle Welt sein? Unmöglich, alles war zu echt, zu intensiv. Kein Programm war in der Lage, so etwas zu simulieren. Oder doch? Was wusste ich schon über die Möglichkeiten der neuesten Software? Es war sinnlos, weiter darüber nachzudenken. Das Wichtigste war jetzt, diesen Timerlan zu suchen und herauszufinden, woher die Tätowierung seiner Tochter stammte, das Zeichen, das ich auf Huberts Siegelring gesehen hatte. Das war der Schlüssel zu dieser seltsamen Welt.

Die Wolken ballten sich über uns zusammen, die Decke riss auf, und hinter der nächsten Brücke empfing uns auf dem dahinterliegenden Feld strahlender Sonnenschein. Irgendetwas blitzte dort auf, und ich fragte:

»Was war das? Solarmodule?«

»Was für Module?« Juna blickte verständnislos zu mir.

»Das ist ein Glashaus, Mensch …«, begann der Zwerg. »Was hast du eben gesagt? Ich will wissen, was du eben gesagt hast.« Er fasste mich an der Schulter und beugte sich vor.

Ich schüttelte seine Hand ab und sagte widerwillig:

»Solarmodule.«

»Was heißt das?«

»Ich hab davon gehört. Solche Dinger, die das Sonnenlicht umwandeln … also in Strom. So etwas gab es vor dem Untergang.«

Juna schüttelte den Kopf, aber Tschak verfiel in nachdenkliches Schweigen.

»Söldner«, sagte er schließlich. »Du bist ja ein Gelehrter! Das ist … das ist genial. Da hol mich doch die Nekrose, wenn das nicht genial ist! Strom aus Sonnenlicht … Natürlich kann man Sonnenstrahlen in Strom umwandeln! Man braucht nur ein gewisses Zubehör, und solche Facetten, wie bei den Bienen …«

»Photoelemente«, warf ich ein, und ärgerte mich augenblicklich über meine Geschwätzigkeit.

»Photo … Und woher, verflucht noch mal, weißt du das?«

Mir blieb nichts anderes übrig, als etwas zu erfinden:

»Ich habe in einem alten Buch darüber gelesen.«

»Du kannst lesen?«, fragte Juna verwundert.

Ich nickte. Der Zwerg ließ nicht locker:

»In einem alten Buch? Und du hast dir alles gemerkt? Halt sofort an und erzähl mir von diesen Modulen. Haben wir hier im Sender Papier? Und einen Stift? Dann notieren wir es gleich und machen eine Zeichnung … Damit kann man doch ein neues Leben anfangen … Hörst du, Mensch, halt an!«

»Nein«, sagte Juna. »Wir müssen weiter.«

»Nein, hör zu …«

Ich unterbrach ihn:

»Halt den Mund, Tschak. Vielleicht erzähl ich dir, was ich noch über die Solarmodule weiß. Aber nur wenn du uns hilfst … Warum kommt uns der Typ jetzt entgegen?«

»Was meinst du wohl, warum? Sie wollen nachschauen, wer da über ihr Gebiet brettert«, erklärte Tschak.

»Sie haben ein Maschinengewehr«, sagte Juna.

Der Fahrer des Fuhrwerks wurde von einer gewölbten Eisenplatte abgeschirmt, aus einem schmalen Guckloch ragte ein langer Waffenlauf.

»Macht euch keine Sorgen, die lassen uns in Ruhe«, sagte der Zwerg.

Das Motorrad hielt am Wegesrand. Ich fuhr weiter, ohne das Tempo zu drosseln. Der Mann auf dem Fuhrwerk hatte sich aufgerichtet und beobachtete uns. Tschak winkte ihm zu.

»Fahr zu«, sagte er. »Dort vor den Glashäusern nimmst du die rechte Abzweigung. Siehst du die niedrigen Häuser mit den

Windrädern? Das sind Lagerhäuser. Dahinter liegen eine Hügelkette und noch mal unbestellte Felder, wo die Erde nichts mehr hervorbringt. Dann kommt Balaschicha. Vor Abend sind wir nicht dort. Aber du kennst dich hier ja gar nicht aus. Woher kommst du eigentlich, Mann?«

Da ich schwieg, antwortete Juna für mich:

»Er ist vom Rand der Don-Wüste. Und du redest zu viel, Tschak.«

»Und wenn schon.« Tschaks Stimme klang ungerührt. »Irgendwie muss man sich doch die öde Fahrt verkürzen, erst recht wenn man mit zwei Spaßvögeln wie euch unterwegs ist. Also bist du ein Südländer, Söldner. Woher genau? Von der Brücke? Aus Cherson-Stadt? Oder von der Krim?«

»Von der Brücke«, sagte ich.

»Aha! Da war ich oft. Kennst du den Zimmermann, den Chef des Quadrats? Oder Pogrysa, das Stinktier? Wo hast du gewohnt? Und was hast du dort gemacht? Warst du als Bandit unterwegs?«

»Halt den Mund«, brummte ich und lauschte auf die Geräusche, die unter der Motorhaube hervordrangen. »Ich kenne kein Stinktier.«

Zum Knattern des Motors war jetzt ein leises, beunruhigendes Klirren zu hören.

»Wie ist das möglich? Jeder kennt Stinktier. Er ist der wichtigste Händler auf der Brücke, und seine Wassermelonen sind in der ganzen Don-Wüste berühmt. Selbst der letzte Penner kennt den, und wenn sein Hirn von der Mammillaria noch so löchrig ist.«

»Halt den Mund«, wiederholte ich.

Das Klirren wurde lauter. Ich sah mich um. Tschak hatte die Lippen zusammengekniffen und schüttelte ungläubig den Kopf, aber er blieb stumm. Wahrscheinlich wollte er mir nicht noch mehr auf die Nerven gehen, aus Angst, ich könnte ihm die Geschichte von den Solarmodulen vorenthalten.

Es wurde dunkel. Regen trommelte auf das Schuppendach, prasselte auf die Erde, spritzte in kleinen Fontänen hoch, das Steppengras wogte im feuchten Wind.

Nach Tschaks Worten befanden wir uns jetzt bereits am äußersten Rand des Ljuberzer Terrains. Der Schuppen lag an einem brachliegenden Feldrain. Als wir daran vorbeifuhren, erklang ein Knacken unter der Motorhaube, Rauch stieg auf und der Sender blieb mit einem Ruck stehen. Ein Blick unter die Motorhaube reichte, um zu erkennen, dass die Sache schlecht stand. Die Einspritzpumpe war kaputtgegangen und die Zahnräder, die die Nockenwelle antrieben, waren abgefallen.

Tschak schlug vor, den Sender in den Schuppen zu schieben. Das taten wir.

Im feuchten Nebel sah ich weit vor uns trübe, verwischte Lichter, sie blinkten schwach und zauberten regenbogenfarbene Kreise in den strömenden Regen. Soweit ich Tschak verstanden hatte, bewohnten die Einwohner von Balaschicha nur noch das ehemalige Industriegebiet, und dort vor allem zwei verlassene Fabriken. Eine davon war eine ehemalige Stahlgießerei. Aus Tschaks Gerede hatte ich geschlossen, dass die beiden Fabrikgelände durch Hängekorridore miteinander verbunden waren.

Ehe Tschak zu einem Erkundungsgang aufbrach, sagte er:

»Früher war es hier richtig gefährlich, wegen der Mutanten. Die waren hauptsächlich in der Kanalisation unterwegs und lebten in alten Fabriken. Aber dann hat ihnen der Orden mithilfe der Brennstoff-Könige den Garaus gemacht. Sie kippten Chemikalien in die Kanalisation – alles, was sie in den Tanks so fanden, obendrauf Benzin – und dann zündeten sie es an. Ich war nicht dabei, aber ich hab gehört, dass es eine schreckliche Feuerbrunst gab, dass riesige Feuersäulen aufschossen, in allen möglichen Farben, grün und blau, von den Chemikalien. Der Gestank war so schrecklich, dass auch viele Leute vergiftet wurden und starben.«

Seit dieser Zeit waren die Häuserruinen in der Nähe des Industriegebiets, wie ich Tschak verstand, zwar sehr viel sicherer, aber die Menschen hatten es nicht eilig, die beiden Fabrikanlagen mit den Werkstätten und Lagerhäusern zu verlassen und in die anderen Häuser zu ziehen. Und in letzter Zeit tauchten auch wieder Mutanten auf.

Und Mutafage.

Mutanten – so viel war mir inzwischen klar – wurden diejenigen Wesen genannt, die äußerlich Ähnlichkeiten mit einem Menschen hatten. So wie die Leiche an der Eisenbahnbrücke. Mutafage dagegen waren all die seltsamen Tiere, die es hier gab. Gepanzerte Wölfe, die ich in der Militärbasis gesehen hatte, buckelige Hyänen, Kriecher und so weiter.

Eine Stunde war vergangen seit Tschak zu seinem Erkundungsgang aufgebrochen war. Wer wäre besser dafür geeignet gewesen als ein ehemaliger Dieb, der davon lebte, überall unbemerkt einzudringen? Ich wurde den Verdacht nicht los, dass wir den Zwerg zum letzten Mal gesehen hatten, aber Tschak hatte uns versichert, dass er zurückkommen würde, schon weil er unbedingt alles über die Solarmodule erfahren wollte. Er war fest davon überzeugt, dass man damit Geld verdienen konnte. Außerdem hatte Juna Galo ihm ebenfalls einen guten Lohn versprochen, wenn er uns half, nach Moskau zu gelangen.

Allerdings konnte ich mir gut vorstellen, dass die Brennstoff-Clans ihm mehr bieten würden, wenn er unser Versteck verriet.

Aber wir hatten keine Wahl. Wir konnten uns unmöglich in den bewohnten Teil Balaschichas vorwagen, ohne zu wissen, ob man dort schon auf uns wartete. Andererseits konnten wir die Stadt nicht umgehen, weil Juna unbedingt diesen Luka Stiditsch treffen wollte, der – wenn ich das richtig verstanden hatte – ein Opferpriester des Ordens war und direkt von Gest, dem Herrscher, geschickt worden war.

Der Sender war endgültig kaputt. Nachdem der Motor abgekühlt war, hatte ich mir die Schäden noch einmal angesehen: Reparieren konnte das nur ein Automechaniker mit den entsprechenden Ersatzteilen.

»Wir können nicht einfach hier rumsitzen und warten«, sagte ich.

»Was sollen wir sonst tun?«, fragte Juna.

»Wir müssen uns umschauen und die Umgebung erkunden.«

An der Wand des Schuppens lag eine Leiter, wir stellten sie an die Schuppenwand und kletterten auf den Heuboden, den ich einmal rundherum abging, wobei ich nach allen Seiten durch die Ritzen in den Holzwänden nach draußen spähte.

Nachdem wir alle Vorräte aus dem Quersack verzehrt hatten, hockte sich Juna vor die Wand in Richtung der Felder und des Bruchs, spähte durch einen Spalt nach draußen und fragte:

»Ist Rasin dein erster oder dein zweiter Name? Wie wirst du genannt?«

»Jegor«, sagte ich.

Sie schwieg eine Weile.

»Du bist ein seltsamer Mensch, Jegor. Manchmal verstehe ich dich nicht. Als ob du nicht von hier wärst.«

»Bin ich ja auch nicht«, stimmte ich ihr zu. »Ich bin aus dem Süden.«

»Nein, das meine ich nicht. Als wärst du überhaupt nicht von dieser Welt, als wärst du von ganz weit weg.«

Ich schwieg. Juna wandte sich jetzt zu mir und sprach weiter:

»Ich bin schließlich zum Verhandlungsführer ausgebildet worden. Ich habe gelernt, Menschen zu verstehen, ihre Gesten, ihre Haltung, ich habe gelernt zu verstehen, was ihre Stimme, ihr Blick sagen. Alles ist wichtig, weil es einem hilft, herauszufinden, was die jeweilige Person wirklich denkt. Aber bei dir verstehe ich manchmal überhaupt nichts. Nein, nicht manchmal, sondern fast immer. Ich weiß nicht, was du denkst, was du willst. Wieso kannst du durch die Nekrose gehen? Wirklich geglaubt hab ich das erst, als ich es dort in der Siedlung mit eigenen Augen gesehen habe – schließlich ist das eigentlich nicht möglich. Tschak hat recht: Alle Clans werden versuchen, dich in ihre Gewalt zu bekommen. Sie werden dich jagen, gnadenlos werden sie dich jagen ... Wie bist du überhaupt in diesen Flecken gekommen? Erzähl!«

»Ich weiß es nicht«, antwortete ich.

»Was? Wieso weißt du das nicht? Du ...«

»Ich erinnere mich nicht mehr daran, was vorher war«, erklärte ich. »Also pass auf. Ich erinnere mich, wie ich zu mir kam. In einem großen Saal mit einem eisernen, verrosteten Podest. In der Decke über mir befand sich ein großer Riss. Das war der einzige Ausweg aus dem Saal. Ich kletterte raus und befand mich auf ebener Erde. Es war mitten in der Nacht, und ich stieg auf das Dach einer Baracke in der Nähe. Dort bin ich eingeschlafen. Als ich am nächsten Morgen aufwachte, wurde mir klar, dass ich mich in einem Flecken befinde. Ich war gerade dabei, von dort abzuhauen, als ich dein Fahrzeug sah, und die Mönche auf den Motorrädern. Das ist alles.«

Juna sah mich verwundert an:

»Stimmt das wirklich? Du kannst dich an nichts mehr erinnern, was vorher war?«

Für einen Moment wollte ich ihr die Wahrheit erzählen, mit allem, was dazugehörte. Mein ganzes verqueres Leben. Wollte ihr von den Kriegen erzählen, in denen ich gekämpft hatte, von meinem Flugzeug, Kasachstan, Kiew, meinem Gespräch mit dem General und wie ich Doktor Hubert kennengelernt hatte. Aber es hätte lange gedauert, und es wäre für Juna schwer, mir zu glauben. Und selbst wenn sie mir glauben würde – was hätte ich davon?

Deshalb sagte ich:

»Ich weiß praktisch nichts. Nur an meinen Namen konnte ich mich sofort erinnern.«

»Außerdem kannst du lesen. Kannst du auch schreiben?«

»Ja.«

»Das ist heutzutage selten. Und kämpfen kannst du auch, obwohl das nicht so selten ist. Aber du hast eine ungewöhnliche Art zu kämpfen. Du kannst Sender fahren. Und du weißt über Solarmodule Bescheid … Ich vermute, du hast Tschak angelogen, als du sagtest, du hättest in einem alten Buch darüber gelesen. Du erinnerst dich einfach daran, oder?«

»Ja.«

»Und du kannst durch die Nekrose gehen.«

»Ja.«

»Also, wer bist du, Jegor Rasin?«

»Ich weiß es nicht«, sagte ich und blickte durch ein Loch in Richtung der verwaschenen Lichter von Balaschicha.

Juna schob ihren Hemdkragen auseinander und strich sich mit den Fingern über den Halsansatz.

»Warum hast du mich nach meiner Tätowierung gefragt? Erinnerst du dich an sie?«

»Ich erinnere mich an das Bild: den Menschen im Zahnrad. Vielleicht hängt das irgendwie damit zusammen, wer ich war. Nein, nicht vielleicht, sondern ganz bestimmt.«

»Dann musst du unbedingt mit meinem Vater sprechen. Ich werde mich darum kümmern. Wenn … wenn er nur …« Das Mädchen verstummte.

»Was?«, fragte ich.

»Nichts.«

»Erzähl dem Zwerg nichts davon. Ich traue ihm nicht. Ich will nicht, dass er weiß …«

Durch das Rauschen des Regens hörten wir ein Motorengeräusch.

»Licht«, sagte Juna. »Von einem Scheinwerfer.«

Ich ging zu ihrer Seite hinüber und blickte durch den Spalt. In der Dunkelheit schwankten zwei weißliche Flecken auf uns zu. Das Motorengeräusch wurde lauter, die Flecken größer, dann verschwanden sie, als das Fahrzeug vom Schuppen weg abbog. Über das feuchte Steppengras huschten schwache Lichtreflexe. Das Geräusch verklang fast ganz, dann wurde es wieder lauter.

»Sie suchen uns«, flüsterte ich.

»Aber woher wissen sie, dass wir noch nicht in Balaschicha sind?«

»Vielleicht waren sie schon dort? Vielleicht haben sie Verstärkung bekommen und klappern in mehreren Sendern die ganze Gegend nach uns ab.«

Unten erklang ein Rascheln, ich hob die Howdah und richtete sie auf das obere Ende der Leiter. Dort tauchte Tschak auf, nass bis auf die Knochen. In der Hand hielt er eine lange Lederjacke, die er in meine Richtung schleuderte. Der Zwerg sagte:

»He, Südländer, zieh die über. In deinem merkwürdigen Anzug fällst du zu sehr auf. Ich hab sie einem abgenommen … Kurz und gut, ich weiß jetzt Bescheid. In der Stadt herrscht ziemliche Aufregung, weil die Mutanten, die seit drei Saisons verschwunden waren, wieder aufgetaucht sind. Wisst ihr, wovon die Einheimischen dort leben? Ein Teil arbeitet in den Werkstätten und stellt Fertigteile für die Bohranlagen her, der andere Teil jagt Mutafage. Hier gibt es jede Menge Panzertiere. Die Panzerplatten und das Fett kann man verarbeiten. Die Ljuberzer verkaufen die Platten an die Händler und die liefern sie den Waffenherstellern, die Rüstungen daraus machen. Vor Kurzem sind also zwei Jagdbrigaden aufgebrochen, um eine Herde Panzertiere zu erlegen – und plötzlich tauchten Mutanten auf. Die Hälfte der Jäger wurde getötet, die anderen konnten sich in die Stadt flüchten. Sie schlossen die Tore hinter sich und gossen von innen heißen Teer auf die Mutanten, dann schossen sie. Fürs Erste haben sie die Monster wohl vertrieben. Aber wer weiß das schon genau? Jetzt hocken sie in ihrer Stadt und trauen sich nicht mehr raus. In Balaschicha …«, Tschak zupfte zum wiederholten Mal an seinem Ohrring, »herrscht ziemlich angespannte Stimmung. Aber es sieht so aus, als würden sie uns noch nicht suchen. Jedenfalls hab ich nichts davon bemerkt. Also lasst uns fahren.«

Ich schüttelte den Kopf.

»Aha, der Sender ist hinüber? Na, dann gehen wir eben zu Fuß. Wann soll dieser Kerl aus dem Tempel aufkreuzen?«

»Gegen Morgen, vermutlich«, sagte Juna. »Oder im Laufe des Tages.«

»Nicht gut, früher wäre besser. Hört mir zu: Ich habe dort ein ruhiges Plätzchen gefunden, wo wir die nächsten Stunden unterkommen können. Dann sehen wir weiter. Aber vergesst nicht, ihr zwei … ihr seid mir was schuldig. Du, Mann, erzählst mir alles über die Solarmodule. Und von dir, Mädchen, bekomme ich zwei Goldmünzen. Und zwar mit echter Moskauer Prägung, verstanden? Jetzt lasst uns gehen. Es ist kalt und ich brauche was zu futtern.«

12.

Es regnete jetzt noch stärker als zuvor. Selbst wenn der Sender nicht kaputtgegangen wäre, hätten wir nicht darin weiterfahren können – durch die Straßen von Balaschicha lief das Wasser in Strömen. Es brodelte in den Torwegen und rund um die Müllhaufen, die sich auf allen Kanaldeckeln angehäuft hatten, in Wellen schwappte es in die Ruinen und schoss in Fontänen sprudelnd in die Höhe.

Zum Glück war es nicht weit bis zum Industriegebiet. Wie sich herausstellte, hatte Tschak keine Komplexe hinsichtlich seiner Größe. Ohne große Umstände befahl er mir, ich solle ihn auf meine Schultern heben. Dort saß er jetzt, ließ die Beine baumeln und redete vor sich hin:

»Wenn wir in Moskau wären, würde ich euch in Wesirs Vierteln verstecken. Wo der Kerl regiert, würde euch kein Mensch finden. Aber hier ist es besser, euch genau da unterzubringen, wo eure Verfolger auch sind und wo sie euch am wenigsten vermuten. Hört mir jetzt zu … Südländer, pass auf. Ich bin dein

Diener. Sie ist deine junge Ehefrau.« An dieser Stelle prustete Juna los, aber der Zwerg achtete nicht auf das Mädchen. »Du bist ein erstklassiger Techniker aus Charkow und hierhergekommen, weil dich die Südliche Bruderschaft angeheuert hat. Genauer gesagt, sie haben dich einer Waffenschmiede abgekauft, damit sie von deinem Wissen profitieren. Du sollst ihre Bohranlagen instand halten und so … Sei still, jetzt red ich. Wenn sie dich nach etwas fragen, musst du möglichst unzufrieden tun. Sag, dass wir auf dem Weg nach Balaschicha von Fängern überfallen wurden und dass die Karawane, mit der wir unterwegs waren, zerstreut wurde. Später ist dann noch unser Sender kaputtgegangen, und wir mussten zu Fuß weiterziehen. Mecker ruhig kräftig rum, dass die Südliche Bruderschaft nicht für ordentliche Bewachung sorgt und einen so wichtigen Spezialisten wie dich nicht ausreichend beschützt. Verstanden? Du hast Ahnung von Waffen, bist ein Studierter. Aber bitte, lauf nicht mit so einer steinernen Miene rum! Entspann dich ein bisschen. Ich hab dich noch nicht ein Mal lächeln sehen. Also denk dran: Du bist eine wichtige Person, alle sollen nach deiner Pfeife tanzen.«

Die Straße endete vor der Mauer eines Fabrikgebäudes mit einem Tor im Erdgeschoss und trübe beleuchteten Fenstern im ersten Stock. Ich blieb instinktiv stehen, als ich neben dem Eingangstor drei riesige Kreuze stehen sah. Sie bestanden aus dicken Holzbalken, die in die Erde gerammt waren. An jedem Kreuz hing ein Körper.

Tschak sagte:

»Ihr bleibt hier stehen. Ich spreche mit ihnen. Lass mich runter, Söldner.«

Mein Vertrauen in den Zwerg reichte noch immer nicht weit, aber ich hatte keine andere Wahl. Wie auch zuvor nicht. Unsere Verfolger hätten uns jeden Moment in diesem Schuppen entdecken können, wir mussten uns Tschak anschließen. Und auch jetzt blieb uns nichts anderes übrig, als seinem Kommando zu folgen.

Kaum stand Tschak auf der Erde, lief er auch schon durch riesige Pfützen auf die kleine Pforte im Eingangstor zu. Nach wenigen Metern war er von Kopf bis Fuß durchnässt und bot einen erbärmlichen Anblick. Aber Juna und ich sahen vermutlich nicht besser aus.

Wir hörten, wie Tschak klopfte. Eisen quietschte, und in der Pforte öffneten sich zwei Fenster. Im unteren tauchte ein Gewehrlauf auf, im oberen ein Gesicht. Tschak begann wortreich zu erklären. Ich hörte nicht zu, sondern sah mir die X-förmig gekreuzten Balken mit den gekreuzigten Körpern an.

»Was ist das?«, fragte ich. »Mutanten? Kreuzigt man bei euch die Mutanten?«

»Was meinst du, bei euch?« Juna blickte mich verständnislos an.

»Ich meine, warum sind sie gekreuzigt?«

»Äh … so werden sie getötet.«

Dieser Mönch hatte doch auch so ein Kreuz um den Hals getragen. Offenbar hatten sich die religiösen Symbole nach dem sogenannten Untergang, was immer das gewesen sein mochte, stark verändert. Jetzt wurden also Mutanten gekreuzigt – und die Mönche trugen das Abbild einer solchen Kreuzigung um den Hals. Ich würde Juna später noch mal dazu befragen müssen.

Tschak hatte die Türwächter mit seiner Geschichte überzeugen können. Riegel wurden zurückgeschoben, und die Eingangspforte im Tor öffnete sich.

»Die Brennstoff-Könige sorgen für Ordnung. Ihr braucht euch keine Sorgen zu machen, dass uns hier irgendwer überfällt«, erklärte der Zwerg. »Folgt mir, los.«

Die gewaltige Fabrikhalle war erfüllt von Stimmen, dem Scharren von Füßen, von Husten, Gelächter und Gezanke. In Eisenfässern entlang der Wände brannten Feuer, rundherum standen Leute, wärmten sich daran, unterhielten sich oder hockten direkt auf dem Betonboden und spielten mit Würfeln. Hier schlief einer mit Lumpen zugedeckt auf einer langen Bank, dort stand ein Mann auf einer verrosteten Drehbank und hielt eine Rede. Einige Menschen hörten ihm mit gelangweilten Gesichtern zu. Daneben wurden Küchenschaben-Wettrennen veranstaltet. Menschen drängten sich um die kleinen Tiere, schrien, gestikulierten und klimperten mit Münzen.

Der Zwerg führte uns zügig durch das Getümmel. Über die ganze Halle verteilt waren unter der hohen Decke balkonartige Gitterroste befestigt. Darauf standen bewaffnete Wachleute, in Segeltuchmänteln und mit alten Schutzhelmen bekleidet.

»Diese Halle hier ist der zentrale Treffpunkt«, erklärte uns Tschak. »Und dort sind die Straßen.«

Straßen wurden die schwach beleuchteten Korridore genannt, die an den verschiedenen Seiten der Fabrikhalle in verschiedene Richtungen führten. Einige waren leer, in anderen saßen entlang der Wände Menschen in Lumpen. Wir gingen an einem dieser Korridore vorbei, er war elektrisch beleuchtet. Das Licht fiel aus einer halb offenen Tür auf den Gang und wir hörten das Klingen von Gläsern und Frauengelächter.

»Ich wüsste schon, wo ich euch verstecke«, sagte Tschak und rieb sich die Finger in seinen abgeschnittenen Wollhandschuhen. »Das ist das beste Bordell hier. Du, Söldner, würdest das vermutlich zu schätzen wissen, aber unser Mädchen hier hat dafür wenig Verständnis.«

Als wir an einem dunklen, vergitterten Loch vorbeikamen, fügte er hinzu:

»Durch solche Löcher sind die Mutanten früher gekommen. Sie sind durch die Kanalisation gekrochen. Angeblich wurden sie richtig abgeschlachtet.«

Mit tuckerndem Motor stieß ein kleiner Sender aus einem anderen Korridor zu uns. Von der einen Seitenwand des Fahrzeugs zur anderen führte über den Fahrer- und Beifahrersitz hinweg ein eiserner Träger, auf dem grell leuchtende Scheinwerfer montiert waren. Außerdem waren drei weitere Scheinwerfer an der Stoßstange befestigt. Die zwei Männer im Sender waren genauso gekleidet wie die bewaffneten Wachen, die von oben das Nachtleben von Balaschicha im Auge behielten: Segeltuchmäntel und eingedrückte Bauhelme. Offenbar hatte man hier irgendwann mal ein Lager mit Arbeitskleidung entdeckt und die Kleidungsstücke kurzerhand zur Uniform der hiesigen Wachen umfunktioniert.

Der Sender fuhr langsam auf uns zu.

»Wir gehen weiter«, zischte Tschak. »Nicht zappeln, ganz ruhig bleiben …«

Ich zog die Jacke fester zu, um die Howdah darunter zu verbergen. Der Beifahrer erhob sich in seinem Sitz und musterte uns scharf, dann berührte er seinen Kollegen an der Schulter und zeigte in unsere Richtung. Wir näherten uns einem großen zweiflügeligen Tor am Ende der Fabrikhalle. Das Fahrzeug wendete.

»Soll euch die Nekrose in die Nieren kriechen«, flüsterte Tschak.

Vor uns machte sich Unruhe breit. Ein Mann, der ein paar Meter vor uns lief, war beim Anblick des Senders losgelaufen, um hinter einer Reihe Werkbänke in Deckung zu gehen. Zwischen den Bänken waren Wäscheleinen gespannt, daran hingen Stofffetzen zum Trocknen. Der Beifahrer schrie seinem Kollegen etwas zu, der Fahrer wendete augenblicklich das Lenkrad und das Fahrzeug schoss in Richtung des Flüchtenden.

Tschak sagte:

»Vorwärts, schneller, aber nicht laufen!«

Gerade traten sechs Männer durch die Toröffnung in den dahinter liegenden Korridor. Sie gingen paarweise und trugen einen großen, spitz zulaufenden Bohrer an Stangen. Das riesige Werkzeug glühte noch und strahlte eine gewaltige Hitze aus – wahrscheinlich kam es direkt aus dem Ofen. Hälse und Handgelenke der Träger waren von eisernen Spangen umschlossen, an denen Ketten hingen. Tschak wollte den Sklaven durch das Tor folgen, wich aber sofort zurück. Der Lauf einer Armbrust war auf seine Brust gerichtet.

»Wohin willst du?«, fragte der Wächter.

Das Gespräch dauerte nicht lange, und der Zwerg führte uns zur Nachbartür.

»Was sind das für Werkstätten? Warum dürfen wir nicht da durch?«, fragte ich.

Tschak winkte ab:

»Keine Ahnung, was sie da machen. Irgendetwas Geheimes, Waffen oder Ausrüstung, irgendetwas Neues … Das kann uns jetzt egal sein. Das Wichtigste ist, dass sie uns weiterziehen lassen.«

»Wohin?«, fragte Juna. Ihr passte die Situation ebenso wenig wie mir. »Wohin führst du uns?«

»Mach dir keine Gedanken, Mädchen. Jedenfalls nicht in eine Falle. Ich weiß, was in euren Köpfen vor sich geht: Hat Tschak uns an die Brennstoff-Könige verraten? Aber wisst ihr was, Tschak ist kein Verräter. In der Diebes-Vereinigung der Krim machen sie dich dafür – eins, zwei – einen Kopf kürzer. Wenn ich etwas anfange, dann bringe ich es auch zu Ende, so ist das.«

Wenig später durchquerten wir einen geschlossenen Übergang zwischen zwei Fabrikhallen – einen finsteren Korridor, der etwa neun Meter über dem Erdboden hing.

Der Zwerg fragte Juna:

»Wo bist du mit dem Mönch verabredet?«

»Er nannte es den Ausguck. Ich war noch nie hier …«

»Aber ich war schon hier. Ausguck nennen sie das Dach der großen Röhre. Das ist ein riesiges Rohr, das auf Säulen steht. Am oberen Ende ist es mit einer Art flachem Dach verschlossen, und in der Mitte des Dachs befindet sich ein Loch. Über der Dachfläche, rund um das Loch haben sie ein großes Sonnensegel aufgespannt. Ist jetzt eine Kneipe, da kann jeder hin, und es ist immer was los. Da solltet ihr euch nicht zeigen. Unter dem Ausguck, an der Basis des Rohres, hat man mehrere Balkengerüste eingezogen und sie mit Eisenplatten verkleidet. Diese Flächen nennt man jetzt Handelslager. Im Innern des Rohrs windet sich ein breiter Abgang wie eine Spirale nach unten. Zwischen dem Abgang und der Außenwand des Rohrs befinden sich auf mehreren Etagen Zimmer. Die Reisenden können ihre Waren in den Lagern lassen und finden im Rohr ein Nachtlager. Wer nach Balaschicha kommt, sei es um Handel zu treiben oder auf der Durchreise nach Moskau, kann dort übernachten. Dahin gehen wir jetzt. Ich habe schon alles besprochen und ein Zimmer für euch organisiert.«

»Aber wir haben kein Geld«, wandte Juna ein.

Die Fenster im Korridor waren unverglast, auch ohne Folie, und es zog heftig. Überall auf dem Boden waren Pfützen entstanden, deren Oberfläche sich kräuselte. Draußen rauschte der Regen, und in der Dunkelheit leuchteten die Lichter der Fabrikhallen von Balaschicha.

»Wie viel habt ihr?«, fragte Tschak und blieb stehen.

»Ich habe gar nichts«, entgegnete ich.

Juna holte eine Handvoll Silbermünzen aus der Tasche.

»Eine Griwna …«, sagte der Zwerg gedehnt und schnappte sich die Münzen. »Und du hast wirklich gar nichts, Südländer? Mit euch Riesen hat man nichts als Probleme … Na gut, ich geb von mir was dazu, wenn es nötig ist. Eine Nacht in einem Zimmer kriegen wir schon hin.« Er ging weiter.

»In zwei Zimmern, Tschak«, korrigierte Juna.

»Nein, mein Mädchen, für zwei Zimmer reicht das Geld ganz sicher nicht. Wir sind hier doch nicht in Arsamas. Das hier ist die Grenze zum Großen Moskowien! Hier ist alles teurer.«

»Aber ich …«

»Schon gut, mach dir keine Sorgen wegen deiner Jungfrauenehre. Ihr müsst da ja nicht lange aushalten …«

»Wir?«, fragte ich.

Der Zwerg sprang durch einen großen Durchlass am Ende des Korridors und eilte schon auf die Treppe zu, die sich anschloss. Ohne sich umzudrehen, sagte er:

»Klar, ihr werdet dort warten, während ich die Lage auskundschafte.«

Die Zimmer zogen sich an der Außenwand des Rohrs entlang und alle Türen gingen auf einen gemeinsamen Korridor, der wie eine Spirale im Innern des Rohrs von oben nach unten verlief. Abgang hatte Tschak diesen Korridor genannt.

Was Tschak als Rohr bezeichnete, war, wie sich herausstellte, ein ehemaliger Kühlturm, der stark umgebaut worden war. Im unteren Teil, wo sich früher vermutlich Wasser befunden hatte, waren durch Gerüste und Podeste Lagerflächen geschaffen worden. Nach allem, was ich sehen konnte, hatten sich die Menschen schon vor längerer Zeit im Innern der Anlage eingerichtet.

Die Außenwand unseres Zimmers war aus Ziegeln, alle anderen waren nachträglich eingezogene hölzerne Zwischenwände. In der Wand, die an den Korridor angrenzte, befanden sich eine Tür und ein mit Folie bespanntes Fenster.

Juna lag im Bett und hatte ihre Beine mit der Decke zugedeckt. Als ich den Türriegel zur Seite schob, hob sie den Kopf und fragte:

»Wohin gehst du?«

»Mich umsehen«, sagte ich. »Es gefällt mir nicht, einfach so dazusitzen, wenn ich nicht weiß, was um mich herum geschieht.«

»Ich glaube nicht, dass Tschak ein Verräter ist.«

»Du bist reichlich vertrauensselig für die Tochter eines wichtigen Mannes.«

Sie runzelte die Stirn und ließ den Kopf wieder sinken: »Du hast recht. Dir habe ich auch vertraut.«

Ich nahm die Howdah in die Hand, verließ das Zimmer und trat an das Geländer im Korridor. Ich beugte mich vor und blickte in den zentralen Schacht des Rohres im Innern des spiralförmig aufsteigenden Korridors. In regelmäßigen Abständen waren Öllampen an Dreifüßen aufgehängt – die Lichterkette zog sich die Spirale entlang nach oben und nach unten. Eine dieser Lampen befand sich in meiner Nähe.

Durch den Schacht zur Decke hinauf stieg ein gleichmäßiger Strom warmer Luft. Im Turm hallten verschiedene Geräusche wider: ein undeutliches, vielstimmiges Echo, Motorenknattern, Klopfen, Gelächter.

Ich legte die Howdah auf dem Boden neben mir ab und beugte mich weit über das Geländer vor. Etwa zwanzig Meter unter mir mündete der spiralförmige Korridor auf einen großen Platz, der den ganzen Schacht einnahm. Dort stand ein Sender, daneben befanden sich Stallverschläge, darin Pferde, außerdem zwei Fuhrwerke. Also musste es ganz unten ein Tor geben, durch das man in den Kühlturm und bei Bedarf zu den Lagerräumen fahren konnte.

Von oben hörte ich dumpfes Knallen. Ich hob den Kopf. Das Dach bedeckte nicht die gesamte Röhre, in seiner Mitte hatte man eine runde Öffnung ausgespart, durch die es hereinregnete. Es klang nach Schüssen, aber ich war mir nicht sicher, denn die Geräusche waren stark verfremdet.

Irgendetwas bewegte sich im trüben Licht der Öllampen. Ich trat einen Schritt zurück und brachte vorsichtshalber die Howdah in Anschlag.

Von oben stürzte ein Mensch hinunter – der Luftstrom drehte seinen Kopf nach unten, die Arme waren an die Seiten gedrückt, die Beine zusammengelegt. Seine Jackenschöße umflatterten ihn. Der Mensch fiel an mir vorbei, und ich trat wieder an das Geländer, um dem Körper hinterherzusehen, der immer wieder im trüben Licht aufblitzte. Dann verlor ich ihn aus dem Blick und hörte einen dumpfen Schlag.

Oben blieb alles ruhig und ich beschloss, ins Zimmer zurückzukehren. Ich verschloss die Tür hinter mir, und als ich mich umwandte, blickte mir Juna aus verschlafenen Augen entgegen. Ich setzte mich am Fenster auf die Knie und blickte raus. Weiß der Teufel, ob dieser Mann, der da durch den Kühlturm gefallen war, in irgendeinem Zusammenhang zu uns stand. Das Schlimmste war das Warten. Und ich musste nun schon zum zweiten Mal in dieser Nacht lange warten und hatte keine Möglichkeit, Einfluss auf die Ereignisse zu nehmen.

»Glaubst du an Gott?«, fragte ich.

»Natürlich«, entgegnete Juna nach kurzem Zögern. »Wie könnte man nicht an den glauben, der die Welt erschaffen hat?«

Darauf fiel mir keine Antwort ein, und ich fragte weiter:

»Aber wer ist er? Ich erinnere mich nicht …«

»Was meinst du ›wer ist er‹?« Das Mädchen setzte sich im Bett auf. »Er ist der Schöpfer – er hat alles geschaffen.«

»Ja, klar. Aber wie ist das bei euch … ich meine bei uns mit Bildern von ihm? Gibt es Ikonen? Und wie wird er genannt?«

»Schöpfer wird er genannt. Ich weiß nicht, was Ikonen sind, aber Bilder vom Schöpfer gibt es keine, denn es ist Gotteslästerung, ihn abzubilden.«

»Aber warum?«, fragte ich, den Blick weiter aufs Fenster gerichtet.

»Weil uns der Schöpfer am Tag des Untergangs verlassen hat! So lehrt es der Orden. Der Untergang ist doch in Wirklichkeit nur die Folge davon, dass Er uns verließ. Und Er wird zurückkehren, wenn die Welt von allem Übel, von der Saat des Bösen gereinigt ist.«

»Und das Übel sind die Mutanten?«

»Ja, sicher. Hast du das etwa tatsächlich vergessen, Rasin? Mutanten und Mutafage – alle gotteswidrigen Wesen, die den Lenden des Bösen entstammen.«

»Und wer ist dieser Böse?« Ich hätte um ein Haar hinzugefügt: Der oberste Mutant etwa? Aber ich hielt mich zurück, am Ende würde ich das Mädchen noch kränken. Ich konnte die Tiefe ihrer religiösen Gefühle schlecht einschätzen.

Aber sie antwortete nicht.

Wir warteten schon ziemlich lange, und nach meinem Zeitgefühl musste es bald anfangen zu dämmern. Der Zwerg war verschwunden und bis jetzt nicht wieder aufgetaucht. Ich lief unruhig auf und ab und blickte immer wieder zum Fenster hinaus.

»Wenn du noch was wissen willst, frag nur«, sagte Juna.

»Was ist die Nekrose?«

Sie zuckte mit den Schultern:

»Eine Krankheit, ein Fluch des Bösen.«

»Das erklärt noch nichts.« Ich bohrte weiter.

»Mehr wissen wir nicht darüber. Niemand weiß etwas. Die Nekrose war schon immer da, aber früher gab es nur ganz vereinzelte Flecken, die irgendwo auftauchten und oft wieder verschwanden, mal hier, mal da. Irgendwann aber hielt sich ein Flecken im Osten hartnäckig. Er wuchs, breitete sich aus und ergriff das Ödland, zerstörte alles auf seinem Weg.«

»Und gibt es seitdem mehr Flecken?«

»Ja, in letzter Zeit nimmt ihre Zahl zu. Sie können überall auftauchen, und du weißt nie, wo und wann als Nächstes. Man kann sie nur an diesem seltsamen Nebel erkennen. Das ist die einzige Möglichkeit, sich rechtzeitig in Sicherheit zu bringen. Manchmal dehnen sich die Flecken stark aus, manchmal lösen sie sich auf und manchmal bleiben sie einfach mehrere Saisons lang unverändert.«

»Aber von Osten zieht die Nekrose wie eine dichte Front heran, oder?«

»Ja, aber nicht gleichmäßig. Anfangs zog sie von zwei Seiten weiträumig an Arsamas vorbei. Dann ist sie auf einmal sehr schnell vorgerückt und hat uns innerhalb einer Nacht eingeschlossen. Wir dachten wochenlang, dass wir noch Zeit hätten. Als ob sie uns mit Absicht hätte täuschen wollen. Ja, sie hat uns getäuscht.«

»Ist die Nekrose irgendwie mit diesen …« Ich zeigte mit dem Finger nach oben. »Mit diesen Dingern am Himmel? … Letzte Nacht habe ich dort …«

»Das sind die Plattformen. An die erinnerst du dich auch nicht mehr?«

Ich schüttelte den Kopf.

»Himmelsplattformen, so werden sie genannt. Wir wissen nichts. Angeblich sind sie kurz nach dem Untergang aufgetaucht. Sie schweben dort oben am Himmel und landen nie auf der Erde. Wir wissen nicht, wer darauf wohnt, ob überhaupt jemand dort wohnt …«

»Was ist das: der Untergang?«

»Der Untergang – das ist … Das Ende der alten Welt. Der Tag, als der Schöpfer uns verließ. Als die Mutanten erschienen und die Flüsse austrockneten.«

»Aber warum sind sie ausgetrocknet? Warum ist die alte Welt untergegangen und warum hat uns der Schöpfer verlassen? Und die Mutanten können doch nicht von einem Tag auf den anderen da gewesen sein.«

Ich verstummte, da ich gedämpfte Schritte im Korridor hörte. Ich hob die Howdah wieder, trat zum Fenster – von außen näherte sich Tschak unserem Zimmer. Was ich sah, gefiel mir nicht: Der Zwerg blickte sich unruhig um und hatte es offenbar sehr eilig.

»Was hat er nur?«, brummte ich.

Weiter hinten im Korridor tauchte ein Mann in einem langen Umhang auf, sein Gesicht lag unter einer Kapuze verborgen. Ich konnte sehen, dass er dem Zwerg auf den Fersen war. Der aber eilte auf unsere Tür zu, ohne den Mann zu bemerken.

»Was ist los?« Juna war aufgestanden.

»Bleib, wo du bist!« Ich ging zur Tür, wartete noch einen Moment, ehe ich die Tür mit einem Fußtritt öffnete und nach draußen stürzte.

»Pass auf!«, schrie ich Tschak zu, der direkt vor mir stand und schubste ihn unsanft zur Seite, um auf seinen Verfolger zielen zu können.

Der Mann war schon unerwartet nahe, nur noch zwei Schritte hinter Tschak. Hatte der Zwerg ihn wirklich nicht bemerkt oder hatte er nur so getan?

So oder so, ich hatte keine Chance zu schießen. Der Fremde glitt leicht und beweglich zur Seite, sein langer Ärmel flog nach oben, für einen Moment bekam ich ein schmales, faltiges Gesicht zu sehen – dann berührte mich ein Elektroschocker an der Stirn und ich verlor das Bewusstsein. So ein Ding hatte ich zuletzt bei den Wächtern in Huberts Labor gesehen.

13.

Ich sah Junas Gesicht ganz nah vor mir. Sie schlug mich leicht auf die Wangen. Ihre Lippen bewegten sich, sie sagte etwas, aber ich konnte sie nicht verstehen. Ich fühlte mich, als wäre ich unter Wasser – von allen Seiten drangen dumpfe, unklare Laute zu mir: ein rhythmisches Surren, ein Knirschen, ein gedämpftes Krachen …

Dann war es buchstäblich so, als ob jemand die Pfropfen aus meinen Ohren zöge:

»… Luka Stiditsch, Jegor, hörst du das? Rasin?«

Das Mädchen trat einen Schritt zurück. Mir wurde klar, dass ich mit dem Rücken gegen die Wand und auf dem Boden saß. Nicht weit von mir reckte sich Tschak auf die Zehenspitzen und spähte aus dem Fenster. Die Tür war angelehnt, und davor stand der Mann in dem Umhang. Die Kapuze war jetzt zurückgeschlagen. Ich sah einen grauen Bürstenhaarschnitt, ein schmales, faltiges Gesicht, dunkle Ringe unter den Augen und einen langen spitzen Bart am Kinn.

Ich kannte ihn. Diese Erkenntnis erfasste mich schockartig, als ob jemand einen Eimer eisigen Wassers über mir ausgekippt hätte. Ich kannte das Gesicht! Ich hatte diesen Mann im Umhang schon einmal gesehen … Aber wann und wo? Ich konnte mich nicht erinnern.

Und dann verschwamm wieder alles vor meinen Augen. Mein Oberkörper kippte nach vorne, um mich wurde es dunkel.

Als ich das zweite Mal zu mir kam, saß ich auf dem Bettrand. Luka Stiditsch, der Juna geholfen hatte, mich hochzuhieven, trat zurück. Diesmal bewegten sich seine Lippen, wieder hörte ich nur gedämpfte Geräusche, dann drangen seine Worte unvermittelt an mein Ohr:

»… sie werden jeden Moment hier sein. Wir müssen weg.«

Als ich versuchte aufzustehen, eilte Juna mir zu Hilfe, fasste mich am Ellenbogen und stützte mich mit ihrer Schulter von der Seite. Einen Augenblick lang lehnte ich mich mit dem ganzen Gewicht auf sie, dann schob ich sie weg, stellte die Beine weit auseinander, streckte die Arme zu beiden Seiten aus und kniff die Augen so fest zusammen, dass es in meinen Ohren rauschte. Dann öffnete ich die Augen.

Luka Stiditsch stand vor mir, eine Hand am Gürtel, und starrte mich an. Unter dem Umhang trug er eine blaue Uniformjacke und Reithosen mit Biesen, die bis zu den schwarzen Stiefeln reichten.

»Name?« Die Frage klang wie ein Peitschenschlag.

Ich warf dem verkleideten Opferpriester einen kurzen Blick zu, dann trat ich an ihm vorbei zu Tschak und fragte:

»Was ist?«

»Noch alles ruhig«, sagte er. »Aber wenn sie erst in Sichtweite sind, ist es genau genommen zu spät. Wir müssen weg von hier.«

»Name, Söldner!« Stiditschs Stimme war herrisch.

»Halt den Mund, hörst du?«, brummte ich.

Er ging auf mich zu, und ich drehte mich um – meine Beine zitterten nicht mehr, und meine Sicht war klar. Ich war bereit, mich ihm zu stellen, brannte sogar darauf: Sollte er nur seinen Elektroschocker rausholen, diesmal würde ich ihm eine Antwort verpassen. Aber auf einmal stand Juna zwischen uns, drückte die eine Hand mir, die andere Stiditsch in die Brust und sagte wütend:

»Hört auf ihr beiden, sofort! Luka, er hat mich gerettet, ohne ihn wäre ich tot. Rasin, das ist Luka Stiditsch, der Vertraute des Herrschers. Benimm dich ihm gegenüber respektvoll. Wir müssen jetzt gemeinsam handeln. Habt ihr das begriffen? Ich frage euch!«

Luka nickte nach kurzem Zögern, dann sagte er:

»In Ordnung, Juna Galo. Fürs Erste belassen wir es dabei, aber später werde ich mir diesen Söldner vorknöpfen.«

Juna blickte mich an. Ich nickte ebenfalls.

»Einverstanden.«

»He, ihr Riesen!« Tschak hatte die Tür aufgerissen und war schon über die Schwelle getreten. »Da hinten kommen sie, ich höre schon ihr Getrappel. Was mich angeht, ich verschwinde von hier. Aber ihr könnt natürlich gerne noch eine Weile diskutieren.«

Von unten konnte man nicht sehen, wie viele Leute durch den gewundenen Korridor auf uns zukamen. Aber dem Stampfen nach zu urteilen, waren es mindestens zehn.

Luka Stiditsch rannte voraus, ihm folgte Juna, dann ich mit dem Zwerg auf den Schultern. Ich musste die ganze Zeit daran denken, dass ich das Gesicht des Opferpriesters schon einmal irgendwo gesehen hatte, vielleicht nur kurz, aber zumindest unter solchen Umständen, dass es sich mir eingeprägt hatte. Aber ich konnte mich einfach nicht erinnern, wann und wo.

Auf unserer Flucht kamen wir an mehreren Leuten vorbei, die gerade aus ihrem Zimmer heraustraten oder dorthin zurückkehrten. Die meisten verdrückten sich bei unserem Anblick sofort, aber ein kräftiger Typ wollte sich uns in den Weg stellen. Ein kurzer Schlag mit dem Elektroschocker, und der Mann kippte um.

Der Zwerg, der meinen Hals umfasst hielt, und die Wange gegen meinen Scheitel drückte, schwafelte vor sich hin:

»Als ich zum Ausguck hochkam, habe ich den Riesen sofort gesehen. Deine Freundin hat ihn ja beschrieben … Ich denke also, bestens, will zu ihm rüber, um ihm zu sagen, wo ihr auf ihn wartet, aber dann merke ich, dass irgendwas nicht stimmt. Da laufen noch jede Menge andere Riesen herum, besser gesagt, tun extra unauffällig, drücken sich um den Mönch herum: Drei sitzen um einen Tisch in nächster Nähe, einer schaut über das Geländer in der Mitte des Dachs, und etwas abseits um die Ecke sind auch noch welche postiert. Ich bummele also gemütlich über den Ausguck, als hätte ich mit all dem nichts zu tun, und denke mir: Diese Typen beobachten ihn. Sie lassen ihn in Ruhe, weil sie auf etwas warten, aber auf was?«

»Vermutlich darauf, dass die Leute auftauchen, mit denen er verabredet ist«, sagte ich keuchend.

Obwohl wir abwärts liefen, hatte ich wegen des Zwergs auf den Schultern Mühe, mit den anderen mitzuhalten. Die Howdah baumelte gegen meine Hüfte, und schließlich blieb mir nichts anderes übrig, als sie in die Hände zu nehmen.

»Richtig, um euch alle auf einmal zu erwischen«, stimmte mir der Zwerg zu. »Weißt du, was passiert ist? Hast du überhaupt eine Ahnung, wer dieser Luka ist? Er ist der Chef des Sicherheitsdienstes im Tempel und die rechte Hand des Herrschers. Ein wichtiger Riese, und die Ältesten der Brennstoff-Clans kennen ihn wahrscheinlich persönlich. Hier hat jeder seine Spione, verstehst du? Im Tempel gibt es Spione der Clans, in der Festung welche vom Tempel. Und deshalb hat sicherlich irgendwer Luka Stiditsch erkannt, als er in geheimer Mission in Balaschicha auftauchte. Und dann sind da noch diese Diversanten gekommen und haben erzählt, dass sie Juna Galo und ihren Leibwächter hier irgendwo in der Gegend mitten in der Nacht aus den Augen verloren haben. Also haben die Brennstoffler eins und eins zusammengezählt und sich gedacht, dass Luka sich vermutlich mit Juna treffen will, und dann …«

Ich unterbrach ihn: »Und was ist dort oben geschehen?«

»Ja, was … Auf einmal höre ich so ein Geräusch, als ob jemand in die Hände klatscht, dann ein Klirren, Geschrei … Ich sehe mich um: Offenbar hat Luka seine Beobachter ebenfalls bemerkt und nur so ahnungslos getan! Er hat auf den richtigen Augenblick gewartet und dann einfach den erstbesten von den Typen, den, der am Geländer stand, rübergeschubst, und auf die anderen hat er geschossen. Er hat eine echt raffinierte Pistole, mit einem dicken Rohr am Ende. Dabei schießt sie ganz leise, klingt nur wie ein Klatschen. Luka hat also einen Tisch umgedreht und ist dahinter in Deckung gegangen. Als Nächstes kommt's da oben zu einer ordentlichen Schießerei, die Riesen schreien durcheinander …«

»Das heißt, er hat außer dem Schlagstock noch eine Waffe?«

»Sag ich doch, diese besondere Pistole, die trägt er unter dem Umhang. Ich denk mal, so was kriegt man auch in Charkow nur auf besondere Bestellung. Er stürzt zum Ausgang und ich ruf ihm zu, dass ich von Juna komme und er mir folgen soll. Im ersten Moment hätte er mich um ein Haar niedergeschlagen, aber dann hat er wohl geschaltet. Außerdem hatte er genau genommen keine große Wahl. Eine andere Fluchtmöglichkeit gab es sowieso nicht. Wir rennen also den Korridor runter. Und dann bist du da rausgehüpft!« Tschak kicherte spöttisch. »Und hast gleich eins mit dem Schlagstock übergebraten bekommen. Unser Held! Hat sich in seiner ganzen Söldnerpracht gezeigt.«

»Wie dumm von ihnen, ein solches Treffen in Balaschicha zu vereinbaren.« Meine Stimme wurde lauter. »He, Juna, warum musstet ihr euch ausgerechnet hier verabreden? Ihr wusstet doch, dass sie nicht einfach brav zugucken würden …«

Luka Stiditsch drehte sich im Laufen um, schrie und zeigte mit dem Finger nach unten:

»Weil sie da auf uns warten!«

»Wo?…« Ehe ich weiter fragen konnte, knallte ein Schuss.

Eine Kugel pfiff am Rücken des Mädchens vorbei. Mehrere Männer in Segeltuchmänteln und Helmen liefen von oben hinter uns her. Darunter erkannte ich auch Männer in schwarzen Hemden und mit Bärten, die Diversanten. Ein zweiter Schuss knallte, dann krachte eine Feuerarmbrust.

»Schlag zu, Söldner!« Tschak beugte sich noch weiter vor, und sein Kinn schlug auf meinem Scheitel auf.

»Erwürg mich nicht!« Ich legte die Howdah auf dem Geländer auf und zielte auf die Männer, schoss aber nicht, da die Entfernung zu groß war.

Wieder knallte ein Schuss, und Tschak jaulte auf.

»Bist du verletzt?«, rief ich.

»Nein, nein, aber die Kugel ist direkt an meinem Ohr vorbeigepfiffen, um ein Haar hätte sie meinen Ohrring … He, ihr Riesen! Lange Lulatsche, verdammt noch mal! Juna, Luka!« Die letzten Worte kreischte er buchstäblich.

Im Laufen blickten sich beide um, und Tschak rief:

»Wir schaffen es nicht! Aussichtslos, sie holen uns vorher ein! Außerdem bringt diese Rennerei nichts, denn die Tore unten sind sowieso verschlossen.«

Vor uns lag jetzt der Platz mit den Fuhrwerken, Pferdeboxen und Sendern, den ich von oben gesehen hatte. Hier gab es entlang der Außenwände keine Räume, sondern Warenlager hinter verriegelten Toren.

Auf einem Fuhrwerk lag ein Mann, der geschlafen hatte und von unserem Getrampel aufgewacht war. Er rieb sich die Augen. Aus einem anderen Gefährt schob sich ein zerzauster Schopf hervor. Der Mann streckte sich und richtete seine Heugabel gegen uns, offenbar glaubte er, wir wollten an sein Hab und Gut. In den Boxen begannen die Pferde zu wiehern. Luka zog den Umhang von seinen Schultern und rannte auf einen Sender am äußersten Rand des Platzes zu. Juna und ich hetzten hinter ihm her.

Plötzlich stürzten von der Seite zwei kräftige Kerle mit Revolvertaschen und Äxten an den Gürteln auf uns zu. Sie stellten sich uns in den Weg, einer hatte die Hand schon am Revolver und schrie:

»He, stehen bleiben! Wer seid …«

Ich sprang nach vorne, um Juna Deckung zu geben, aber da trat Luka Stiditsch schon in Aktion. Diesmal machte er keinen

Gebrauch von seinem Elektroschocker. Dem einen Wächter schleuderte er den Umhang ins Gesicht, gleichzeitig peitschte er dem anderen den Handrücken unter die Nase. Der Mann stürzte zu Boden, Luka verpasste dem ersten zwei sehr harte Schläge, riss seinen Umhang wieder an sich, und während sein Gegner noch prustend und spuckend nach hinten fiel, setzte er bereits seinen Weg zum Sender fort.

»Der hat's ihnen gegeben«, sagte der Zwerg voller Bewunderung. »Also gut, Mensch, lass mich runter!«

»Söldner, ans Steuer!«, schrie Luka, während er auf den Rücksitz des geräumigen Fünfsitzers sprang. Der Sender hatte einen großen Kofferraum und war an den Seiten gepanzert.

Juna setzte sich neben den Priester und der Zwerg kletterte auf den Beifahrersitz. Ich schob die Howdah in den Gürtel und ließ den Motor an, als aus dem Tor zum nächstgelegenen Warenverschlag mehre Männer herausstürmten. Das Mädchen schrie:

»Gib mir dein Gewehr, Rasin! Schnell!«

Aber ich hatte Besseres zu tun. Während die Männer auf uns zurannten, drückte ich das Gaspedal durch und drehte das Lenkrad, um sie zu umfahren. Das Fahrzeug schoss los und säbelte einen Dreifuß mit Öllampe um; ich lenkte zum Korridor zurück, um uns endlich zum Ausgang aus diesem verdammten Kühlturm zu bringen.

Bis ganz nach unten, also bis zum Grund des Kühlturms waren es nur noch wenige Windungen. Tschak zog die Howdah aus meinem Gürtel und wollte sie schon nach hinten geben, aber ich nahm sie ihm mit der rechten Hand ab und legte sie mir auf die Knie.

»Da unten sind Leute, Rasin!«, schrie Juna.

Ich warf einen kurzen Blick über die Schulter und sah, dass das Mädchen sich über die niedrige Seitenwand des Senders gebeugt hatte und sich so weit wie möglich zum Geländer vorschob, um durch den Schacht nach unten zu sehen.

»Viele?«, fragte ich.

»Ja. Sie kommen uns entgegen … Rasin, sie sperren den Weg mit Fuhrwerken ab, da kommen wir nicht durch.«

Neben dem röhrenden Motorengeräusch waren jetzt auch Schüsse zu hören. Ich hob die Howdah mit der linken Hand, schob sie links am Rahmen der Windschutzscheibe vorbei, der auch in diesem Fall mit Plastikfolie überzogen war.

»Bremsen!«

»Haltet euch fest!«, bellte ich.

Vor mir tauchten jetzt zwei Fuhrwerke auf. Eines versperrte fast den ganzen Korridor, das zweite schoben sie gerade in die entsprechende Position, es sollte gewendet werden, aber die Deichsel hatte sich im Geländer verhakt, weshalb sich das Fuhrwerk nicht bewegen ließ. Ich betätigte beide Abzüge meiner Waffe. Der Rückstoß sorgte dafür, dass die Läufe der Howdah nach oben flogen, mein Ellenbogen knickte ganz von selbst ein. Das Schrot erwischte einen der Männer, der zu Boden stürzte. Die anderen gingen an der Wand in Deckung, ohne weiter auf das Fuhrwerk zu achten, das zur Seite rollte. Ich schleuderte die Howdah auf Tschaks Seite hinüber, riss mit aller Kraft das Lenkrad herum und brüllte:

»Haltet euch fest!«

Der Sender brach durch das Geländer und schoss über den Rand des Gangs in den zentralen Schacht.

Das Erdgeschoss des Kühlturms, das betoniert und mit Eisengittern ausgelegt war, lag nur wenige Meter unter uns. Während wir abwärts fielen, sahen wir einen Sender, der den Gang nach oben fuhr, gefolgt von einer Gruppe Männer.

Unten auf der großen Fläche im Erdgeschoss erblickte ich einen Stapel Schienen, die mit Ketten umwickelt waren, verschlossene Tore in den Außenwänden sowie eine Reihe kleiner Blech- und Bretterbuden. All das tauchte im Licht eines Scheinwerfers auf, der an einem Dreifuß befestigt war und von dem ein dickes schwarzes Kabel zum Dach einer der Buden verlief.

Dann prallten die Vorderräder auf dem Boden auf. Der Zwerg konnte sich irgendwie festhalten, aber ich wurde nach vorne geschleudert und stieß mit dem Kopf durch die Folie der Windschutzscheibe. Die Stoßstange zerbrach krachend, etwas knackte laut im Motorraum und der Motor verstummte. Die Vorderräder waren tief in die Karosserie gedrückt worden und der Kofferraum stand hinten hoch.

Ich lag den Kopf voraus der Länge nach auf der Motorhaube. Meine Füße krallten sich noch ans Lenkrad, mit den Armen umfasste ich die Metallhaube.

»Komm runter, Söldner!« Tschak tauchte mit der Howdah in der Hand in meinem Blickfeld auf. »Sieh nur, du liegst da wie auf 'nem Weib!«

Ich rutschte bäuchlings nach vorne. Juna und Luka fassten mich von beiden Seiten unter den Armen, zogen mich von der Motorhaube und stellten mich auf die Füße.

»Gib mir die Howdah, Tschak«, sagte ich heiser.

Der Zwerg hielt mir die Waffe hin.

»Wie nennst du das Ding, Howdah?«, fragte er. »Das Wort habe ich noch nie gehört.«

Im unteren Teil der Spirale war ein heftiges Gedränge ausgebrochen – die Leute wollten wieder hinunter, stießen mit denen zusammen, die noch nach oben liefen, der Sender versuchte zu wenden, sein Motor jaulte auf, während er in dem schmalen Gang manövrierte.

Aus dem Wachhaus am Haupttor kamen mehrere Männer gelaufen. Ich knickte den Doppellauf meiner Howdah ab und lud sie mit Patronen aus meinem Gürtel nach. Luka Stiditsch zog ebenfalls seine Waffe unter dem Mantel hervor. Sie sah aus wie eine Armeepistole mit Schalldämpfer. Dann holte er einen Aluminiumstab hervor, an dessen einem Ende sich eine durchsichtige Halbkugel befand. Unter der schützenden Hülle blinkte etwas.

Der Priester schlug den Stab auf den Boden, ein Klirren ertönte, dünne Glasscherben flogen durch die Luft und mit einem Zischen entbrannte ein kaltes Magnesiumfeuer am Stabende. Gleichzeitig hob Stiditsch seine Pistole, zielte auf den Scheinwerfer und schoss.

Ein Klacken ertönte, und im selben Augenblick herrschte auf dem Grund des Kühlturms Dunkelheit.

Der Priester rannte um den Schienenstapel herum, wobei er den Leuchtstab in die Höhe hielt. Das kalte silbrige Licht verwandelte die Welt in ein zuckendes schwarz-weißes Kaleidoskop.

»Wohin?«, schrie ich, und schob Juna vor mir her.

»Wir müssen nach unten«, entgegnete sie. »Luka sagt, dass sie dort auf uns warten.«

»Wo genau nach unten, Mädchen?« Der Zwerg lief dicht hinter uns.

»Hier gibt es unterirdische Fabrikhallen. Und die Kanalisation. Deshalb haben wir uns hier getroffen, unten wartet ein gewisser Potschtar auf uns, um uns zum Tempel zu bringen.«

»Aber warum gerade in Balaschicha?«, wollte ich wissen.

»Ich weiß es nicht! Wahrscheinlich gibt es von hier einen geheimen Weg zum Tempel.«

Von hinten hörten wir Schüsse. Auch das Motorengeräusch wurde wieder lauter, was bedeutete, dass es unseren Verfolgern gelungen sein musste, den Sender zu wenden. Sie brauchten sich nur an Lukas Fackel zu orientieren. Am liebsten hätte ich den Priester aufgefordert, das verräterische Stück wegzuwerfen, aber mir war klar, dass wir in totaler Dunkelheit niemals den richtigen Weg finden würden.

Vor uns erklang plötzlich Fußgetrappel, Geschrei, das silbrige Licht schaukelte hin und her. Dann summte der Elektroschocker und Funken blitzten auf.

Als Nächstes schoss von rechts aus der Dunkelheit ein Mann mit einer Axt auf uns zu. Instinktiv riss ich die Howdah hoch und feuerte aus beiden Läufen. Der Mann wurde zurückgeworfen, aber neben ihm tauchte bereits ein zweiter auf. Tschak rannte auf ihn zu, geradewegs zwischen dessen Beine. Der Mann geriet ins Straucheln und fiel rücklings zu Boden. Ich sah, wie Tschak auf ihn draufsprang, etwas in der kleinen Hand aufblitzte, raubtierartig niederstieß, wie ein scharfer Schnabel … Der Mann schrie auf, zuckte, und Tschak sprang von ihm runter und rannte weiter.

Luka Stiditsch warf sich mit der Schulter gegen die Tür jener Bude, auf deren Dach die Stromleitung des Scheinwerfers verlief. Die Tür gab nach, und der Priester verschwand in der Öffnung.

Nacheinander drängten wir uns in die enge Bude. Das kalte Licht beleuchtete Metallkisten, lange, aus der Wand ragende Nägel, an denen Jacken hingen, außerdem irgendwelche Seesäcke, Ketten, Hammer und Drähte. In der Ecke befand sich eine Luke im Boden. Der Priester schob den Riegel zur Seite, öffnete den Deckel und sagte:

»Runter mit euch!«

Das Mädchen kletterte als Erste hinab, dann der Zwerg. In der Zwischenzeit holte Luka eine runde, gerippte Granate hervor, wickelte einen dünnen Draht ab und legte sie auf eine Kiste. Ich stand solange an der Tür und lud die Howdah nach. Der Sender, der immerhin über Scheinwerfer verfügte, kam offenkundig immer näher, war aber noch nicht hinter dem Schienenstapel aufgetaucht.

Luka hängte eine zweite Granate an einen Nagel an der Wand, und während er den Draht von der ersten Granate zum Zündring dieser zweiten führte und ihn dort befestigte, befahl er:

»Kletter runter!«

In diesem Augenblick erschienen zwei Typen hinter dem Schienenstapel, einer von ihnen schoss, als er mich erblickte.

Ich sprang zurück in Deckung, und der Priester schleuderte seine Fackel nach draußen. Zischend flog sie an mir vorbei, die Lichtkugel traf auf den Schienen auf und zerstob in tausend Silberfunken.

Ich knallte die Tür zu. Tastend gelang es mir, den Riegel vorzuschieben. Auf allen vieren kroch ich zur Luke, schob meine Beine hinein, spürte mit den Füßen die oberste Sprosse einer Leiter und begann hinunterzuklettern. Ich hörte, wie Juna und Tschak unter mir keuchten und ihre Füße von Sprosse zu Sprosse stiegen.

»Luka!«, rief Juna. »Rasin!«

»Geht weiter!«, antwortete plötzlich der Priester. »Wir sind hinter euch. Ihr müsst gleich auf einen Tunnel stoßen, beeilt euch, hier oben könnte etwas einstürzen.«

Über mir schlug die Luke zu, die Leiter ächzte unter dem Gewicht von vier Menschen. Luka sagte:

»Hör zu, Söldner, ich habe die Kiste mit der Granate unter den Lukendeckel gestellt. Der Draht ist nicht lang, und gleich werde ich ihn ziehen. Also beeil dich.«

Ich rief:

»Habt ihr das mitbekommen, Juna?«

»Wir sind schon im Tunnel«, schrie sie.

»Geht so weit wie möglich von der Treppe weg, ich springe jetzt.«

»Los, Mensch!«, quietschte der Zwerg. »Mach dir keine Sorgen um uns, wir sind in Sicherheit! Aber pass auf, der Boden hier ist aus Beton.«

Unter diesen Umständen schien mir Springen doch zu riskant, und ich packte die beiden Seitenstangen und ließ mich daran hinunter, wobei ich mir am Rost die Handflächen aufrieb. Als meine Füße auf dem Boden auftrafen, hörte ich oben die Explosion.

»Solche Dinger werden nur noch in den Labors des Mecha-Korpus hergestellt«, flüsterte Juna Galo mir zu. »Sonst weiß kein Mensch, wie das geht. Ich frage mich, woher Luka die hat. Wir nennen sie Fackeln aus kaltem Licht oder einfach nur kalte Fackeln.«

Luka Stiditsch ging vor uns her. Er hatte eine neue Fackel angezündet, die er hoch vor sich hielt. Sie verströmte kaltes, silbriges Licht. Hinter ihm kamen das Mädchen, dann der Zwerg und als letzter ich. Vermutlich hatten die beiden Explosionen dazu geführt, dass die Luke vollkommen verschüttet war, denn wir waren bereits seit einigen Minuten unterwegs, ohne dass uns jemand folgte.

Die Fackel beleuchtete die niedrige Tunnelwölbung, an deren Wänden sich Leitungen entlangzogen. Immer wieder tropfte es von der Decke, die Luft war feucht, und ich trat mehrmals in ölig aussehende und ebenso riechende Pfützen.

Ich horchte noch einmal, ob hinter uns Geräusche zu hören wären, aber dort war alles still. Dann überholte ich Tschak und Juna und schloss zu dem Priester auf.

»Wohin gehen wir?«

»Geradeaus«, sagte er.

»Warum? Wartet dort dieser Potschtar? Wer ist er?«

Luka gab keine Antwort. Der Klang unserer Schritte veränderte sich. Auf einmal war eine Art Echo zu hören, was darauf schließen ließ, dass der Tunnel weiter vorne in einen größeren Raum mündete.

»Was ist dort vorne?« Ich packte ihn am Ärmel.

Der Priester wandte sich zu mir, sein linker Arm flog in die Höhe, aber diesmal war ich vorbereitet, sprang unter dem Schlagstock weg und verpasste Luka einen Faustschlag gegen die Brust. Er wich zurück, machte einen hohen Satz, dass sein Mantelsaum durch die Luft wirbelte. Ich trat ebenfalls zurück, beugte mich leicht vor und streckte die Arme vor mir aus. In einer Hand hielt ich die Howdah, obwohl ich nicht vorhatte zu schießen.

Und im selben Moment tauchte auch schon Juna zwischen uns auf.

»Was tut ihr da?«

»Ich möchte einfach wissen, wohin wir gehen«, sagte ich.

»Wer bist du, dass du es wagst, Fragen zu stellen?«, entgegnete der Priester eisig.

»Ich habe es dir doch schon erklärt, Luka. Ohne ihn wäre ich jetzt nicht hier. Ich verdanke ihm das Leben«, ging Juna dazwischen. »Er hat sich das Recht verdient zu fragen. Und dich habe ich doch gebeten, Rasin, dass du dich respektvoll ihm gegenüber …«

»Vielleicht hat er das Recht verdient zu fragen, aber sicher nicht das Recht, Antworten zu erhalten«, unterbrach sie Luka. Der Schlagstock war unbemerkt wieder in seinem Ärmel verschwunden.

»Woher soll ich wissen, dass er uns nicht in eine Falle führt?«

»Rasin!« Junas Stimme wurde lauter. »Das ist Luka Stiditsch, der persönliche Gesandte des Herrschers. Um ihn zu treffen, habe ich diese Reise angetreten! Er hat gesagt, dass er uns zu Potschtar bringt, der uns dann zum Tempel führt. Und das war von Anfang an unser Ziel.«

»Er will nichts erklären. Aber ich werde hier nicht ahnungslos wie ein Schaf vor mich hin trotten, ohne zu wissen, mit wem und wohin. Wer ist dieser Potschtar? Vielleicht haben sie den längst umgelegt und stattdessen warten schon Typen von den Clans auf uns.«

»Nein, nein.« Eine heisere Stimme erklang in der Dunkelheit. »Ich bin allein, hier ist keiner außer mir.«

Ich hob unwillkürlich die Howdah, Luka Stiditsch fasste an den Griff seiner Pistole. Die Stimme erklang wieder:

»Wer sind diese Leute?«

»Die Unterhändlerin des Mecha-Korpus und ihre Leibwächter, Potschtar.« Luka streckte sich, nickte Juna zu und schritt nach vorne. Im silbrigen Licht seiner Fackel sah ich, dass der Tunnel wie vermutet in einen großen Saal führte.

Kommt mir bekannt vor, dachte ich und folgte dem Priester einige Schritte, ehe mir klar wurde, dass wir uns in einer Metro-Station befanden.

14.

Ich war oft in Moskau gewesen und auch oft mit der Metro gefahren, aber an diese Station konnte ich mich nicht erinnern. Bald begriff ich, dass es sich um die geheime Linie handeln musste, über die immer wieder spekuliert worden war, angeblich war sie ausschließlich für Regierungsmitglieder. Ich hatte mal im Internet gelesen, dass einige von diesen Stadtwanderern – *urban explorers*, wie sie sich nannten – die Station entdeckt hatten.

Lukas Fackel beleuchtete jetzt den Bahnsteig, Gleise und eine Draisine. Im vorderen Teil des Fahrzeugs, noch vor den Hebeln für den Handbetrieb, befanden sich ein Sockel mit Schaltern, eine Art Schaltpult, der Motor und ein Treibstofftank. Von dem Sockel verliefen mehrere Leitungen und ein Gestänge über den Boden der Draisine.

Auf dem Fahrzeug stand eine ausgemergelte Gestalt in einem schwarzen, abgetragenen Mantel, der bis obenhin zugeknöpft war. Vor seiner Brust hingen die Zugbänder der zurückgeschobenen Kapuze. In der Hand hielt der Mann eine ungewöhnliche Waffe: ein Rohr mit einer Kimme, über das eine Leine gespannt war, die zu einem Holzgriff mit einem Abzugsbügel führte. Das Ganze sah aus wie eine Waffe zur Unterwasserjagd, nur ein wenig zu kurz.

»Schon gut, hör auf mit dem Leuchten«, sagte der Mann heiser und bedeckte die Augen mit der Hand. Seine Stimme wirkte irgendwie unsicher, als ob er sie nicht allzu oft gebrauchte. »Mach das Ding aus, sag ich.«

»Aber dann sehen wir nichts mehr«, wandte Juna ein, während sie auf die Draisine zuging.

»Doch doch, gleich, wartet nur.«

Das kleine unrasierte Gesicht mit der spitzen Nase und der aufgeworfenen Oberlippe erinnerte an eine Rattenschnauze. Das Alter des Mannes ließ sich kaum bestimmen, er konnte ebenso gut fünfunddreißig wie fünfzig sein.

Potschtar sprang mit einem eiligen Satz von der Draisine, umrundete sie schnaufend und stieg auf den vorderen Teil, wo er an einem Griff zog und etwas drehte. Hustend und krächzend knatterte der Motor los, Funken stoben vom Boden der Draisine auf und an dem Sockel ging ein Scheinwerfer an. Das unstete trübe Licht leuchtete einen großen Saal mit eisernen Türen am Ende aus. Wir hatten uns alle um die Draisine versammelt, ich kletterte auf den Bahnsteig und stellte fest, dass sich auf seiner anderen Seite keine Gleise befanden. Ganz sicher war das hier eine geheime Metrolinie, und nach oben gelangte man nur über die Treppen hinter jenen hermetisch verriegelten eisernen Türen. Ich wandte mich wieder um, hängte mir die Howdah über die Schulter und trat zum Rand des Bahnsteigs.

Potschtar sprang wieder von der Draisine, umrundete sie erneut, ging in die Hocke und stocherte an ihrer Unterseite herum – das Funkensprühen hörte auf.

»Steigt ein!«, rief er. »Wir müssen los. Vorne ist eine Bank und hinten auch. Nein, das ist mein Platz. Weg da!«

Mit krummen Fingern rüttelte er Tschak an der Schulter, der sich auf den erhöhten Sitz hinter dem Sockel gesetzt hatte. Luka und Juna hatten sich inzwischen auf der Bank hinter Potschtars Platz eingerichtet. Das Mädchen rief mir zu:

»Beeil dich, Rasin!«

Ich sprang vom Bahnsteig auf die Draisine. Die Hebel, die man bei Handbetrieb hin- und herschieben musste, um das Fahrzeug vorwärts zu bewegen, ragten in der Mitte des Fahrzeugs auf und dahinter stand noch eine Bank. Darauf lag eine abgewetzte Aktentasche mit einem abgerissenen Griff und mit Ausbuchtungen an den Seitenwänden, als ob sich in ihrem Inneren etwas zu Großes befände. Als ich die Aktentasche auf eine metallene Ablage neben der Bank legte, klirrte etwas in ihrem Innern.

»He, du, fass das nicht an!«, zischte Potschtar und war mit einem Satz bei mir. Die unrasierte Visage verzerrte sich seltsam, die niedrige Stirn lag in Falten, die schwarzen Brauen zogen sich zornig zusammen, und die Oberlippe hob sich und entblößte eine Reihe kleiner scharfer Zähne. »Fass das bloß nicht an, hab ich gesagt. Weißt du nicht, was sich gehört? Hat dir deine Mutter nicht beigebracht, anderer Leute Eigentum nicht anzurühren?« Mit besorgtem Schnaufen legte er die Aktentasche zurecht, strich mit seinen kleinen Fingern über das raue Leder und bewegte sich dann wieder zum Fahrersitz.

Tschak setzte sich neben mich auf die hintere Bank, blickte zum Mönch hinüber und klopfte sich vielsagend mit der Faust gegen die Stirn. Mit einem Seitenblick zu mir rutschte er näher und flüsterte:

»Du hast Nerven, Söldner. Warum hast du dich wieder mit Luka Stiditsch angelegt? Ich sage dir, das ist nicht irgendein Mönch – er ist das Oberhaupt des Sicherheitsdienstes im Tempel. Und die Priester sind brutaler als die Kerle aus der Killer-Schule des Mecha-Korpus. Willst du, dass man dir einen vergifteten Pfeil in den Hals jagt, du Klugscheißer?«

Potschtar hatte wieder seinen Platz eingenommen und wandte sich jetzt zu uns:

»Alle bereit?«, fragte er. »Seht euch unterwegs gut um. Wenn ihr etwas bemerkt, sofort schießen.«

»Was gibt es da zu sehen?« Tschak konnte seine Neugier nicht im Zaum halten.

»Alles Mögliche«, der Mönch legte einen Hebel um, beugte sich vor und trat auf ein Pedal, »was sich hier im Dunkeln rumtreibt.«

Die Bremsblöcke quietschten, der Motor hustete wieder, dann rollte die Draisine los.

Die Räder klopften auf die Gleise, der Motor knatterte und prustete. Der Tunnel beschrieb eine leichte Kurve, ab und zu tropfte es von der gewölbten Decke auf uns runter. Der einzige Scheinwerfer, der an der Vorderseite des Schaltsockels befestigt war, blinkte unregelmäßig, verlosch gelegentlich, um dann wieder grell aufzuleuchten.

»Wie lange müssen wir fahren, Potschtar?«, fragte Juna.

»Lange, sehr lange«, entgegnete unser Führer, ohne sich umzusehen. »Von einem Ende des Weges bis zum anderen. Ich werde euch später anderen Leuten übergeben. Auf einer großen Diesellok. Die Dinger mag ich nicht. Ich bin lieber alleine …«

»Luka?« Juna wandte sich an den Mönch. »Ich dachte nicht, dass du alleine kommen würdest. Gest muss doch wissen, wie gefährlich es für uns in Balaschicha ist.«

Der Priester antwortete nicht, dafür ergriff Potschtar wieder das Wort:

»Je mehr Menschen, desto gefährlicher! Ich fahre immer allein durch die Tunnel, ich geh auch zu Fuß …«

Luka Stiditsch rutschte unruhig auf der Bank hin und her.

»Ich trage Mitteilungen für den Tempel aus«, fuhr der Mönch fort, nickte zur Bekräftigung und drehte sich zu mir um. »Botschaften, Päckchen, das heißt, hochsteigen, übergeben und sofort wieder nach unten. Ich lebe hier, kenne mich überall aus. Andere kennen sich überhaupt nicht aus. Sie machen eine Menge Lärm und Licht. Mit ihren falschen Fackeln. Dadurch wird es nur schwieriger. Potschtar bringt euch, wohin ihr wollt. Potschtar …«

»Du redest zuviel!«, unterbrach ihn Luka.

Der Mönch wandte sich wieder nach vorne, und wir fuhren eine ganze Weile schweigend dahin. Unmittelbar vor uns schien die feuchte Dunkelheit für einen Moment zurückzuweichen, und hinter uns schloss sie sich sofort wieder. Es roch nach Öl und Schimmel, die Luft war stickig, und das Atmen fiel schwer. Ich beugte mich zu Tschak und fragte leise:

»Was ist das für eine Killer-Schule beim Mecha-Korpus?«

Der Zwerg blickte mich erstaunt an.

»Was ist das denn für eine Frage, Junge? Was für eine Schule wohl ... Eine ihrer Schulen eben. Was glaubst du eigentlich, womit sich der Mecha-Korpus beschäftigt?«

Ich dachte an das, was Juna mir erzählt hatte, und sagte:

»Sie haben Labore und Werkstätten, wo alle möglichen ... wo sie forschen ... etwas entwickeln. Techniken eben, die es vor dem Untergang gab. Elektronik zum Beispiel.«

»Und woher nehmen sie die Knete dafür? Um diese Labore zu unterhalten?«

Ich hatte keine Ahnung, wie die Mechanische Korporation ihre Forschungen finanzierte, daher schlug ich die erstbeste Variante vor:

»Sie verkaufen ihre Erfindungen?«

Der Zwerg wandte den Blick nach vorne zu Juna und Luka, ehe er mir zuflüsterte:

»Woher kommst du bloß, Söldner? Warum sollten sie das Zeug verkaufen? Um ihre Feinde zu stärken? Das tun nur die Waffenschmieden in Charkow, die verticken alles, was sie zusammennieten ... Obwohl sie angeblich auch Waffen haben, die sie niemandem verkaufen und nur für sich behalten. Aber der Mecha-Korpus bildet vor allem Söldner aus, genau wie das Schloss Omega. Nur dass das Schloss solche ... na ja, ganze Truppen von Soldaten liefert und für Geld Kriege führt, während der Mecha-Korpus mehr diese ... wie heißen sie gleich ... Elitekämpfer ausbildet.«

Als er verstummte, kehrten meine Gedanken ganz von selbst zu der wichtigsten Frage überhaupt zurück. Was war das hier um mich herum? Wohin war ich geraten? Wie sollte ich die Wahrheit herausfinden? Auf einmal fiel mir eine einfache Lösung ein:

Wenn dies alles virtuell war, dann musste ich etwas Unwahrscheinliches, etwas Unmögliches anstellen, etwas, das in diesem Spiel keinen Platz hatte. Am besten etwas, was mich umbrachte.

Was würde passieren, wenn ich jetzt mit einem Satz an Luka und Juna vorbeihechten, unseren Fahrer zur Seite schubsen, und auf die Gleise vor der Draisine springen würde? Was wäre, wenn das Fahrzeug über mich rüberrollte, mir Brust und Kopf zerquetschte? Vielleicht würden die Tunnelwände durchsichtig werden, verschwinden, und ich würde mich wieder im Labor befinden, wo sich über mir hinter getönten Scheiben drei Silhouetten abzeichneten?

Ich konnte mir alles bestens vorstellen. Aber dann kniff ich die Augen zusammen und schüttelte leicht den Kopf, um mich von der Vision zu befreien. Denn sie war trotz allem kein geeigneter Ausweg. Schließlich wusste ich nicht, ob dies wirklich eine virtuelle Welt war. Falls nicht, würde ich einfach sterben. Nein, ich musste mir etwas anderes überlegen.

Der Zwerg neben mir hatte meine Bewegung für sich gedeutet und sagte:

»He, Junge, ist dir schlecht? Pass auf, dass du nicht auf mich … Was ist denn mit dir? Wir fahren doch gar nicht so schnell.«

»Nein, es ist nur …«, begann ich, verstummte dann aber. Hinter der Tunnelwand rauschte Wasser, ein dumpfes Platschen war zu hören, als hätte jemand eine volle Badewanne ausgekippt, und aus den Ritzen im Gewölbe über uns spritzten feine Wasserstrahlen. Dann machte der Tunnel eine Biegung, und dieser Streckenabschnitt blieb hinter uns zurück.

»Schlecht, ganz schlecht!« Potschtar erhob sich ein wenig, um besser sehen zu können. »Regnet es draußen?«

»Ja, es regnet stark«, bestätigte Luka. »Können wir hier überflutet werden?«

Der Mönch setzte sich mit einem lauten Schnaufen wieder.

»Hier nicht, aber weiter vorne. Dort gab es schon früher … Ich habe nicht die geringste Lust, in die Stillen Tunnel abzubiegen, nicht die allergeringste. Da muss man mit allem rechnen.«

»Was sind die Stillen Tunnel?«, fragte ich, aber Potschtar antwortete nicht.

Das klopfende Geräusch der Räder auf den Gleisen hatte sich verändert und links von uns tauchte die Abzweigung zu einem anderen Tunnel auf, der schmaler und niedriger war. Wären wir dort abgebogen, hätten Luka und ich die Köpfe einziehen müssen. Über dem Durchgang hingen dicke Mooszungen herab, die von der Zugluft schaukelten, als die Draisine vorbeifuhr.

»Potschtar«, rief Juna leise. »Führt der Weg dort zu diesen Stillen Tunneln, von denen du gesprochen hast?«

»Ja, genau. Jetzt kommt aber erst noch …«

Die Draisine legte sich in der Kurve auf die Seite, und rechts tauchte erneut eine mit Moos zugewachsene Tunnelöffnung auf, und dann mit wenigen Metern Abstand noch zwei weitere. Vor der letzten Abzweigung ratterten die Räder über eine Weiche. Am Rand wurden für Sekunden ein Hebel und ein schwarzer Block sichtbar, und in den Seitentunnel lief ein matter Schienenstrang. Der Zugang zu diesem Tunnel war durch ein hermetisches Tor versperrt, das zu einem Drittel aus der einen Tunnelwand ragte.

Aus irgendeinem Grund wurde Potschtar auf seinem Fahrersitz unruhig, wieder stand er auf, sah sich um, rückte seine Waffe zurecht, dann schob er sich seine Kapuze über den Kopf und zog sie mit den Schnüren fest.

»Weißt du, was er da für eine Waffe hat?«, fragte Tschak leise und nickte in Richtung unseres Fahrers.

Ich schüttelte den Kopf.

»Eine Harpune ist das. Er schießt mit besonderen Pfeilen. Vorne ist eine hohle Nadel, die mit Pulverkörnchen gefüllt ist. Darunter liegt der Abzug mit einem Schwefelkopf … Nur eine einzige Waffenschmiede in Charkow stellt Harpunen her. Im Grunde sind sie einfach konstruiert, aber ihre Ladung ist teuer. Sie verwenden ein besonderes Pulver, das nicht von Feuchtigkeit zerstört wird. Angeblich kann man damit sogar unter Wasser schießen.«

»Potschtar, ich höre etwas …«, begann Juna, und der Mönch unterbrach sie mit einem lauten Prusten:

»Ah, sie hört was! Auf einmal. Ich höre schon lange etwas. Da kommen uns welche entgegen, rennen, und Wasser braust. Die Erde muss am Rande des Kraters eingebrochen sein, das heißt … Ach!«

Jetzt hörte ich durch das Motorengeknatter noch andere Geräusche: ein Pochen, Scharren, Knallen – sie wurden schnell lauter. Luka Stiditsch erhob sich von seinem Sitz, horchte und sagte:

»Zurück, Potschtar, wir müssen umkehren …!«

»Ja, ja, ich weiß!« Der Mönche zog an einem Hebel.

Die Draisine blieb ächzend stehen, der Motor erstarb, der Scheinwerfer erlosch, flackerte aber gleich wieder auf, der Motor röhrte wieder los, die Räder quietschten, dann setzte sich das Fahrzeug langsam rückwärts in Bewegung. Das Pochen, Knallen und Scharren wurden immer lauter, kamen wie eine Lawine auf uns zu, und dahinter wälzte sich plätschernd und gurgelnd das Wasser heran.

»Heiliges Kreuz!«, schrie der Mönch und beschleunigte das Tempo. »Gleich holen sie uns ein.«

Die Draisine fuhr schneller. Luka Stiditsch war aufgestanden, hielt seine Pistole schussbereit und sagte:

»Das Wasser ist noch weit entfernt, aber die Ratten sind schon ganz nah.«

Den Blick auf mich und den Zwerg gerichtet, sagte Juna:

»Wohin fahren wir, Potschtar?«

»Zur Weiche, zur Weiche ... Du!«, schrie er auf einmal und zeigte mit dem Finger auf Tschak. »Zu mir, aber plötzlich!«

»Was ist denn los?« Der Zwerg duckte sich an den Hebeln vorbei, drängte sich zwischen Luka und Juna nach vorne zu Potschtar.

»Siehst du diesen Hebel? Wenn ich schreie, ziehst du daran. Und diesen hier ...« Potschtar erklärte noch weiter, aber ich hörte nicht mehr zu. Genau wie Luka streckte ich mich zu voller Größe aus und machte meine Howdah schussbereit.

Die Draisine fuhr im Rückwärtsgang nicht sonderlich schnell, der Tunnel verlief hier schnurgerade und auf einmal wurden am äußersten Rand des Scheinwerferkegels Schatten sichtbar.

»Ist es noch weit bis zur Weiche, Rasin?«, fragte Juna.

Ich kam nicht dazu, ihr zu antworten, der Mönch sprang vom Fahrzeug und lief jetzt neben uns her, wobei er mit der Schulter an der Tunnelwand entlangschabte.

»Da ist sie schon, da vorne«, rief er im Laufen, »aber ich habe sie nie angerührt. Wer weiß, ob sie noch funktioniert ...«

Er überholte die Draisine und war mit einem Satz an dem großen Hebel, der neben den Gleisen aus einem schwarzen Block ragte. Der Hebel rührte sich nicht, aber dann begriff ich, dass der Mönch noch darauf wartete, dass die Draisine die Weiche erreichte.

Die Räder hämmerten auf die Schienen. Luka Stiditsch schoss.

Ich hob die Howdah. Der Priester drückte bereits zum zweiten Mal ab, dann zum dritten ... Erst begriff ich nicht, wohin er zielte – ich nahm vor uns nur ein undeutliches Flimmern wahr – aber dann sah ich plötzlich, wie sich wenige Meter entfernt etwas aufbäumte. Ich sah einen langen Hals, einen schmalen Kopf mit dreieckigen Ohren, einen beweglichen Schwanz. Schnurrbarthaare. Ein haarloser, magerer Körper.

Die Ratte hatte die Größe eines Ferkels.

Die Kugel hatte sie mitten in die Schnauze getroffen. Das Biest stürzte, aber im gleichen Moment wurden weitere Tiere sichtbar. Eine riesige Meute stürmte durch den Tunnel, floh vor dem Wasser, das von hinten auf sie zuschoss. Die Ratten waren schon ganz nah, als Potschtar endlich den Hebel umlegte. Die Schienen quietschten. Der Mönch schrie Tschak zu:

»Zieh, jetzt ziehen!« Im gleichen Moment rutschte er in einer Öllache aus und stürzte zu Boden, sprang aber sogleich wieder auf die Füße. »Bremsen und dann den Vorwärtsgang! Los, den Vorwärtsgang!«

Die Draisine stand mit einem Ruck still und Luka Stiditsch, der sich nicht festgehalten hatte, verlor das Gleichgewicht und fiel auf die Bank. Ich schrie:

»Geht in Deckung!«

Mehrere Ratten hatten die Draisine erreicht. Tschak warf den Hebel um und duckte sich hinter dem Schaltpult. Die Draisine rollte vorwärts und fädelte schwankend auf das Gleis zum Seitentunnel ein.

Ich stieg auf die Bank und schoss aus beiden Läufen. Das Schrot warf zwei Ratten zurück, die bereits auf den vorderen Teil der Draisine gesprungen waren. Sie stürzten auf die nachdrängenden Tiere. Potschtar war schon fast auf die Draisine geklettert, als er erneut ausrutschte und stürzte. Ich ließ mich auf die Bank fallen, warf die Waffe zur Seite, hielt mich mit einer Hand an der Banklehne fest und beugte mich tief über den Rand der Draisine. Ich bekam den Mönch am Kragen zu packen. Er röchelte kurz auf, als der untere Kapuzenrand in seinen Hals schnitt, dann zog ich ihn mit einem heftigen Ruck nach oben.

Die Ratten wälzten sich weiter durch den Haupttunnel, den wir soeben verlassen hatten, während unsere Draisine die Öffnung zum Seitentunnel passierte, die herunterhängenden Mooszungen abriss und an dem herausstehenden hermetischen Tor vorbeischrappte.

»Nicht gut, gar nicht gut!«, brummte Potschtar, während er mit beiden Händen den Hebel auf seinem Schaltpult umfasst hielt. »Na gut, jetzt ist alles still! Was hört ihr?«

Wir hörten das Knattern des Motors, das Klopfen der Räder, ein gelegentliches Quietschen vom Boden der Draisine. Und das Wasser, das sich durch die Tunnel ergoss und hinter uns her kam. Es toste nicht wie ein gewaltiger Schwall, sondern murmelte und gurgelte. Das bedeutete, dass es offenbar durch kleine

Öffnungen und Spalten an der Oberfläche einsickerte und das Tunnelsystem langsam überflutete.

Aber es war uns auf den Fersen.

Was Potschtar als Stille Tunnel bezeichnet hatte, machte überhaupt keinen idyllischen Eindruck. Wir bogen mehrmals ab, und hinter jeder Kurve sah es ungemütlicher aus. An den Wänden zogen sich löchrige Rohre entlang, abgerissene Leitungsstränge hingen herunter. Ständig gab es Abzweigungen und Nebentunnel, die Draisine fuhr immer wieder über Weichen, und mehrfach sprang Potschtar vorher ab und betätigte einen Hebel, um das Fahrzeug auf ein anderes Gleis zu lenken.

An drei Stellen fielen mir dunkle Schimmelflecken an den Wänden auf, aber es handelte sich wohl nicht um Nekrose.

Es war still geworden, sogar Potschtar atmete nicht mehr so geräuschvoll. Die Gegend strahlte eine düstere Traurigkeit aus. Wir waren schon eine ziemliche Weile in einem Tunnelabschnitt unterwegs, als Luka schließlich fragte:

»Wie lange müssen wir noch fahren?«

»Ich weiß es nicht. Das hier ist ein schlimmes Gewirr.«

»Soll das heißen, dass wir uns verirrt haben?«, fragte Juna besorgt. »Weißt du überhaupt, wo wir sind?«

»Verirren!« Potschtar klang verärgert. »Unter der Erde? Ich habe mich noch nie unter der Erde verirrt, ich weiß immer, in welche Richtung. Wir sind auf dem richtigen Weg, keine Sorge. Und es ist auch nicht mehr weit.«

»Aber du machst einen besorgten Eindruck.«

»Der Diesel.« Schnaufend zeigte er auf den Tank. »Ich bin mir nicht sicher, ob der Diesel noch reicht, und hinter uns kommt das Wasser … Stopp!«

Die Bremse quietschte, und die Draisine hielt in einem nicht sonderlich großen, ovalen Saal ohne Bahnsteig, der sich über dem Tunnel wölbte wie eine Perle auf einem Faden. Unter eisernen Spinden an den Wänden lagen verrostete Werkzeuge und Lumpen herum, an einem Haken hing eine verschimmelte wattierte Jacke, darunter standen hohe Stiefel aus Kunstleder mit angeschmolzenen Schäften.

»Was ist los? Warum halten wir?« Tschak sprang hoch, blickte sich nervös um. Offenbar gefiel es ihm hier unten noch weniger als uns anderen. Wie er uns auf der Brücke über dem Bruch erklärt hatte, liebte der Zwerg die Höhe und Weite, kein Wunder also, dass ihm unsere Lage zusetzte. Mir ging es ähnlich. Ich selbst war ans Fliegen gewöhnt, an den Himmel und einen weiten Horizont und fühlte mich alles andere als wohl unter der Erde. Immer wieder zuckte mein Herz zusammen, begann plötzlich zu rasen, genau wie früher, wenn ich zum Sturzflug ansetzte.

»Was ist das? Woher kommt das? Das kann doch nicht wahr sein!« Potschtar winkte mit seiner Harpune, sprang von der Draisine und lief los. Luka, Juna und ich erhoben uns von unseren Sitzen. Tschak kletterte auf die Hebel, wo er seine krummen Beine weit auseinanderstellte und augenblicklich zu schwanken begann. Ich packte ihn am Kragen, damit er nicht umfiel.

Am Ende des Saals waren mitten auf den Gleisen Steine aufgetürmt.

»Die hat doch jemand extra dorthin gelegt«, sagte ich, sprang von der Draisine und ging auf den Haufen zu.

»Woher willst du das wissen, Söldner?«, fragte Juna.

Seit Luka aufgetaucht war, hatte sich ihr Umgangston mir gegenüber verändert.

Juna Galo bestand aus zwei Persönlichkeiten: Einerseits war sie ein normales junges Mädchen und andererseits die Tochter von Timerlan Galo, die erste Unterhändlerin des Mecha-Korpus. Auf unserem Weg durch das Ödland war sie quasi geschmolzen, aber seit der Priester mit uns unterwegs war, benahm sie sich mir gegenüber wieder kühl und offiziell. Offenbar erinnerte sie seine Anwesenheit ständig an ihre Rolle und die Wichtigkeit ihrer Mission. Immerhin schrie sie nicht und befahl mir auch nicht, was ich zu tun hatte.

Ich zeigte wortlos nach oben. Luka Stiditsch erklärte:

»Weder in der Decke noch in der Wand am Tunneleingang gibt es Löcher. Von da können die Steine nicht kommen.«

Juna runzelte die Stirn:

»Wollt ihr damit sagen, dass uns jemand mit Absicht den Weg verschüttet hat? Potschtar, hörst du das? Wer war das?«

Das Plätschern und Gurgeln des Wassers wurde lauter. Ich trat zu dem Mönch, der sich auf die Gleise gehockt hatte. Er schnaufte wie ein Wasserkessel auf dem Feuer und besah sich die Steine. Schließlich warf er einen zur Seite und sagte:

»Nein, das wurde nicht speziell für uns gemacht. Es kann ja keiner wissen, dass wir hier langfahren würden. Dieser Haufen wurde aufgetürmt für den Fall, dass überhaupt jemand vorbeikommt.«

»Aber hier ist doch niemand außer dir unterwegs«, wandte Juna ein. »Und du hast gesagt, dass du diese Strecke fast nie nimmst.«

»Es gibt schon noch andere. Männer, die Metall suchen, alte Fahrzeuge und Kabel aus der Erde ziehen, Leitungen …«

»Vor zwei Saisons ist mal eine Brigade von Trödlern verschwunden. Die Männer suchten in den Stillen Tunneln nach Alteisen für den Tempel«, erklärte Luka Stiditsch.

Trödler? Das Wort hatte hier vermutlich eine andere Bedeutung. Ich würde Juna später danach fragen. Jetzt hob ich einen Stein hoch und warf ihn zur Seite, aber er prallte an der Tunnelwand ab und fiel wieder auf die Schienen zurück.

Das Geräusch von plätscherndem Wasser wurde lauter. Tschak sagte zu mir:

»Gib mir lieber dein Gewehr, Mann!«

»Wozu?«, fragte ich, während ich einen weiteren Stein zur Seite warf, diesmal gezielt in Richtung der Metallspinde.

»Soll ich diese Brocken etwa wegräumen, oder was? Nein, ich werde Wache halten. Aber ich habe nichts als ein paar Messerchen. Macht fix, ihr drei, das Wasser kommt näher.«

»Dann stell dich auf die Draisine und behalt den Saal im Auge und den Tunnel auch.« Ich reichte ihm die Howdah. »Luka, gib du Juna deine Pistole. Juna, du stellst dich da vorne hin und passt auf den anderen Tunnel auf. Wir drei schaffen die Steine fort.«

Keiner widersprach. Wir machten uns an die Arbeit – wie sich herausstellte, mussten wir die Steine zu den Spinden tragen, damit sie nicht immer wieder auf die Schienen zurückrollten.

Der Motor knatterte im Leerlauf vor sich hin, im Saal roch es nach Diesel. Der Scheinwerfer blinkte unstet, und unsere Schatten dehnten sich lang über den Boden, knickten ab, krochen über die Wände, während wir keuchend die Steine fortschafften. Vermutlich sahen wir aus wie Gnome, die einer geheimnisvollen, unterirdischen Arbeit nachgingen.

Juna war über den Wall geklettert und stand mit dem Rücken zu uns am vorderen Tunneleingang. In der einen Hand hielt sie Lukas Pistole mit dem Schalldämpfer. Tschak stand mit erhobener Howdah auf der Hinterbank der Draisine.

»Das Wasser«, sagte er, ohne sich umzudrehen. »Da ist es, macht schneller!«

Keiner blickte sich um. Während ich den nächsten Stein schleppte, hörte ich direkt neben mir ein Plätschern. Das Wasser breitete sich im Saal aus, lief murmelnd zwischen den Betonbrocken hindurch und füllte langsam das Gleisbett.

»He, Mönch, wie hoch kann es steigen?«, fragte Tschak.

»Woher soll ich das wissen?«, keuchte Potschtar. »Das kommt darauf an, welchen Druck es hat und wie stark der Wasserspiegel im Krater gestiegen ist. Das Wasser kann die Tunnel völlig überfluten oder auch nur bis zu den Knien steigen. Oder es sickert noch tiefer ein. Da unten gibt es noch mehr Tunnel.«

»Hört mal, sollten wir nicht den Motor ausschalten, um Treibstoff zu sparen?«, schlug Tschak vor.

»Dann geht auch der Scheinwerfer aus«, widersprach ich.

»Er hat doch diese Fackeln …«

»Keine mehr übrig«, unterbrach ihn Luka. »Haltet die Klappe, wir müssen einfach so schnell wie möglich diesen Haufen beseitigen.«

Das Wasser bedeckte bereits den ganzen Boden und strömte jetzt in den vorderen Tunnel. Seine Oberfläche stieg langsam, kleine Wellen rollten aus dem Tunnelende, aus dem wir gekommen waren, in den Saal.

Unter Spritzen und Fluchen rutschten wir immer wieder aus. Jetzt schleppten wir zu zweit die besonders großen Brocken von den Gleisen, dann machten wir uns an die restlichen kleineren Steine, einen Teil der Kiesel ließen wir zwischen die faulenden Eisenbahnschwellen plumpsen, die übrigen warfen wir zu den Spinden hinüber.

»Wohin bringst du uns?«, fragte Juna. »Zu der Dampflokomotive?«

»Nein, das geht jetzt nicht mehr«, schnaufte der Mönch. »Wir sind jetzt auf einer anderen Trasse unterwegs und fahren geradewegs auf den Krater zu. Dort sind alle Tunnel zerstört. Nein, wir müssen früher an die Oberfläche steigen. Ich muss mich erst noch umsehen, wo genau.«

»Wir haben es sehr eilig, Potschtar. Wahrscheinlich ist jetzt schon wieder Tag, früher Morgen. Eigentlich sollten wir schon im Tempel sein. Wenigstens bis zum Mittag. Wenn wir weiter so viel Zeit verlieren, dann ist alles umsonst … Dann wird die Nekrose Arsamas zerstören.«

»He, ihr Riesen!« Die Stimme des Zwergs ertönte. »Und wie bitte soll der Tempel dem Mecha-Korpus helfen? Habt ihr etwa herausgefunden, wie man die Nekrose vernichten kann, Priester?«

»Das geht dich nichts an, Tschak.«

Als ich gerade wieder mit einem großen Stein in beiden Armen über die Gleise stieg, donnerte es so laut, dass sich mir die Ohren verschlossen.

Ich warf den Stein zur Seite, sank in die Knie und fasste automatisch an den Gürtel, um die Howdah zu zücken – die nicht da war. Luka Stiditsch war an der Wand neben den Spinden in Deckung gegangen, Juna wandte sich verwirrt um, und Potschtar ließ den Stein so ungeschickt fallen, dass er seinen Fuß traf und der Mönch sich mit einem Aufjaulen ins Wasser setzte.

Tschak war von dem Rückstoß der Howdah zurückgeworfen worden und lag auf den Hebeln für den Handbetrieb, die Beine strampelten in der Luft. Gegen die Brust gepresst hielt er meine Waffe, von der eine Wolke Pulverdampf aufstieg.

»Auf wen hast du geschossen?« Mit einem Sprung war ich bei dem Zwerg. »Wer ist da?«

»Da ist …«, brummte Tschak. »Das Schwein war so schnell …«

Ich stieg auf den Rand der Draisine und zog Tschak von den Hebeln, schubste ihn hinter die Bank und reichte ihm zwei Patronen, die ich aus meinem Gürtel zog. Es blieben nur noch drei Stück Munition für die Howdah übrig.

Luka Stiditsch schlich mit einer Pistole ohne Schalldämpfer in der Hand entlang der Spinde in unsere Richtung. Also hatte der Priester zwei Waffen unter seinem Umhang. Juna stand immer noch mit erhobener Waffe da, und Potschtar war schon wieder ungerührt dabei, die Steine wegzuschaffen. Es waren nur noch wenige übrig, gleich würden wir weiterfahren können.

»Ich sehe nichts«, sagte ich, während ich angestrengt in den Tunnel hineinspähte, durch den noch immer kleinere Wellen schwappten – mit jeder stieg der Wasserspiegel etwas.

Der Zwerg hatte die beiden Läufe abgeknickt und schob die Patronen hinein, dann brummte er:

»Wahrscheinlich ist er in den Tunnel geflüchtet.«

»Wer denn?«

»Woher soll ich das wissen?! Irgend so ein unterirdisches Monster. Du schaust in die falsche Richtung, es hat sich über die Decke bewegt!«

»Wie das denn, über die Decke?«

Luka Stiditsch warf ebenfalls einen prüfenden Blick in den Tunnel, dann eilte er zurück, um Potschtar mit den letzten Steinen zu helfen. Das Wasser würde bald die Räder der Draisine bedecken und als Nächstes den Motor erreichen – das wäre das Ende unserer Fahrt.

»Es sah aus wie eine Spinne, mit den Augen einer Eule.« Tschak klappte die Läufe wieder zurück und richtete sich auf der Bank auf. »Siehst du die Leitungen da oben? Daran hat es sich vermutlich festgehalten.«

Ich wandte mich um und rief Potschtar zu:

»He, Potschtar, gibt es hier Spinnen? Große Spinnen?«

»Nein«, rief dieser. »Nichts als Märchen, mit denen die Mütter der Moskauer Clans versuchen, ihre Kinder zu erschrecken, damit sie nicht in die Tunnel kriechen.«

»Meinst du, ich bin völlig blind, oder was?«, schnauzte mich der Zwerg an und gab mir mit dem Schaft einen Stoß in die Seite. »Ich sag dir: Dort ist etwas langgekrochen! Blitzschnell, mit Armen und Beinen. Ich habe vor Schreck darauf geschossen …«

»Aber wo ist es hin? Wenn es aus zwei Läufen Schrot abbekommen hätte, wäre es abgestürzt und würde jetzt zuckend vor uns liegen.«

»Das heißt, ich hab es nicht erwischt! Oder das Vieh ist besonders zäh. Weißt du, wie zäh diese Mutanten manchmal sind? Du knallst zehn Schüsse in einen rein und der Mistkerl läuft immer noch. Wenn …«

»Fertig«, sagte Luka. »Fahren wir. Juna, komm zurück.«

»Du hältst Wache und lässt dich von nichts ablenken«, befahl ich Tschak und wandte mich um. Potschtar kam, die pitschnassen Schöße seines Mantels gerafft, auf uns zu, neben ihm Luka. Ein paar Meter hinter ihnen lief Juna Galo, aber plötzlich sah ich, wie sich im Tunnel hinter ihr etwas bewegte.

»Achtung!«, schrie ich. »Von hinten!«

Eine Wand aus Wasser erhob sich im Rücken des Mädchens und wälzte sich über sie, und als die Welle sich gelegt hatte, war von Juna keine Spur mehr zu sehen. Wir hörten nur ein unterdrücktes Schreien aus dem Tunnel.

Luka Stiditsch reagierte am schnellsten. Während der Zwerg und ich gerade erst von der Draisine gesprungen waren, rannte er bereits zurück in Richtung Tunnel. Mit unseren Rücken verdeckten wir das Licht des Scheinwerfers, im Tunnel war es fast völlig finster. Irgendetwas bewegte sich dort, raschelte, Steine klapperten laut. Wieder hörte ich einen unterdrückten Schrei. Ich schob Tschak zur Seite, hob die Pistole mit dem Schalldämpfer auf, die Juna verloren hatte, und lief eilig in den Tunnel hinein.

Es wurde etwas heller, ohne dass ich deshalb viel erkennen konnte. Vor mir ertönten zwei Schüsse, wieder schrie Juna. Ich begann zu rennen.

Das Mädchen saß wenige Meter weiter vorne gegen die Wand gelehnt, die Knie gegen die Brust gepresst und hatte den Blick auf einen auf den Schienen ausgestreckten Körper geheftet. Darüber beugte sich gerade Stiditsch, mit der Pistole noch im Anschlag.

Ich blieb neben dem Priester stehen, Tschak kam ebenfalls von hinten angerannt.

Der Kopf des Mutanten wurde schon von kleinen Wellen umspült. Er erinnerte an das tote Wesen auf der Eisenbahnbrücke, nur wirkte dieser hier kränklich, schmutzig, blass und hatte überhaupt keine Behaarung … Ich beugte mich etwas vor, denn ich hatte etwas Ungewöhnliches bemerkt: zwischen den langen, dünnen Fingern mit Nägeln wie Krallen wuchsen durchsichtige Schwimmhäute.

Lukas Kugeln hatten das Geschöpf, das an einen Affen erinnerte, im Gesicht erwischt. Es hatte hervorstehende eulenartige

Augen, die mit durchsichtigen Häutchen überzogen waren. Eine Kugel war in den Wangenknochen eingedrungen, die andere hatte die Nase gestreift.

»Bist du verletzt?«, fragte ich Juna.

Das Mädchen schwieg, und Luka antwortete statt ihr:

»Er hat ihr nur einen Kratzer verpasst.«

»Wohin wollte es mit dir?« Ich streckte ihr die Hand entgegen.

Juna blickte mich einige Sekunden lang an, dann ergriff sie meine Hand und stand auf. Sie berührte mit den Fingern einer Hand die andere Schulter, wo längliche Risse im Stoff zu sehen waren.

»Ich weiß es nicht. Er hat mich einfach durch den Tunnel gezerrt. Seine Haut war so kalt ...«

Von hinten hörten wir durch das Gluckern und Plätschern jetzt das Husten und Knattern der Draisine. Ich wandte mich an Tschak:

»Hast du so ein Monster an der Decke im anderen Tunnel gesehen?«

»Mhm«, entgegnete der Zwerg finster, während er seinen Ohrring im Ohr drehte. »War das etwa dasselbe?«

»Wie soll er denn vom anderen Ende des Saals in diesen Tunnel geraten sein?«

»In der Decke sind überall Löcher. Hast du das nicht gesehen? Wahrscheinlich ist oben irgendein Durchgang, da verlaufen dicke Rohre. Als ich auf ihn geschossen hab, hat er sich dorthin verdrückt, ist über dem Saal durchgekrochen und auf der anderen Seite wieder runtergekommen.«

»Verschwinde, verschwinde«, schrie Potschtar, der auf uns zufuhr. »Schafft diese Bestie, diese gottlose Bestie fort!«

Die Draisine verlangsamte ihre Fahrt, und die Bremsen quietschten erbärmlich, wie wir es bereits kannten. Das Mädchen kletterte auf das Fahrzeug und setzte sich auf die hintere Bank. Der Zwerg trippelte hinter ihr her, und Luka und ich beugten uns vor, um den Kerl zur Seite zu heben, da hoben sich plötzlich die durchsichtigen Häutchen von seinen Augen.

Alles ging sehr schnell. Die kleine Hand des Mutanten flog in die Höhe, er krallte seine Nägel in Lukas Backe, mit der andern Hand schlug er dem Priester auf den Kopf. Gleichzeitig zog er die Beine an, streckte sie ruckartig wieder aus und versetzte mir mit seinen langen Füßen einen heftigen Stoß in den Bauch. Ich fiel rücklings ins Wasser und prallte mit dem Nacken gegen eine Schiene. Über mir schrie Juna, Potschtar krächzte heiser. Die eisernen Räder der Draisine rollten geradewegs auf mein Gesicht zu, und ich warf mich in letzter Sekunde zur Seite. Einen Moment später sah ich mich nach dem Mutanten um. Dieser stand über den auf dem Rücken liegenden Luka, drückte mit der einen Hand dessen Kehle zu und schlug mit der anderen.

Ich stürzte los, hob die Pistole. Das Scheusal wandte bereits den Kopf in meine Richtung, der Schalldämpfer zeigte auf das faltige graue Ohr, und ich drückte den Abzug. Der Verschluss klirrte, spuckte mit einem dumpfen Laut eine Hülse aus und schon hatte die Kugel ein Loch in den Schädel geschlagen, wie von einem Hammerschlag. Der Mutant kippte zur Seite, seine Hand rutschte von Lukas Hals, wo tiefe Kratzspuren sichtbar wurden. Der Priester stieß der Bestie mit einem lauten Stöhnen den Fuß ins Gesicht. Der Mutant flog gegen die Wand, ich umfasste Luka an den Schultern und zog ihn hoch. Er schob mich weg und wandte sich zur Draisine, die an uns vorbeigerollt war.

Juna streckte ihm die Hand entgegen. Ich sprang hoch. Die Backe des Priesters blutete heftig, sein Ohr war fast in zwei Teile zerrissen. Er schwankte, doch das Mädchen und ich fassten ihn unter den Armen und zerrten ihn auf die Draisine.

»Wir brauchen einen Arzt.« Juna beugte sich über Luka Stiditsch, der gegen die Hebel für Handbetrieb gelehnt dasaß und die Beine unter der Vorderbank ausgestreckt hatte. »Hörst du, Rasin, wir brauchen sofort einen Arzt!«

»Wo sollen wir den hernehmen?«, brummte ich.

»Hast du verstanden, Söldner? Tschak! Er kann sterben. Der Wundbrand hat schon begonnen. Die Nägel des Mutanten waren verdreckt. Ist euch das klar? Vielleicht war da sogar Leichengift drunter! Wir müssen nach oben mit ihm und einen Arzt finden! Wofür habe ich euch angeheuert?!«

Ich schüttelte den Kopf, tauschte einen Blick mit Tschak und wandte den Kopf wieder nach hinten. Die Draisine ratterte durch den Tunnel, unter ihren Rädern floss Wasser dahin. In das Motorengeräusch mischte sich ein ungutes Klirren. Zweimal war der Motor schon ausgegangen, und mit ihm der Scheinwerfer. Dem Mönch war es nur mit Mühe gelungen, ihn wieder zum Laufen zu bringen. Nach dem zweiten Mal sagte ich:

»Wir kommen kaum noch von der Stelle! Los, Potschtar, soll Tschak sich nach vorne setzen. Lass uns zwei mit dem Hebel arbeiten. Funktioniert der Scheinwerfer auch bei Handbetrieb?«

»Nein«, entgegnete der Mönch. »Der Scheinwerfer leuchtet nur mit Diesel … Ich wollte den Dynamo schon lange reparieren, aber ich komme einfach nicht dazu.«

In den Innentaschen von Potschtars abgetragenem Mantel verbarg sich allerhand Nützliches, unter anderem eine Art Notfallset. Zwar waren weder Wasserstoffperoxid noch Promedol darunter, aber immerhin fand ich eine seltsam riechende Creme, eine Nadel, einen groben Faden und behelfsmäßiges Verbandsmaterial, das aus gut ausgekochten Stofffetzen bestand. Tschak sagte:

»Lasst mich nur machen, ich denk mir schon was aus!« Er schob Juna ungerührt zur Seite und machte sich daran, Luka Stiditsch zu verarzten. Er nähte den tiefen Riss in der Backe zu und brachte Kompressen an Hals und Kopf an. Der Mönch verlor viel Blut, bis es dem Zwerg endlich gelang, mit Hilfe von Binden, Tampons und einer Tinktur aus Potschtars Apotheke den Blutfluss zu stillen. Der Priester konnte nicht sprechen, er stieß nur immer wieder undeutliche Laute aus. Als er schließlich versuchte aufzustehen, wäre er beinahe von der Draisine gestürzt. Juna setzte ihn wieder auf den Boden und hielt stützend seine Schultern.

Unter Lukas Umhang entdeckte ich eine Patronentasche mit drei Dutzend Patronen für die Pistolen. Zehn gab ich Tschak zusammen mit der einen Waffe, den Rest behielt ich für mich. Juna nahm Lukas langen Dolch an sich.

»Gleich bleiben wir stehen«, verkündete Potschtar und beugte sich über den Motor.

»Woher weißt du das? Hörst du das am Motorengeräusch?«, fragte Tschak misstrauisch.

Der Mönch legte einen Hebel um und drehte das Rad an seinem Schaltpult. Am Boden der Draisine zischte etwas, das Fahrzeug nahm noch einmal Fahrt auf. Luka Stiditsch röchelte heiser, und Juna beugte sich über ihn, aber der Priester schob das Mädchen beiseite und seine Augen blickten zu mir.

»…Licht …Licht geht aus«, brabbelte er.

»Ja, sobald wir stehen bleiben, wird es dunkel«, stimmte ich ihm zu.

»Wir brauchen … Feuer …«

Plötzlich fuhr Tschak dazwischen:

»Jemand verfolgt uns. Hört ihr das auch?«

Wir verstummten. Durch das Klopfen der Räder, das Klirren und Knattern des Motors war noch ein Geräusch zu hören, als würde jemand mit Nägeln über die eisernen Schienen kratzen.

Mit langen krummen Nägeln. Und Krallen.

Dann hörten wir ein dumpfes Flüstern, sehr leise und undeutlich, dann ein kaum hörbares Rasseln. Es hörte sich an, als ob sich die Verursacher dieser Geräusche hinter der Wand bewegten, die Draisine in einem Paralleltunnel begleiteten.

»Sie sind nicht hinter uns«, sagte ich zu Tschak, »sondern neben uns.«

»Nein, da ist auch jemand.« Er zeigte mit dem Finger nach hinten.

Ich horchte.

»Ich kann nichts hören.«

»Dann sperr deine Ohren weiter auf, Mann. Ich sag es dir: Da kommt jemand hinter uns her. Er geht nicht, sondern er rennt. Schnell, schnell, nimm die Beine in die Hand. Keine Ahnung, ob er sich über den Boden oder an der Decke entlang bewegt … Halt, nein. Er ist oben, genau, sonst würden wir Wasserplätschern hören. Klar? Hinter den Leitungen, an den Rohren hält er sich fest, der Mistkerl, wie vorhin!«

Ich horchte wieder angestrengt – und diesmal hörte ich aus dem Dunkel hinter uns tatsächlich ein leises Klopfen und Klappern.

Das Knattern des Motors wurde leiser, wieder klirrte etwas. Der Scheinwerfer flackerte.

»Ich gebe Vollgas«, ertönte Potschtars Stimme. »Aber der Diesel ist praktisch alle.«

»Juna, hol Verbandszeug raus«, sagte ich. »Tschak … Potschtar, brich zwei von deinen Hebeln ab.«

»Ganz bestimmt!« Die Stimme des Mönchs klang empört.

»Deine Draisine ist sowieso am Ende, und wir brauchen Fackeln. Um was soll ich die Stofffetzen denn sonst wickeln?«

»Ich habe noch Werkzeuge, die kannst du nehmen.«

Er beugte sich über etwas, das neben dem Schaltsockel lag, und im selben Moment erstarb das Motorengeräusch völlig. Undurchdringliche Finsternis umgab uns.

Die Dunkelheit war erfüllt von Geräuschen.

Wasserrauschen. Glucksen, Murmeln. Gedämpftes Kratzen und Klirren hinter der Wand. Klappern und Klopfen hinter uns.

Sie wurden mit jeder Sekunde lauter.

»Da sind mehrere Bestien unterwegs«, flüsterte Tschak.

Jetzt konnten wir das Plätschern hinter uns hören. Es lief jemand über die Schwellen. Luka Stiditsch brabbelte vor sich hin. Juna sagte in die Dunkelheit:

»Ich mache uns Fackeln, eine ist fertig. Aber ich habe nichts, um sie anzuzünden …«

»Wir müssen sie in die Dieselreste tauchen«, unterbrach ich sie. »Potschtar, hat der Tank einen breiten Stutzen? Dreh den Deckel ab, damit wir die Fackeln reinstecken können. Auf dem Grund des Tanks sind sicher noch Reste.«

Ich hätte fast aufgeschrien, weil ich spürte, dass sich etwas neben mir bewegte. Im selben Augenblick hörte ich die Stimme des Mönchs:

»Keiner rührt sich. Ich mach das … gleich …«

Ein kleiner Knall ertönte, dann ein Glucksen. Ein ungewöhnlicher Geruch machte sich breit: eine Mischung aus Spiritus, Benzin und Maschinenöl, und noch etwas Undefinierbares. Ich erinnerte mich an die vollgestopfte Aktentasche, die ich von der Bank genommen hatte, als wir die Draisine zum ersten Mal bestiegen.

Die Geräusche unserer Verfolger wurden immer lauter. Ich stellte mich auf den Knien auf der Bank auf, hielt die Pistole in der einen und die Howdah in der anderen Hand.

Juna sagte vom anderen Ende der Draisine:

»Wer hat ein Feuerzeug? Luka, Sie?«

»Ich habe eines«, sagte Tschak. »Aber ich kann mich nicht rühren. Was da aus dem Tunnel kommt, muss jede Sekunde da sein.«

Der Priester sagte undeutlich:

»In der Tasche … rechts …«

Das Klappern war jetzt in nächster Nähe, etwas sprang auf uns zu. Und obwohl wir nichts sehen konnten, spürten Tschak und ich gleichzeitig die Bewegung und feuerten aus allen Waffen.

Die Salve aus der Howdah wurde von einer Stichflamme begleitet, die den Tunnel für den Bruchteil einer Sekunde erhellte.

Mutanten liefen auf uns zu.

Sie bewegten sich sehr zielstrebig, als wären sie auf der Jagd und unmittelbar davor, ihre Beute zu packen. Einige kletterten an der Tunneldecke entlang, andere rannten auf allen vieren über die Schienen. Zwei hatten sich vom Rest der Meute abgesetzt und stürmten voraus, und einer dieser beiden war soeben auf uns zugesprungen. Mein Blei warf ihn zurück, das Scheusal stürzte zwischen die Schienen. Aus dem Augenwinkel sah ich Potschtar: Er stand am Rand der Draisine und hielt über dem Kopf eine bauchige Flasche mit schmalem Hals, aus der ein zusammengedrehter Lappen heraushing.

»Feuer! Gebt mir Feuer!«, schrie er.

»Tschak, das Feuerzeug!« Ich warf die geladene Howdah weg, streckte die rechte Hand aus und zog an seinem Arm, während ich mit der linken weiter aus der Pistole feuerte.

»Gleich … warte …«

Ich spürte, wie er mir das Feuerzeug in die Hand drückte und drehte mich zu Potschtar um, während ich bereits mit dem Daumen über das Reibrad rieb. Ein trockenes Knirschen ertönte, kleine Funken stoben vom Feuerstein weg.

»Feuer!«, heulte der Mönch. »Schnell, anzünden!«

»Ich habe keine Patronen mehr«, kreischte Tschak. »Ich lade gerade nach!«

Die Schüsse verhallten. Eine kleine blaue Flamme loderte auf, und in ihrem Licht erahnte ich die Flasche mit der dunkel-bräunlichen Flüssigkeit. Ich hielt das Feuerzeug an den heraushängenden Fetzen, und der Stoff entflammte augenblicklich. Ich schrie:

»Weg damit!«

Das Feuer hatte den ganzen Lappen erfasst, der bereits gut getränkt war von der Flüssigkeit im Innern der Flasche. Der Mönch schleuderte das Gefäß auf die Mutanten, und während er sich auf den Tunnelboden warf, schrie er:

»Hinlegen!«

Mit einem Fausthieb schubste ich den Zwerg hinter Potschtar und ließ mich selbst auf der anderen Seite der Draisine zu Boden fallen. Der Molotow-Cocktail explodierte und überzog die Tunnelwände und die Mutanten mit einem Feuerregen.

Die Flammen summten, auf dem Wasser hinter uns schwamm Feuer. In dem dunkelroten Sturm wirbelten Körper durcheinander, ein Mutant wurde zu uns geschleudert, und ich jagte ihm meine letzte Kugel in den brennenden Schädel. Dann sprang ich auf die Beine und lud die Pistole nach. Hinter den Hebeln richtete sich Juna auf, in jeder Hand eine Fackel – eine aus einem Montiereisen und die zweite aus einer Schränkzange.

Auf der anderen Seite der Draisine tauchten die Köpfe von Tschak und dem Mönch auf.

»Hauen wir ab!«, rief ich ihnen zu und packte Luka Stiditsch an den Schultern, der sich kaum rühren konnte.

Juna sprang von der Draisine. Ich zerrte Luka von dem Fahrzeug und half ihm, die ersten Schritte zu tun. Das Feuer im Tunnel verlosch allmählich, der Boden war übersät mit verbrannten Körpern, die übrigen Mutanten hatten sich verzogen.

»Wenn das Feuer erst ganz aus ist, werden sie wieder hinter uns her kommen!« Tschak nahm Juna eine Fackel ab und lief los, wobei er das Licht hoch über seinem Kopf hielt.

Das Mädchen reichte Potschtar die andere Fackel, ehe es den Priester auf der anderen Seite unterm Arm fasste und wir ihn zusammen mit uns zogen. Der Mann hielt sich nur mühsam auf den Beinen.

Bald wurde es wieder dunkel, die beiden Fackeln waren fast abgebrannt. Da schrie Tschak vor uns:

»Hier ist ein Saal!«

Der Tunnel endete und zu meiner Rechten konnte ich einen Bahnsteig erkennen.

»Hoch mit euch, alle hoch!«, sagte Potschtar und kletterte als Erster auf den Bahnsteig.

»Halt ihn«, sagte ich zu Juna, und nachdem sie den Priester stützend mit beiden Armen umfasst hatte, folgte ich dem Mönch. Ich legte mich auf den Bahnsteigrand und streckte die Arme nach unten aus.

»Komm schon!«

Das Mädchen schob Luka mit aller Kraft. Seine Wange blutete wieder unter dem Verband, sein Kopf war in den Nacken gekippt und baumelte von einer Seite zur anderen: Der Priester hatte das Bewusstsein verloren. Ich fasste ihn unter den Achseln, neben mir hörte ich Potschtar keuchen, der sich ebenfalls auf den Bahnsteigrand gehockt hatte, um mir zu helfen. Gemeinsam zogen wir den Verletzten nach oben. Der Mönch hatte die Fackel neben sich auf den Boden gelegt. Zischend und Funken sprühend flackerte sie vor sich hin, und in ihrem schwindenden Licht konnte ich die Aufschrift auf der Wand lesen:

PERWOMAJSKAJA

Wir hatten Luka kaum über den Bahnsteigrand gehievt, als Tschak angerannt kam und Juna zuschrie:

»Zur Seite! Schnell, geh in Deckung!«

Während das Mädchen eilig auf den Bahnsteig kletterte, machte er einen Satz hin zu der Wand mit der Aufschrift und schoss dreimal hintereinander in den Tunnel. Mutanten kamen auf die Station zugestürmt, wieder hatte sich einer an die Spitze der Meute gesetzt, und die drei Kugeln trafen ihn direkt an der Tunnelmündung.

Ich packte Juna am Arm. Tschak sprang im Laufen hoch, streckte uns die Arme entgegen, und Potschtar bekam ihn am Kragen zu fassen und zerrte ihn nach oben. Wir blieben am Rand der Plattform stehen, ich nahm eine Fackel, Tschak die andere. Potschtar und Juna zogen Luka Stiditsch auf die Beine. Das schwache Licht beleuchtete die ersten beiden Säulen einer, wie ich vermutete, langen Säulenreihe. Dazwischen waren seltsame Girlanden gespannt. Neben jeder Säule war ein konisch zulaufender Steinberg aufgetürmt, der von einem menschlichen Schädel gekrönt wurde.

Aus dem Tunnel rannte jetzt ein großer, langarmiger Mutant auf uns zu. Ich schoss zweimal auf ihn. Von dieser Seite der Station führte eine breite Treppe nach oben, aber ihr Zugang war bis zur Decke von einem rostigen Gitter versperrt. In diesem Gitter befand sich eine kleine Pforte, die mit einem Riegel und einem gewaltigen Hängeschloss verschlossen war. Während ich auf die Pforte zurannte, rief ich Tschak zu:

»Leuchte mir!«

»Du hast doch selbst eine Fackel!« Er stand bereits neben mir und hielt die Fackel mit der einen Hand in die Höhe, in der anderen erblickte ich ein kurzes, krummes Messer.

»Wo ist deine Pistole?«

»Auf die Gleise gefallen.«

Mit Luka in den Armen schleppten sich Potschtar und Juna keuchend in unsere Richtung. Die Beine des Priesters baumelten willenlos herunter. Ich gab Tschak meine Pistole und drückte die

Fackel aus. Mit fliegenden Händen wickelte ich die Schränkzange aus dem glühenden Stofffetzen, wobei ich mich verbrannte, dann legte ich die Greifbacken an dem Bügel des Vorhängeschlosses an und drehte die Zange mit aller Kraft.

»Weißt du, was das für Schnüre da oben zwischen den Säulen sind?«, flüsterte Tschak heiser. Er hatte das Messer weggesteckt und die Pistole in seinen Händen zitterte. »Das sind Gedärme, Junge. Getrocknete Gedärme ... Da ist irgendwer am anderen Ende des Saals! Der hat hier sein Nest!«

Wenn das Schloss neuer gewesen wäre, hätte ich den Bügel niemals aufbrechen können. Aber zum Glück war er schon stark verrostet und gab knirschend nach. Die Pforte quietschte durchdringend in den Angeln, als ich sie aufschob.

»Hierher!«, rief ich und schob mich durch.

Als ich mich umwandte, unterdrückte ich mühsam ein Aufschreien. Ein Szenario wie im Horrorfilm.

Aus allen Ecken des Saals stürmten Mutanten auf uns zu. Tschak hatte also recht, hier gab es jede Menge von ihnen. Immer noch mehr sprangen aus dem Tunnel auf den Bahnsteig, sie hetzten von Säule zu Säule, strömten massenhaft auf uns zu. Vorneweg rannte einer, der größer war als alle anderen und einen langen Knochen in der Hand schwang.

Tschak war mir schon durch die Pforte gefolgt. Potschtar und Juna kamen nur langsam vorwärts, da sie Luka mit sich schleiften. Der Anführer der Mutanten hatte die drei schon fast erreicht, da schob der Zwerg meine Pistole durch die Gitterstäbe und feuerte die letzte Kugel auf das Ungetüm ab. Aber das Monster schien es nicht einmal zu bemerken. Wieder schwang er den Knochen. Das Licht der zweiten Fackel flackerte unstet. Potschtar tauchte unter dem Arm des Priesters weg, drehte sich um und schoss aus seiner Harpune.

Der Spieß löste sich mit einem Zischen vom Schaft der Waffe und die auflodernde Spitze drang in den Schlund des Anführers ein. Auch das schien ihn nicht aufzuhalten, der Mutant rannte weiter. Doch plötzlich leuchtete die Haut um Nase und Mund von innen rot auf, und eine Sekunde später explodierte sein Kopf.

Sobald der Mönch hinter Juna und dem Priester auf der anderen Seite des Gitters stand, knallte ich die Pforte hinter ihm zu und schob die Schränkzange in die Öffnungen für das Hängeschloss.

Der enthauptete Körper des Mutanten, der uns so dicht auf den Fersen gewesen war, lag direkt vor dem Gitter. Ich warf mir Luka über die Schulter und begann die Treppe hochzusteigen. Hinter mir folgten der Zwerg, der von einer Stufe zur nächsten sprang, dann das schwer atmende Mädchen und als Letzter humpelte der keuchende Potschtar hinter uns her, der bei jedem Schritt auf seinen Mantelsaum trat. Die Fackel war ausgebrannt, aber wir brauchten sie nicht mehr, denn von oben fiel bereits ein Streifen Licht auf die Stufen.

15.

Durch Risse in der Decke fielen kalte Sonnenstrahlen. Ich erinnerte mich, früher einmal an der *Perwomajskaja* gewesen zu sein. Ich erinnerte mich an das Foyer mit seinen Drehkreuzen, den Kassen, wo man Fahrkarten kaufen konnte, und mit dem Häuschen der Stationswache. Das alles war jetzt kaum wiederzuerkennen. In der baufälligen Halle zog es heftig, die Glastüren waren zertrümmert, und an den Wänden lagen abgeschlagene Kacheln, Laub und jede Menge Müll.

Innen herrschte Stille, nur von draußen hörten wir das gedämpfte Geräusch von raschelnden Blättern.

»Er stirbt!« Juna Galo hockte auf den Knien neben Luka Stiditsch. Ich hatte den Priester auf dem Boden abgelegt. »Er stirbt, und wir können nicht das Geringste tun!«

Das Mädchen beugte sich über Luka und legte ihm vorsichtig die Hand auf die Stirn. Seine Wunden bluteten nicht mehr, und die getrockneten, blutverkrusteten Verbände im Gesicht hatten sich in eine dunkle Maske verwandelt, bei der nur die Augen ausgespart waren. Der ganze Körper zitterte, die Haut am unteren Rand des Verbands hatte sich blau verfärbt. Der Mutant hatte Luka mit den Kratzern von seinen dreckigen Nägeln eine Infektion verpasst, die den Priester umbrachte. Er hätte eine Tetanusspritze benötigt, dazu eine ordentliche Dosis Antibiotikum und eine Bluttransfusion … Aber das gab es hier nicht.

Was passiert mit einem halb autonomen Computerprogramm, wenn einer seiner Avatare in der virtuellen Welt stirbt? Verschwindet es? Schaltet es sich ab? Fällt es in eine Art Winterschlaf, bis man es neu startet? Ich habe null Ahnung vom Programmieren und Spielen von Computergames. Wahrscheinlich würde jeder Fachmann meine Überlegungen absolut lächerlich finden.

Aber dies hier um mich herum war kein Spiel. Nichts Virtuelles. Dies war die Wirklichkeit, genauso echt und konkret wie die, die ich vor dem Experiment erlebt hatte. Die Menschen hier empfanden den gleichen heftigen Schmerz. Und auch sie mussten sterben.

Potschtar, Tschak und ich standen um Luka und Juna und schwiegen. Die Hand des Priesters hob sich, er fasste das Mädchen um den Hals und zog es zu sich. Sein Kopf zuckte, während er heiser flüsterte:

»Ich soll … ich muss dir etwas sagen.«

»Was?«, fragte Juna. »Was musst du mir erzählen?«

»Der Mensch. Der Mensch im Zahnrad.«

Ich starrte den Priester an und traute meinen Ohren nicht. Was redete er da?!

»Deine Zeichnung … Weißt du, woher sie stammt? Die Kapsel. Wir fanden dich, als du … schon bei Timerlan warst … Später sind wir zu ihm …« Er presste die Worte mühsam heraus, schnappte immer wieder verzweifelt nach Atem. »Wir beschlossen, dich bei ihm zu lassen. Der Alte wollte es so. ›Wir sagen es ihr später‹, waren seine Worte. Die Kapsel … versuch nicht, sie rauszumachen, sonst stirbst du.« Luka wollte sich aufrichten, hob den Oberkörper und stützte sich auf seine Ellenbogen auf, fiel aber gleich wieder auf den Boden zurück. »Keiner weiß davon, nur die Jagger. Das Zeichen!« Plötzlich wandte er den Kopf zu mir und starrte mich an. »An dich erinnere ich mich auch, aber … es muss viele Jahre her sein. Ich weiß nicht mehr, wo und wann ich dich gesehen habe. Warum hast du kein Zeichen?«

Ich ließ mich auf die Fersen nieder, und Juna fragte verwirrt:

»Ich verstehe das alles nicht. Wovon reden Sie, Luka Stiditsch? Von meiner Tätowierung? Was hat die damit zu tun?«

»Wovon sprichst du?« Ich hielt es nicht mehr aus und beugte mich über den Priester.

»Das Zeichen!«, sagte Luka heiser, während sein Körper zuckte und er seinen Kopf hin- und herwarf. »Ohne Zeichen können sie dich nicht finden.«

»Wer?!«, schrie ich. »Wer kann mich nicht finden? Was weißt du über das Zeichen?«

Er antwortete nicht. Ich schob das Mädchen zur Seite, packte den Sterbenden am Kragen, hob ihn hoch und wiederholte:

»Wer kann mich nicht finden? Woher kennst du mich? Woher?«

»Was tust du da?!« Juna hämmerte mit der Faust auf meine Schulter. »Lass ihn los! Auf der Stelle!«

Ich öffnete die Fäuste und der Oberkörper des Priesters prallte mit einem stumpfen Knall auf den Beton.

Tschak fragte:

»Was ist denn bloß in dich gefahren, Söldner? Du bist ja ganz rot. Bist du krank? Worüber redet ihr eigentlich? Was für eine Tätowierung? Wer ist der Alte, und wer sind diese Jagger?«

Wir schwiegen. Der Zwerg sah uns mit seinen hellen Augen neugierig an, dann winkte er ab und kletterte auf einen Haufen Betontrümmer hinauf unter die Decke, wo sich ein Loch befand, durch das man den grauen Himmel sehen konnte. Juna saß noch immer über den Toten gebeugt und starrte vor sich hin. Potschtar atmete schwer, er hatte sich zur Treppe zurückgezogen. Seit wir hier oben waren, kniff er ständig die Augen zusammen, schirmte sie mit der Hand ab und bewegte sich nur vorgekrümmt, den Blick wenn möglich auf den Boden geheftet.

»Die Mutanten werden jeden Moment das Gitter aufgebrochen haben und hier raufkommen«, sagte ich.

»Nein, tun sie nicht«, entgegnete der Mönch. »Hast du ihre Pupillen gesehen? Riesengroß.«

»Willst du damit sagen, dass diese Biester sich vollständig ans Dunkel angepasst haben?«

»Ja, genau wie ich.« Der Mönch ging zu den Drehkreuzen.

Juna richtete sich auf und biss sich auf die Lippen.

»Er …«, begann sie.

»… ist tot«, beendete ich den Satz. »Entschuldige. Deine Tätowierung ist das Einzige, an das ich mich noch aus meinem früheren Leben erinnern kann. Und was er gesagt hat, könnte sehr wichtig für uns sein.«

Sie wandte sich ab.

In meinem Kopf überstürzten sich die Gedanken: Zeichen, Zahnrad, Tätowierung … Was bedeutete das alles? Ich musste unbedingt Timerlan Galo finden und alles aus ihm herausholen, was er wusste!

»Ich weiß nicht, was ich jetzt tun soll«, sagte Juna.

»Wir gehen weiter, zum Tempel.«

»Aber wie kommen wir dorthin? Außerdem weiß ich nicht mal genau, worüber ich mit Gest sprechen soll! Luka wollte mir vor dem Treffen mit dem Herrscher noch etwas erzählen. Luka kam früher oft zu uns zu Besuch. Ich glaube, er war mit meinem Vater befreundet. Luka war es auch, der meinem Vater die Nachricht überbrachte, dass Gest eine Art Waffe gegen die Nekrose bereitstellen könnte. Wir sollten im Tausch dafür unsere Unterstützung im Kampf gegen die Mutanten zusagen. Meine Aufgabe als Tochter des Clanoberhaupts war es, das Versprechen des Mecha-Korpus zu besiegeln, dem Tempel zu garantieren, dass wir unseren Teil der Verabredung einhalten würden. Nach den Verhandlungen sollte ich im Tempel bleiben ...«

Aha, da war es endlich! Ich nickte innerlich. Trotz Junas Erklärung hatte mir von Anfang an nicht einleuchten wollen, warum man ein derart junges Mädchen losgeschickt hatte, um Verhandlungen zu führen, von deren Ausgang viele tausend Menschenleben und die Existenz der Korporation abhingen. Und dabei waren meine Zweifel nicht so sehr dadurch geschürt worden, dass solche Angelegenheiten in meiner Welt fast immer von Männern entschieden wurden, sondern durch die Tatsache, dass Juna, ganz gleich wie erwachsen und klug sie auch zu wirken versuchte, noch blutjung war, ein kleines, unerfahrenes Mädchen. Und so eins hatte man beauftragt, mit den wichtigsten Leuten im Orden zu verhandeln? Sie sollte vorteilhafte Bedingungen schaffen? Nein, jetzt war mir alles klar: Juna Galo, die

Tochter Timerlan Galos, des Oberhaupts der Mechanischen Korporation, war schlicht und einfach ein Pfand. Nach den Gesprächen würde sie im Tempel bleiben und allein mit ihrer Anwesenheit garantieren, dass der Mecha-Korpus seinen Teil der Abmachung erfüllte.

Von draußen hörte ich ein Klopfen und ein Geräusch, als ob einer Erde schaufelte.

Das Mädchen schüttelte den Kopf.

»Wir müssen trotzdem unbedingt zum Tempel. Das ist die einzige Chance, Arsamas zu retten. Ich werde mit dem Herrscher sprechen und versuchen, ihn zu überzeugen.«

»Wir dürfen nicht länger hierbleiben.« Potschtar war die Halle abgewandert und trat jetzt zu uns. »Wir sind hier im äußersten Osten des Großen Moskowiens, wo es jede Menge Bestien und Mutafage gibt. Außerdem treibt sich die Bären-Bruderschaft hier rum.«

»Woher kommen die denn auf einmal?«, hörten wir eine Stimme von oben. Im Spalt in der Decke tauchte der Zwerg auf. »Das hier ist doch Niemandsland.«

»Sie sind erst seit Kurzem da«, entgegnete Potschtar.

»Woher willst du das unter der Erde wissen?«

»Oben wandern die Menschen entlang, und unten höre ich ihr Echo«, sagte der Mönch rätselhaft. »Ich kann unter der Erde alles hören und alles sehen, wenn es nötig ist. Ihr müsst jetzt erst mal zu Fuß weiter, einen anderen Weg gibt es nicht.«

Juna Galo kniff die Augen zusammen, ballte die Hände zu Fäusten und stand einige Augenblicke reglos da, dann öffnete sie die Augen wieder und rieb sich mit den Händen über die Wangen.

»Ja, lasst uns gehen«, sagte sie mit ihrer früheren, entschiedenen Stimme. »Aber erst beerdigen wir Luka.«

»Was steht ihr immer noch in der Gegend rum?«, sagte Tschak. »Soll ich das Grab alleine ausheben?«

Wir verließen die Station. Früher hatte sie sich mitten in einem normalen nordöstlichen Moskauer Stadtviertel mit Straßen und Häusern befunden, aber jetzt waren hier nur noch Ruinen und ein Streifen aufgeplatzten Asphalts zu sehen, der mit Gebüsch und Steppengras überwuchert war. Es herrschte Stille, und über den hohen grauen Himmel zogen Wolken. Ein kühler Wind raschelte im welken Laub der Bäume, die zwischen den Häuserruinen aufragten. Von irgendwo in weiter Ferne drang Motorengeknatter zu uns.

Mit einem Mal wünschte ich mir, in die Luft aufzusteigen. Ich hatte das Gefühl, mich im Cockpit eines Flugzeugs zu befinden, aber nicht in meinem Kampfjet, sondern in einem leichten Sportflugzeug. Ich segelte mit der Windströmung, den Motor abgeschaltet ... Juna hatte diese Himmelsgänger erwähnt, und die Luftschiffe. Ich hätte gerne gewusst, ob es auch Flugzeuge gab. Vielleicht ganz einfache, von der Sorte, mit der ich den Transport der Touristen auf den Karibischen Inseln geplant hatte. Sollte ich dazu verdammt sein, in dieser Wirklichkeit bleiben zu müssen, dann musste ich unbedingt diese Himmelsgänger finden. Ich war kein Maulwurf wie Potschtar, und auch kein Mensch für die Erde. Mich zog es in den Himmel.

Tschak stand außen an der Mauer des halb verfallenen Stationsgebäudes und hielt ein zerbrochenes Brett in der Hand. Er hatte bereits Steine und Betonbrocken von einer kleinen Fläche geräumt und sogar schon etwas Erde aufgegraben.

»Jetzt helft mir doch mal!« Der Zwerg rammte das spitze Ende des Bretts in die Erde.

Potschtar war uns ins Freie gefolgt. Er stand weit vorgebeugt, die Hand über die Augen gelegt und mit hochgeschlagener und fest zugebundener Kapuze neben uns.

»Womit gräbst du denn da?«, brummte er dumpf. »Schau mal, das hier ist handlicher.«

Der Mönch schlug seinen Mantel auf. Darunter trug er alle möglichen Werkzeuge an Riemen befestigt, unter anderem eine ausklappbare Schaufel. Während Potschtar sie vom Riemen löste, fragte ich Tschak:

»Wie viele Patronen und wie viele Klingen hast du? Gib sie mir.«

»Die Klingen? Soll dir ein Kriecher in den Arsch beißen«, rief er aus. »Ohne meine Messer fühle ich mich, als ob ich keine Finger mehr hätte. Zwei Stück habe ich – und ich geb dir ganz sicher keines davon. Die Patronen kannst du haben, hier …«

Die Howdah und eine von Lukas Pistolen waren unten im Tunnel geblieben. Ich nahm Tschaks Patronen an mich, zählte sie und steckte sie dann in die Manteltasche. Ich hatte ein Messer, Tschak zwei und Juna einen Dolch. Potschtar besaß noch seine Harpune, allerdings konnte man unter diesen Bedingungen nicht auf ihn zählen. So wie der Mönch das Gesicht verzog und die Augen zusammenkniff, würde er uns im Kampf keine große Hilfe sein.

Tschaks Brett und Potschtars Schaufel klatschten auf die steinige Erde. Juna war wieder in der Station verschwunden und ich ging ein paar Meter weiter, wo ein großer metallener Sockel auf der Seite lag.

Plötzlich merkte ich, dass das Motorengeräusch lauter wurde. Das Fahrzeug kam näher.

Ich kehrte zu den beiden anderen zurück und sah, dass das Grab schon fast fertig ausgehoben war.

»Wir müssen uns verstecken. Da kommt jemand«, sagte ich.

Der Mönch und Tschak gingen hinter dem Sockel in Deckung.

»Juna!«, rief ich.

»Was ist?«, ertönte die Stimme des Mädchens aus der Halle.

»Hörst du den Motor?«

»Kommt da jemand?«

»Ja. Wir verstecken uns. Bleib, wo du bist.«

Das Knattern kam jetzt aus nächster Nähe.

»Schau nach, ob der Priester noch etwas in seinem Umhang dabeihatte. Wir können jetzt alles gebrauchen. Und nimm seine Patronentasche mit.«

Auf der Straße wurde ein Fahrzeug sichtbar. Es sah ganz anders aus als die Sender, die ich bislang kannte und die an offene Geländewägen erinnerten. Dieser Wagen hatte die Form eines Kleinbusses. Er war über und über mit Metallplatten zugenietet, hatte ein flaches Dach und eine weit vorstehende rechteckige Motorhaube. Die Fenster waren gepanzert, anstatt einer Windschutzscheibe gab es nur Spalten in den horizontalen Schutzrollos.

Tschak erhob sich ein wenig, um das Fahrzeug besser sehen zu können, und sagte:

»Die Bären, zur Nekrose mit ihnen!«

Rund um das niedrige Dach des Wagens waren eiserne Pfosten aufgeschweißt, die durch Eisenstangen miteinander verbunden waren. Dadurch war eine Art umlaufendes Geländer entstanden, hinter dem sich mehrere Leute versteckt hielten. Nach allen Seiten ragten Gewehrläufe durch die Spalten nach draußen. Ovale Metallplatten bedeckten zur Hälfte die für eine so schwere Maschine auffällig kleinen Räder. Dies war eine Art selbst gebastelter Panzerspähwagen, der ganz offensichtlich nicht für Operationen in freiem Gelände, sondern für Fahrten über die Asphaltstreifen zwischen den städtischen Ruinen vorgesehen war. Aus dem Auspuffrohr qualmte es, der Motor röhrte, und sein Dröhnen hallte über den verlassenen Moskauer Stadtteil.

Das Fahrzeug rumpelte an der Station vorbei, überrollte Büsche und polterte durch Schlaglöcher.

»Das hier ist Niemandsland«, sagte Tschak leise. »Zumindest war es das, als ich das letzte Mal hier war. Warum fahren die in dieser Gegend Patrouille? Irgendetwas geht hier vor sich … He, Potschtar, was sagst du?«

»Ich weiß es nicht«, entgegnete Potschtar. »Ich bin nicht oben unterwegs. Lasst uns weitermachen, damit wir wenigstens mit dem Grab fertig sind, ehe sie zurückkommen.«

Der Panzerwagen bog nach rechts ab und verschwand aus unserem Blickfeld. Ich konnte mich nicht genau an den Namen der Straße erinnern, die am Ismajlowoer Stadtwald vorbeiführte, wahrscheinlich hieß sie wie die Station: Perwomajskaja.

Juna kam aus der Halle. In den Händen trug sie die Patronentasche, einen Leinenbeutel und einen Gurt mit verschiedenen Klingen für den Dolch.

Wir standen auf. Das Mädchen sagte:

»Das ist Lukas Geldbeutel, darin sind fünf Goldstücke.« Sie holte die Münzen hervor. »Zwei für dich, Rasin, zwei für dich, Tschak. Dann schulde ich dir noch drei, oder?«

»Ungefähr.« Der Zwerg nickte und nahm das Geld.

»Und dir noch fünf, Söldner. Potschtar …« Das Mädchen wandte sich zum Mönch. »Ich habe nur eine Münze übrig, und wenn …«

»Nicht nötig, nicht nötig.« Der Mönch schüttelte den Kopf. »Wofür brauche ich unter der Erde Geld?«

»Kommst du nicht mit uns?«

»Nein!« Potschtar wirkte erregt, schnaufte schwer und beugte sich noch weiter vor. »Nein, das hier ist nichts für mich, ich halte das nicht aus, übel ist das … dieses Licht, wie die Sonne blendet, oder?«

»Was für eine Sonne?«, fragte Tschak. »Der Tag ist doch grau und verhangen. Und wohin willst du gehen? Zurück etwa?«

»Ja, sicher«, antwortete der Mönch. »Nach unten, wohin sonst?«

»Hör mal, wie soll ich es dir sagen …« Tschak streckte beide Arme weit vor sich aus. »Hier gibt es doch jede Menge Möglichkeiten. Du kannst zum Beispiel einfach mit uns kommen. Unten warten nur die Mutanten, die werden dich verschlingen.«

»Nein, das tun sie nicht. Ich schleich mich an ihnen vorbei, krieche um sie rum. Ich muss die Draisine reparieren … Ich komme schon durch. Ich weiß, wie. Dafür bin ich gemacht.«

Ich blickte die gebeugte Gestalt an, das rattenhafte Gesichtchen, die kleinen, starken Greifhände und die unsteten Äuglein und dachte: Ja, der Mönch ist dafür gemacht. Ohne uns, ohne unser lautes Gerede wird er sich durchschlagen, sich an den Mutanten vorbeidrücken, seine Draisine reparieren und sich einfach in der Dunkelheit der Tunnel auflösen.

»Aber wohin müssen wir?«, fragte Juna.

»Dorthin.« Potschtar zeigte in die Richtung, in die das gepanzerte Fahrzeug verschwunden war. »Da ist das große Rad, kennt ihr das?«

»Ich kenne es.« Tschak nickte. »Rundrum sind Pontons und Häuser auf Pfählen. Die Fischer leben da.«

»Genau, ganz genau. Das Rad ist auf der anderen Seite des Kraters, von da fließt der Falken-Fluss in Richtung Zentrum. Auf dem …«

»Wieso Falken?«, unterbrach ich ihn, woraufhin alle mich anblickten. »Warum heißt der Fluss so?«

Potschtar zuckte mit den Schultern:

»Keine Ahnung, vielleicht weil der Ort vor dem Untergang so hieß. Jedenfalls fließt das Wasser aus dem Krater diesen Graben entlang, fast bis ins Zentrum von Moskowien.«

Das stimmt, dachte ich für mich, früher hieß das Viertel Falken-Berg. Aber ich sprach es nicht laut aus.

»Also«, fuhr der Mönch fort. »Und auf dieser Seite des Kraters liegt direkt am Ufer ein Grenzposten des Tempels. Dort ist eine feste Wache postiert, zwischen fünf und sieben Mann, Mönche. Die Ljuberzer Versorger liefern Mehl, Brot und Kartoffeln in ihren Fuhrwerken dorthin … Sie haben einen Vertrag mit dem Orden und bringen alles bis zum Grenzposten, und für den weiteren Transport sorgen die Brüder selbst.«

»Aber jetzt steht doch der ganze Krater voller Wasser«, gab Juna zu bedenken.

»Richtig, richtig. Der Grenzposten liegt am Rundweg um den Krater. Wenn es trocken ist und das Wasser nur den Grund des Kraters bedeckt, werden die Waren auf dem Landweg zum Tempel transportiert. In der Regenzeit, wenn alles überflutet ist, gibt es eine Barkasse. Die Brüder überqueren den Krater mit dem Boot, vorbei am Rad und dann den Fluss entlang. Die Barkasse ist an der Anlegestelle festgemacht. Sie können euch doch per Boot rüberschicken, oder?« Er musterte uns plötzlich beunruhigt. »Hat einer von euch Angst zu schwimmen?«

»Ich nicht«, sagte Tschak eine Spur zu energisch. Juna und ich schüttelten den Kopf.

»Na, dann ist ja gut. Ich habe nämlich große Angst davor«, bekannte der Mönch. »Auf diesem Weg kommt ihr zum Tempel.«

»Müssen wir diesen Krater unbedingt mit dem Schiff überqueren?«, fragte ich. »Gibt es keinen Fußweg?«

»Na, und was für einen!« Der Mönch schlug die Hände über dem Kopf zusammen. »Feine Idee! Im Norden sind nur Ruinen, getrocknete Schlacke und Mutafage ohne Ende, gepanzerte Wölfe, Kriecher, alle möglichen Bestien. Und überhaupt keine Wege. Da kommt ihr nicht durch, oder vielleicht kommt ihr durch, aber es kostet viel Zeit. Und im Süden steht alles unter Wasser, die Wege sind schlammig und die Luft ist total verpestet, da erstickt ihr. Mit dem Schiff seid ihr am schnellsten. Aber ihr müsst die Augen aufhalten und euch vor den Banditen in Acht nehmen. Ihr habt den Wagen eben ja selbst gesehen. Na gut, es ist an der Zeit, den Priester zu beerdigen. Mir geht es schlecht hier oben, in meinem Kopf dreht sich alles, mir ist übel! Ich halte es überhaupt nicht mehr an der Oberfläche aus. Wisst ihr, ich war mehr als eine Saison nicht mehr oben.«

»In Ordnung«, sagte Juna Galo, während sie den Riemen mit den Klingen an ihrem Gürtel befestigte. »Lasst uns Luka beerdigen.«

16.

Aus einem Loch im Dach eines Gebäudes stieg ein großer schwarzer Vogel auf, der an eine Krähe erinnerte, allerdings war sein Schnabel deutlich länger. Er krächzte heiser und flog über der Straße weiter.

»Tschak«, sagte ich zögernd, während ich vorsichtig hinter einer Ziegelmauer hervorspähte. »Weißt du eigentlich, was eine Amnesie ist?«

Der Zwerg dachte einen Moment nach, hob seine hellen Brauen, dann schüttelte er den Kopf:

»Nein, so ein seltsames Wörtchen hab ich noch nie gehört.«

Ich bahnte mir als Erster den Weg, dann folgte Juna, Tschak war der letzte. Wir gingen am Rand der Straße, versuchten einerseits nicht zu tief zwischen die Ruinen zu geraten, wollten uns aber auch nicht auf offener Fläche bewegen. Der Asphalt war an vielen Stellen aufgebrochen und mit Gebüsch überwuchert, in dem das merkwürdige Panzerfahrzeug der Bären tiefe Furchen hinterlassen hatte.

»Amnesie bedeutet Gedächtnisverlust«, sagte ich und blickte dem Vogel hinterher. »Und das ist es, was ich habe.«

»Hast du gesoffen?«, fragte der Zwerg mit spöttischem Mitgefühl. »Das ist mir auch schon passiert …«

»Nein, damit hat es nichts zu tun. Ich weiß nicht, woher es kommt. Ich erinnere mich an nichts aus meinem früheren Leben, wer ich bin und woher ich komme – einfach an nichts.«

»Meinst du das ernst, Mann?« Sein Ton veränderte sich. »Aber was ist mit deinem Namen?«

Jetzt spähte ich um die Ecke eines zweistöckigen Hauses – offenbar ein ehemaliges Lebensmittelgeschäft. Die Perwomajskaja-Straße hatten wir schon vor längerer Zeit überquert. Das wussten wir, weil Tschak ein Straßenschild unter einem Steinhaufen hervorgezogen hatte. Jetzt näherten wir uns dem Ismajlowoer Stadtwald, also dem jetzigen Krater, der offenbar von einem nicht sehr hohen Wall umgeben war und in dieser Jahreszeit ganz voll Wasser stand. Ein Teil des gedrungenen Damms rund um den Krater war schon zu sehen.

»An meinen Namen kann ich mich erinnern«, sagte ich. »Und noch an ein paar Details. Aber was ich früher gemacht habe, wer ich war – keine Ahnung.«

»Und woher hast du diesen seltsamen Anzug?«

Juna presste sich an die Wand hinter mir, der Zwerg war vor Neugier ganz nahe an uns rangerückt. Als Nächstes mussten wir eine freie Fläche vor uns überqueren. Aber ich hatte es nicht eilig.

»Das weiß ich auch nicht. Ich bin auf einem Hügel mitten in einem Nekrose-Flecken zu mir gekommen. Die Nekrose hat mir nichts getan, ich habe mich nicht angesteckt. Als ich von dort weg wollte, stieß ich auf Juna. Danach sind wir einer Bande von Fängern in die Hände gefallen. Und in der Erdölsiedlung haben wir dann dich getroffen.«

»Heiliger Mutant!«, sagte Tschak verwundert. »Das heißt, das ist kein Witz. Du kannst dich wirklich nicht erinnern? Vielleicht hast du durch die Nekrose dein Gedächtnis verloren?«

Das Mädchen blickte den Zwerg an und sagte:

»Warum hast du das gesagt?«

»Was?« Der Zwerg wich ihrem Blick aus.

»Du hast eben diesen … diese Worte gesagt: Heiliger, du weißt schon. Was bist du für einer, Tschak? Du hast diese Augen-Tätowierung auf der Stirn …«

»Ich habe es dir doch erzählt, Schwesterchen. Ich war ein Dieb.«

»Diebe lassen sich kein Auge auf die Stirn tätowieren.«

»Kennst du viele Diebe? Erklär mir lieber, was Luka da vor seinem Tod noch alles gebrabbelt hat. Wer sind diese Jagger, und was soll das heißen, dass sie dich gefunden haben?«

»Ich weiß es nicht!«

»Aha, wirklich?«

»Jeder von uns hat seine Vergangenheit.« Ich wollte auf keinen Fall, dass die beiden einen Streit anfingen. »Jetzt ist nicht der Zeitpunkt, darüber zu reden. Wir müssen weiter, los, bis zum Ende der Straße, und zwar so schnell wie möglich.«

Ich begann zu laufen, sprang über Büsche, aber als ich Junas Aufschrei hörte, blieb ich stehen und drehte mich um.

»Schaut mal dort!«

Auf der anderen Seite der Straße befand sich eine lange Mauer – alles, was von einem ehemaligen Wohnhaus noch übrig war. Auf dieser Mauer saß rücklings wie auf einem Pferderücken ein Mutant. Mit einer Hand stützte er sich auf den Stein vor sich, die andere hing herunter. Er hatte uns den Kopf zugewandt und beobachtete uns, ohne zu blinzeln. Es sah anders aus als die unterirdischen Geschöpfe, war kleiner und muskulöser und hatte ein kurzhaariges Fell und eine dunkle Haarmähne. Wenn das Fell nicht gewesen wäre, hätte er von Weitem an Tarzan erinnert.

Ich hob die Pistole, aber Tschak, der mich eingeholt hatte, zischte:

»Weiter! Weiter! Die Biester bewegen sich in der Herde, wenn er die anderen ruft … Schnell, weg von hier!«

Wir hetzten weiter. Die Pistole hielt ich schussbereit vor mir. Das Wesen saß noch immer reglos da und folgte uns mit den Augen. Und plötzlich erkannte ich, dass es in der herunterhängenden Hand ein Gewehr mit einem dunklen Lauf hielt, dessen Schaft mit einem Lappen umwickelt war – vor dem Hintergrund der Wand war die Waffe kaum sichtbar.

Waren diese Mutanten etwa vernunftbegabte Wesen? Unter der Erde hatte ich eher das Gefühl gehabt, dass sie Affen ähnelten – also zwar ein Gehirn hatten, aber doch eindeutig Tiere waren. Aber wenn dieser ein Gewehr hatte und es benutzen konnte … Kein Affe wäre dazu in der Lage. Andererseits – vielleicht hatte der Mutant das Gewehr einfach irgendwo in den Ruinen gefunden und benutzte es jetzt als Schlagstock. Aber würde er die Waffe dann nicht eher am Lauf halten? So sah es aus, als wollte er jeden Augenblick schießen.

Der Mutant erhob sich ein wenig im Sitzen, wandte sich von uns ab und streckte einen Arm in die Höhe.

»Jetzt ruft er die anderen!«, stöhnte Tschak. »Lauft, was ihr könnt!«

In diesem Moment bemerkte das Geschöpf auf der Mauer etwas in der Gegenrichtung, wo sich eine Art Baugrube mit einem niedrigen Wall außenrum befand.

Von dort hörten wir gedämpfte Schüsse.

»Lasst uns rennen!«, wiederholte Tschak. »Noch ist er abgelenkt.«

Im Laufschritt erreichten wir das Ende der Straße. Wenn wir uns in dem Moskau befunden hätten, das ich kannte, so hätte sich jetzt vor uns der Ismajlowoer Stadtwald befunden, stattdessen sah ich einen breiten ungeteerten Weg vor mir – das musste der Rundweg sein, der nach Potschtars Worten die ganze riesige Grube vor uns umgab und jetzt an vielen Stellen im Sumpf versank. Der Weg war durch einen nicht sehr hohen Damm von dem zum Wasser abfallenden Ufer getrennt. Rechts von uns raschelte das Laub in den Kronen der Bäume, und direkt vor uns erhob sich auf dem Damm ein zweistöckiges Holzgebäude mit einem kleinen Balkon. Rundrum waren Sandsäcke gegen die Hauswand gelehnt und vom Dach ragte ein Eisenmast.

Unterhalb des Damms vor dem Haus stand der seltsame Panzerspähwagen, den wir vorher gesehen hatten. Er wurde aus mehreren Fenstern und vom Balkon aus beschossen. Gleichzeitig sprangen Männer auf zwei Seiten aus dem Fahrzeug. Auch von ihnen stiegen Rauchwolken auf, sie erwiderten im Laufen das Feuer.

Ich lag am Kraterufer unterhalb des Hauses hinter einem feuchten, fauligen, mit Giftpilzen bewachsenen Baumstamm in Deckung und sagte:

»Von hier aus macht die Barkasse einen seetauglichen Eindruck.«

Zwischen meinem Baumstamm und dem Wasser lagen nur wenige Meter. Der Wind pfiff und kleine Wellen rollten gegen das Ufer. Auf der anderen Seite des Kraters, der an eine riesige, mit Wasser gefüllte Kiesgrube erinnerte, schimmerte kaum erkennbar ein Riesenrad, das früher zu einem Vergnügungspark am Waldrand gehört hatte.

»Gibt es viele solcher Krater in Moskau?«

Tschak neben mir erklärte:

»Moskau wird nur das Zentrum genannt. Das hier ist das Große Moskowien. Und hier gibt es drei Krater.«

»Alle im Osten?«

»Ja.«

Ich überschlug im Kopf: Das andere Ufer lag einige Kilometer entfernt. Die Sprengköpfe von ballistischen Raketen waren auf eine Explosion in der Luft programmiert, damit die Detonationswelle nicht durch Gebäude und Landschaft gestoppt wurde. Aber hier war offenbar eine Kernladung unter der Erde gezündet worden, unweit der Oberfläche. Solche Explosionen wurden häufig von Erdbeben begleitet, und am Boden des Kraters bildete sich nicht selten ein See. Es sah aus, als hätte man strategische Minen verwendet, die mit einer atomaren Sprengladung befüllt waren. Aber wozu? Man hatte das Industriegebiet und den strategischen Nachschubpunkt mit Flughafen zerstören wollen. Vielleicht noch die geheime Metro-Linie der Regierung. Hier hatten sich ernste Dinge ereignet, aber es sah nicht nach einem Dritten Weltkrieg aus. Ob der Kreml noch heil war? Und wer regierte jetzt dort?

Und wo befand sich dieser Tempel? Nach allem was ich gehört hatte, musste es sich dabei um einen Ort von großer strategischer Bedeutung handeln. Hieß das, dass er sich im Zentrum befand?

Juna verbarg sich hinter einem Baum, nicht weit von uns. Jetzt spähte sie aus ihrem Versteck und rief leise:

»Wir müssen auf die Barkasse.«

»Wie?«, fragte der Zwerg.

»Wir schwimmen.«

Tschak verzog das Gesicht. Wir befanden uns unterhalb vom Wachposten der Mönche. Ein kleiner Steg führte auf Holzpfählen vom Ufer in den See hinein. Nicht weit davon schaukelte die Barkasse auf dem Wasser, sie war mit einem Tau am Anleger festgemacht. Die Barkasse war ein ungewöhnliches Schiff: Soweit ich das erkennen konnte, bestand sie aus mehreren kleinen, leichten Booten, die man zusammengenietet hatte. Auf dieser Basis hatte man ein Deck ausgelegt und es mit einem niedrigen Geländer umgeben. Hinten waren drei Außenbordmotoren aufgehängt, und im vorderen Teil hatte man eine Sperrholzbude aufgestellt. Auf dem Dach der Bude erhob sich ein Eisenmast wie der auf dem Wachhaus. Ich konnte keine Segel sehen, aber am Heck befand sich noch ein Generator, der vermutlich die Motoren versorgte.

Von der Rückseite des Hauses führte eine morsche Holztreppe den Abhang hinunter zum Steg.

Aus dem Fenster im ersten Stock lehnte sich gerade eine bärtige Gestalt aus dem Fenster, die in jeder Hand eine Pistole hielt. Der Mönch schaffte es nur noch, aus einer Waffe zu schießen, bevor es unter ihm krachte und er kopfüber auf den Uferabhang stürzte.

Und dann sah ich direkt vor uns drei Banditen, die sich zwischen den Bäumen hinter dem Haus heranschlichen. Genau wie wir hatten sie das Haus umgangen, waren seitlich über den Damm gekommen und krochen jetzt darauf zu, um den Posten anzugreifen. Tschak hatte sie ebenfalls gesehen und flüsterte:

»Das war's für die Mönche.«

»Können wir ihnen helfen?«, fragte Juna, die auf allen vieren zu uns kam.

Ich entdeckte gerade zwei weitere Gestalten zwischen den Bäumen und schüttelte den Kopf:

»Fünf Leute gegen einen Lauf. Selbst wenn wir mit diesen hier fertigwerden, da sind sicher noch einige rund ums Haus verteilt. Ihr habt ja gesehen, wie viele aus diesem Panzerwagen rauskamen.«

»Dann lasst uns jetzt zur Barkasse hinüberschwimmen«, sagte Juna. »Solange die Bären noch nicht das Haus gestürmt haben. Kommt, da vorne liegt das Schiff.«

»Sie werden uns bemerken«, widersprach der Zwerg. »Der Anleger ist vom Fenster aus bestens zu sehen.«

»Da schaut jetzt keiner mehr raus. Die haben andere Sorgen. Wir müssen los, es gibt keinen anderen Weg zum Tempel.«

»Können wir den Krater nicht doch umrunden?«, fragte Tschak voller Zweifel.

»Das dauert zu lange. Einen Tag, vielleicht zwei. Wenn ich den Herrscher bis zum Abend nicht getroffen habe, ist es für die Korporation ein für alle Mal zu spät.«

»Weißt du was, Schwesterchen, mir ist deine Korporation total egal.« Der Zwerg zuckte mit den Schultern. »Was hab ich damit zu tun.«

»Aber Geld ist dir nicht egal, oder? Du hast zwei Goldstücke bekommen und bekommst noch drei dazu, wenn du mir hilfst!«

»Fünf«, erklärte er. »Noch fünf. Ich hab gehört, dass dir der Söldner für sieben hilft, warum bist du bei mir so knauserig?«

Sie blickte ihn verächtlich an, dann sagte sie zu mir:

»Willst du auch eine Lohnerhöhung, Rasin?«

Ich schüttelte den Kopf, während ich die Banditen beobachtete. Sie hatten sich zwischen den Bäumen fast an das Gebäude herangepirscht. Aus dem Fenster im ersten Stock wurden keine weiteren Schüsse abgegeben, offenbar hatten die Mönche die Angreifer noch nicht bemerkt.

Geld interessierte mich nicht. Ich wollte um jeden Preis nach Arsamas gelangen und so viel wie möglich von Junas Vater erfahren.

»Schön, Tschak«, sagte das Mädchen. »Sieben Goldstücke.«

»Gut. Und du, Mann? Du hast mich mit diesen Solardingern nicht zufällig angelogen? Ich denke, du hast diese … A…anesie. Wie kannst du dich dann daran erinnern.«

»Keine Ahnung«, entgegnete ich. »Manches weiß ich eben noch, anderes habe ich vergessen. An die Solarmodule erinnere ich mich jedenfalls.«

»Na gut, aber sobald wir auf der Barkasse sind, erzählst du mir alles darüber. Verstanden? Nicht erst im Tempel, sondern schon unterwegs. Wer weiß, was dir noch zustößt.«

»In Ordnung.«

»Am besten wäre es, wenn du mir jetzt gleich …«, begann er, aber in diesem Moment gingen die Banditen zum Angriff über, und rund ums Haus entbrannte eine wilde Schießerei.

Juna machte einen Satz über Tschak, rutschte den Abhang hinunter und platschte ins Wasser.

»Taucht ab«, rief sie. »Genug geredet!«

Ich rutschte ebenfalls das Ufer runter, direkt in das kalte dunkelgrüne Wasser. Die Pistole hatte ich mir zwischen die Zähne geklemmt, den Gürtel um den Bauch löste ich und wickelte ihn mir um den Kopf, sodass die Patronentasche in meinem Nacken hing. Vorsichtig ließ ich mich ins Wasser gleiten, damit Waffe und Munition nicht nass würden, dann stieß ich mich mit den Beinen vom Boden ab. Juna schwamm voraus. Im Haus hinter uns knallten ununterbrochen Schüsse. Ich sah mich um: Der Zwerg stand mit verzweifeltem Gesicht bis zu den Knöcheln im Wasser. Ich nahm die Pistole aus dem Mund und rief ihm zu:

»Komm rein, sonst sehen sie dich!«

»Ich hasse Wasser!«, sagte er stöhnend.

»Du hast Potschtar doch gesagt, dass du schwimmen kannst.«

»Ich kann es auch … aber schlecht. Ah!« Mit einem Ruck drehte er sich und begann den Damm wieder hochzuklettern.

»Wohin?!«, rief ich.

Tschak reagierte nicht. Ich schob mir die Pistole wieder zwischen die Zähne und schwamm hinter Juna her.

Ich blickte noch einmal zurück und sah, wie zwei Mönche die Treppe hinunterkamen. Einer rannte, der andere humpelte heftig.

Im selben Moment flog ein Bandit mit dem Rücken voraus aus dem Fenster im ersten Stock, kullerte den Abhang hinunter und plumpste ins seichte Wasser am Ufer, wo sich ein dunkler Fleck ausbreitete. Ich schwamm schneller. Juna hatte bereits die Barkasse erreicht und kletterte an Deck.

Wieder warf ich einen Blick über die Schulter und sah, wie der humpelnde Mönch auf der Treppe von einer Kugel niedergestreckt wurde. Der andere lief bereits über die Planken des Anlegers, als mehrere Banditen aus dem Haus gestürzt kamen. Wieder pfiffen Kugeln, zwei oder drei trafen den Mönch in den Rücken und er fiel mit ausgestreckten Armen auf die Bretter. Juna war inzwischen zum Heck der Barkasse gerannt, wo die Vertäuung festgemacht war. In ihrer Hand blitzte der Dolch auf.

Ich schwamm zügig zum Ende des Anlegers, als ich durch das ständige Knallen der Schüsse eine Stimme hörte:

»Wer ist das da? Da schwimmt einer, schaut mal!«

Eine Kugel schlug neben mir ins Wasser. Instinktiv tauchte ich und kam erst wieder unter dem Anleger an die Oberfläche. Die Patronentasche war von meinem Kopf gerutscht, aber die Pistole klemmte noch zwischen meinen Zähnen.

Der Anleger war zu Ende, wenige Meter vor mir lag das mit Brettern verkleidete, breite Heck der Barkasse. Es schaukelte in den Wellen und glitt langsam von mir fort.

Die Planken des Anlegers über mir erzitterten – die Banditen rannten auf sein Ende zu. Wieder tauchte ich und sah unter Wasser einen biegsamen Körper, der im trüben Dunkelgrün vor mir verschwand. Was war das für ein Tier? Der Schreck trieb mich an. Ich schoss aus dem Wasser, strampelte mit den Beinen und fasste mit ausgestreckten Händen nach oben. Beinahe hätte ich mir die Stirn an der Deckverkleidung angeschlagen. Ich bekam eine der Platten zu fassen und hörte im selben Moment das Knattern des Motors, der neben mir ansprang. Ich hievte mich hoch über das Geländer und knallte auf der anderen Seite aufs

Deck. Sofort ließ ich die Pistole los und kam wieder auf die Beine.

Am Heck befanden sich der Generator und ein Tank, beide mit schützenden Metallplatten verkleidet. Vom Generator liefen Leitungen zu den drei Außenbordmotoren, von denen der mittlere bereits angesprungen war. Die Barkasse entfernte sich langsam vom Steg.

Drei Banditen standen an seinem Ende und schossen auf mich, sobald ich mich aufgerichtet hatte. Juna verschwand hinter der Bretterbude am Bug, ich ließ mich wieder fallen und hob die Arme schützend über den Kopf.

Dann sah ich durch eine größere Lücke in dem umlaufenden Heckgeländer plötzlich Tschak, der hinter uns her schwamm. Er strampelte mit den Beinen und hielt sich krampfhaft an einem dicken Ast fest, den er wohl zwischen den Bäumen am Ufer entdeckt hatte.

»Hier bin ich!«, gluckste er mit aufgerissenen Augen. »Hier! Hilf mir!«

Die Banditen standen noch immer schimpfend und schreiend am Rand des Anlegers. Einer fiel vor lauter Aufregung ins Wasser und begann hinter uns her zu schwimmen. Ich schob meinen Arm durch die Lücke und ließ ihn so weit es ging runterhängen, bis ich Tschaks rasierten Schädel unter meinen Fingern spürte. Der Zwerg hatte die Bordwand der Barkasse erreicht. Ich bekam ihn am Kragen zu fassen und zog ihn hoch. Der Zwerg würgte und röchelte, dann umfasste er mein Handgelenk mit den kleinen Händen und ich hörte, wie seine Sohlen auf der Bordwand auftrafen.

Ein Schuss dröhnte, dann ein zweiter. Eine Kugel drang splitternd in das Geländer neben meinem Kopf ein. Als der Zwerg an der Außenwand auf meiner Höhe war, reichte ich ihm die andere Hand und zog ihn über das Geländer. Kaum lag er neben mir auf den Planken, zog ich ihn hoch und schubste ihn eilig in Richtung der Sperrholzkajüte.

Hinter der Kajüte erwartete uns Juna in geduckter Haltung. Die Sperrholzbude bot nur schlechten Schutz – die Kugel jedes normalen Gewehrs hätte die beiden Holzwände einfach durchschlagen, vor allem bei der geringen Entfernung, aber immerhin konnten die Banditen nicht mehr gezielt auf uns schießen.

Der Dolch des Mädchens ragte aus einem Holzbrett. Ich zog ihn am Griff heraus und spähte vorsichtig um die Ecke der Kajüte. Falls der Kerl, der hinter uns herkam, versuchen sollte, auf die Barkasse zu klettern, würde ich unter vollem Beschuss durch die anderen Banditen mit ihm fertigwerden müssen.

Nein, er schwamm bereits zurück. Und aus irgendeinem Grund hatten die Männer der Bären-Bruderschaft aufgehört zu schießen. Sie traten auseinander, als zwei neue Männer am Ende des Steges eintrafen: Einer war groß und breitschultrig, in Pumphosen gekleidet und mit nacktem Oberköper, den zwei sich kreuzende Patronengurte schmückten, der andere hatte eng zusammenstehende Augen, steckte in einer hoch geschlossenen Uniformjacke mit Stehkragen, in Gold belitzten Hosen und schwarzen Stiefeln. Mit vor der Brust verschränkten Armen blickte er uns hinterher, sein Gesicht schien ausdruckslos, während er etwas zu dem Riesen neben sich sagte. Der hob die Hand, und die drei Banditen senkten ihre Waffen. Der Riese wandte sich zu dem Typ in der dunkelblauen Jacke und begann mit unzufriedener Miene auf ihn einzureden. Der andere hörte schweigend zu.

»Heiliger Mutant!«, flüsterte Tschak mir ins Ohr. »Das ist Hank Guba.«

»Wer?«

»Der Große da … Hank Guba, das Oberhaupt der Bären-Bruderschaft. Er hat den Angriff auf den Außenposten des Tempels also selbst angeführt. Warum bloß?«

»Haben die Banditen den Posten schon früher überfallen?«, fragte ich, während ich wieder hinter der Kajüte in Deckung ging.

Tschak zog sich ebenfalls zurück und sagte:

»Ich glaube nicht. Wie man hört, ist Hank nicht der Schlauste, aber so dumm, den Orden gegen sich aufzubringen, kann er eigentlich nicht sein. Soweit ich weiß, hat es noch nie jemand gewagt, die Mönche anzugreifen! Was geht im Großen Moskowien bloß vor sich?«

»Und wer ist der andere, in der Uniformjacke?«, fragte ich.

»Das weiß ich nicht, den habe ich noch nie gesehen.«

»Aber ich weiß es«, sagte Juna, und wir wandten uns zu ihr.

»Na dann, Schwester, spuck es aus«, brummte Tschak.

»Er heißt Selga. Selga Ines, und ist einer der führenden Männer der Südlichen Bruderschaft.«

Der Außenbordmotor am Heck knatterte. Mir war klar geworden, dass die Steuerung der Barkasse über die beiden anderen Außenbordmotoren funktionierte: Sollte der Kahn nach rechts fahren, wurde der linke Motor zugeschaltet, sollte er nach links fahren, der rechte. Und wenn alle drei liefen, könnte man die Fahrtgeschwindigkeit deutlich steigern, aber dafür wäre der Tank schnell leer. Ich hatte den Deckel von der Tanköffnung abgeschraubt und mit Hilfe eines herumliegenden langen Holzspans festgestellt, dass ohnehin nicht mehr viel Diesel darin war.

In einer Ecke der Kajüte standen ein großes Funkgerät und davor ein Hocker, auf dem Juna saß. Sie hatte das Mikro in der einen Hand, drehte mit der anderen am Suchknopf und sagte laut:

»Hören Sie mich? Hallo?«

Während sie versuchte, eine Verbindung herzustellen, durchsuchten Tschak und ich die Kajtüte, die so klapprig war, dass man sie eigentlich kaum als solche bezeichnen konnte. Wir fanden nichts außer einer verrosteten Klinge ohne Griff. Dafür entdeckten wird in einem Schränkchen ein zusammengerolltes Blatt groben gelblichen Papiers und einen Bleistiftstummel, woraufhin der Zwerg mich drängte, alles aufzuschreiben, was ich über die Erzeugung von Solarstrom wusste. Ich erzählte ihm das bisschen, das ich noch über Photovoltaik im Kopf hatte.

»Und wo soll ich diese, wie hast du sie genannt, Siliziummodule hernehmen?«, fragte Tschak unzufrieden.

»Das ist dein Problem«, entgegnete ich. »Silizium kann man wahrscheinlich noch immer irgendwo abbauen. Aber habt ihr auf euren Müllkippen wirklich noch nie ganze Solarzellen gefunden?«

»Kann schon sein, aber keiner wusste, dass sie so nützlich sind! Und wenn es doch einer wusste – entweder haben sie nicht funktioniert oder die Brennstoff-Clans haben dafür gesorgt, dass man sie den Trödlern so schnell wie möglich abkaufte. Die haben absolut nichts für neue Energiequellen übrig.«

Aus dem Funkgerät sprühten Funken, dann erstarb das störende Rauschen aus dem Lautsprecher.

»Weiß einer von euch, wie man das Ding wieder zum Laufen bekommt?«, fragte Juna und erhob sich vom Hocker.

»Ach, Schwesterchen …« Tschak ließ das Blatt mit meinen unbeholfenen Skizzen auf dem Schränkchen zurück und setzte sich auf ihren Platz. »Was fummelst du da rum?«

Sie schob das Kinn vor und sagte:

»Ich will Verbindung zum Tempel aufnehmen, das ist doch wohl klar.«

»Und dafür schaltest du durch alle Frequenzen? Wenn dieser Apparat das Funkgerät der Mönche ist, dann werden sie doch vor allem mit dem Tempel sprechen. Wahrscheinlich stand der Empfangsknopf schon an der richtigen Stelle.«

»Und wo ist die Frequenz? Außerdem ist der Apparat eben ganz ausgegangen. Wenn du so clever bist, dann bring ihn in Ordnung.«

Tschak drehte am Stellknopf und sagte zu mir:

»Du, Mensch, rück mal den Apparat von der Wand weg.«

Nachdem ich das getan hatte, nahm er die vergitterte Abdeckung vom Gerät, überprüfte den Akkumulator, leckte die Klemmen ab und sagte mit spöttischem Lächeln:

»Na also, Strom ist drauf.«

Dann hängte er die Abdeckung wieder ein, schraubte die Seitenabdeckung ab und fummelte eine Weile im Inneren des Apparates herum, bis das Rauschen aus den Lautsprechern wieder ertönte. Als Nächstes zeigte er auf einen großen schwarzen Knopf am Ende mehrerer zusammengedrehter Drähte, die aus dem Vorderteil des Geräts ragten.

»Was ist das?«, fragte er.

»Ich weiß es nicht«, entgegnete das Mädchen trocken.

»Du bist doch vom Mecha-Korpus, wo ihr alle so schlau seid und euch mit Elektronik auskennt. Das ist der Knopf schlechthin! Das Gerät ist alt, aus der Zeit vor dem Untergang, und diesen Knopf hier haben die Mönche selbst eingebaut.« Der Zwerg nahm ihn vorsichtig in die Finger und drückte ihn mit der Rückseite gegen die Abdeckung, sodass der schwarze runde Aufsatz in die Knopfbasis rutschte.

Das Zischen wurde stärker, im Innern des Gerätes knackte es, als würde eine Relaisstation eingeschaltet, und auf einmal erklang eine fremde Stimme in der Kajüte:

»… auf Empfang. Juraj? Warum rufst du außerplanmäßig an? Kommen!«

»Hier ist nicht Juraj!« Das Mädchen packte das Mikrofon und drückte den Freisprechknopf. »Die Mönche wurden getötet! Hank Gubas Banditen haben den Posten des Ordens angegriffen und zerstört! Hören Sie mich? Wir überqueren den Krater auf Ihrer Barkasse! Kommen!«

»Du musst dich erst mal vorstellen«, brummte Tschak, ehe er die Kajüte verließ.

»Wer spricht da?«, erklang die Stimme aus dem Lautsprecher.

Ich stellte mir einen bärtigen Mönch mit Kopfhörern vor, der mitten in einer Klosterzelle vor einer Art Radiostation saß; seine Ablösung lag auf einer Bank an der Wand und schlief; auf dem klapprigen Tisch, an dem der Funker saß, lag ein Heft, in dem er mit einem gespitzten Bleistift in Stenogrammschrift ein Gesprächsprotokoll aufzeichnete …

Das Bild entstand absolut deutlich vor meinem inneren Auge, wurde aber fast augenblicklich von einem anderen überlagert: Eine Art provisorischer Unterstand, von der niedrigen Zeltplane rieselt Staub von den ständigen Explosionen um uns, und Kostja Werchow, mit Spitznamen Werschok, beugt sich über einen Radioempfänger und murmelt ins Mikrofon; auf dem Tisch vor ihm liegt ein Heft mit geklebtem Einband, in der Hand hält er einen Kugelschreiber, und über dem Unterstand knattern die Hubschrauber der Ersten Kasachischen Hubschraubereinheit … Meine L-39 verbrennt gerade in den Wanderdünen im Süden, und ich habe mich nach der Rettung per Schleudersitz mit letzter Kraft bis hierher durchgeschlagen; verletzt an Bein und Schulter, liege ich auf dem Boden an der Wand des Unterstandes, bedeckt mit einem Mantel-Zelt, und warte auf meine Evakuierung …

Ich blinzelte und das Bild verschwand.

»… Wir sollen den Herrscher treffen!«, sagte Juna laut ins Mikrofon. »Teilen Sie ihm sofort mit, dass wir unterwegs sind. Wir wurden von der Südlichen Bruderschaft aufgehalten. Luka Stiditsch ist tot. Ich bin die Bevollmächtigte …«

Ich wünschte mir auf einmal, schlafen zu können – als ob mich ein Sandsack am Kopf getroffen hätte; in meinen Ohren dröhnte es, meine Beine fühlten sich weich an. Ich gähnte breit und verließ die Bude.

Tschak saß auf der Bordwand und blickte zum weit entfernten Ufer des Kraters. Das schmutzig grüne Wasser klatschte von außen gegen das Boot, es war kalt und feucht, und an Deck pfiff der Wind. Ich machte meine Jacke zu und ging zu dem Zwerg hinüber.

»Redet sie unverschlüsselt?«, fragte er, und ich nickte. »Na toll, dann weiß jetzt jeder im Umkreis von zehn Kilometern, der ein Radio hat, wer hier unterwegs ist und wohin wir wollen.«

»Meinst du, in diesem Fischerdorf werden sie auf uns warten?«

»Warum nicht, Söldner?«

Die Augen fielen mir zu, und es war fast unmöglich nachzudenken. Ich ging zum Bug des Schiffes, lehnte mich mit dem Rücken gegen die Kajütenwand und stützte meine Unterarme auf das Geländer. Hinter mir knatterte der Motor, frischer Wind blies mir ins Gesicht. Die Barkasse glitt nicht sonderlich schnell durch das wellige Wasser, auf dessen Oberfläche sich die Wolken am hohen Himmel in Tausenden kleinen Fragmenten spiegelten. Wir hatten etwa ein Drittel des Kraters überquert, das Riesenrad rückte langsam näher. Seine Silhouette wirkte merkwürdig, was nicht nur daran lag, dass es sich zur Seite neigte und von ihm dicke Drahtseile nach allen Seiten gespannt waren, sondern auch daran, dass in dem gewaltigen Metallrad geschwulstartig Pflanzen wucherten. Sie sahen aus wie Mistelbüsche in Baumkronen. An der Basis des Riesenrads waren gedrungene Bauten über dem Wasser zu erkennen. Dahinter zog sich zu beiden Seiten ein Uferstreifen entlang, denn direkt hinter dem Riesenrad befand sich die Flussmündung, die Mündung des Falken-Flusses. Halt! Eine Mündung ist die Stelle, wo ein Fluss irgendwo eintritt, aber der Falken-Fluss existierte ja nur in der Regenzeit, wenn der Krater sich ganz mit Wasser füllte und es an einer Stelle abfloss, nämlich dort, wo eine Schlucht durch den ehemaligen Falken-Berg verlief. Also handelte es sich um eine Bewegung in die entgegengesetzte Richtung. Der Krater war die Quelle und nicht die Mündung.

Ich kehrte zum Heck zurück und fragte:

»Wo endet der Falken-Fluss eigentlich?«

Tschak hatte sich auf den Rücken gelegt und einen Arm unter den Kopf geschoben, die Füße hielt er gegen die Bordwand gestemmt und seine Augen waren geschlossen.

»Mitten in Moskau«, sagte er. »Zwischen den Häusern. Das Wasser sickert durch die Keller in die Kanalisation und ins Grundwasser. An der Stelle liegt ein kleiner See, in den der Fluss mündet.«

»Aber meistens ist gar nicht besonders viel Wasser im Krater?«

Tschak machte eine Bewegung auf die Kratermitte zu und sagte: »Nur auf dem Grund. Eine runde Lache, die man mit dreihundert Schritten umgehen kann.«

»In der Regenzeit steigt das Wasser bis zum Kraterrand und fließt dann durch die Schlucht ab – und erst dann entsteht der Fluss?«

»Genau.«

»Das heißt, wenn wenig Wasser da ist, steht das Riesenrad im Trockenen.«

»Du bist ja erschreckend schlau.«

»Aber was tun die Fischer dann dort?«

Tschak setzte sich auf und nahm die Füße von der Bordwand. Aus der Kajüte hörten wir Junas Stimme, die von Störgeräuschen und undeutlichem Brabbeln aus dem Lautsprecher unterbrochen wurde.

»Du nervst, Mensch. Irgendwie muss man sie ja nennen. Aber die Fischer sind ganz normale Leute. Wo sie wohnen, pfeift immerzu ein ordentlicher Wind, deshalb haben sie Windräder aufgestellt, mit denen sie Strom erzeugen. Außerdem gibt es im Dorf einige Werkstätten, in denen sie Akkumulatoren reparieren. Die verkaufen sie dann. Und sie verfügen über ein tiefes Wasserloch. Sie wohnen in Pfahlbauten, und die sind durch Holzstege und Brücken miteinander verbunden. Gehalten werden diese Stege von kalfaterten, leeren Fässern, die an der Unterseite befestigt sind. Wenn die Regenzeit kommt, steigt das Wasser und die Brücken schwimmen obendrauf, und wenn der Pegel wieder fällt, hängen die Brücken durch. Am Rand des Kraters ist der Grund nicht tief, und der Fluss auch nicht. Erst später, zum Zentrum hin, wird der Fluss tief. Und da sind dann auch die Schlammbeißer in riesigen Schwärmen unterwegs …«

»Schlammbeißer?« Ich unterbrach ihn unwillkürlich, denn ich erinnerte mich an das biegsame Wesen, das ich unter Wasser gesehen hatte, als wir zur Barkasse geschwommen waren.

»Ein Fisch, ein echter Mutafag. Ein Raubtier. Bei niedrigem Wasserstand graben sie sich im Schlamm ein und sterben dort. Aber vorher laichen sie noch. Die jungen Schlammbeißer schlüpfen direkt im Schlamm aus und am Anfang ernähren sie sich auch dort, wovon weiß keiner so genau – vielleicht fressen sie die Leichen, die herumliegen … Denn Leichen gibt es, wie du dir denken kannst, immer jede Menge, damit versorgen wir sie bestens. In der Regenzeit kommen sie dann an die Oberfläche und schwimmen alle zusammen den Fluss hinunter bis zum See. Das heißt nicht alle, scheinbar nur die Männchen, die Weibchen bleiben im Krater. Irgendwann kehren die Männchen, aber nur die stärksten, zu den Weibchen zurück und sie graben sich wieder gemeinsam in den Schlamm ein, wo sie verrecken. Die Fischer fangen die Schlammbeißer jede Saison zu Hunderten. Ihr Fleisch ist grün und schmeckt köstlich … Warum willst du das alles wissen, Söldner?«

Ich antwortete nicht, denn aus der Kajüte trat Juna Galo.

»Sie schicken uns einen Kutter entgegen«, sagte sie.

»Das ist gut.« Der Zwerg nickte. »Und wo treffen wir den?«

»Im Fischerdorf.«

»Aha. Meinst du nicht, Schwesterchen, dass uns auch Hank Guba dort auflauern könnte?«

»Ich habe daran gedacht, aber was hätte ich tun sollen? Wie hätte ich mich mit den Mönchen in Verbindung setzen können, ohne dass alle mithören?«

Tschak schüttelte den Kopf:

»Das ist es ja, keine Chance. Sonst hätte ich dich schon gebremst … Egal, lasst uns einfach hoffen, dass Hank in seinem Panzerwagen kein Funkgerät hat. Und auch sonst niemand …«

»Die Hoffnung kannst du dir sparen«, unterbrach ihn Juna. »Alle wissen schon Bescheid. Kommt.«

Wir traten hinter ihr in die Kajüte. Das Mädchen drehte am Stellknopf, schob den Lautstärkeregler nach oben, und eine raue, monotone Stimme wurde hörbar, die über drei Leute sprach, über »einen kräftigen Söldner aus dem Süden«, »ein Mädchen mit dunklen Haaren« und einen »kleinen Mann mit einer Tätowierung auf der Stirn«.

»›Kleiner Mann‹!«, wiederholte Tschak empört. »Diese hirnlosen Mutanten kennen nicht mal das Wort ›Liliputaner‹. Oder wenigstens ›Zwerg‹.«

Die Stimme sprach weiter:

»Die Südliche Bruderschaft bezahlt ein Goldstück für alle Informationen, die zu ihrer Ergreifung führen. Zwei Goldstücke erhält derjenige, der uns den Söldner und das Mädchen lebendig übergibt. Ich wiederhole: Diese beiden müssen am Leben bleiben.«

»Soll das heißen, ich nicht?«, prustete Tschak aufgebracht und drückte unwirsch mit der kleinen Hand auf den Stellknopf. Die Stimme verstummte, der Zwerg wandte sich zu uns, stemmte beide Arme in die Seiten und sagte: »Wisst ihr beiden, was das alles bedeutet?«

»So ungefähr«, entgegnete ich. »Aber du wirst es uns sicher noch mal erklären.«

»Das tue ich, darauf kannst du Gift nehmen! Hört mir gut zu! Erstens: Während wir mit dem Psycho-Mönch in den Tunneln unterwegs waren, ist einer der Anführer der Südlichen Bruderschaft aus der Festung extra hierhergekommen, nämlich dieser Selga Ines. Er hat sich mit Hank Guba getroffen und ihn auf uns angesetzt. Deshalb haben sich die Bären auch plötzlich an den Posten des Tempels rangetraut, weil die Brennstoffler ihnen versprochen haben, sie rauszuhauen, wenn es später Probleme geben sollte. Zweitens: Sie suchen jetzt nicht mehr nur dich, Schwesterchen, sondern sie wollen vor allem den Söldner! Den Mann, der sich ungehindert durch die Nekrose bewegen kann! Ich weiß natürlich nicht, ob nur die Südliche Bruderschaft davon weiß oder die anderen auch schon … Wenn das der Fall ist, dann ist inzwischen ganz Moskau hinter dir her, Mensch! Außerdem muss euch klar sein: Wenn Juna stirbt, ist ihnen das im Grunde ganz recht. Denn dann gibt es keine Verhandlungen, und der Mecha-Korpus ist am Ende, zur Freude der Brennstoffler. Aber wenn sie am Leben bleibt, stört sie das auch nicht. Dann wird sie als Geisel genommen, und die Clans können Lösegeld für sie verlangen. Denn ganz gleich, was die Nekrose mit Arsamas anstellt, die Familie Galo ist groß und reich, und von irgendjemandem werden sie schon Geld erpressen können. Aber den Söldner, den wollen sie auf jeden Fall lebendig. Lebendig und mit einem Eisenring um den Hals. Drittens: Hank Guba hat, soweit ich weiß, kein Schiff. Aber den Steg auseinanderzunehmen und aus den Planken ein Floß zu zimmern, ist keine große Kunst. Dann braucht er nur noch Ruder und die gibt es wahrscheinlich bei den Mönchen im Keller. Kurz und gut, vermutlich ist uns Hanks Meute schon wieder auf den Fersen, wir sollten mal draußen nachsehen. Und schließlich viertens, ganz wichtig: Wir dürfen uns nicht bei den Fischern blicken lassen. Denn wenn es im ganzen Dorf auch nur ein Radio gibt, dann haben sie den Aufruf der Südlichen Bruderschaft bestimmt …«

Juna wandte sich zu dem Radiogerät vor uns, aber Tschak griff nach ihrem Arm, der sich schon in Richtung des Knopfes ausstreckte.

»Schwesterchen!«, kreischte er. »Verdammt noch mal … bist du wirklich so … unerfahren? Willst du etwa wieder mit den Mönchen sprechen?«

»Sicher«, sie nickte. »Um ihnen zu sagen, dass wir abseits des Dorfes an Land gehen, das Dorf umfahren und ihr Schiff am Flussufer erwarten.«

»Genau, bestens, sehr clever!« Der Zwerg tat übertrieben begeistert und ließ ihren Arm los. »Los, funk sie an …«

Juna blickte mich verwirrt an.

»… und ganz Moskau dazu«, beendete er seinen Satz.

»Man wird dich überall abhören, die Bären genauso wie die Fischer«, erklärte ich.

Sie biss sich auf die Lippen und wandte sich ab. Mit versöhnlicher Stimme sagte Tschak:

»Deine Idee, abseits vom Dorf an Land zu gehen, ist nicht schlecht, Schwesterchen. Genau das werden wir tun. Nur im Radio verkünden wir es nicht.«

»Aber wir erreichen das Flussufer erst spät am Abend«, widersprach sie. »Wie sollen wir den Kutter der Mönche in der Dunkelheit erkennen? Der Fluss ist breit.«

»So breit nun auch wieder nicht«, entgegnete Tschak. »Und vermutlich werden die Mönche ihre Scheinwerfer anschalten, damit sie nicht irgendwo dagegenfahren. Wir müssen ihnen vom Ufer aus zurufen.«

»Durch das Motorgeräusch werden sie uns nicht hören«, wandte ich ein. »Und den Motor müssen sie einschalten, schließlich fahren sie gegen die Strömung.«

»Das heißt, wir müssen uns aus Bruchholz ein Floß bauen.« Der Zwerg winkte ab. »Darüber können wir uns später Gedanken machen, jetzt müssen wir erst einmal beidrehen, denn die Strömung treibt uns geradewegs auf den Fluss zu, also zu den Fischern.«

Er verstummte. Wir schwiegen alle, und es trat vollkommene Stille ein.

In dieser Stille wurde uns plötzlich klar, dass auch unser Motor schwieg.

Ich hatte nicht einmal bemerkt, wie er ausgegangen war.

»Schaut mal, was ich im Schränkchen gefunden habe. Ganz unten.« Juna kam um die Kajüte herum zu Tschak und mir, die wir ganz vorne am Bug an der Bordwand hockten. In der Hand hielt sie ein hölzernes Fernrohr mit einem Riss im Gehäuse, der mit durchsichtigem Harz gekittet war.

Wir blickten in Richtung des Fischerdorfs, zu den Pfahlhäusern, die durch schwimmende Brücken verbunden waren und über deren Dächern sich Windräder drehten. In der Mitte ragte das Riesenrad auf.

»Tschak, wie sieht es mit unseren Waffen aus?«

Vor sich hin murmelnd ging Tschak zum Heck, wo wir die Patronen und die Pistole zum Trocknen ausgelegt hatten. Ich nahm Juna das Fernrohr ab.

Was von Weitem wie Mistelbüschel ausgesehen hatte, waren in Wirklichkeit nachträgliche Aufbauten. Auf den Gondeln des Riesenrads, die den Besuchern des Ismajlowoer Stadtwaldes früher eine grandiose Aussicht ins Grüne gewährt hatten, waren Hütten aus Sperrholz, Brettern und Blech errichtet worden. Wie Starenhäuser zierten die Bauten das Metallkonstrukt, das bis zu einem Viertel im Wasser stand. In den kleinen Fenstern brannte Licht, und zwischen den Hütten zogen sich biegsame Leitern und schwankende Seilbrücken.

Ich ließ das Fernrohr sinken. Wir trieben von Osten auf das Dorf zu, und hinter dem Rad ging gerade die Sonne unter – seine Silhouette wirkte wie ein riesiger schwarzer Scherenschnitt auf einem blassrosa Hintergrund.

Weiter unten, im abendlichen Schatten, duckten sich die Pfahlhäuser. Zwischen ihnen schlängelten sich lange Reihen von Stangen, die aus dem Boden aufragten und an denen die Netze aufgehängt waren. Es sah aus wie ein wirres Labyrinth, das nur derjenige per Boot durchkreuzen konnte, der die Fahrtroute wie seine Westentasche kannte. Jeder andere hatte keine andere Wahl, als abseits des Dorfes festzumachen und es zu Fuß zu durchqueren.

Tschak kam herbeigelaufen und reichte mir die Pistole, während er mir mit der anderen Hand das Fernrohr abnahm. Dann eilte er wortlos zurück zum Heck.

»Was hast du gesehen?«, rief Juna ihm hinterher, aber der Zwerg gab keine Antwort und das Mädchen folgte ihm.

Ich besah mir die Pistole und holte eine Patrone heraus. Zum Teufel noch mal, ob sie schießen würde? Sie sah aus, als ob sie trocken wäre, trotzdem gut möglich, dass sich das Pulver nicht entzünden würde.

Die Strömung trieb uns langsam auf das Fischerdorf zu, das von elektrischen Lichtern, Öllampen, Kerzen und Fackeln beleuchtet wurde. Ein kräftiger, steter Wind blies und trieb die Windräder, die leise vor sich hin rauschten. Auch Kinderlachen und Kindergeschrei waren zu hören. Direkt vor uns lief ein langer Steg von den Häusern weg in unsere Richtung. Am hinteren Ende der Mole befand sich auf der linken Seite eine niedrige Bretterbude, und auf den Planken direkt davor saß eine Frau und wusch Wäsche, die sie Stück für Stück aus einem großen Korb nahm. Neben der geöffneten Eingangstür saß in einem Schaukelstuhl ein Mann und schärfte eine lange, krumme Klinge, die an eine kurze Sense erinnerte. Zu seinen Füßen krabbelten zwei Kinder herum.

Tschak und Juna traten zu mir.

»Was ist?«, fragte ich, ohne mich umzudrehen.

»Hinter uns schwimmt ein großes Floß«, sagte Juna.

»Weit hinter uns?«

»Ja«, entgegnete der Zwerg. Er hockte sich vor die Bordwand, hob das Fernrohr ans Auge und beobachtete das Fischerdorf. »Man kann nicht genau sehen, wer es ist. Aber wir können davon ausgehen, dass es die Bären sind. An Bord sind viele Männer, und sie legen sich ordentlich in die Ruder. Irgendetwas Blaues blitzt immerzu auf. Wahrscheinlich die Uniformjacke von diesem Selga Ines von der Südlichen Bruderschaft.«

»Sollen sie sich nur in die Ruder legen, wir sind ja schon fast da«, sagte ich.

Die meisten Fischer hatten offenbar in ihren Häusern zu tun, hier und da sah man jemanden über eine Brücke gehen oder ein Netz flicken, und einige Männer waren innerhalb einer quadratischen Anlegestelle damit beschäftigt, ein Boot abzudichten.

Juna fragte:

»Und wenn die Fischer sich auf uns stürzen, sobald wir angelegt haben?«

»Die Leute scheinen sich momentan nicht für uns zu interessieren«, brummte Tschak. »Entweder haben sie nicht mitgekriegt, dass ein Kopfgeld auf uns ausgesetzt ist oder sie haben uns noch nicht erkannt. Sonst kämen sie längst angerannt, da kannst du sicher sein. Sie würden alles dransetzen, uns zu schnappen, also lasst uns möglichst unauffällig anlegen. Dann schlagen wir uns quer durchs Dorf, still und heimlich, bis zum Flussufer durch. Etwas weiter flussabwärts suchen wir uns einen Platz, von dem aus wir den Kutter der Mönche abfangen können. Eigentlich müsste der bald kommen.«

»Und die Bären?«, fragte ich.

»Sind noch nicht da. Das dauert noch.«

»Aber sobald sie die Barkasse sehen, wird ihnen klar sein, dass wir hier sind. Sie werden anlegen und genau wie wir zu Fuß das Dorf durchqueren. Und sie werden in Gruppen das Flussufer durchkämmen.«

»Ich hoffe, dass die Mönche früher da sind«, sagte Juna. »Wenn sie gleich aufgebrochen sind, nachdem ich mit ihnen gesprochen habe, müssten sie schon in der Nähe sein.«

»In Ordnung, aber wie legen wir ohne Ruder an …?«

»He!«, drang eine Stimme aus Richtung der Häuser zu uns.

Wir trieben jetzt etwa auf die Mitte des langen Anlegers zu. Davor ragten mehrere Stangen aus dem Wasser, zwischen denen ein Seil gespannt war. Kleine bunte Stofffetzen flatterten daran im Wind, und eine dünne Schnur hing vom Seil runter ins Wasser.

Dahinter saß ein knochiger junger Kerl in abgeschnittenen Hosen und mit einem Tuch um den Kopf auf dem Steg und ließ die Beine baumeln. In einer Hand hielt er einen krummen Stutzsäbel aus einer Sense, in der anderen einen Stab mit einem Haken am Ende. Wahrscheinlich hoben die Fischer damit das Netz an den verschiedenen Abschnitten zwischen den Stangen aus dem Wasser, um zum prüfen, ob sie etwas gefangen hatten.

»Wo wollt ihr denn hin?«, fragte der Kerl heiser.

»Die Gastfreundschaft der Fischer ist legendär«, brummte Tschak. »Und legendär sind auch ihre Krummsäbel, mit denen sie die Schlammbeißer ausnehmen. Sie eignen sich übrigens auch bestens, um einen menschlichen Bauch aufzuschlitzen.«

»Unser Motor hat ausgesetzt«, sagte ich laut. »Hilf uns beim Anlegen.«

»Hel-fen …«, sagte der andere gedehnt. »Womit denn?«

»Sonst pflügt die Barkasse die Stangen um und reißt dein Netz runter«, erklärte ich.

Der Fischer nickte:

»Stimmt, dafür gebt ihr mir euer Fernglas und eure Schlampe.«

»Schlampe?«, wiederholte Juna Galo fragend. Ihre Stimme war eisig. »Ich sehe hier weder deine Schwester noch deine Mutter. Wen meinst du?«

Der Fischer spuckte ins Wasser. Er legte den Stab mit dem Haken neben sich, packte seinen Krummsäbel fester, zog die Beine hoch, stand auf und machte sich zum Sprung bereit. Wir waren schon ganz nah, in ein paar Sekunden würde die breite Nase des Schiffes die Netze abreißen. Ich sah mich um: Es waren einige Leute in der Nähe, aber niemand interessierte sich für uns. Die Frauen waren mit ihrer Wäsche beschäftigt, und der Mann im Schaukelstuhl schien eingeschlafen zu sein.

Der junge Typ beobachtete, wie wir auf den Steg zutrieben. Nur noch wenige Meter trennten die Bordwand von der Stelle, wo er auf den Planken stand.

»Gib ihm bloß kein Gold«, sagte Tschak leise zu mir. »Das ist richtig gefährlich. Der Kerl ruft seine Nachbarn und gemeinsam legen sie uns um, nur um nachzusehen, ob wir noch mehr haben.«

Der Fischer sprang hoch wie eine Feder. Ich packte das Fernrohr, trat drei Schritte zurück, nahm Anlauf und machte einen großen Satz über das Geländer.

17.

»Du hast das Fernrohr kaputt gemacht.« Der Zwerg beugte sich über den Fischer, der rücklings auf dem Boden lag. Auf der Stirn des jungen Mannes schwoll eine große Beule an, und die spärlichen Haare, die unter dem Tuch hervorschauten, waren vom Blut dunkel verfärbt.

»Zum Teufel mit dem Ding«, murmelte ich und sah mich prüfend um.

»Wohin?« Tschak verstand mich nicht. »Was hast du gesagt, was ist ein Teufel? Ein Mutafag?«

Nach einem kurzen Kampf mit dem Fischer, bei dem ich zwei ordentliche Hiebe mit dem Fernrohr ausgeteilt und den Kerl dann mit einem Wurf zu Boden geschickt hatte, konnte ich die Barkasse mit Hilfe des Hakens seitlich an den Steg ziehen. Tschak war hinter mir her gehechtet und hatte ein Tau an unserem Geländer festgemacht, woraufhin auch Juna zum Steg hinübergeklettert war. Sie blickte von oben auf den Fischer herab und sagte:

»Wir müssen ihn fesseln. Am besten werfen wir ihn gleich ins Wasser.«

Der Fischer stöhnte auf, aber seine Augen blieben geschlossen. Juna beugte sich vor, zog das Tuch von seinem Kopf und stopfte es ihm in den Mund. Die Fischerfamilie beachtete uns noch immer nicht. Oder sie tat zumindest so.

Wir fesselten den Typen mit einem Tau, das wir an der Wand eines Bootshauses am Steganfang fanden. Darin befand sich auch ein aufgebocktes flaches Boot, und es roch nach Teer und frischen Sägespänen.

Der Krummsäbel war für Tschak eindeutig zu groß, deshalb nahm ich ihn an mich, auch wenn ich das Gefühl hatte, ihn ohne Training nicht nutzen zu können: Der Griff stand im rechten Winkel von der gebogenen Klinge ab, die nur an einer Seite scharf war; die Waffe erinnerte eher an eine Sichel, obwohl sie dafür zu lang war.

Es wurde dunkel. In den Hütten gingen fahle Lichter an, die Planken knarrten unter den Füßen der Fischersleute, und von unten klatschte Wasser gegen die Holzbrücken. Das Riesenrad, das von einem ungleichmäßigen Lichtkreis umgeben wurde, ragte hoch über dem Dorf auf.

»War einer von euch schon einmal hier?«, fragte ich leise, nachdem wir am Bootshaus vorbei waren und sich nun das ganze Labyrinth aus Stegen, Brücken, Häusern und Kanälen vor uns ausdehnte.

Juna schüttelte den Kopf, aber Tschak sagte:

»Ich war überall, Mensch. Auch bei den Fischern. Wir müssen erst dorthin«, er zeigte auf das Riesenrad, »und dann nach links abbiegen. Dann kommen wir ans Ufer.«

Wir passierten mehrere Häuser. Die Leute achteten nicht auf uns. Als wir wieder eine Brücke überquerten, sagte Juna:

»Wir müssen ein Boot kaufen.«

»Wozu?«, fragte Tschak verwundert.

»Wir haben nur Goldstücke«, warf ich ein. »Und Tschak sagt, die dürfen wir hier keinem zeigen.«

»In Lukas Beutel ist noch Kleingeld.«

»Warum hast du das nicht früher gesagt?« Ich war überrascht. »Dann hätten wir den Jungen einfach dafür bezahlen können, dass er uns beim Anlegen hilft, und ich hätte nicht …«

»Er hat mich eine Schlampe genannt!«

»Na und?«, mischte sich Tschak ein. »Aber jetzt wird er sich vielleicht befreien, oder jemand findet ihn und dann, wer weiß?«

»Ihr hättet ihn ins Wasser werfen sollen«, sagte das Mädchen in scharfem Ton und drehte sich weg.

Ich wandte mich an Tschak:

»Ein Boot ist eine gute Idee, aber wir brauchen auch Waffen. Wir wissen ja nicht mal, ob die Pistole noch schießt. Wo kann man hier was kaufen?«

»Die Läden sind im unteren Teil des Riesenrades. Einer gehört den Ljuberzern, die tauschen da ihre Lebensmittel gegen Fischfleisch von den Fischern. In dem anderen Laden wird mit allem möglichen Zeug gehandelt. Wahrscheinlich auch mit Waffen, allerdings kaum mit besonders guten, denn das Dorf ist arm, und es wird fast nur Plunder angeboten.«

»Wir können praktisch alles gebrauchen. Haben wir noch Zeit, da vorbeizugehen, ehe diese Bären-Typen hier einfallen?«

Der Zwerg blickte sich um und drehte seinen Ohrring im Ohr.

»Wer zum Mutant kann das wissen? Eigentlich müsste die Zeit reichen, die Kerle waren noch weit entfernt. Aber verdammter Kriecher noch mal, Mann, mir gefällt es hier überhaupt nicht! Man könnte denken, dass alles friedlich ist, dass abendliche Entspanntheit herrscht und sich kein Mensch für uns interessiert. Aber diese Fischer sind im ganzen östlichen Moskowien dafür bekannt, dass sie üble Burschen sind, skrupellose Mörder. Denkt bloß nicht, dass sie nur Schlammbeißer fischen. In der Regenzeit veranstalten sie richtige Raubzüge. Sie besteigen alle gemeinsam ihre Boote und fahren flussabwärts, bis sie auf eine Siedlung stoßen. Nachts überfallen sie die, bringen alle Bewohner um und nehmen deren Hab und Gut an sich. Ich sage euch, das hier ist ein schlechter Ort.«

»Glaub bloß nicht, dass ich es hier schön finde, aber wir brauchen Waffen, wenigstens eine. Wer weiß, was uns am Ufer erwartet? Wer weiß, wer sich dort rumtreibt?«

»Das stimmt«, gab Tschak zu. »In Moskau sollte man nachts nicht ohne Gewehr unterwegs sein. Zu Wasser ist es ebenso gefährlich wie zu Land.«

Aus den Fenstern der umliegenden Häuser drang Licht, das sich auf der leicht welligen Wasseroberfläche brach. Wir hatten uns schon weit von der Anlegestelle unserer Barkasse entfernt und befanden uns fast unmittelbar unterm Riesenrad.

Plötzlich splitterte mit lautem Knacken eine Planke unter meinem Fuß, ich brach ein und wäre um ein Haar ins Wasser gefallen.

»Sei ein bisschen vorsichtiger, Mensch«, nörgelte der Zwerg. »Das Wasser ist voller Schlammbeißer. Die haben Zähne wie spitze Nadeln, die sind hochgiftig. Wenn sich einer in dich verbeißt und du ihn später wegreißt, bleiben seine Zähne in deinem Fleisch stecken. Dann musst du sie so schnell wie möglich herausziehen, sonst breitet sich das Gift in deinem Körper aus, du schwillst an und stirbst.«

Ich hatte ein wenig schlafen können, nachdem der Motor ausgegangen war und wir langsam auf das Dorf zutrieben, daher fühlte ich mich wieder besser als zuvor. Allerdings verspürte ich heftigen Hunger. Und als ob sie meine Gedanken gelesen hätte, sagte Juna:

»Mir dreht sich schon der Kopf vor Hunger.«

»Wenn der Kutter rechtzeitig losgefahren ist, wird er bald da sein, dann können wir uns den Bauch vollschlagen«, erklärte Tschak. »Schön, schön, schaut mich nicht so an, dann klettern wir eben hoch zu den Läden! Aber alles zackzack, wir kaufen was zu futtern und die erstbeste Knarre und danach kümmern wir uns um ein Boot. Das besorgen wir uns lieber in einer der Hütten dahinten, aber einen Motor kann ich euch nicht versprechen. Und lasst bloß das Gold in der Tasche. Hol das Kleingeld raus … Los, gib es mir. Ich werde bezahlen, und ich werde auch reden, denn ich hab wenigstens Erfahrung mit diesem Volk hier. Ihr beide seid ja so nervös … Sie ist überhaupt lustig, nimmt sich wer weiß wie wichtig, ist gleich beleidigt, bloß weil sie einer ›Schlampe‹ nennt! Und der andere hat keine Erinnerung mehr, an gar nichts … Mit euch hab ich mir vielleicht eine Gesellschaft angelacht!«

»Du hast dich an uns gehängt, nicht wir uns an dich«, bemerkte ich und blieb stehen.

Vor uns lag die schwarze Wasserfläche, der Widerschein der Lichter tanzte darauf. In der Mitte erhob sich das Riesenrad, dahinter gab es keine Häuser und Stege mehr, nur noch Netze und dann begann schon der Fluss, der sich zwischen Ruinen einen Weg bahnte.

Zum untersten Teil des Riesenrades gelangte man über drei breite Stege, die von drei verschiedenen Punkten im Dorf ausgingen. In Richtung des Flusses herrschte eine starke Strömung, das Wasser plätscherte laut zwischen den Pfählen durch.

»Da sind die beiden Läden.« Tschak zeigte nach oben auf zwei ähnliche Hüttchen im unteren Teil des Rads, die mit einer Seilbrücke verbunden waren.

»Gib mir das Geld«, befahl ich.

»Warum? Bist du verrückt, Mensch?!«

»Weißt du noch, was sie im Radio gesagt haben? Ein Mädchen mit dunklen Haaren, ein Söldner und ein Zwerg. Wer von uns fällt am meisten auf? Du.«

Juna nickte zustimmend, holte ein helles Kopftuch aus der Tasche und band es sich um den Kopf.

»Er trägt es nicht auf die Stirn geschrieben, dass er ein Söldner ist«, ergänzte sie. »Und ich kann mein Haar verstecken. Aber dich erkennt man gleich …«

»Aber ihr wisst doch gar nicht, wie man mit diesen Fischern umgehen muss!«, protestierte Tschak.

Wir hatten das Ende des Holzstegs erreicht, von wo eine metallene Leiter nach oben führte. Sie endete in der Mitte der Seilbrücke zwischen den beiden Läden. Von oben hörten wir Stimmen, ab und zu konnte man in einem der Fenster eine Gestalt aufblitzen sehen.

»Das kriegen wir schon hin«, sagte ich.

Tschak schüttelte unzufrieden den Kopf, reichte mir aber die fünf Silbermünzen.

»Und wo soll ich so lange bleiben?«, fragte er.

»Du bleibst auf der Brücke zwischen den Läden.« Ich gab Juna zwei Münzen. »Da oben scheint gerade nichts los zu sein. Wir beeilen uns.«

Es gab keine Scheide für den Krummsäbel des jungen Fischers. Hinter den Gürtel konnte ich ihn nicht stecken und ihn in der Hand herumzutragen, wäre sehr unbequem gewesen, daher hieb ich die Klinge in eine Holzplanke. Ich würde ihn mitnehmen, wenn wir zurückkamen. Dann begann ich die Leiter hochzusteigen. Während ich einen Fuß vor den andern setzte, blickte ich immer wieder auf das gewaltige Rad, das über mir dräute und den ganzen Himmel einnahm. Überall funkelten Lichter, eine fahle Lichtquelle erhellte das halb aus dem Wasser ragende Fundament der Konstruktion. Das Eisen war rostig geworden, die Farbe abgeblättert, das gewaltige eiserne Rad an dem hoch aufragenden Hauptstützpfeiler quietschte im Wind, und ich hatte das Gefühl, dass es leicht schwankte. Von Weitem wirkte das Rad gewaltig und unzerstörbar, aber wie viele Jahre stand es jetzt schon so da, dem Wasser und der Witterung ausgesetzt? Außerdem war es mit seinen ganzen Aufbauten vermutlich stark überlastet. Bestimmt war das Fundament längst korrodiert, und die ganze Konstruktion konnte jeden Augenblick zusammenbrechen.

Die Leiter schien kein Ende zu nehmen. Als ich endlich auf die Seilbrücke kletterte, begann diese sofort heftig zu schaukeln. Die zwischen den beiden unteren Seilen eingelegten Holzbohlen gaben knarrend unter meinem Gewicht nach. Ich musste mich an den oberen Seilen, die als Geländer dienten, festklammern, um das Gleichgewicht halten zu können. Der Zwerg und das

Mädchen kamen hinter mir die Leiter hoch. Ich war froh, dass ich an Höhe und an eine gewisse Unruhe und Wackeligkeit in der Luft gewöhnt war. Von Tschak wusste ich schon, dass er die Höhe liebte, aber Juna fühlte sich sichtlich unwohl.

Sobald sie auf der Seilbrücke stand, kniff sie die Augen zusammen und klammerte sich an die Seile. Nach einigen Augenblicken öffnete sie ein Auge, blickte nach unten und schluckte schwer. Tschak und ich blickten uns um. Die Brücke hing unter unserem gemeinsamen Gewicht noch stärker durch, sie verlief in beide Richtungen steil aufwärts und endete auf jeder Seite an einem großen horizontalen Eisengitter, das wie eine Art Plattform auf die beiden unteren Gondeln aufgeschweißt war. Auf jedem dieser Gitter hatte man eine niedrige Hütte aus Sperrholz und Blech errichtet.

Tschak wandte sich erst nach rechts, dann nach links, und plötzlich hörten wir Lärm über uns. Irgendwo im oberen Teil des Rads war ein Streit ausgebrochen. Jemand fluchte, jemand anders heulte auf, wir hörten das Geräusch von Schlägen und Geschrei. Von der obersten Plattform stürzte auf einmal ein Mensch, hielt sich aber im letzten Augenblick am Gitterrand fest – jetzt baumelte er hin und her. Jemand anderes streckte von oben den Arm nach ihm aus, packte ihn am Schopf und zog ihn fluchend hoch.

Und sofort begann das Geschrei wieder, wieder hörten wir Heulen und Schläge. Dann ertönten ein Schuss und ein zweiter.

»So geht es hier zu«, sagte Tschak leise. »Und schaut euch um, kein Mensch kümmert sich um die Schießerei. Keiner guckt zum Fenster raus. Ich sag es euch, üble Burschen sind das.«

Wieder hörten wir Schüsse.

»Wer geht in welchen Laden?«, fragte ich mit gedämpfter Stimme.

»Der da ist von den Ljuberzern«, sagte Tschak und zeigte nach links.

»Woher weißt du das?«, fragte Juna flüsternd. Sie war halbwegs zu sich gekommen, hielt sich aber immer noch krampfhaft fest.

»Rat mal, Schwesterchen. Du gehst jedenfalls nach rechts, Söldner.«

»Ich verstehe schon, da oben hängen irgendwelche Bündel an Schnüren«, sagte Juna.

»Genau, auf dem Dach dörren sie den Fisch, den die Fischer ihnen gebracht haben. In dem Laden müsste es eigentlich friedlich zugehen. Vermutlich hocken drinnen drei oder vier Gestalten: der Inhaber, ein Verkäufer und zwei Wachen. Sie sehen sich jeden Kunden genau an, aber im Grunde suchen sie keinen Streit, sondern wollen ganz normal ihre Geschäfte machen. Ich sag dir, geh rein, verlang Brot, Dörrfleisch und eine große Flasche Wasser, dann bezahlst du und verschwindest. Aber, Söldner, halt bloß die Augen auf, wenn du in den anderen Laden kommst. Egal, ob der Inhaber ein Fischer ist, womöglich sogar von diesem verdammten Riesenrad stammt, kein Mutant kann vorhersagen, was er tut, wenn er ein fremdes Gesicht sieht. Also nimm du dich in Acht.«

»Ist es möglich, dass die dort oben ein Radio haben?«, fragte ich.

»Keine Ahnung.« Der Zwerg zuckte mit den Schultern. »Schluss jetzt, wir reden hier zu lang rum, die Bären sind uns auf den Fersen. Geht schon, ich warte hier auf euch. Und beeilt euch.«

Kalter Wind kroch unter meine Jacke. Am Himmel blinkten Sterne, ein See fahler Lichter schillerte unter uns, und rund um das Dorf erstreckte sich die Finsternis wie ein nachtblauer Ozean. In einigen Ruinen entlang des Flussufers brannten Lagerfeuer.

Auf dem Dach des Ladens rauschte und knisterte ein Transformator, von dem dicke Leitungen in Richtung eines Windrades liefen. Ich kletterte über die Brücke, stieg auf das Gitter, aber ehe ich die niedrige Tür aufstieß, blickte ich durch das kleine, vergitterte Fenster ins Innere des Ladens.

Ich sah einen schmutzig wirkenden, engen Raum, der von einer Ladentheke unterteilt wurde. Von der Decke hing eine Lampe mit schiefem Lampenschirm, hinter der Theke schlief ein älterer Mann auf einem Hocker. In den Regalen gegenüber dem Fenster lagen alle möglichen Werkzeuge, Konservendosen – vermutlich mit Angelhaken –, Drahtrollen, Knäuel von Netzschnüren, Angelleinen und anderes Fischereigerät.

An der Wand hinter der Theke hing ein Karabiner.

Ich drückte die Tür auf und trat ein, wobei ich den Kopf einziehen musste, um nicht an den niedrigen Türsturz zu stoßen. Als die Tür mit quietschender Feder und einem Knall wieder zufiel, rieselte Staub von der Decke auf mich herunter und der Ladeninhaber öffnete die Augen.

Erst jetzt wurde mir klar, dass ich immer noch nicht wusste, wie man sich hier begrüßte. Ich hätte Tschak vorher fragen sollen. Was sollte ich sagen? »Guten Abend«, »Wie geht's« oder nur »Hallo«? Wie sprach man hier einen Menschen an, der deutlich älter war als man selbst?

Ich beschränkte mich auf ein Nicken. Der Alte beobachtete mich wortlos und ohne sich zu rühren.

Ich ging im Laden hin und her, stieg über Körbe mit Trockenfisch, berührte ein Netz an der Wand und behielt den Verkäufer dabei immer im Auge. Der seinerseits beobachtete mich. Schließlich kehrte ich zur Theke zurück und besah mir den Karabiner.

Irgendwie sah er aus wie ein Simonow SKS, ein Selbstlade-Karabiner, nur war sein Lauf kürzer und der Schaft wirkte wie abgeschnitten. Tschak und Juna hatten beide diese Waffenschmieden in Charkow erwähnt, stammte das Gewehr von dort? Vermutlich. Jedenfalls verfügte es offenbar über den gleichen Mechanismus wie ein Simonow SKS.

»Ich will Fisch kaufen«, sagte ich wie beiläufig.

Der Alte blickte mich schweigend an, und ich fügte hinzu:

»Und zeig mir die Knarre da.«

Statt einer Antwort legte der Mann mit einem dumpfen Knall eine Pistole auf die Theke – sie war nicht sehr groß, und der Abzug war gespannt. Eine metallisch glänzende Faust hielt die Waffe umfasst. Ein Servoantrieb summte leise, ein metallener Finger legte sich klirrend an den Abzug. Am Handgelenk des Alten befand sich ein speckiges ledernes Pulsarmband, das die Koppelstelle zwischen der Prothese und seinem Unterarm verbarg.

Ein Cyborg.

So etwas hatte ich hier noch nicht gesehen. Der Zwerg und das Mädchen hatten nichts davon erzählt. Was hatte das zu bedeuten? Die Prothese anzubringen war nicht sonderlich schwer, aber sie so einzurichten, dass ein Mensch sie wie eigene Extremitäten nutzen konnte. Dafür musste man doch die Nervenenden mit dem Mechanismus der Prothese verbinden – eine hochkomplexe Technologie war nötig. Ich rieb mir mit der Hand übers Gesicht, um das plötzlich aufsteigende Gefühl von Unwirklichkeit zu vertreiben. Wieder empfand ich mich wie in einer virtuellen Welt.

Nachdem mir der Mann demonstriert hatte, dass er bewaffnet war und es sich nicht empfahl, irgendetwas zu tun, was untypisch für einen friedlichen Kunden wäre, nahm er nun den Karabiner von der Wand und reichte ihn mir.

Ich schaute ihn an, öffnete das Magazin, prüfte den Abzugsmechanismus. Lauf und Verschluss waren geölt. Der Abzug saß etwas stramm, was im Grunde nur eine Kleinigkeit war.

»Wie viel willst du dafür?«, fragte ich.

Er legte seine zweite Krebsschere auf die Theke, sie war mit Rostflecken übersät. Das Pulsarmband war bis zum Ellenbogen hochgerutscht, und ich konnte sehen, dass ein Teil des Unterarms aus einem Metallgestänge und einem Setzring bestand. Innerhalb des Gestänges bewegten sich surrend die Speichen, und der Alte streckte fünf eiserne Finger aus.

Was sollte das heißen? Fünf Münzen … was für welche? Doch wohl nicht Goldmünzen?

»Fünf Silbermünzen?«, fragte ich auf gut Glück, und der Alte nickte.

War er stumm?

»Da übertreibst du aber, mein Freund.«

Er blickte mich an, sein Kopf zitterte leicht, und das faltige Gesicht gab nicht den leisesten Anhaltspunkt, was er dachte. Vielleicht hatte dieses alte Wrack statt eines Gehirns einen Mikroprozessor hinter der Stirn.

»Zwei«, sagte ich. »Ich geb dir zwei Silberstücke.«

Der Alte schüttelte den Kopf und knickte surrend einen Finger ab.

»Auch vier ist zu viel, mein Freund«, sagte ich und fügte mit einem Nicken in Richtung Fenster, hinter dem der Falken-Fluss lag, hinzu: »In der Stadt bekommt man so eine Waffe für eine Münze. Also gut, ich geb dir drei, aber dafür gibst du noch Patronen und einen Korb getrockneten Fisch dazu. Schluss mit dem Feilschen, entweder du bist einverstanden oder ich gehe wieder.«

Der Alte stand reglos da und blickte an mir vorbei, so lange, dass ich mich schließlich umdrehte, weil ich vermutete, dass uns jemand durchs Fenster beobachtete. Aber der Alte überlegte nur. Schließlich legte er seine Waffe zur Seite und steckte mir zehn Finger entgegen.

Was hatte das zu bedeuten?

Als ich begriffen hatte, konterte ich unzufrieden:

»Nur zehn Patronen? Mindestens fünfzehn.«

Er zeigte zwei Finger. Ich wollte nicht noch mehr Zeit verlieren, daher sagte ich:

»In Ordnung, zwölf. Aber dafür gibst du mir noch einen Riemen für das Gewehr.«

Während ich in meiner Jackentasche nach dem Geld wühlte, holte der Alte eine Zinkschachtel unter der Ladentheke hervor, öffnete sie und zählte die Patronen auf den Tisch. Dann griff er nach den Münzen, die ich ihm hingelegt hatte, hob sie ganz nah vor seine Augen und schob jede einzelne zwischen seine Zähne. Als Nächstes nahm er aus einer Schachtel einen Riemen mit einem kleinen Karabinerhaken an jedem Ende. Ich befestigte sie am Gewehr und lud den Patronenstreifen. Im selben Moment fasste der Alte wieder nach seiner Pistole und drehte den Lauf, ohne die Waffe von der Theke zu nehmen, in meine Richtung. Ich steckte mir die übrig gebliebenen Patronen in die Tasche und sagte:

»Alles klar. Ich verschwinde.«

Der Cyborg blickte mich schweigend an. Die Münzen waren nicht mehr zu sehen.

Ich hängte mir den Karabiner über die Schulter und hob einen Korb mit Fisch vom Boden auf.

»Ziel nicht auf meinen Rücken. Oder soll ich rückwärts zur Tür rausgehen, damit ich dich sehen kann?«

Der Alte saß noch einen Augenblick reglos so da, dann zog er seine Pistole langsam von der Theke und ließ sie verschwinden. Ich wandte mich zur Tür, horchte, ob ich nicht das Surren der mechanischen Hand hörte.

Aber es blieb still – und ich verließ die Bude. Draußen wölbte sich der Sternenhimmel über mir. Tschak drückte sich noch immer auf der Seilbrücke herum, trat unruhig von einem Bein aufs andere. Juna war noch nicht zu sehen. Ich hatte das Gefühl, dass ich sehr viel Zeit für meinen Einkauf verloren hatte, und dachte mir, dass die beiden schon ungeduldig auf mich warten würden.

»Wie lang dauert das denn bei dir?«, zischte der Zwerg, als ich bei ihm ankam. »Die Bären sind bestimmt nicht mehr weit! Was ist los mit dir, und warum braucht das Mädchen …«

»Der Ladeninhaber ist ein Cyborg und stumm dazu«, erklärte ich. »Woher kommt der?«

»Ein Cyborg …« Das Wort war ihm nicht fremd. »Na ja, in der Vertikalen Stadt können sie den Leuten praktisch jede Art von Mechanik einbauen.«

»Was ist das denn für eine Stadt?«

»Die liegt angeblich in den Bergen, im Ural. Sie ist schon seit ewigen Zeiten durch die Nekrose von uns abgeschnitten. Jetzt kommen nur noch Himmelsgänger dorthin, aber die erzählen ja keinem was. Egal, was hast du gekauft?« Er besah sich den Karabiner und sagte nickend: »Der ist in Ordnung. Dann kannst du mir jetzt die Pistole geben.«

Ich reichte ihm Luka Stiditschs Waffe, und der Zwerg fügte hinzu:

»Ich verstehe nicht, warum das so lange dauert. Wann kommt das Mädchen endlich? Lass uns zu dem anderen Laden rübergehen. Los, aber sei leise, wir sehen uns das erst mal von draußen an.«

»Bleib hinter mir«, entgegnete ich. »Wir wissen nicht, ob Lukas Pistole noch schießt.«

Ich hob den Karabiner und machte mich auf den Weg zu dem Laden der Ljuberzer auf der anderen Seite. Auf dem Gitter blieb ich stehen und lauschte: Alles schien still zu sein. Aus dem Fenster drang stark gedämpftes Licht, so als würde es von einem Vorhang abgeschirmt. Tschak stand noch immer starr auf der Brücke, beide Hände krampfhaft um die Pistole gelegt. Als ich ihm zunickte, kletterte er geräuschlos zu mir hinauf. Wir stellten uns zu beiden Seiten des Fensters auf und spähten ins Innere.

Vor uns erblickten wir eine furnierte Holzplatte, die aber offensichtlich nicht an den Fensterrahmen genagelt war, da sie oben und an den Seiten Licht durchließ.

Tschak winkte mich zu sich, ich beugte mich vor und er flüsterte:

»Sie haben einen Schrank vors Fenster gerückt.«

»Damit niemand sehen kann, was drinnen passiert«, entgegnete ich ebenso leise. »Hast du was gehört, während ich drüben war?«

Er schüttelte den Kopf:

»Oben haben sie wieder wie verrückt gestritten und geschrien. Selbst wenn hier was los gewesen wäre, hätte ich nichts mitbekommen.«

»Wir müssen rein.« Ich trat auf die Tür zu, aber er hielt mich am Hosenbein fest. »Was ist?«

Tschak wies mit dem ausgestreckten Arm hinter den Laden.

»Was ist da?« Ich beugte mich vor und spähte um die Ecke in Richtung des Falken-Flusses.

Das Dorf lag jetzt fast ganz im Dunkeln, aber das Riesenrad war noch hell erleuchtet, und der Widerschein seiner Lichter spiegelte sich in den Flusswellen. Wir sahen einen großen Kutter mit breiter Nase und zwei eingeschalteten Scheinwerfern an Deck. Zwischen den Scheinwerfern liefen Gestalten hin und her und zogen eine Segeltuchhülle von einer gedrungenen Vorrichtung. Auf dem Dach der Deckkabine brannte zusätzlich ein roter Scheinwerfer.

»Die Mönche«, erklärte Tschak im Flüsterton. »Wir müssen so schnell wie möglich runter zum Ufer. Von da können wir ihnen zurufen, wo wir sind.«

»Und von hier aus rufen?«

»Dann scheuchen wir das ganze Dorf auf. Was ist bloß mit deiner Freundin passiert? Lass uns die Hütte stürmen. Du gehst vor, ich geb dir Deckung.«

Er trat vom Fenster zurück, hob den Kopf in den Nacken und besah sich das niedrige Dach. Dann ging er wieder zum

Fenster und fuhr aus irgendeinem Grund mit den Fingern über den Rahmen.

Ich legte mir den Gurt mit dem Karabiner um den Hals, drückte den Schaft in meine linke Seite und richtete den Lauf nach vorne. Vor der Tür hielt ich inne und sah zu Tschak hinüber. Der nickte. Ich setzte an, mit dem Fuß in die Tür zu treten, überlegte es mir im letzten Moment anders. Genau das war es, womit man da drinnen rechnete. Wir hatten keine Ahnung, was mit Juna passiert war. Aber möglicherweise hielt man sie fest und wartete jetzt still und leise darauf, bis Tschak und ich auf der Suche nach ihr hinterherkamen. Wie anders waren diese Stille und der Schrank vorm Fenster zu erklären? Wahrscheinlich gab es im Laden ein Radio, und der Inhaber hatte den Aufruf der Südlichen Bruderschaft gehört. Als Juna dann aufgetaucht war, hatte er schnell geschaltet und beschlossen, sich etwas dazuzuverdienen.

Sie warteten nur darauf, dass wir zur Tür reinstürmten.

Ich drehte mich zu Tschak und wies mit dem Lauf aufs Fenster. Er kniff die Augen zusammen, dann begriff er, nickte, trennte mit seinem Messer geräuschlos die Folie aus dem Rahmen und trat zur Seite.

Ich steckte den Kopf durch die Öffnung und drückte die Stirn fest gegen die Furnierwand des Schrankes, um etwas sehen zu können. Auf beiden Seiten waren die Kanten des Schranks zu erkennen, und auch der obere Rand war nicht weit entfernt. Das bedeutete, dass es sich um ein schmales, leichtes Möbelstück handeln musste. Ich würde es mit einem heftigen Tritt umstoßen können.

Der Kutter war von meinem Standort aus nicht zu sehen, aber ich bemerkte, wie die Scheinwerferkegel über die Siedlung unter uns glitten, dann erloschen sie plötzlich. Unten waren jetzt laute Stimmen zu hören, und auch über uns stieg der Geräuschpegel wieder an. Außerdem quietschten Brücken und knarrten Planken unter eiligem Fußgetrappel.

»Los jetzt!«

Ich hob das Bein und stieß meine Sohle gegen die Rückwand des Schranks.

Mein Fuß brach durch die Rückwand, das Möbel schwankte heftig.

Aber der Schrank stürzte nicht, wie erhofft, stattdessen steckte mein Fuß in dem Loch in der Rückwand fest und ich wurde nach vorne über den Fenstersims fast in einen Spagat gezogen. Dann aber fiel der Schrank doch noch um, ich zog so gut es ging das andere Bein hinterher und plumpste in die Hütte.

Drinnen befanden sich vier Personen: Juna und drei Männer in weiten Hemden und sackleinenen Hosen.

Das Mädchen saß auf einem Hocker, die Hände auf dem Rücken gefesselt, im Mund einen Knebel. Ein dicker, rotgesichtiger Mann stand hinter ihr, hielt ihre Haare am Schopf gepackt und zog den Kopf nach hinten. Seine doppelläufige Waffe war auf die Tür gerichtet. Ein zweiter duckte sich hinter der Ladentheke, auf die er ein abgesägtes Gewehr aufgelegt hatte. Der dritte hatte ebenfalls ein Gewehr und war hinter den Säcken an der Wand in Deckung gegangen.

Die Läufe richteten sich auf mich, als ich mit dem Hintern auf dem umgestürzten Schrank landete. Ich warf mich zur Seite, um den Schüssen zu entkommen, und zielte gleichzeitig auf die Stirn des Mannes, der hinter Juna stand und drückte ab. Der Karabiner gab nur ein Klacken von sich.

Den Bruchteil einer Sekunde später donnerten drei Schüsse durch den Ladenraum.

Zwei Kugeln und das Schrot aus dem Gewehr verwandelten den umgestürzten Schrank in ein Sieb, ein Teil des Schrots prasselte gegen den Fensterrahmen. Sollte Tschak gerade hinter mir her geklettert sein, war er jetzt erledigt. Ich lag neben dem Schrank auf dem Boden und drückte wieder den Abzug meines Karabiners – ohne Erfolg. Ich stemmte mich auf die Knie. Die zwei Typen in ihrer Deckung luden gerade ihre Waffen nach. Ich fasste meinen Karabiner wie einen Schlagstock und machte einen Satz nach vorne.

Der Doppellauf des Dicken hinter Juna lag neben dem Hals des Mädchens auf seiner Schulter auf und zielte geradewegs auf meine Brust. Nur einer der Läufe rauchte, das hieß, der andere war schussbereit. Ich stürzte auf den Dicken zu, aber ich kam zu spät.

Das Dach über uns erzitterte, es krachte, und zwischen mir und dem Stuhl brach ein Brett aus der Decke. Durch das Loch schob sich eine kleine Hand mit einer Pistole. Ein Schuss löste sich und die Kugel traf den Dicken in die Schulter und brachte ihn ins Straucheln. Den Bruchteil einer Sekunde später schlug ich dem Kerl mit dem Gewehrkolben gegen die Schläfe. Der Schaft platzte, aber ehe der Dicke zu Boden stürzte, riss ich ihm noch seine doppelläufige Flinte aus den Händen.

Tschak, der kopfüber in den Raum herunterhing, schoss ein weiteres Mal und noch ein Mal, dann gab die Pistole nur noch ein trockenes Klacken von sich. Die übrigen Patronen waren noch feucht. Ich richtete das doppelläufige Gewehr auf die Theke, hinter der sich gerade vorsichtig ein Kopf vorschob, und drückte ab. Das Gewehr donnerte los, und die Kugel spaltete ein Stück

Holz von der Theke und der Kopf verschwand. Ich ließ die Waffe fallen.

Inzwischen ließ sich der Zwerg, soweit seine kurzen Arme es erlaubten, mit den Füßen voraus in den Raum hinab. Dann sprang er auf den Boden, wobei ihm die Pistole entglitt. Gleich darauf stand er auf den Knien, hielt sich den Kopf und krächzte:

»Ich komm schon klar! Du übernimmst den an der Theke!«

Juna, die hinter uns saß, zuckte mit dem Kopf, rollte wütend mit den Augen und ächzte mit dem Knebel im Mund. Ich warf mich mit der Brust auf die Theke und schob den Kopf über den hinteren Rand. Dort hockte zusammengekauert der Verkäufer und lud noch immer seine abgesägte Flinte. Ich krallte meine Finger in seinen Haarschopf und schleuderte seinen Kopf seitlich gegen die Theke.

Der Mann drückte den Abzug, Schrot schoss an mir vorbei, und ich hämmerte seine Stirn wieder und wieder gegen das Holz, bis sie blutete. Irgendwer im Raum stöhnte. Als ich die Finger löste, rutschte der Mann auf den Boden. Die Flinte entglitt seinen Händen. Ich drehte mich um, zog die Beine an und schwang sie über die Theke und kam zum Stehen. Ich befand mich genau vor den Säcken. Der Mann dahinter lag auf der Seite und umfasste mit beiden Armen sein Bein. Ein Teil des Schrots hatte ihn am Schenkel erwischt, er blutete heftig. Tränen liefen ihm über das Gesicht, sein Mund schnappte auf und zu, wie bei einem Fisch, der aus dem Wasser gezogen wird. Stöhnend zog er auch das zweite Bein an. Die Flinte lag neben ihm.

Juna sprang auf, sobald Tschak ihre Fesseln durchtrennt hatte, riss sich den Knebel aus dem Mund und kickte dem reglosen Dicken mehrmals mit aller Kraft ihren Fuß in die Rippen.

Ich nahm die abgesägte Flinte an mich und rief:

»Tschak, nimm du die Knarre von dem Typ hier!« Gleichzeitig begann ich systematisch die Schubfächer aus der Theke zu ziehen. In einer fand ich lose Patronen für die abgesägte Flinte. Ich lud die Waffe und sammelte die übrigen Patronen in meine Tasche. Tschak hatte dem Mann hinter den Säcken die Patronentasche abgenommen und die Waffe bereits wieder geladen.

Juna hatte sich das doppelläufige Gewehr geschnappt und auf den Dicken angelegt, den sie mit hasserfülltem Gesicht anstarrte. Ich ging an ihr vorbei und stellte mich an die Tür und versuchte, die Geräusche draußen zu deuten. Der Zwerg sagte grinsend zu dem Mädchen:

»Mit den Augen brennst du ihm kein Loch in den Kopf, Schwesterchen.«

»Er hat mich gepackt, als …«, begann sie. Aber ich unterbrach sie:

»Wir verschwinden von hier. Der Kutter ist schon da, wir müssen runter und ihn abpassen.«

Ich riss die Tür auf und kletterte als Erster auf die Seilbrücke, aber kaum hatte ich ein paar Schritte gemacht, da hörte ich Stimmen von unten.

Der dürre Kerl, dem ich mit dem Fernrohr eins übergebraten hatte, stand zusammen mit zwei anderen Fischern unter dem Riesenrad, in den Händen hielten sie ihre Krummsäbel.

»Sie haben gesagt, dass sie das Dorf durchqueren wollen. Ich habe es genau gehört«, sagte der Dürre. »Sie wollen zum Fluss und dort jemanden treffen.«

»Wer sind sie, Milja?«, fragte einer der anderen, ein hoch gewachsener Typ, während er mit seinem Zeigefinger über die Schneide des Krummsäbels fuhr. »Kannst du mir das erklären?«

»Keine Ahnung!«, sagte der Dürre zähneknirschend. »Sie sind auf der Barkasse der Mönche gekommen. Ich hab es nicht gleich kapiert, weil ich nur auf das Mädchen geachtet habe.«

»Da hinten ist doch ihr Kutter …«

»Du Idiot! Das ist der Kutter vom Tempel, aber diese drei sind mit der Barkasse über den Krater getrieben.« Er fasste nach der Beule auf seinem Kopf.

»Was tun wir dann hier?«, fragte der dritte Fischer mit lauter Stimme. Er hustete heftig, ehe er hinzufügte: »Ich bin krank, wozu hast du mich hier rausgescheucht? Lass uns lieber das Flussufer absuchen.«

»Nein«, widersprach Milja. »Fredka hat gehört, wie sie davon gesprochen haben, dass sie noch was kaufen wollen. Wer hat da oben eben geschossen?«

»Der alte Sot wird wieder zu viel gesoffen haben.«

Tschak und Juna kamen aus der Hütte. Ohne die Fischer aus den Augen zu lassen, bedeutete ich den beiden, dass sie still sein sollten, und ging vorsichtig zum Gitter zurück.

Zwischen den dicken Speichen des Rads hindurch konnte ich sehen, dass der Kutter langsam vor sich hin schaukelte. Noch wurde er nicht abgetrieben. Vermutlich hatte der Kapitän den Motor ausgeschaltet, um zu verhindern, dass sich Netze in der Schraube verwickelten.

Plötzlich leuchteten die beiden großen Scheinwerfer wieder auf und glitten über die Häuser der Siedlung. Von allen Seiten waren Stimmen zu hören, überall knarrten Planken unter dem Gewicht von Schritten.

Der Dürre und die beiden anderen Fischer entfernten sich vom Riesenrad. Hinter mir hörte ich ein Kratzen. Ich drehte mich um, hatte die Hand bereits zum Mund erhoben, um Tschak und Juna zum Schweigen aufzufordern. Aber es war zu spät: Juna war auf das Dach der Hütte geklettert, winkte wie wild mit beiden Armen und schrie:

»Hallo, Mönche! Hier spricht Juna Galo! Wir sind hier!«

Die Fischer drehten sich nach uns um, und als die Scheinwerferkegel das Riesenrad erfassten und wir plötzlich in hellem Licht standen, begannen sie zu laufen.

Am Heck begannen Mönche mit langen Stocherstangen im Wasser zu staken und den Kutter in unsere Richtung zu treiben. Einer der Männer in einem kurzen Umhang trat aus der Menge und rief:

»Juna? Hier spricht Djuk Aben.«

»Worauf wartet ihr?!«, kreischte der dürre Milja. »Hoch! Und ruft Verstärkung!«

Der eine Fischer stieß einen durchdringenden Pfiff aus, der andere schob sich den Säbel zwischen die Zähne und sprang auf die Leiter.

Ich hob die Flinte, schob eine Patrone in den Lauf und schrie:

»Zurück, oder ich puste euch weg!«

Wieder ertönte ein lauter Pfiff. Das Stimmengewirr schwoll noch mehr an, Türen knallten, Männer kamen über die Stege zum Riesenrad gerannt. Ich wich zur Hütte zurück und stellte einen Fuß auf den Fensterrahmen. Von unten ertönte ein lautes Platschen, und als ich aufs Dach kletterte, waren Tschak und Juna bereits verschwunden. Ich schoss in Richtung des ersten Fischers, der die Leiter hinaufgestiegen kam, verfehlte ihn aber. Als der

Mann auf die Seilbrücke kletterte, schob ich mir die Flinte hinter den Gürtel, nahm Anlauf und stieß mich fest vom Ende des Dachs ab. Wie ein Zinnsoldat, mit steifen Beinen und angelegten Armen tauchte ich in das kalte, finstere Wasser ein. Schwamm wieder an die Oberfläche und auf den Kutter zu.

Hinter mir hörte ich Schüsse, dann hallte Maschinengewehrgetöse vom Kutter.

Meine Hand tastete über die Bordwand und fand Halt. Als die Mönche anfingen, MG-Salven auf das Fischerdorf zu feuern, drehte ich mich um. Auf einmal schien die Siedlung wie erstarrt. Alle Scheinwerfer waren eingeschaltet und beleuchteten die Pfahlbauten mit den Stegen dazwischen. Ich sah, wie die Fischer sich in ihre Hütten verdrückten. Wenn nicht das Geknatter des Motors gewesen wäre, der langsam Fahrt aufnahm, hätte absolute Stille geherrscht.

Etwas strich um mein Bein, ich zuckte zusammen, erinnerte mich an die Schlammbeißer, doch im selben Moment berührte mich etwas an der Schulter. Eine lange Stange hing über mir, und mehrere Köpfe beugten sich über die Bordwand zu mir hinunter.

Ich packte die Stange und mit zwei kräftigen Rucks zog man mich an Deck. Noch während ich auf die Planken plumpste, sah ich, dass rund um mich herum bewaffnete Mönche standen. Ich setzte mich langsam auf, zog meine Jacke aus und begann sie auszuwringen. Trippelnde Schritte waren zu hören, Tschak drängelte sich zwischen den Beinen der Mönche zu mir durch und rief im Laufen:

»Ah, du bist also auch gesprungen, Mann! Ich wäre fast ertrunken, wenn das Mädchen mich nicht bis zum Kutter gezogen hätte.«

Die Mönche traten auseinander, um einen nicht sehr großen, untersetzten Bärtigen in kurzem Umhang durchzulassen. Neben ihm ging, in eine Decke gewickelt, die pitschnasse Juna und hinterließ feuchte Spuren auf dem Deck.

»Djuk, das sind die Leute, die mir geholfen haben herzukommen«, sagte sie mit klappernden Zähnen.

Nachdem der Kutter gewendet und das Riesenrad hinter sich gelassen hatte, lief der Motor jetzt mit voller Kraft und das Schiff nahm Fahrt auf.

Der Mönch blickte Tschak und mich unwillig an.

»Juna Galo, im Namen des Herrschers des Moskauer Tempels garantiere ich dir Schutz und Sicherheit«, sagte er mit ausdrucksloser Stimme.

»Mir und meinen Begleitern?«, fragte sie.

Djuk Aben wandte seinen bohrenden Blick nicht von Tschak und schwieg.

18.

Ich streckte mich, dass meine Knochen knackten, richtete mich auf und setzte mich auf den schmalen Rand der Koje. Dabei hätte ich mir beinahe den Kopf an der darüber liegenden Koje angestoßen. Von dort hing Tschaks Hand runter.

Zwei Bullaugen gab es in unserer Kajüte, sie lagen einander gegenüber an den langen Wänden und waren mit Metall vergittert. Durch sie fiel Licht in die Kajüte, und ich konnte einen wolkenverhangenen Himmel erkennen. Auf dem Boden an der Wand standen auf einem ausgebreiteten Stofffetzen ein Krug und eine Schüssel mit den Überresten des Essens, das wir in der Nacht noch zu uns genommen hatten. Während ich gähnte, zog ich mir die Plastikmokassins über – sie waren inzwischen ziemlich ramponiert: Aus dem einen schaute der Zeh heraus, beim anderen war die Sohle rissig. Dann warf ich mir die Jacke über und griff nach dem Krug, um einige Schlucke von dem starken, sauren Bier zu trinken. Ich aß noch ein Stück Brot, dann stand ich auf.

Tschak schlief noch, schnarchte auf der Seite liegend vor sich hin, eine Faust unter die Wange geschoben. Hinter der Kajütenwand knatterte der Motor. Ich stellte mich auf den Rand meiner Koje und stemmte die Hände gegen das Gitter über uns, um es anzuheben, aber es rührte sich nicht. Ich versuchte an der einen Seite zu drücken, dann an der anderen, nichts. Was hatte das zu bedeuten?

Ich kletterte auf Tschaks Koje und presste meine Stirn gegen die vergitterte Luke, um rauszuspähen.

Das Gitter ließ sich zur Seite aufschlagen, war aber mit einem schweren Vorhängeschloss an einem Riegel verschlossen.

Fluchend hockte ich mich neben Tschak in die Koje. Im selben Moment fiel mir ein, dass ich die abgesägte Flinte am Vorabend neben mich gelegt hatte.

Ich klopfte dem Zwerg auf die Schulter und sprang dann auf den Boden. Die Flinte war nicht mehr da, ebenso wenig wie sich Luka Stiditschs Pistole in Tschaks Koje befand.

Tschak setzte sich auf, rieb sich die Augen und sagte mit quietschender Stimme:

»Warum zum Kriecher weckst du …«

»Wir sind gefangen!«, unterbrach ich ihn.

Tschak öffnete den Mund, schwieg aber. Er drehte seinen Ohrring hin und her, dann sagte er schließlich:

»Gib mir mal den Krug da, Mann!«

Ich tat es. Der Zwerg nahm einige Schlucke Bier, dann kippte er sich etwas davon in die flache Hand und verrieb es in seinem Gesicht. Das Bier tropfte über seine Wangen, und Tschak wischte es mit seinem Jackenärmel weg, dann reichte er mir den Krug, stellte sich in der Koje auf, sprang und krallte sich an die Gitterstäbe der Kajütenabdeckung. Eine ganze Weile betrachtete er das Schloss, ehe er plötzlich so durchdringend losschrie, dass ich zusammenzuckte:

»He, He! Mönche, zur Nekrose mit euch! He!«

Ich hörte Schritte, und der Zwerg ließ sich wieder auf die Koje fallen. Ein schwarzbärtiger Mönch trat auf das Gitter, beugte sich vor und blickte zu uns runter.

»He, du …«, sagte Tschak vorlaut. »Wir sind hier aus Versehen eingesperrt worden, lass uns raus, ja?«

Der Mönch strich sich über den Bart und entgegnete in tiefem Bass:

»Das kann nicht sein.«

»Heißt das, ihr habt uns absichtlich eingesperrt?« Ich mischte mich ebenfalls ins Gespräch.

Er nickte gewichtig.

»Genau, Söldner, so ist es.«

»Aha, und warum?«, fragte der Zwerg.

Der Bärtige zuckte mit den Schultern und richtete sich wieder auf.

»Es ist der Wille des ehrwürdigen Djuk.«

»He, warte!«, rief Tschak. »Und was ist, wenn ich pinkeln muss?«

Wieder beugte sich der Mönch vor und wies mit dem ausgestreckten Zeigefinger in die Ecke der Kajüte.

»Da ist ein Abfluss. Und wenn ihr hier Geschrei macht, kippen wir eine Ladung Flusswasser auf euch. Das ist eiskalt und stinkt, danach könnt ihr euch selbst nicht mehr riechen.«

Wieder richtete er sich auf, aber ich fragte:

»Haltet ihr die Unterhändlerin des Mecha-Korpus ebenfalls gefangen?«

Der Bärtige ging weg, ohne zu antworten. Tschak sprang von der Koje und trat zu der Ecke hinüber. Tatsächlich befand sich dort eine Art Abfluss – ein gebogenes Rohr, das im eisernen Boden verschwand und mit einem Metalldeckel bedeckt war. Als wir den anhoben, konnten wir am anderen Ende das trübe, grünbraune Wasser unter dem Kutter sehen.

Nach einem kurzen Blickwechsel machten wir uns daran, ein Bullauge zu bearbeiten. Wir waren ziemlich lange mit den Schräubchen beschäftigt, aber schließlich konnten wir die Vergitterung lösen. Wie sich herausstellte, konnte man trotzdem nicht herausklettern – denn von außen war ebenfalls eine Vergitterung angebracht, allerdings ohne Schrauben. Sie war direkt auf die Bordwand geschweißt.

Wir montierten auch das Gitter vor dem anderen Bullauge ab. Die runden Öffnungen befanden sich hoch über der Wasseroberfläche und boten einen guten Ausblick.

Rechts lag das eine Ufer – aufgesprungene Asphaltplatten und schiefe Häuser. Dazwischen hohe Bäume und dichtes Gebüsch. Wie durch ein Wunder war direkt am Ufer der Pfosten einer Straßenlampe erhalten geblieben, und auf einmal wurde mir klar, dass obendrauf ein dürrer, langhaariger Mann mit kurzen Hosen und nacktem Oberkörper saß. Er umklammerte den Pfosten mit seinen mageren haarigen Beinen und beobachtete den Kutter durch ein Fernrohr. An seinem Gürtel hing eine Pistolentasche.

»Wer ist das denn?«, fragte ich verwundert.

»Hm? Wo?« Tschak schob mich weg und blickte durch das Bullauge. »Ah … das wird nicht der einzige Penner sein, der hier unterwegs ist.«

»Woher hat ein ganz normaler Penner ein Fernrohr?«

Oben knallte eine Tür und Junas erregte Stimme war zu hören, im selben Moment zuckte der Kopf des Mannes auf dem Pfosten und das Fernrohr hob sich ein Stück.

Der Fremde beobachtete einige Sekunden lang die Ereignisse auf Deck, dann schob er das Fernrohr in ein Futteral am Riemen, drehte sich auf dem Pfosten und hechtete mit einem geschickten Satz in eine nahe gelegene Baumkrone. Die Zweige gerieten in Bewegung, Laub segelte zu Boden, der Mann kletterte von Ast zu Ast, bis er den Boden erreicht hatte und nicht mehr zu sehen war. Der Kutter war schon fast außer Sichtweite, aber Tschak und ich pressten noch immer unsere Nasen gegen das Außengitter.

Plötzlich hörten wir ein gedämpftes Brummen, dann schoss hinter einem Trümmerhaufen ein Motorrad hervor, über dessen Lenkrad sich der Mann mit den langen Haaren beugte.

An Deck ertönten Schüsse. Offenbar zielten Schützen auf den Motorradfahrer, denn als er an einer Ziegelwand entlangfuhr, erhob sich dort eine Staubwolke. Aber die Kugeln verfehlten ihn, und die Maschine bog in eine Straße, die vom Ufer wegführte, und verschwand.

Wir schwiegen eine Weile, dann sagte Tschak:

»Da hat einer den Kutter beobachtet, und das hat den Mönchen nicht gefallen.« Er setzte sich an der Wand auf den Boden und trank wieder aus dem Krug. »Na gut, Mann, jetzt müssen wir mal scharf nachdenken. Deine Freundin will mit dem Moskauer Tempel verhandeln, damit der Orden dem Mecha-Korpus hilft, die Nekrose zu bekämpfen, stimmt das?«

»So hat sie es mir jedenfalls erzählt«, entgegnete ich.

»Na, ich denk mal, da hat sie nicht gelogen. Wozu auch? Aber alle wissen, dass der Orden und der Mecha-Korpus sich nicht grün sind. Genau wie die Brennstoff-Clans. Zum Ausgleich hat die Korporation dem Orden versprochen, die Mutanten auszurotten, von denen es im Norden des Ödlandes und im Umland von Moskowien immer mehr gibt.«

»Sieht so aus.«

»Andererseits wünschen sich die Brennstoff-Clans nichts mehr, als dass Arsamas von der Nekrose verseucht wird, weil sie dann den Mecha-Korpus los sind. Damit nicht am Ende solche Dinger wie deine Solarzellen bei uns auftauchen, stimmt's? Die Brennstoff-Clans und der Mecha-Korpus haben sich immer bekämpft, manchmal haben sie sogar Krieg geführt. Der Orden dagegen ist nie offen gegen den Korpus vorgegangen. Und was ist jetzt passiert?«

»Jetzt haben die Mönche uns eingesperrt, und Juna ist allem Anschein nach auch nicht begeistert über das, was hier passiert.«

»Das Mädchen regt sich ja ständig über irgendwas auf. So ist sie eben. Na gut, ich nehm mal an, sie steht auch unter Arrest. Was weiter? Warum gehen die Mönche so mit uns um?«

»Das könnte zwei Gründe haben«, sagte ich und ging zum anderen Bullauge hinüber. »Entweder hat der Herrscher es sich anders überlegt und will Juna nur noch als Geisel. Dann verschwindet die Korporation zusammen mit Arsamas. Die Tochter von Timerlan Galo in seiner Gewalt zu haben, könnte aber trotzdem noch lohnend sein …«

»Oder«, unterbrach mich Tschak, »der Herrscher hatte von Anfang an nicht vor, die Abmachungen einzuhalten. Und das Ganze war nichts als eine Falle. Möglicherweise kann der Orden die Nekrose gar nicht aufhalten. Ehrlich gesagt, Mann, leuchtet mir diese Erklärung mehr ein.«

»Warum?«

»Mann, worüber reden wir denn hier? Über die verfluchte Nekrose, soll sie dir in die Niere fahren! Bisher konnte die keiner steuern. Du weißt doch, wie viele Zyklen sie schon im Ödland wütet. Seit einiger Zeit breitet sie sich immer stärker aus, immer mehr Flecken tauchen auf. Und auf einmal verfügt der Orden angeblich über ein Wundermittel dagegen? Unsinn, sag ich.«

»Und warum sollte der Mecha-Korpus auf diesen Unsinn hereinfallen?«

»Weil das ihr letzter Strohhalm ist, sie haben keine andere Wahl.«

Ich schwieg. Wenn er recht hatte, und man uns im Tempel festhalten wollte… Aber warum eigentlich uns? Sie würden Juna festhalten. Tschak und mich würden sie wie Mutanten an diesen seltsam gekreuzten Balken aufhängen. Und Timerlan Galo, der Einzige, der mir etwas über Junas Tätowierung erzählen konnte, würde zusammen mit seinem Volk in Arsamas sterben. Obwohl das dann für mich ohnehin keine Rolle mehr spielen würde …

Halt, stopp.

Ich blickte Tschak an und sagte:

»Kennst du noch andere Leute, die durch die Nekrose gehen können?«

Er schüttelte den Kopf.

»Du bist der Erste.«

»Ich weiß nicht, es ist doch denkbar, dass der Orden vor nicht allzu langer Zeit ein geheimes Mittel ausfindig gemacht hat, mit dem die Nekrose aufzuhalten ist. Warum nicht? Aber darum geht es gar nicht …«

»Es geht um was anderes«, stimmte der Zwerg mir zu. »Ja, das hatte ich vergessen. Du bist ja auch noch da, und du gibst uns jede Menge Rätsel auf. Außerdem bist du wegen deiner Fähigkeit inzwischen berühmt. Wenn die Brennstoff-Clans davon wissen, dann können es die Mönche ebenso gut erfahren haben.«

»Na gut, sie wissen davon, aber was bedeutet das?«

»Na, dass sie dich festhalten werden. Und es mit mir aus und vorbei ist.«

»Ich werde sagen, dass ich ihnen nur helfe, wenn sie dich in Ruhe lassen.«

»Aber wer wird dich fragen?« Tschak kletterte wieder auf die obere Koje und wiederholte sein Manöver von vorher. Er hängte sich ans Gitter und begann das Schloss genauestens zu betrachten.

Ich wandte mich zum Bullauge. Selbst wenn dieser Gest beabsichtigte, mich am Leben zu lassen, was hatte ich davon? Juna hatte gesagt, dass Arsamas von der Nekrose eingeschlossen war – morgen oder übermorgen würde die Stadt verschluckt, wie ein klarer Teich von Entengrütze verschluckt wird. Die Nekrose überzieht die Stadt mit einer Schicht feuchten Schimmels und Timerlan Galo stirbt zusammen mit der restlichen Bevölkerung. Ich würde nichts erfahren.

»Gibt es hier Flugzeuge?«, fragte ich.

»Was?« Tschak ließ sich auf die obere Koje fallen und zog die Beine an. »Dieses Gitter bringt kein Mensch auf, ich kann das Schloss nicht mal erreichen … Was hast du gefragt? Flug… was?«

»Maschinen zum Fliegen. Juna hat was von Himmelgängern erzählt.«

Tschak winkte ab:

»Ja, aber die leben weit im Westen. Ihre Gilde mischt sich nicht in solche Streitereien, die Flieger bleiben immer unter sich.«

»Juna hat gesagt, dass der Mecha-Korpus mit den Himmelsgängern vereinbart hat, dass sie ihre Luftschiffe schicken und wenigstens einen Teil der Menschen aus Arsamas retten.«

»Aber wie viele Riesen bringen sie mit ihren Luftschiffen raus? Hundert vielleicht?«

»Haben sie denn nur diese Luftschiffe?«

»Es gibt noch die Aviettten … solche kleinen Flieger mit Flügeln, aber da passen höchstens drei bis vier Personen rein.«

Also würde sich Timerlan Galo und die Führungsschicht des Mecha-Korpus retten können. Allerdings hatte Juna nicht sehr sicher geklungen, als sie von der erhofften Unterstützung durch die Himmelsgänger gesprochen hatte. Ich stellte eine weitere Frage:

»Wie lange ist der Untergang her?«

Tschak schüttelte verwundert den Kopf, dann sagte er:

»Du stellst vielleicht Fragen, Mann! Weißt du überhaupt noch, was das Graue da über uns ist? Das ist der Himmel. Und das Grünlichbraune unter uns, auf dem wir in diesem Kahn schwimmen, heißt Wasser … Erinnerst du dich?«

Ich schwieg und der Zwerg fuhr fort:

»Das weiß höchstens ein Mutant, wie lange das her ist! Sehr lange jedenfalls, viele Saisons, ach, was sage ich, viele Zyklen.«

»Lebt noch jemand von den Leuten, die ihn erlebt haben? Erinnert sich noch jemand an die Zeit vor dem Untergang?«

»Nein, Südländer, du hast sie wirklich nicht mehr alle. Wie könnte von denen noch jemand am Leben sein? Selbst die Kinder dieser Leute sind längst gestorben.«

Ich wandte mich zum anderen Bullauge. Auf dieser Seite des Ufers gab es keine Asphalthaufen, und zwischen den Ruinen hatten sich viele kleine Seen gebildet. Schwere Wolken zogen über den Himmel, es war feucht und kalt. Die meisten Ruinen wirkten unbewohnt, aber von einigen stiegen Rauchsäulen auf, als ob dort offene Feuer brennen würden. Einmal roch es nach verbrannten Reifen. Der Kutter zog an einem ehemaligen Haushaltswarengeschäft vorbei, das halb eingestürzt war. Das Dach war mit Erde bedeckt, Bäume wuchsen darauf und in der Mitte saßen in Lumpen gekleidete Menschen um ein offenes Feuer. Sie alle drehten sich in unsere Richtung, einer stand auf und hielt die Handfläche über die Augen. Diesmal schossen die Mönche nicht.

Etwas später erhob sich flussabwärts die einzige erhaltene Mauer eines ursprünglich mehrstöckigen Gebäudes, dahinter wuchs ein Wäldchen aus fremdartigen Bäumen mit rundlichen blassgrünen Kronen, von denen Lianenstränge über die mit Moos bewachsene Mauer herabhingen. An einem zog sich gerade eine biegsame Gestalt in die Höhe, aber ich konnte von hier aus nicht erkennen, ob es ein Mutant oder ein Mensch war.

»Zum Kriecher mit euch allen!«, sagte Tschak wütend und sprang von der Koje. »In so einer Situation war ich noch nie … Gefangen und ohne ein einziges Schloss in Reichweite, um es zu öffnen! Und das Geld haben mir diese bärtigen Schweine auch abgenommen! Und meine Messer.«

Erst jetzt erinnerte ich mich an die Goldmünzen, ich fasste in die Taschen – sie waren verschwunden, ebenso wie das Messer. Erst hatten mich die Fänger gefilzt und nun die Mönche.

»Und was ist das?«, fragte der Zwerg.

Vom anderen Ufer klangen Schüsse zu uns rüber, ich wechselte zu dem Bullauge, an dem Tschak stand.

Der Kutter glitt gerade an einer breiten Straße vorbei, die im rechten Winkel auf den Flusslauf zuführte. Zum Flussufer hin hatte sich die Straße abgesenkt und eine Art Bucht gebildet, dahinter verlief sie in einem breiten Asphaltstreifen, der aus dieser Entfernung fast unbeschädigt wirkte und seitlich von einem Streifenzaun begrenzt wurde. Menschen rannten den Zaun entlang, von hinten raste das Motorrad mit dem dürren Langhaarigen heran und dahinter folgte ein schmutziggelber Kleinbus mit aufgeschnittenem Dach, in dem mindestens zehn Männer zusammengepfercht waren.

Vom Ufer der Bucht liefen gerade zwei kleine Ruderboote und ein langes Flachboot mit Außenbordmotor aus. Als der Motor ansprang, machte das Flachboot einen Satz nach vorne. Die Männer in den Ruderbooten legten sich kräftig in die Riemen.

Schüsse knallten. Das Motorrad blieb seitlich zum Fluss stehen, der langhaarige Fahrer zog seine Pistole aus dem Halfter. Ich konnte seinen Schuss nicht von den anderen unterscheiden, aber über uns an Deck wurde Geschrei laut und dann stürzte ein Mönch am Bullauge vorbei ins Wasser. Der Kutter schwamm weiter. Das Flachboot hatte die Ruderboote hinter sich gelassen und unsere Verfolgung aufgenommen. Von dort wurde ununterbrochen geschossen, Kugeln pfiffen über Deck und schlugen in die Bordwand ein.

»Wer ist das?«, fragte ich.

»Sieht ganz nach den Leuten vom Wesir aus«, sagte Tschak. »Der hat die armen Viertel fest im Griff. Aber was will er von den Mönchen? Mit dem Mecha-Korpus hat er soweit ich weiß nichts zu tun … He, Mann! Vielleicht geht es ihnen um dich. Wenn die Nachricht über deine Fähigkeiten sich wirklich verbreitet hat …«

An Deck donnerte ein Maschinengewehr los. Die Kugeln zerfetzten den Bug des Flachboots, die Besatzung sprang über Bord und das Schiff begann zu sinken.

Nachdem die Wellen sich gelegt hatten, sahen wir Köpfe im Wasser aufblitzen. Die Mönche eröffneten augenblicklich wieder das Feuer. Die beiden Ruderboote setzten ihren Weg fort. Am Ufer stand der Kleinbus in Rauch eingehüllt da, immer wieder sah ich Stichflammen aufblitzen.

Dann hörten wir wieder Maschinengewehrfeuer an Deck. Eine lange Salve dröhnte in unseren Ohren und erwischte die beiden Boote. Wieder schwammen Leute im Wasser, aber dann verloren wir die Bucht aus dem Blickfeld. Der Gefechtslärm hielt an, aber wir konnten nicht mehr erkennen, wer auf wen schoss.

»Ich glaube«, sagte Tschak, »wir schwimmen schon auf den See zu. Ende der Reise.«

Wenn ich es richtig verstanden hatte, war der See an der Stelle entstanden, wo der Falken-Fluss in die Jausa mündete. Während der Kutter ihn überquerte, begann es zu regnen, und die Landschaft überzog sich mit einem hellgrauen Film. Durch die Bullaugen blies ein kalter Wind, sodass wir über einem von ihnen wieder das Gitter befestigten. Durch die Öffnung in der Decke fiel Regen, und auf dem Boden entstand eine Pfütze.

»Ich hasse diese Zeit«, brummte Tschak. »Ewig gießt es.«

Ich fragte:

»Was gibt es denn noch für Zeiten?«

»Willst du allen Ernstes behaupten, dass du dich daran auch nicht mehr erinnerst? Du kommst mir vor wie jemand, der direkt von einer dieser Plattformen am Himmel auf die Erde gepurzelt ist! Es gibt die Sonnenzeit, die Windzeit und die Regenzeit. Die Regenzeit ist die kürzeste und kälteste. Und in der Mitte der Sonnenzeit, die am längsten dauert, kann man im Ödland vor Hitze sterben, wegen dieser …«

»Was sind diese Plattformen, weißt du das?«, unterbrach ich ihn. »Weiß das irgendwer?«

Tschak schüttelte den Kopf und sagte:

»Woher denn? Sie sind doch am Himmel, und wir hocken hier unten.«

»Und die Himmelsgänger?«

»Die Flieger kommen nicht so hoch. Und selbst wenn sie etwas wissen, erzählen sie es niemandem. Was interessieren dich die Plattformen?«

»Sie sind einfach seltsam. Diese merkwürdigen Dinger hängen am Himmel, und ihr tut so, als ob euch das nichts angeht. Wohnt da jemand? Oder sind das nur Maschinen? Landen sie wirklich nie auf der Erde? Oder …«

»Was heißt da, wir tun so, als ob uns das nichts angeht? Eine Zeit lang wurde viel über die Plattformen geredet, aber wozu sich den Kopf zerbrechen? Ich sage dir doch: Sie sind dort und wir hier, und es gibt keine Möglichkeit, Kontakt zu ihnen aufzunehmen. Jedenfalls im Moment nicht. Was sollen wir denn tun? Zumal sie nur selten auftauchen … Na gut, da segelt also eine riesige fliegende Insel zwischen den Wolken dahin, und was dann? Gar nichts. Die Menschen haben sich einfach dran gewöhnt. Mit der Zeit gewöhnst du dich an alles. He, was ist jetzt schon wieder los? War das nicht eben ein Donner?«

Ich hatte schon zweimal Blitze über den Himmel zucken sehen, gefolgt von heftigen Donnerschlägen, aber der letzte hatte anders geklungen.

»Es wird geschossen«, erklärte der Zwerg. »Und zwar richtig heftig. Das Donnern kommt aus Richtung des Tempels und von der Festung. Was geht da vor sich? Die Brennstoff-Clans werden es ja wohl nicht riskieren.«

»Ich verstehe das nicht«, sagte ich. »Wenn der Herrscher entschieden hat, dass der Tempel dem Mecha-Korpus nicht hilft, warum benachrichtigt er dann nicht die Brennstoff-Clans? Oder verkündet es im Radio? Er könnte doch einfach bekannt geben, dass er die Unterhändlerin des Mecha-Korpus gefangen genommen hat und keine Abmachung mit ihr treffen wird.«

»Du bist ein ganz cleverer«, sagte Tschak. »Daran hatte ich übrigens auch schon gedacht. Aber ich glaube, das Ganze hat nichts mit der Unterhändlerin zu tun. Vermutlich hast du uns diese Suppe eingebrockt. Klar, jeder will den Kerl, der durch die Nekrose gehen kann. Aber jetzt treiben sie es allzu wild. Hörst du, wie sie schießen?«

»Bist du sicher, dass der Krach vom Tempel kommt?«

»Das schwör ich bei allen Mutanten. Die Brennstoffler haben die Mönche angegriffen, die Festung ist ja ganz in der Nähe vom Tempel. Das ist wirklich unglaublich. Nein, da muss irgendwas draußen vorgefallen sein, während wir hier sitzen. Irgendwas Wichtiges, wovon wir nichts wissen.«

Es wurde dunkler in der Kajüte, und wir hoben die Köpfe. Drei Mönche beugten sich über das Gitter. Der Schwarzbärtige, den wir schon zuvor gesehen hatten, öffnete das Schloss. In der Hand hielt er einen Revolver. Die beiden anderen hatten Karabiner mit kurzen Läufen. Das Gitter wurde zur Seite geschlagen, und der Mönch ließ eine leichte Leiter in die Kajüte runter, dann richtete er die Waffe auf uns:

»Raus mit euch, Jungs«, sagte er mit Bassstimme. »Der Kurze zuerst. Du wartest noch, Söldner. Stell dich an die Wand.«

Als Tschak oben war, befahl der Bärtige:

»Hände auf den Rücken. Gib die Handschellen her, Ljubomir. So, genau, und so … Und jetzt kommst du, Söldner. Sobald du an Deck bist, legst du die Hände auf den Rücken, hast du kapiert? Sonst kriegst du eine Kugel in den Bauch und zack über Bord mit dir.«

Ich bezweifelte, dass sie auf mich schießen würden. Aber vermutlich würden sie nicht zögern, mir den Gewehrschaft gegen die Schläfe zu donnern, daher tat ich, was der Bärtige befohlen hatte. Kaltes Metall umschloss meine Handgelenke. Tschak stand mit dem Rücken zu mir, auch zwischen seinen Händen baumelte eine Kette, die die beiden Handschellen um seine Handgelenke verband.

Die Mönche dirigierten uns mit ihren Gewehrläufen über Deck. Feiner Regen strömte vom Himmel, ich spürte, wie mir ein Wasserrinnsal den Nacken und zwischen den Schulterblättern runterlief. Die Flussufer waren verschwunden, der Kutter glitt in einer grau-trüben, grenzenlosen Brühe vor sich hin. Vor uns zeichneten sich allmählich die Umrisse zweier Kolosse ab, die an zwei hohe, schmale Felsen denken ließen.

Am Bug stand Juna Galo in einem Zellophan-Umhang, daneben zwei Mönche und der ehrwürdige Djuk. Als wir bei ihnen ankamen, sagte Juna:

»Warum haltet ihr sie fest? Sie haben nichts mit dem Mecha-Korpus zu tun. Ich habe sie nur angeheuert … Sie sind nicht wichtig, lasst sie frei.«

»Der Söldner aus dem Süden ist nicht wichtig?«, fragte Djuk. Mit einem Blick zu mir fügte er hinzu: »Du bist doch aus dem Süden, oder?«

Ich antwortete nicht. Der Kutter glitt durch die Stille auf die Wolkenkratzer am Seeufer zu. Einer neigte sich wie der Schiefe Turm von Pisa. Sein Anblick war beunruhigend, da man das Gefühl hatte, er würde jeden Augenblick auf seinen Nachbarn stürzen, ehe beide im Wasser versinken würden. Hinter den Wolkenkratzern erstreckte sich unbebautes Gelände, das von Müllbergen überzogen war und von Weitem an Hügelgräber erinnerte. Mehr konnte ich durch den dichten Regenschleier nicht erkennen.

Am Bug des Kutters beugte sich ein Mönch über das Geländer, warf eine kurze Eisenstange an einer Leine nach unten, ließ sie dann Stück für Stück tiefer, eher er sich wieder aufrichtete und ohne sich umzudrehen die rechte Hand hob.

Jemand in seinem Rücken gab daraufhin einen Befehl. Der Kutter schwankte und drehte nach rechts bei. Ich stand nahe der linken Bordwand, trat zum Geländer und blickte nach unten. Im Wasser blitzte etwas Dunkles auf, erst dachte ich, es handelte sich um eine Art Betonpodest, doch dann begriff ich, dass dort ein Mehrtonner lag. Das Dach des Lasters schwamm unmittelbar unter der Wasseroberfläche, daher konnte der Kutter hier nicht weiter.

»Zurück.« Der Schwarzbärtige klopfte mir mit dem Lauf seiner Pistole auf die Schulter. »Geh zurück, Junge.«

Der Mönch am Bug maß mit seinem Senkblei immer wieder die Tiefe des Fahrwassers vor uns, wies dem Steuermann den Weg, und der Kutter wechselte den Kurs. Wir schwammen über einen Autofriedhof, und unter der Wasseroberfläche waren die Umrisse von Pkws, Lkws, Kleinbussen und anderen Fahrzeugen zu erkennen. Über manche Fahrzeuge konnte der Kutter problemlos hinweggleiten, andere musste er umschiffen. Die Wolkenkratzer kamen näher, während wir einen ganzen Berg von Autowracks passierten, der von einem Jeep ohne Räder gekrönt wurde. Auf der anderen Seite schaukelte ein kalfatertes Boot mit überdachtem Deck auf den Wellen. Aus dem Jeep erhoben sich zwei bärtige Gestalten mit Karabinern, die eine nickte, woraufhin Djuk zur Begrüßung die Hand hob.

Der Autoberg blieb zurück, und der Kutter glitt in die schmale Öffnung zwischen den beiden Wolkenkratzern wie in einen Spalt hinein. Zu beiden Seiten ragten jetzt turmhoch die Mauern auf, eine neigte sich über den Zwischenraum, sodass die Mauern weiter oben fast aneinanderzustoßen schienen. Nur ein schmaler grauer Streifen Himmel blieb sichtbar, durch den der Regen unablässig auf uns herunternieselte. Hoch über unseren Köpfen war eine schmale Brücke zwischen den beiden Türmen zu erkennen.

Juna stand die ganze Zeit über mit hochmütiger Miene und vor der Brust verschränkten Armen einige Meter von uns entfernt, aber auf einmal kam sie zu mir hinüber und flüsterte mir zu:

»Hau ab, sobald du eine Gelegenheit hast.«

»Zurück!«, sagte der mit dem schwarzen Bart in seiner Bassstimme, fasste Juna an der Schulter und schob sie weg.

Das Mädchen schüttelte die schwere Hand von ihrer Schulter und verpasste dem Mönch eine Ohrfeige. Der ächzte, sein Gesicht lief rot an, und er wollte sich auf Juna stürzen. Ich war schon drauf und dran, ihm mit dem Bein gegen das Knie zu treten, da rief Djuk:

»Das reicht! Zurück, Manichej!«

Vor sich hin brummend wich der Mönch zurück und stellte sich wieder hinter mir auf.

»Schau mal, Mann.« Tschak, der die Szene nur aus den Augenwinkeln verfolgt hatte, wies mit einem Nicken nach links.

Der Kutter drehte bei und steuerte einen Durchlass in der Mauer des schiefen Wolkenkratzers an, der wie ein gewaltiger Höhlenschlund aussah. Rechts und links vom Durchlass waren Fensterreihen zu sehen, in den Räumen dahinter plätscherte Wasser. Auf einem Balkon an der Mauer stand ein Bärtiger in einem Segeltuchumhang auf sein Gewehr gestützt. Noch weiter oben ragte aus einem Fenster ein langer Maschinengewehrlauf. Der Schütze korrigierte gerade den Patronengurt, während sein Kollege sich auf das Fensterbrett stützte und uns beobachtete.

Die Mönche schalteten einen Scheinwerfer an Deck an und der Kutter glitt in den Durchlass, wobei die Bordwand beinahe über den bröckeligen Beton schleifte.

»Djuk Aben, warum bringt man uns nicht zum Tempel?«, fragte Juna. »Was ist das für ein Ort? Oder wolltet ihr uns hier töten? Still und heimlich, damit keiner etwas davon mitbekommt …?«

»Vorerst hat keiner hier vor, euch zu töten«, erwiderte der Mönch. »Weder dich noch diese beiden hier.«

»Vorerst?«

»Alles geschieht nach dem Willen des Herrschers, Juna Galo.«

Djuk gab den Befehl, den Motor abzuschalten. Die Decken und Wände der unteren Etagen des Wolkenkratzers waren eingestürzt, sodass die Scheinwerfer eine riesige Betongrotte beleuchteten, in der das Plätschern des Wassers nur so hallte. An einer Seitenwand hinter einer höher gelegenen Tür brannte elektrisches Licht. Hatten die Mönche irgendwo weiter oben Windräder montiert? Offenbar hatten sie diese Wolkenkratzer jedenfalls in eine Festung auf dem Wasser verwandelt.

»Ich will mit Gest sprechen«, erklärte Juna entschieden. »Mir ist klar, dass hier alles mit seinem Wissen geschieht, oder genauer, auf seinen Befehl hin. Aber ich will mit ihm reden!«

»Der Herrscher wird dich empfangen«, bestätigte Djuk Aben.

»Dann wiederhole ich jetzt meine Frage: Warum bringt ihr uns nicht in den Tempel?«

In der Tür erschienen Mönche und ließen eine ausziehbare Leiter herab, die direkt über unserem Deck endete.

Der ehrwürdige Djuk kletterte auf die Leiter und reichte Juna die Hand.

»Du hast mir nicht geantwortet«, sagte sie, ohne sich zu rühren.

Der Mönch schüttelte den Kopf:

»Juna Galo, zwing mich nicht etwas zu tun, was ich nicht tun möchte. Wenn es nötig ist, können wir dir auch Handschellen anlegen wie diesen zwei dort, und dich einfach nach oben tragen. Ich will das nicht, denn ich kenne deinen Vater und ich achte ihn. Folge mir jetzt.«

»Und diese Achtung vor meinem Vater hindert dich daran, meine Frage zu beantworten?«

»Wir bringen euch zum Tempel«, sagte Djuk geduldig. »Aber aus gewissen Gründen geht das nicht auf dem üblichen Weg. Du hast die Schüsse gehört und kannst dir selbst ausrechnen, was da vor sich geht. Deshalb bringen wir euch von der anderen Seite in den Tempel. Es ist nicht mehr weit – wir stehen hier buchstäblich vor seinen Toren. Vor seinen unterirdischen Toren. Gehen wir.«

19.

Das riesige, stark verrostete Rohr ragte zwischen den eingestürzten Deckenwänden der unteren Etagen vor uns aus dem schwarzen Wasser. Es war mit einem dicken Deckel verschlossen, der fest in einer Gummifassung lag und von einem schweren Verschlussrad fixiert wurde.

Nachdem einer der Mönche das Verschlussrad aufgedreht und den Deckel aufgeklappt hatte, betrat Djuk Aben, eine Lampe hoch über den Kopf haltend, als Erster die Gitterstufen, die an der Innenwand des Rohrs angeschweißt waren. Es folgten Manichej, Juna, ich und Tschak und drei weitere bewaffnete Mönche. Dann wurde die Luke über uns krachend zugeschlagen und das Verschlussrad quietschend zugedreht.

Wir hörten, wie das Wasser von außen gegen das Rohr klatschte, aber bald verlor sich das Geräusch. In der betäubenden Stille spürte ich einen heftigen Druck auf den Ohren und musste mehrmals schlucken. Wir kletterten über glitschige Stufen immer tiefer, einmal wäre ich mit meinen glatten Plastiksohlen fast ausgerutscht, aber der Mönch hinter mir packte mich am Kragen und riss mich hoch.

Das Rohr führte schließlich in eine Höhle aus Erde, dann durchquerten wir mehrere Tunnel, die mit hölzernen Balken abgestützt waren, ehe wir über eine eiserne Treppe noch weiter nach unten stiegen.

Irgendwann wurde es heller, die Mönche löschten nach und nach ihre Lampen. Von unten hörten wir Stimmen, außerdem undefinierbaren Lärm und rhythmisches Klirren. Als ich sah, woher die Geräusche kamen, blieb ich stehen. Auch Tschak hielt neben mir, gab mir mit der Schulter einen Schubs in die Seite und stieß einen Pfiff aus.

Wir befanden uns am Rand eines nicht sehr großen unterirdischen Eisenbahndepots mit drei nebeneinanderliegenden Gleispaaren. Die beiden äußeren Gleise bestanden jeweils nur aus kurzen Strängen, aber die mittleren Schienen verschwanden in einem dunklen Tunnel.

»Führen sie etwa unter dem See durch?«, flüsterte Tschak mir zu.

Unter der hohen Decke hing ein Verladekran mit einem Haken an einer Kette. Über die eisernen Sprossen des Krans kletterte ein bärtiger Mönch in schwarzem Anzug und zog ein Kabel hinter sich her. Auf der anderen Seite des Depots schoben vier Mönche einen großen Schweißapparat vor sich her. Vor einem Amboss stand ein dicker Mann mit Schürze und hämmerte auf ein glühend heißes Metallband ein, das ihm ein bartloser Mönch mit einer langen Zange hinhielt.

Auf dem mittleren Gleis stand eine Diesellok. Vorne befand sich die Fahrerkabine mit einem vom Ruß geschwärzten Stummelschornstein, und daneben war eine Tonne festgeschweißt, vermutlich mit Kühlwasser für den Motor. Dieser verbarg sich zusammen mit den anderen Maschinenteilen unter einer panzerdicken Metallverkleidung. Hinter der Kabine befand sich ein gusseiserner Vorratsbehälter für den Brennstoff, in dessen Öffnung ein geriffelter Schlauch steckte. Das andere Ende des Schlauchs führte zu einem Tank auf dem Nachbargleis. Die Sauganlage brummte leise vor sich hin, die Lok wurde gerade aufgetankt. Hinten an der Lok war noch ein Plattformwagen befestigt, auf den man die Karosserie eines Busses montiert hatte. Von den mit Metallplatten zugenieteten Fenstern sah man nur noch schmale Schlitze, wie Schießscharten; das hintere Ende des Wagens bestand aus einer offener Plattform mit einem Geländer aus Bewehrungseisen und einem breiten Trittbrett davor. Auf das Geländer gestützt, stand ein Mönch mit kurzem, blondem Bart und rauchte Pfeife.

Djuk steuerte auf eine angelehnte eiserne Tür am gegenüberliegenden Ende des Depots zu. Als wir an dem Mönch mit der Pfeife vorbeigingen, wandte sich dieser zu uns, und der Ehrwürdige rief mit erhobener Hand:

»Ich grüße dich, Meister Alexander.«

Der andere hob wortlos die Hand zum Gruß. Einige der Mechaniker-Mönche blickten sich nach uns um, aber keiner unterbrach seine Arbeit.

»Hätten sie uns mit diesem Ding hier entgegenkommen sollen?«, fragte Tschak leise. »Davon hat Potschtar doch gesprochen …«

»Schweig, Kurzer.«

Der Lauf des Revolvers landete auf Tschaks Kopf, und der Zwerg fuhr auf:

»Wenn du mich noch einmal schlägst«, sagte er mit gefletschten Zähnen, »ist das dein Ende, du fettes Scheusal.«

Als Antwort lachte Manichej dröhnend, strich sich über den Bart und stieß Tschak dann so fest mit dem Revolver in den Rücken, dass dieser fast gefallen wäre.

»Aufhören«, befahl Djuk und drückte die Tür auf.

Wir betraten eine Schlosserei, wo mehrere Mönche in Kitteln arbeiteten, durchquerten den Raum, kamen in einen langen, aus Ziegel gemauerten Gang ohne Fenster und erreichten endlich über zwei Treppen nach oben einen Raum, von dem drei Türen abgingen. Eine davon war mit einem schweren Schloss gesichert. In diesem Raum saß ein kleiner, dicklicher Mönch und putzte einen Karabiner. An der Wand neben ihm lehnte eine Lanze.

Als wir eintraten, schob der Mönch eilig etwas unter die Tischplatte und sprang auf. Djuk ging zu ihm und begann, leise auf ihn einzureden, während die drei Wachen und Manichej hinter uns stehen blieben. Endlich nahm der kleine Mönch einen Schlüssel von seinem Gürtel und begann das Schloss einer Tür zu öffnen. Tschak nickte mir zu, und ich ging in die Knie, damit der Zwerg mir ins Ohr flüstern konnte:

»Unglaublich, wie viele Geheimgänge es hier unter dem Tempel gibt, oder? Ich weiß nicht, was mit dir ist, aber mich werden sie ganz sicher umlegen. Ich habe zu viel geseh…«

Eine breite Hand fuhr auf seinen Nacken nieder, der Zwerg stürzte zu Boden und schlug sich das Kinn an. Mit Mühe kam er wieder auf die Knie und zischte:

»Dein Stündchen hat geschlagen, Fettsack. Hörst du? Ich verspreche es dir!«

»Wirklich wahr?!« Manichej beugte sich grinsend über ihn. »Und was willst du tun, Kurzer? Spuckst du mir ins Gesicht?«

Statt einer Antwort sprang Tschak in die Höhe und trat ihm mit aller Kraft gegen das Knie. Der Schwarzbärtige holte zum Schlag aus. Seine Faust war riesig und er hätte Tschak leicht den Kopf einschlagen können. Juna Galo schrie:

»Fass ihn nicht an!«

»Manichej«, fuhr Djuk Aben dazwischen.

»Komm schon, Djuk, sieh doch nur, was er da für ein Auge auf der Stirn hat«, dröhnte der andere. »Der ist ein Gotteslästerer aus Belowodje, dieses Schwein, ein gotteslästerlicher Krabodianer! Den muss man doch vernichten, diesen heidnischen Wurm.«

»Ich habe das Zeichen vom Kult des höchsten Verräters Krabod bereits gesehen«, sagte Djuk scharf. »Mit diesem … Mutanten-Zwerg befassen wir uns später, jetzt lässt du ihn in Ruhe. Juna Galo, du kommst mit mir, Manichej auch.« Er wandte sich an den Mönch mit den Schlüsseln. »Diese zwei hier steckst du in getrennte Zellen. Gib ihnen zu essen. Und pass gut auf, Grigori, sie sind gefährlich.«

»Schon klar, Djuk«, entgegnete der kleine Mönch und schob den Riegel zur Seite.

Wir wurden in einen Gang geführt, an dem zu beiden Seiten massive Türen lagen. Riegel, Gitterfenster, ein vertrautes Bild. So etwas hatte ich auch schon in der Isolationshaft gesehen, aus der ich dank Doktor Hubert entkommen war.

Soweit ich das beurteilen konnte, waren die meisten Zellen leer. Aus einer erklang Gebrüll, ein verzerrtes Gesicht presste sich von innen gegen das vergitterte Fenster, haarige Hände umklammerten die Stäbe.

»Sie drehen durch«, der Aufseher nickte zu der Zelle mit dem Mutanten hinüber. »Als ob sie etwas fühlen würden. Was ist da oben los? Unruhen?«

»Wir sind von der Seite der Seetürme gekommen«, sagte einer der drei Mönche, die hinter Tschak und mir hergingen.

»Warum das?«

»Weil die Clans uns belagern, es gab eine Schießerei. Es werden sogar Katapulte aufgestellt. Die Festung tobt nur so.«

»Das meine ich ja. Da oben gibt es Unruhen, und die Mutanten hier unten drehen durch. Na gut, durchsucht die beiden, und zwar gründlich, damit sie auch wirklich nichts mehr in den Taschen oder Schuhen haben – obwohl, am besten, ihr zieht ihnen die Schuhe aus. Und auch die Gürtel. Schaut nach, ob sie nicht irgendwo eine Nadel oder Klammer im Hemd stecken haben.«

Man nahm uns die Handschellen ab, mir befahlen sie die Jacke auszuziehen. Die Mönche verbrachten eine Weile damit, sich über meinen Plastikanzug zu wundern. Sie tasteten ihn ab und trennten sogar den oberen Teil mit einem Messer ab, sodass ich nur noch in Hose und Unterhose dastand. Tschak musste ebenfalls das Hemd ausziehen, und die Schuhe wurden uns abgenommen.

Grigori schloss die beiden Türen auf, sah sich nacheinander gründlich in beiden Zellen um, ehe man den Zwerg in die eine und mich in die andere schubste und die Riegel vorschob.

Ich blickte mich um.

Licht drang nur durch das Gitterfenster in der Tür in den Raum. Die Wände waren aus Stein, an einer Wand befand sich eine erhöhte Steinplatte, darauf ein Strohhaufen. Natürlich gab es kein Kissen. Überhaupt war der Raum völlig leer.

Schnell waren meine Füße eiskalt, ich setzte mich auf den Schlafplatz und zog die Beine an. Im Gang draußen herrschte Stille, nur der Mutant begann immer wieder zu brüllen und zu toben, dann raschelte Stroh, und aus einer anderen Zelle, wo vermutlich ein zweiter Mutant saß, ertönte als Antwort ein Brummen. Ich ging zur Tür und rief durch das Gitterfenster:

»Tschak!«

Er antwortete mir nicht, obwohl ich mehrere Male rief. Im Gang klappte eine Tür, ich hörte Schritte, und plötzlich schob sich eine eiserne Spitze durch das Gitter. Grigori zielte mit der Lanze nach mir. Im letzten Moment konnte ich zurückspringen, und die Spitze erwischte mich nur an der Schulter. Ich versuchte die Lanze am Schaft zu packen, aber der Mönch zog sie schnell wieder zurück.

»Immer mit der Ruhe«, sagte er finster. »Sonst wirst du das büßen.«

»Djuk hat befohlen, dass du uns was zu essen bringst«, sagte ich. »Und Wasser.«

»Wenn die Küche liefert, bekommt ihr was.« Ich konnte Grigoris nach Fusel stinkenden Atem riechen. Im Gehen sagte der Mönch noch: »Schön ruhig halten, kapiert? Sonst tust du dir keinen Gefallen.«

Die Tür am Ende des Gangs schlug wieder zu, der Riegel klirrte. Ich setzte mich, häufte Stroh unter meinen Füßen auf und lehnte mich gegen die Wand. Der Hunger hinderte mich daran, logisch zu denken, in meinem Kopf wirbelten alle möglichen Gedanken durcheinander. Gedanken über das Machtgefüge dieser Welt, über den Mecha-Korpus, den Tempel, die Brennstoff-Clans und die Himmelsgänger. Ich legte mich hin, zog die Füße an und umfasste meine Schultern. Die Himmelsgänger – die Flieger, wie Tschak sie nannte – waren die Einzigen, die sich durch die Luft bewegen konnten, abgesehen von den geheimnisvollen Plattformen. Ich musste irgendwie Kontakt zu ihnen aufnehmen. Auf der Erde würde ich mich früher oder später schlecht fühlen, ich musste hoch hinauf, in den Himmel, ob im Flugzeug oder im Luftschiff war mir gleich. Und deshalb musste ich diese Himmelsgänger finden. Aber davor wollte ich noch Juna Galos Vater treffen und alles aus ihm herausbringen. Mit diesem Gedanken schlief ich ein.

Tschak stand über mir und beobachtete mich mit seinen ungewöhnlich hellen Augen. Auch sein drittes Auge, das tätowierte auf der Stirn, blickte mich an. Im ersten Moment dachte ich, ich würde noch schlafen und den Zwerg im Traum sehen, aber dann kam ich zu mir, setzte mich auf und rieb mir die Augen. Nein, er verschwand nicht. Ich stellte die Beine auf dem Boden auf und spürte die Kälte der Steine, was mich endgültig wach machte. Mein Blick wanderte zur Tür, sie war angelehnt.

Der Zwerg stand vor mir, den Kopf leicht zur Seite geneigt.

»Wie bist du reingekommen?«, fragte ich heiser.

Nebenan brabbelte der Mutant vor sich hin. Tschak ging auf Zehenspitzen zur Tür, blickte nach draußen und lauschte.

»Wie?«, fragte ich und erhob mich.

»Es gibt immer Möglichkeiten«, sagte er flüsternd.

Ich trat zu ihm und steckte den Kopf zur Tür hinaus, schaute in beide Richtungen, sah nichts als den leeren Gang und fragte zum dritten Mal:

»Wie?«

»Jeder hat seine Geheimnisse. Du doch auch, oder etwa nicht? Sag mal, bist du wirklich aus dem Süden oder nicht?«

Ich bemerkte etwas in seiner Hand.

»Wo hattest du den Dietrich versteckt? Sie haben uns doch alles abgenommen.«

Tschak grinste geheimnisvoll, schob die Tür auf und machte einen Schritt in den Gang.

»Warum hast du dann nicht das Schloss auf dem Kutter aufgebrochen?« Ich konnte mir die Fragen nicht verkneifen.

»Wozu?« Der Zwerg trippelte durch den Gang. »Wohin hätten wir auf dem Kahn fliehen können?«

»Ins Wasser.«

»Bist du völlig verrückt, Mann? Da wäre ich doch ertrunken. Und außerdem ist der Fluss voller Schlammbeißer. Nein, nein, das Warten hat sich gelohnt … Jetzt ist der richtige Moment.«

»Aber wohin sollen wir flüchten? Draußen hockt dieser Grigori … He, was machst du?«

Ich rannte hinter ihm her, wollte ihn zurückzerren, aber Tschak war schneller. Er stand vor der Zellentür des Mutanten, etwas kratzte und klirrte, dann schob er den Riegel zur Seite. Im selben Augenblick bekam ich ihn an der Schulter zu fassen und riss ihn nach hinten, aber der Zwerg zog dabei die Tür auf. Von drinnen schlug uns ein Gestank wie aus einem Schweinestall entgegen, und wir hörten aufgeregtes Gebrüll.

»He, Wärter!«, kreischte Tschak und tauchte unter meinem Arm weg. »Grigori, zur Nekrose mit dir! Euer Mutant ist ausgebrochen!«

Der Zwerg schoss zurück durch den Gang, und ich folgte ihm. Wir sprangen in seine Zelle und lehnten die Tür an. Ich sah, dass auf Höhe des Riegels eine schmale Öffnung entstanden war, und fragte mich, wie er das gemacht hatte.

Schlüssel klirrten, die Tür quietschte in den Angeln, Grigori knurrte vor sich hin und rasselte mit dem Schlüsselbund.

»Du Idiot«, zischte ich und tippte Tschak mit dem Zeigefinger an die Stirn. »Hättest du mir nicht erst erklären können, was du vorhast?«

»Ach, du hättest meinen Plan doch nur wieder auseinandergenommen, dich aufgeplustert und dir was Besseres ausgedacht …« Er schob meine Hand weg. »Es musste schnell gehen.«

»Du gotteslästerliches Scheusal, wie bist du da rausgekommen?«, brüllte Grigori im Gang.

Wir hörten einen Schlag, einen Schrei, etwas plumpste auf den Steinboden.

»Los jetzt!« Tschak öffnete die Tür, und ich lief hinter ihm nach draußen. Grigori stand an der Wand auf ein Knie gestützt, attackierte mit der ausgestreckten Lanze einen dürren Mutanten. Er drängte seinen Gegner immer weiter auf die gegenüberliegende Wand des Gangs zu und trieb dabei die Spitze in dessen schwach behaarte, eingefallene Brust. Der Mutant umklammerte verzweifelt mit beiden Händen den Schaft der Lanze und zog daran, während er halb auf dem Rücken liegend langsam über den Steinboden geschoben wurde.

Der Wärter hörte unsere Schritte und blickte sich zu uns um. Ich sprang, und im selben Moment beging Grigori einen schweren Fehler. Anstatt die Lanze fallen zu lassen und das lange Messer an seinem Gürtel zu ziehen, versuchte er in seiner Verwirrung, die Lanze gegen mich zu richten. Er riss sie aus der Brust des Mutanten, aber ich war bereits bei ihm. Der Schaft des Spießes prallte gegen meine Beine, dann stürzte ich mich auf den Mönch, knallte ihm meine Faust ins Gesicht, warf ihn zu Boden und ließ mich mit angezogenen Beinen auf ihn fallen. Unter meinen Knien knackten Rippen, ich richtete mich etwas auf, packte Grigori an den Haaren und hämmerte seinen Kopf zweimal gegen den Steinboden.

Tschak drückte sich an uns vorbei und klopfte mir dabei auf die Schulter:

»Toll, Söldner, im Prügeln bist du richtig gut. Jetzt musst du nur noch lernen, dein Hirn auf Touren zu bringen.«

Der tote Mutant lag halb gegen die Wand gelehnt mit ausgestreckten Beinen und nach vorne hängendem Kopf da. Ich öffnete die Gürtelschnalle des Mönchs, zog ihm den Gürtel ab und legte ihn um. Nach einem kurzen Blick auf das Messer, das jetzt an meiner Hüfte hing, hetzte ich hinter Tschak her.

Der Raum mit den drei Türen war leer. Auf dem Tisch lag ein Karabiner, der dem Gewehr ähnelte, das ich am Riesenrad gekauft hatte. Daneben ein Fetzen grobes gelbliches Papier mit Fettflecken, auf dem mehrere Patronen lagen. Tschak nahm mir den Karabiner aus der Hand und sagte:

»Nein, diesmal nehm ich die Knarre. Du kannst die Lanze behalten, die ist für mich zu groß. Da drüben liegen unsere Klamotten, und die Schuhe stehen da hinten. Los, wir ziehen uns an und verschwinden.«

Der Zwerg schlüpfte in sein Hemd, dann tauchte er unter den Tisch und kam mit einer Flasche in der Hand zurück. Er öffnete sie, roch an ihrem Inhalt und hustete. Trotzdem setzte er sie an und nahm einige Schlucke, ohne das Gesicht zu verziehen.

»Trink auch, Mann, das gibt uns ein bisschen Mut«, sagte er und hielt mir die Flasche hin.

Der hochprozentige Beerenschnaps brachte mich wieder auf die Beine. Nach ein paar Schlucken verschloss ich die Flasche mit dem Korken und schob sie in meine Tasche. Während ich Jacke und Schuhe anzog, kehrte Tschak in den Gefängnisgang zurück, durchsuchte Grigori und nahm die Lanze an sich.

»Da, vergiss die nicht.« Er ließ die Waffe zu meinen Füßen fallen, dann kletterte er auf den Tisch, hockte sich hin und entrollte ein Stück Papier, das er in den Taschen des Mönchs gefunden hatte. Daneben legte er ein Feuerzeug.

»Rauchst du auch, Söldner? Unser Grigori hier war ein Lebemann, er liebte den Tabak und den Schnaps. Für Mönche doch eigentlich verboten, dachte ich.«

Ich schüttelte den Kopf, überlegte es mir dann aber anders: »Vielleicht tut es gut.«

Mit seinen kleinen geschickten Fingerchen drehte Tschak zwei Zigaretten, zündete sich eine an und reichte mir die andere zusammen mit dem Feuerzeug.

»Rauch das Ding und dann nichts wie weg von hier«, sagte er.

Der Tabak war genauso stark wie der Fusel. Schon nach dem ersten Zug drehte sich alles in meinem Kopf. Ich stieß den bläulichen Rauch aus, warf die Zigarette zu Boden und trat sie aus. Das Feuerzeug steckte ich ein.

»Wohin willst du?«

»Nach unten, zurück. Wohin denn sonst?«

»Warum nach unten?«

»Du bist ein typischer Riese. Ich frage mich nur, welcher Mutant mir dich beschert hat!« Er drehte an seinem Ohrring. »Wo befinden wir uns denn deiner Meinung nach?«

»Unter dem Tempel.«

»Genau! Mann von großem Verstand! Ganz recht, unter dem Tempel. Und wie willst du hier rauskommen? Willst du oben durchtrampeln? Mitten durch die Mönche? Irgendwo über uns sind die Gemächer des Herrschers! Außerdem hast du doch gehört, dass die Brennstoffler den Tempel belagern, das heißt, hier ist jetzt jeder auf der Hut. Ein Haufen Bärtiger mit Gewehren. Wie sollen wir da unbemerkt durchkommen?«

»Gar nicht, wir nehmen die Diesellok«, sagte ich.

»Was? … Ah! Du meinst die Zugmaschine. Da unten gab es kaum Wachen, da hast du recht. Genau, das tun wir, wir werfen die Maschine an und fahren in den Tunnel.«

»Und dann?«

»Das überlegen wir später. Als Erstes müssen wir den Tempelbereich verlassen. Aber wenn wir hier nach oben gehen, ist es aus mit uns, weil …«

»Gut«, unterbrach ich ihn. »Aber zuerst holen wir Juna.«

»Was?!«, kreischte der Zwerg. »Wozu das denn? Hast du nicht gehört, was ich dir eben verklickert habe?«

Ich beugte mich zu ihm und drückte seine schmale Schulter mit den Fingern. Tschak verzog das Gesicht.

»Wir müssen Juna holen«, sagte ich sehr deutlich, Silbe für Silbe und blickte ihm in die Augen.

Der Zwerg zog die Schultern hoch und schüttelte meine Hand ab. Mit dem Ellenbogen drückte er die Tür zu der Treppe auf, über die wir gekommen waren.

»Da mach ich nicht mit, Söldner.«

»Hast du die Belohnung vergessen, die sie uns versprochen hat?«

»Nein, aber …«

»Sieben Goldstücke«, sagte ich.

»Mein Leben ist mir mehr wert als sieben Goldstücke! Dort oben treiben sich massenhaft Mönche rum! Und Opferpriester! Kann schon sein, dass sie dich nicht töten, aber mich ganz sicher.«

»Es geht doch nicht nur um das Geld. Wenn wir Juna Galo retten können, wenn wir am Ende doch eine Möglichkeit finden, die Nekrose zu bekämpfen, wenn wir das schaffen … Dann wird sie uns für immer dankbar sein, oder nicht?«

»Sicher, na und?« Tschak kapierte nicht, was ich sagen wollte. »Für meinen Geschmack zu viele ›Wenns‹, Söldner.«

»Das gehört zu jeder riskanten Operation. Stell dir doch mal vor, wir kehren zusammen mit Juna nach Arsamas zurück. Als Sieger. Sie führt uns in ihre Festung oder wo die Oberhäupter da wohnen …«

Tschak geriet ins Schwanken. Dann sagte er, während er über die Schwelle trat:

»Nein, ich gehe trotzdem nicht nach oben. Du hast mich zwar mit deinem cleveren Gerede schön durcheinandergebracht, Söldner, aber ich lasse mich nicht verführen … Na gut, pass auf: Ich warte unten auf euch. Ich richte mich schon mal in dieser Diesellok ein, schau mich um, bereite alles vor. Das ist es, was ich gut kann, unbemerkt irgendwo reinschlüpfen. Da werde ich auf euch warten. Aber beeilt euch, hörst du mich? Schluss aus, mehr gibt es nicht zu bereden.«

»Gut, aber dann gib mir den Karabiner.«

Tschak blieb auf der obersten Stufe stehen, vorgebeugt, verharrte einen Augenblick reglos, ehe er den Gewehrriemen von der Schulter gleiten ließ. Während ich mir den Karabiner über die Schultern hängte, suchte Tschak die Patronen aus seiner Tasche.

»Ich meine es ernst, Mann – ich werde auf euch warten. Aber nicht ewig. Du solltest da auch nicht hochgehen. Vergiss das Mädchen. Du wirst sie so oder so nicht aus dem Tempel befreien können, das ist völlig aussichtslos.«

»Ich kann nicht anders«, sagte ich. »Du weißt nicht alles, und jetzt ist nicht der Moment, um es dir zu erklären. Ich brauche sie. Ich brauche sie wirklich.«

»Wie du willst.« Er reichte mir die Patronen. »Viel Glück, Söldner. Du hast das Mädchen nie im Leben so wenig gebraucht wie jetzt.« Eilig begann er die ausgetretenen Stufen hinunterzusteigen, fast so unbeholfen wie ein Kind.

Ich ließ die Patronen in meine Tasche gleiten, schloss die Tür zur Treppe, dann nahm ich die Lanze. Ich holte aus und rammte die Spitze in die niedrige Decke, dann schnitzte ich mit Grigoris Messer eine tiefe Kerbe in die Mitte des Holzschafts, zog die Lanze wieder heraus und brach sie über meinem Knie in zwei Teile. So halbiert würde mir die Waffe in diesen Gängen weit nützlicher sein. Ich konnte sie als Schlagstock einsetzen und meinen Angreifer bei Bedarf mit der Spitze durchbohren.

Dann verbrachte ich noch einige Minuten damit, Grigori das schwarze Hemd auszuziehen und es mir überzustreifen. Juna hatte auf unserer Tunnelfahrt erzählt, dass man diese Hemden Halbkutten nannte. Die Reithosen des Mönchs waren zu kurz und in der Taille zu weit, aber ich nahm sie dem Wärter trotzdem ab und fesselte mit der Hose seine Hände auf dem Rücken. Er stöhnte, kam aber nicht zu Bewusstsein. Ich schleppte ihn in eine Zelle, den toten Mutanten in ein andere, und schloss die Türen. Zum Schluss verriegelte ich die Tür, die in den Gefängnistrakt führte und verschloss auch sie mit dem Schlüsselbund des Mönchs, das ich anschließend unter den Tisch warf. Die Ärmel der Halbkutte waren ziemlich kurz, dafür war sie an den Schultern weit geschnitten und zwängte mich nicht ein.

Ich stellte den Gewehrgurt etwas weiter, rückte den Karabiner auf dem Rücken zurecht, öffnete die dritte Tür, spähte ins Halbdunkel, wo ich eine Steintreppe erblickte und begann sie hinaufzusteigen.

20.

Nach kurzer Zeit hörte ich Schüsse.

Ich blieb am Anfang eines langen, gewundenen Korridors stehen, der leicht abschüssig verlief. Mit dem Karabiner schob ich vorsichtig einen Vorhang vor einem Fenster mit trüber Verglasung zurück. Das erste Fensterglas, das ich in dieser Welt sah.

Der Korridor befand sich im untersten Stockwerk eines Gebäudes, das von Granitmauern umgeben war. Die untergehende Sonne beleuchtete die Spitzen mehrerer roter Türme. Der Kreml! Das war es also, was sie Festung nannten … Immer wieder leuchteten Stichflammen in den Fenstern auf, aus denen geschossen wurde. Über einem flatterte eine schwarz-gelbe Flagge. Alles klar – aber wo befand ich mich? In der Christ-Erlöser-Kathedrale, genau. Von der zentralen Kuppel konnten die Mönche den Innenhof des Kremls, das heißt der Festung, beschießen und auch den Vorplatz des Mausoleums. Ich hätte gern gewusst, ob das noch stand.

In dem von Granitmauern umgebenen Innenhof der Kathedrale wuchsen Bäume in gleichmäßigen Reihen. Gepflasterte, gerade Wege zogen sich durch den gepflegten Hof. Neben den Wachhäuschen standen Mönche mit gelben Binden um den Oberarm. Überall brannten offene Feuer. Ein Pferd ohne Schweif zog eine 45er Panzerabwehrkanone mit eckigem Geschützschild, die auf Plastikrädern montiert war. Hinter dem Pferd ging ein Mönch, der die Hand auf den Geschützlauf gelegt hatte.

Gerade als ich vom Fenster zurückwich, knallte am anderen Ende des Gangs eine Tür. Ich hörte Stimmen und schnelle Schritte. Sofort tauchte ich unter den Vorhang und kletterte aufs Fensterbrett. Der Vorhang hing glatt herunter. Die Schritte wurden lauter, dann war es plötzlich still. Ich konnte die Leute nicht sehen, aber möglicherweise konnten sie meine Silhouette vor dem Abendlicht ausmachen, auch wenn der Vorhang aus festem Stoff war …

»Was ist passiert?«, fragte eine Stimme direkt neben mir.

Etwas knarrte.

Ich hob den Karabiner, um direkt durch den Vorhang zu schießen, aber da hörte ich eine andere Stimme:

»Das Blut versaut den ganzen Boden. Schneller, er stirbt!«

»Ich verbinde ihn nur besser«, sagte eine dritte Stimme.

Dann erklang ein Stöhnen, wieder Knarren, Schritte – die Männer entfernten sich in die Richtung, aus der ich gekommen war.

Ich spähte vorsichtig hinter dem Vorhang hervor und blickte vier Mönchen hinterher, die einen Verletzten auf einer Bahre trugen. Dem Mann hatte man die Halbkutte abgenommen und er blutete offensichtlich stark aus einer Bauchverletzung.

Die Männer verschwanden hinter einer Biegung des Gangs. Kurz danach knallte eine Tür. Ich rutschte von der Fensterbank und wollte schon vom Fenster wegtreten, aber etwas drängte mich dazu, mich umzusehen. Auf einem der gepflasterten Wege stand ein ganz junger Mönch und starrte mich an. Als unsere Blicke sich trafen, zuckte er zusammen, zog sein Gewehr vom Rücken und stürzte zu einem Eingang irgendwo links von mir.

Ich hob den Karabiner und zielte durch das Glas auf den Mann. Nein, schießen verbot sich – die Mönche würden sofort aus allen Ecken zusammenlaufen. Was tun? Gleich würde der Kerl Alarm schlagen.

Ich überlegte fieberhaft: Der Eingang, zu dem der Mönch gestürmt war, führte vermutlich ins Nachbargebäude. Ich rannte los, bis ich die nächste Tür erreichte, riss sie auf, ohne vorher zu lauschen, ob sich jemand dahinter befand, und sprang mit erhobener Waffe in den Raum.

Die gewaltige Halle vor mir war mit Parkett ausgelegt und wurde von einer hohen gewölbten Decke überspannt. Sie war leer. Auf der einen Seite führte eine Marmortreppe nach oben, auf der anderen befand sich eine massive Tür, davor ein ausgetretener Teppich.

Es war dieselbe Tür, auf die der Mönch von außen zulaufen musste.

Ich stellte mich seitlich davon auf, ließ den Karabiner sinken und hob die halbierte Lanze über den Kopf. Die Tür schlug auf, der Mönch stürmte mit vorgehaltenem Gewehr in die Halle. Zwischen den Lippen hielt er eine hölzerne Pfeife. Es gelang ihm sogar noch, einen Pfiff auszustoßen, dann knallte die Spitze meines Spießes flach gegen seine Stirn.

Fast hätte der Mönch seine Pfeife verschluckt, als er mit dem Gesicht nach vorne auf den Teppich fiel. Ich sprang auf ihn, schob den Schaft des Spießes unter seinem Kinn durch, presste mein Knie in seine Rippen und zog den Spieß an beiden Enden zu mir und drückte ihn in den Hals des Mönches. Er röchelte, versuchte mit den Fersen nach mir zu treten.

Ich würgte ihn weiter, während ich mit einem Bein die Tür zustieß, dann beugte ich mich vor und flüsterte:

»Wenn du losjaulst – leg ich dich um! Ein Laut – und du bist am Ende, verstanden?«

Er hustete, versuchte zu nicken. Ich öffnete die Hände, ließ den Spieß los, und der Junge fiel mit dem Gesicht auf den Teppich. Ich griff mir seine Waffe und hängte sie mir über die Schulter. Dann nahm ich das Messer, drehte dem Mönch die rechte Hand auf den Rücken, hielt ihm die Klinge an den Hals, richtete mich auf und zwang ihn, aufzustehen.

Er war kleiner als ich und viel leichter. Ein rotwangiger Junge mit einem noch spärlichen, rötlichen Bartwuchs und Sommersprossen im Gesicht. Der Kragen seiner Halbkutte war aufgerissen und seine Nase blutete.

»Wo ist Juna Galo?«, fragte ich.

»Der Junge hustete wieder, und ich lockerte meinen Griff leicht.

»Wo wird sie gefangen gehalten?«

»Wer?«, fragte er mit heiserer Stimme.

»Juna Galo, die Unterhändlerin des Mecha-Korpus.«

»I-ist … sie etwa hier i-im Tempel?«

»Ja, irgendwo hier. Wie heißt du?«

»Tim… Tim-mofej.« Er zog die blutende Nase hoch und konnte ein Stottern nicht unterdrücken.

»Ich werde dich nicht töten, wenn du meine Fragen beantwortest und tust, was ich sage. Die Unterhändlerin wurde auf unterirdischem Weg hergebracht. Wo ist sie jetzt?«

»Ich weiß es nicht!«, stöhnte er. »Ich bin nur …«

»Dann versuch es dir vorzustellen. Sie ist eine Gefangene, sie muss festgehalten werden, in einem abschließbaren Raum. Aber gleichzeitig ist sie eine wichtige Person, man wird sie nicht in eine normale Zelle stecken, sondern sie an einem Ort einsperren, von wo sie zwar nicht flüchten kann, aber wo es warm ist, wo Sitzgelegenheiten sind und man sich normal unterhalten kann. Der Herrscher wird vermutlich mit ihr sprechen wollen … Na, wo ist sie? Denk nach, Timocha! Nur so kannst du dein Leben retten.«

»Im ersten kleinen Turm«, schrie er. »Wenn der Herrscher mit ihr sprechen will, und sie eingeschlossen sein soll, aber nicht in einer Zelle, dann kann sie nur im ersten kleinen Turm sein, ganz oben!«

»Wo ist dieser Turm?«, fragte ich. »Wo sind wir jetzt?«

»Wir sind im zweiten kleinen Turm. Der erste – liegt hinter diesem Gang da. Der dort seitlich verläuft, wie in einem Bogen …«

Ich verdrehte seinen Arm stärker, und Timofej verstummte stöhnend.

Wenn der Junge nicht log, bedeutete das, dass sich Juna in dem Turm direkt über dem unterirdischen Ausgang befand, aus dem ich gekommen war. Aber der Aufgang war mit einem Gitter versperrt gewesen, daher hatte ich diesen Gang genommen.

»Gibt es weiter oben noch eine Verbindung zwischen dem ersten und dem zweiten Turm, einen Übergang?«, fragte ich, und lockerte meinen Griff wieder etwas.

»Ja, ein überdachter Gang verläuft zwischen den Türmen, aber da kommt keiner durch.« Er weinte, Blut und Tränen liefen über seine Wangen und sein rötlich behaartes Kinn. »Da … stehen die … Opferpri-priester. Sie schießen bei der klein-einsten Bewe-wegung …« Der Mönch stotterte wieder.

»Opferpriester?«, fragte ich und erinnerte mich an Luka Stiditsch. »Was für Opferpriester?«

»Das … si-ind die Wachen des Herrschers …«

»Und einen anderen Zugang gibt es nicht?« Ich ging auf die Marmortreppe zu, schob den Kerl vor mir her. Das trockene Parkett knarrte bei jedem Schritt.

Der Idiot schüttelte als Antwort auf meine Frage den Kopf, und dabei ritzte ihm die Klinge meines Messers die Haut an der Kehle auf. Timofej quietschte auf und hustete wieder. Ich warf einen Blick die Stufen hinauf, konnte aber nur einen breiten Treppenabsatz zwischen den Stockwerken erkennen.

»Wie viele Opferpriester gibt es, Timocha?«

»Zwei … ja, zwei auf jeden Fall. Vielleicht auch drei, ich weiß es nicht … Ich … Töte mich nicht!«

»Ich sage dir doch: Ich werde dich nicht töten, wenn du mir antwortest. Wo stehen sie? Sprich!«

Er unterdrückte ein Schluchzen, dann begann er mir zu erzählen, was er wusste. Schließlich fragte ich noch:

»Ist der Boden dort wie dieser hier?«

Er wusste es nicht. Ich musste mich beeilen und zerrte den Mönch hinter die Treppe. Timofej vermutete, dass ich ihn nun töten würde, zuckte heftig und schluchzte vor sich hin. Aber ich gab meinem Gefangenen nur einen Schubs nach vorne und schlug ihn dann mit dem Schaft des Karabiners in den Nacken.

Wie ein gefällter Baum stürzte der Mönch auf das Parkett nahe der Wand. Ich hatte keine Zeit, ihn zu fesseln, außerdem erschien es mir sinnlos. Wenn ich noch immer in diesem Turm sein würde, wenn der Junge zu sich käme, dann war ohnehin alles zu spät.

Ich rannte die Stufen nach oben. Über der einen Schulter baumelte das Gewehr des Mönchs, über der anderen der Karabiner. Für mich war es ein Glücksfall, dass der Tempel unter Beschuss stand. Anders wäre ich hier sicher nicht ungehindert hochgekommen. Aber so waren offenbar alle Mönche auf den Außenmauern postiert, bewachten die Tore und den Hof – der Turm war leer.

Wie ich feststellte, bestand der Übergang, von dem Timofej gesprochen hatte, aus einem Gang, der wie ein gespannter Bogen bis zur Mitte anstieg, um zur anderen Seite wieder abzufallen, und so die beiden Türme miteinander verband.

Der gesamte zweite Stock bestand aus einem quadratischen Saal mit verhängten Fenstern und hölzernen Balken unter der Kuppel. Von dort gab es nur zwei Zugänge, den von der Marmortreppe und den anderen in den bogenartigen Gang hinein.

Ich schlich lautlos zu der breiten, türlosen Öffnung zum Gang, blieb dort neben dem Durchgang stehen und lauschte. Dann ließ ich mich flach auf den Boden nieder und spähte sehr vorsichtig um die Ecke.

Der mit Parkett ausgelegte Gang stieg leicht an. Weiter oben wurde er durch eine Art Tresen verstellt, in dem sich eine kleine Pforte befand. Hinter diesem Tresen standen zwei Wachen – keine Mönche, sondern bartlose Typen in weiter gelber Kleidung. Sie trugen Stirnlampen auf dem Kopf, die trübes Licht verströmten. Ich fragte mich, ob die Mönche Windräder hatten oder Strom aus Wasserkraft erzeugten. Jedenfalls gingen sie sparsam mit ihrer Energie um. Oder sie hatten ihre Lampen aus Sicherheitsgründen runtergedimmt, damit man sie von der Festung der Brennstoff-Clans aus nicht sehen konnte.

Wegen des schwachen Lichts bemerkten mich die Wachen nicht, obwohl beide in meine Richtung blickten.

Ich setzte mich auf und lehnte mich an die Wand. Mein Herz schlug heftig. Ich holte die Flasche mit dem Schnaps aus der Tasche und trank einen großen Schluck. Meine Hand zitterte dabei leicht. Ich nahm einen zweiten Schluck, dann spuckte ich leise aus.

Wenn Tschak es geschafft hatte, sich in die Diesellok zu stehlen, würde er bald abfahren. Auch Timofej unten würde bald aufwachen. Außerdem konnte jeden Moment jemand die Treppe raufkommen.

Ich schüttete Schnaps aufs Parkett. Auch den hölzernen Rahmen des Durchgangs bespritzte ich damit. Dann holte ich das Feuerzeug raus und drehte das Reibrad.

Der Schnaps auf dem Boden fing Feuer. Leise zischend dehnte sich die bläulich brennende Pfütze über die trockenen Dielen aus, Flammen züngelten am Türrahmen hinauf. Ich brach mit dem Messer eine einzelne Diele heraus, deren eines Ende schon brannte, packte sie wie einen Stock am anderen Ende und kroch auf Knien zum nächstgelegenen Fenster. Aus dem Gang hörte ich ein Knarren, dann Stimmen:

»Schau mal!«

»Was ist das, Feuer?«

»Ja, es brennt … Vielleicht ist eine brennende Kugel in den Turm gedrungen?«

»Das hätten wir doch gemerkt …«

Jetzt wurden Schritte hörbar. Ich tauchte hinter den Vorhang, kletterte auf den Fenstersims, die Parkettdiele wie eine Fackel in der einen Hand.

Ich stieß sie in den Stoff vor mir. Der begann sofort zu brennen. Ich presste meinen Rücken gegen das Fensterglas hinter mir und holte das Messer raus. Der brennende Vorhang verbreitete dichten Qualm, das Atmen fiel mir schwer.

»Das Parkett brennt! Und ein Vorhang!«, schrie jemand in meiner Nähe.

Jemand anderes antwortete von weiter her:

»Wieso brennt es hier auf einmal? Reiß den Vorhang ab, damit das Feuer die Balken nicht erfasst, dann löschst du die Flammen auf dem Boden!«

Schnelle Schritte, jemand riss krachend den Vorhang runter, und ich schlug ihm mit voller Kraft mit der brennenden Parkettdiele auf den Kopf.

Funken spritzten hoch, die Diele zerbrach, der Opferpriester knickte in den Knien ein und riss gleichzeitig die Arme hoch. Ich trat ihm mit dem Bein fest gegen die Schulter, sodass er umfiel und mit dem Gewehr in seinen Händen krachend auf den Boden knallte. Dann sprang ich auf ihn runter und stach ihm mit dem Speer in die Stirn.

»Was ist los«, hörte ich aus dem Gang. »Was hat da so geknallt, Porfiri?«

Der Opferpriester hatte ein ungewöhnliches Gewehr – es sah so aus wie mein Karabiner, aber der Lauf war kürzer, und an der Seite ragte ein langes schmales Magazin heraus – eine automatische Waffe. Die erste, die ich hier zu sehen bekam!

Das Parkett am Übergang zum Kuppelsaal rauchte, Funken spritzten auf und das Feuer fraß sich in den Türrahmen.

»Alles o.k.!«, sagte ich dumpf. »Ich lösch den Vorhang!«

Der Opferpriester vor mir am Boden trug Pumphosen und eine Jacke ohne Knöpfe, die wie eine Judojacke mit Taschen aussah. Ich drehte den Mann auf den Bauch, nahm ihm das Oberteil ab, zog die Halbkutte aus und schlüpfte in die Jacke. Dann hängte ich mir den Karabiner über die Schulter, nahm das Maschinengewehr an mich und rannte auf den Übergang zu – Timofejs Gewehr ließ ich zurück.

In der Öffnung stieß ich auf den zweiten Opferpriester.

Er hatte wohl geahnt, dass etwas schieflief. Genau genommen hatte er nur zwei Möglichkeiten zu reagieren: Entweder hinter der Absperrung in Deckung zu gehen und auf den Durchgang zu zielen, bis jemand auftauchte, oder selber nachzusehen, was los war.

Er hatte sich für letztere entschieden. Aber er stürmte nicht einfach in den Saal, sondern ging am Ende des Gangs auf ein Knie, beugte sich vor und schob sein Maschinengewehr vorsichtig um die Ecke.

Im selben Moment tauchte ich dort auf. Der Lauf des Opferpriesters landete beinahe in meinem Bauch, ich zog das Knie durch und wir schossen gleichzeitig. Ich traf den anderen in die Schulter, und seine Kugel erwischte mich an der linken Seite.

Während ich zähneknirschend vor Schmerz zurückwich, stürzte der Opferpriester auf den Rücken. Das Parkett brannte inzwischen immer stärker, und das Feuer hatte den oberen Rand des Türrahmens erreicht.

Vorsichtig tastete ich meine Rippen ab. Die Kugel war durch die Jacke in die Haut eingedrungen, die Wunde blutete stark, aber

Knochen und Organe waren unverletzt. Meine Seite brannte, als ob man mir ein glühend heißes Bügeleisen aufgelegt hätte. Ich beugte mich vor, um das Maschinengewehr des Opferpriesters aufzuheben, aber dann wurde mir klar, dass ich das nicht schaffen würde – ich würde ganz sicher nach vorne stürzen. Also ging ich in die Hocke und griff, langsam und tief ein- und ausatmend, nach der Waffe. Am liebsten hätte ich vor Schmerz laut gebrüllt. Stattdessen hängte ich mir das Maschinengewehr über die Schulter und ging auf den Tresen zu. In meinen Ohren rauschte und toste es.

Auf der anderen Seite der seltsamen Absperrung stand ein kleiner Tisch, auf dem in Vertiefungen fünf Granaten lagen, daneben eine Patronentasche mit Magazinen für die Maschinengewehre. Ich steckte mir die Granaten hinter den Gürtel und schob die Patronentasche in die breite Tasche meiner neuen Jacke. Dann ging ich weiter – jetzt schneller, obwohl meine linke Seite immer noch wie Feuer brannte. Um die Wunde würde ich mich später kümmern müssen.

Im Durchgang vor mir tauchte für Sekunden eine Silhouette auf. Ein Mönch schoss und sprang wieder in Deckung zurück. Ich zog im Laufen mit der linken Hand eine Granate aus dem Gürtel, riss mit den Zähnen den Ring der Abreißzündung von dem eiförmigen, geriffelten Sprengkörper ab, holte aus und warf. Die Granate flog nicht weit, knallte auf den Boden und rollte in den dunklen Saal am anderen Ende des Bogengangs.

Ehe sie explodierte, knallte ein zweiter Schuss und im Saal blitzte Mündungsfeuer auf. Wieder pfiff eine Kugel an mir vorbei, und dann sah ich auf einmal eine riesige, grelle Stichflamme hochschießen. Auf die donnernde Explosion folgte ein durchdringender Schrei.

Als ich den Saal erreichte, fand ich dort Manichej auf dem Boden liegend und vor Schmerz jaulend. Er hämmerte mit den Fäusten auf die Holzdielen, seine Beine zuckten wild.

Granatsplitter hatten ihm die Knöchel durchsiebt, seine Hose klebte in blutigen Fetzen an seinen Beinen. Mit einem Satz sprang ich zu dem Mönch und kickte den Revolver neben ihm am Boden mit einem Fußtritt weit in den Raum hinein. Dann trat ich zu der angelehnten Tür, aus der ein Streifen Licht in den Saal fiel.

Ich schob die Tür mit dem Lauf des MGs auf, in der anderen Hand hielt ich eine Granate bereit.

Vor mir erblickte ich einen nicht sehr großen Raum, der mit einem Bett, einem hohen Spiegelschrank und einem abgewetzten Teppich möbliert war. Auf dem Fenstersims des einzigen, vergitterten Fensters flackerte eine Öllampe. Mir gegenüber stand ein schwarzhaariger, mittelgroßer Mann mit Kinn- und Schnurrbart, der einen reich bestickten Kaftan, Pumphosen und spiegelblanke schwarze Stiefel trug. In derselben Sekunde, als ich in den Raum spähte, tauchte Juna Galo von der Seite auf. Das Mädchen riss die Lampe vom Fenstersims und schleuderte sie gegen den Fremden.

Der schwere Sockel der Lampe traf den Mann an der Schulter und verhinderte, dass sein Schuss mich traf. Er schwankte, und die Kugel aus seiner Pistole bohrte sich in den Türrahmen neben meiner Schläfe.

Ich sprang vor, um zu verhindern, dass er wieder schoss, und schlug ihm mit der Faust aufs Kinn. Obwohl ich mit der linken Hand zuschlagen musste, sorgte die Granate zwischen meinen Fingern wie ein Schlagring dafür, dass der Mann in die Knie ging. Juna stürzte sich auf ihn, umfasste seinen Hals und biss ihn ins Ohr.

Er gab einen zweiten Schuss ab, aber ich hatte seine Hand bereits gepackt und weggedreht, die Kugel schoss in den Saal hinaus. Mit dem Knie versetzte ich dem Fremden einen Stoß in den Bauch, dann landete mein Ellbogen an seinem Hals. Danach ließen Juna und ich von ihm ab und er blieb auf dem Teppich liegen.

Meine verletzte Seite brannte inzwischen so heftig, dass ich mich kaum auf den Beinen halten konnte. Juna hatte sich den Revolver geschnappt und umfasste ihn mit beiden Händen. Sie zielte auf den Mann am Boden, der jetzt wieder zu sich kam, sich aufsetzte und von unten zu uns aufblickte.

»Juna Galo, ich muss Sie davor warnen, voreilig zu handeln«, sagte er trocken, während er sich mit einer Hand das Ohr hielt. Zwischen den Fingern quoll Blut hervor.

»Sie können mich warnen, so viel Sie wollen. Ich werde Sie jetzt erschießen wie einen tollwütigen Hund, Herrscher!«, entgegnete das Mädchen, rasend vor Wut.

Ohne den Lauf des MGs von dem Mann am Boden abzuwenden, zog ich die Arme nacheinander aus den Ärmeln der Judojacke und sagte zu Juna:

»Verbind mich damit.«

Juna stöhnte leise auf, als sie die Brandwunde vom Schießpulver sah. Sie stellte sich hinter mich, legte die Jacke um meine Hüften und band sie am Rücken zusammen. Als der Stoff die Wunde berührte, kniff ich vor Schmerz unwillkürlich die Augen zusammen, riss sie aber sogleich wieder auf, um Gest, den Herrscher, nicht aus dem Blick zu verlieren.

»Es war eine Falle, Rasin«, sagte Juna zu mir. Ihre Stimme zitterte. »Sie wissen, wie man die Nekrose aufhält. Aber dazu müssen sie … sie müssen …«

»In die Nekrose?«, fragte ich.

Der Herrscher beobachtete mich neugierig. An seinem Gürtel hing ein Dolch in einer prächtig verzierten Scheide, aber er versuchte nicht, ihn zu ziehen. Das Gesicht des Mannes war trotz der Attacken, die er eben erlebt hatte, vollkommen ruhig und gelassen.

Ich fuhr fort:

»Deshalb brauchen jetzt auf einmal alle einen, der durch die Nekrose gehen kann. Weil der irgendwas da rausholen soll, mit dem man die Nekrose überwinden kann. Was ist es, Herrscher? Ein Satz Chemikalien, mit dem man die Nekrose wegätzen kann? Oder eine Napalm-Bombe?«

»Woher kennst du dieses Wort?«, sagte der Herrscher.

»Welches? Bombe oder Napalm? Und du, woher kennst du es?«

Gest stand auf, er hielt immer noch sein Ohr fest. Ich befahl ihm:

»Dreh dich um.«

Der Herrscher gehorchte und legte die Hände auf den Rücken. Sein aufgerissenes Ohrläppchen blutete noch immer.

»Schneid ein paar Stoffstreifen aus dem Bettüberwurf«, sagte ich. »Was hast du noch erfahren?«

Juna zog den Dolch aus der Scheide und ging zum Bett hinüber.

»Er hat gesagt, dass man die Nekrose mit einem gewissen Gerät zerstören kann. Es ist ein altes Gerät aus der Zeit vor dem

Untergang. Er nennt es ›Bestrahlungsgerät‹. Mik… irgendetwas mit Wellen …«

»Mikrowellen«, fiel ich ein und beobachtete, wie sich der Rücken des Herrschers anspannte.

»Genau! Das Gerät ist irgendwo unter der Erde versteckt, im Innern eines Hügels. Luka Stiditsch hat es Gest erzählt, aber woher der Opferpriester das wusste, ist nicht bekannt. Vermutlich von seinen Aufklärern. Jedenfalls war es Luka, der Gest geraten hat, mit dem Mecha-Korpus zu verhandeln …«

»Ich wollte euch wirklich helfen«, mischte sich der Herrscher ein. »Sonst hätte ich Timerlan gar nicht erst darüber informiert, dass es eine Möglichkeit gibt, die Nekrose zu bekämpfen.«

»Aber dann hast du es dir anders überlegt!« Das Mädchen riss den angeschnittenen Überwurf mit solcher Kraft auseinander, dass er mit einem Ruck in zwei Hälften zerfiel.

»Ich bin der Korporation gegenüber zu nichts verpflichtet, Juna. Dabei geht es nur um Politik. Ihr habt keinen Grund, mich zu hassen.«

»Vielleicht schon heute, spätestens morgen sterben die Menschen in Arsamas zu Hunderten! Das sind keine Mutanten, die ihr so verabscheut, sondern richtige Menschen. Familien, Kinder … Sie sterben oder sie werden zu schimmeligen, wahnsinnigen Marionetten! Und du hast aus politischen Gründen beschlossen, ihnen nicht zu helfen?«

»Ich wollte euch helfen. Aber ein Bündnis mit der Korporation hätte die Brennstoff-Clans endgültig gegen uns aufgebracht. Wie du siehst, ist das sowieso schon passiert.«

»Halt, warte«, sagte ich zu dem Mädchen, das mit den Stoffstreifen in der Hand auf den Herrscher zutrat. »Ich mache es selbst. Aber stell dich neben ihn und halt ihm die Pistole an den Kopf.«

Als das Mädchen so weit war, fesselte ich dem Herrscher die Hände auf dem Rücken.

»Was hat er noch gesagt?«

»Angeblich hat er nicht gewusst, dass der Hügel, in dem das Gerät versteckt ist, von Nekrose befallen ist. Vor zwei Tagen, als Luka schon zu dem Treffen mit mir aufgebrochen war, schickte er seine Männer unter der Führung von Djuk Aben nach Grauer Brand. Sie sollten das Gerät bergen und zum Tempel bringen. Aber als die Mönche sahen, dass der Ort von Nekrose befallen ist, kehrten sie um. Gleich hinter der Brücke wurden sie von Banditen überfallen. Djuk und der Großteil seiner Leute konnten sich retten, aber sein Assistent wurde gefangen genommen. Vermutlich haben sie ihn so lange gefoltert, bis er alles über das Bestrahlungsgerät verraten hat. Und dann hat es nicht mehr lange gedauert, bis die Brennstoff-Clans davon erfuhren …«

»Halt«, unterbrach ich sie. »Grauer Brand? Brücke? Hügel? Nekrose-Flecken?«

»Ja, was denn …?«, begann sie, verstummte dann aber.

Wir sahen uns an.

»Glaubst du etwa, dass das Gerät im selben Flecken versteckt ist, aus dem du gekommen bist?«, fragte Juna keuchend.

Ich erinnerte mich an den Raum mit der gläsernen Wand, an dem die Wachmänner mich auf dem Weg zu Doktor Huberts Versuchslabor vorbeigeführt hatten. Ich erinnerte mich an die metallische Halbkugel mit dem Gitter an der Wölbung und einem Pult an der flachen Seite. Und an die Substanz in dem Plastikkübel, die wie ein riesiges Stück selbst gemachter Seife ausgesehen hatte, die schmolz und in dicken Tropfen ins Wasser rollte …

Ein Mikrowellen-Bestrahlungsgerät, das die Nekrose zerstören konnte und in Doktor Huberts Labor konstruiert worden war?

Ich war wie vor den Kopf geschlagen – für einen Moment war mein Gehirn wie leer gefegt. Wie hingen Hubert und das Bild in seinem Siegelring mit der Tätowierung des Mädchens zusammen, die Nekrose mit dem Mirkowellengerät aus dem verlassenen Labor? Und was hatte Luka Stiditsch damit zu tun, dessen Gesicht mir so bekannt vorkam? Was für ein Chaos!

Ich schubste den Herrscher von mir weg, stieß ihm das MG in den Rücken und sagte:

»Was hat dir Luka Stiditsch sonst noch über das Gerät erzählt?«

»Ich glaube, da kommt wer, Jegor«, flüsterte Juna mir zu und drehte sich zur Tür. »Ich höre Schritte.«

»Was?!«, wiederholte ich und zog Gest am Haarschopf, gleichzeitig stieß ich ihm den Gewehrlauf in den Rücken. »Wie konnten die Aufklärer deines Priesters von diesem Gerät erfahren, wenn der Hügel von Nekrose befallen ist?«

»Luka hat mir nichts über die Nekrose erzählt«, entgegnete der Herrscher. »Er sagte nur, dass das Gerät in einer alten unterirdischen Anlage versteckt ist, in einem Hügel nicht weit von einer Eisenbahnbrücke, die über ein ausgetrocknetes Flussbett führt. Er sagte, dass es schwer wäre, dorthin zu kommen, und dass deshalb keine Gefahr besteht, dass es sich jemand anderes sichern könnte. Luka war überzeugt, dass es sinnlos war, das Gerät schon zu bergen, ehe man es einsetzen wollte. Er schlug vor, dass er persönlich das Gerät holen und nach Arsamas bringen könnte, falls die Verhandlungen erfolgreich wären.«

»Und da bist du misstrauisch geworden. Hast dir gedacht, dass der Priester sein eigenes Spiel spielt, nicht wahr? Deshalb also hast du deine Leute losgeschickt, nachdem er zu dem Treffen mit Juna aufgebrochen war.«

»Ja. Luka beharrte darauf, das Gerät wäre in Sicherheit, dass es seit Ewigkeiten dort gelegen hätte und so weiter … Aber mir kam das komisch vor. Warum hatten die Aufklärer es nicht gleich geborgen, als sie es fanden? Es war alles sehr verdächtig. Ich musste …«

Ich unterbrach ihn:

»Luka war sich deshalb so sicher, weil er wusste, dass der Hügel von der Nekrose befallen ist. Aber wenn der Priester das wusste, wie wollte er den Apparat dann bergen, und dazu noch selbst …« Ich stockte.

Also hatte auch Luka Stiditsch durch die Nekrose gehen können! Und der Herrscher hatte nichts davon gewusst! Was, wenn Luka, genau wie ich, aus einer anderen Welt in diese Wirklichkeit geraten war, nur zu einem früheren Zeitpunkt?

Wo, verdammt noch mal, hatte ich sein Gesicht gesehen? Es war noch nicht lange her … Warum konnte ich mich nicht erinnern?

»Jegor«, rief Juna leise. Sie stand mit dem Revolver im Anschlag rechts vom Türrahmen. »Im Gang ist jemand.«

Ich drehte den Herrscher mit dem Gesicht zur Tür und befahl ihm:

»Sag ihnen, sie sollen keine Dummheiten machen!«

Nach kurzem Zögern sprach Gest mit lauter Stimme:

»Hier spricht der Herrscher. Wer ist dort? Antwortet!«

Eine Weile lang blieb alles still, und wir hörten nur das Knacken des Parketts aus der Tiefe des Übergangs und das Knistern des Feuers. Dann erklang eine bekannte Stimme:

»Herrscher, ich bin es, Nikodim. Sie …«

»Komm nicht rein, Nikodim«, sagte Gest. »Man hält ein Maschinengewehr an meinen Kopf. Sie sind zu zweit. Man wird mich jetzt nach draußen führen. Versteck dich, sonst werden sie dich erschießen. Keiner von euch darf schießen.«

»Juna, du gehst hinter uns«, befahl ich. »Nimm das andere Gewehr, aber bleib dicht hinter uns.«

Im Saal roch es nach Rauch. Als ich den Herrscher nach draußen stieß, blitzte im Gang der Kopf eines Priesters hinter einem Vorhang auf. Er verschwand sofort wieder, aber Gest schrie ihm zu:

»Hol Hilf…«

Ich schlug ihm mit dem Lauf auf den Scheitel. Seine Beine knickten ein, er schwankte, richtete sich dann wieder auf.

»Juna, zur Treppe.«

Seitlich stiegen wir die Marmortreppe runter, die genauso aussah wie die im Nachbarturm. Unterwegs fragte ich wieder:

»Was hat Luka noch über das Gerät gesagt?«

»Wir sind keine Feinde, Söldner«, sagte der Herrscher.

»Sicher, so hat es sich in der Zelle auch gar nicht angefühlt. Antworte.«

»Wir sind keine Feinde. Ich brauche dich, und du brauchst mich, um zu überleben. Ich erzähle dir alles, was ich weiß, wenn du mich freilässt.«

»Machst du Witze? Ich soll dich freilassen?«

»Warum hilfst du Juna Galo? Wer ist sie? Soweit ich das verstanden habe, kennt ihr euch nur durch Zufall. Ihr schafft es sowieso nicht, aus dem Tempel zu fliehen. Draußen stehen die Clans …«

»Aber unten ist der Weg frei«, unterbrach ich ihn.

Wir stoppten vor einem Gitter, das die Treppe nach unten versperrte. Ich sagte zu Juna:

»Lass ihn nicht aus den Augen und ziel auf ihn. Was ist, Gest, wirst du reden?«

»Ich erzähle dir alles, was ich weiß, wenn du dieses lächerliche Schurkenstück aufgibst.«

»Du wirst reden«, sagte ich fest, während ich die Granate zwischen dem Gitter und dem Bügel des Vorhangschlosses anbrachte. »Du wirst mir alles über Luka erzählen, und auch alles, was ich sonst wissen will … Nicht jetzt, sondern in deiner Diesellok, wenn wir von hier abhauen.«

»Und wie willst du mich dazu zwingen? Willst du mich foltern?«

»Ja.« Ich zog den Abrissring ab und drehte mich grinsend zum Herrscher. »Wenn es sein muss. Juna, hinter die Marmortreppe, schnell!«

Sie ließ das Gewehr sinken und rannte los. Ich hob meines und stieß es Gest in die Brust.

»Hinter die Treppe, hab ich gesagt!«

In der dunklen Nische angekommen, drehte ich den Herrscher mit dem Gesicht zur Wand und presste den Gewehrlauf in seinen Rücken.

»Vielleicht bist du für die Leute hier ein großer Mann, aber für mich bist du ein stinknormaler Kerl. Mir ist es scheißegal, ob du der Herrscher bist oder sonst wer. Ich prügle es zur Not aus dir raus, was ich wi…«

Die Granate explodierte krachend, der Boden erzitterte, Splitter flogen durch die Luft, Stuck rieselte auf uns runter. Das Echo der Detonation war noch nicht ganz verklungen, als wir von oben bereits Schritte hörten.

Wir tauchten hinter der Treppe hervor. Die aufgesprengte Tür hing nur noch in einer Angel. Ich schob Gest und Juna durch die Öffnung, dann hängte ich die Tür so gut es ging wieder ein und holte eine zweite Granate raus.

»Bring ihn runter, Juna, ich komm hinterher.«

Meine Seite brannte wie Feuer, und die gelbe Jacke war blutgetränkt. Das Fußgetrappel wurde lauter. Ich riss die Abreißzündung ab, steckte die Hand durch die Gitterstäbe und schleuderte die Granate in Richtung Marmortreppe.

Als ich bereits vom Gitter zurückwich, sah ich oben auf dem Treppenabsatz die ersten Männer in Schwarz und Gelb. Nikodim schrie: »Da ist der Südländer!« Im gleichen Atemzug schoss er auf mich.

Während ich schon hinter einer Biegung aus ihrem Gesichtsfeld verschwand, explodierte die Granate krachend.

Ich holte Juna nach kurzer Zeit ein. Sie ging schnell und trieb Gest vor sich her, indem sie ihm den Lauf des MGs gegen den Hals hielt.

»Willst du über die Gleise flüchten, Söldner?«, erkundigte sich der Herrscher, als er meine Schritte hinter sich hörte. »Mach dir klar, dass auch die Aufklärer der Clans diesen Weg inzwischen gefunden haben könnten. Ich wollte gerade die Tunnelwachen verstärken.«

Wir kamen an dem Stockwerk mit den Gefängniszellen vorbei und hetzten weiter. Über uns erklangen wieder Schritte, aber sie waren noch entfernt. Die Granate hat unsere Verfolger zurückgeworfen.

»Du wolltest den Tempel mit der Lok verlassen und zwar zusammen mit mir«, sagte ich. »Dein Ziel war der Hügel, wo das Bestrahlungsgerät liegt, und dort wolltest du mich zwingen, das Ding für dich rauszuholen. Kommt man im Zug dorthin?«

Der Herrscher schwieg.

Ich erinnerte mich an die Eisenbahnbrücke und nickte:

»Ja, das geht ... Na gut, Gest, um dich kümmere ich mich, wenn wir erst mal unterwegs sind. Juna, du bringst ihn runter, ich gehe schon vor.«

Die Treppe endete in einem langen Gang. Ich rannte jetzt voraus. Am Ende des Gangs befand sich eine angelehnte Tür. Vorsichtig spähte ich durch den Spalt – in der Schlosserei war kein Mensch. Was war hier los? Wo waren die Handwerker? An einer Werkbank drehte sich noch das Schleifrad, die Luft roch nach frischen Sägespänen. Die Tür auf der anderen Seite des Raums war nur angelehnt.

Juna kam, den Herrscher vor sich her schubsend, hinter mir her und ich öffnete die Tür für sie.

»Ihr geht weiter«, befahl ich.

Am Treppenende am anderen Ende des Gangs tauchten Leute auf. Ich duckte mich und feuerte eine Salve auf ihre Beine. Einer der Männer fiel, die anderen flüchteten auf die Treppe zurück, nicht ohne vorher zu schießen. Ich wich zurück in die Werkstatt, knallte die Tür zu und schob den Riegel vor. Juna schubste den

Herrscher zwischen den Werkbänken hindurch. Während ich noch mein MG nachlud, rief sie mir zu:

»Jegor! Da draußen dröhnt etwas … wie ein gewaltiger Motor.«

»Ein Motor?« Ich rannte los. »Das ist Tschak, er haut ab.«

Als wir ins Depot stürmten, herrschte dort totales Chaos. Mönche in schwarzen Anzügen rannten auf den Bahnsteigen hin und her. Auf den Eisenbahnschwellen eines Seitengleises kniete Meister Alex und umfasste mit beiden Händen seinen blutüberströmten Kopf. Der Schmied stand hinter seinem Amboss in Deckung, den Schaft eines großkalibrigen Gewehrs mit ausgeklappter Gabelstütze und imposantem Zielfernrohr gegen die Schulter gepresst und wartete auf die richtige Gelegenheit abzudrücken.

Aus dem Schornstein der Lok wallte Rauch, langsam nahm sie Fahrt auf und rollte auf das Tunnelende auf der anderen Seite des Depots zu.

»Hinterher!« Ich packte Juna an der Schulter, und im selben Moment fiel Gest. Er hatte weder das Gleichgewicht verloren noch war er gestolpert, sondern hatte sich einfach vor Junas Füße fallen lassen. Die prallte gegen ihn, stolperte und stürzte der Länge nach auf den Betonboden. Das MG, das sie nicht umgehängt hatte, rutschte ihr dabei aus den Händen.

Die Tür zur Schlosserei stand noch halb offen. Die andere Tür zur Treppe wurde gerade aus den Angeln gerissen – die Männer hatten sie offenbar aufgesprengt.

Juna stöhnte auf, knickte wieder ein und fasste sich ans Knie, als ich versuchte, sie auf die Beine zu stellen. Meine Seite fühlte sich an, als würde jemand mit einem glühenden Schürhaken darin herumwühlen, aber ich schob die Arme unter ihre Achseln, hob das Mädchen hoch und warf es mir über die Schulter. Aus den Augenwinkeln sah ich, wie der Herrscher auf dem Rücken liegend von uns wegrutschte.

Den Oberkörper nach links gekrümmt humpelte ich zu den Gleisen. Juna hob den Kopf und blickte über meine Schulter hinter uns. Im Laufen spürte ich, wie sie nach dem an meiner Seite herunterhängenden MG griff. Sie zog es am Riemen zu sich, hob den Lauf und drückte den Abzug.

Ich wusste nicht, ob sie einen der Männer erwischt hatte, die gerade aus der Werkstatt gerannt kamen. In meinem Kopf drehte sich alles vor Schmerz, ich spürte Übelkeit in mir aufsteigen, mein Herz schien aus der Brust springen zu wollen.

Ich lief über die Schwellen, erreichte das breite Trittbrett am hinteren Ende des Plattformwagens und warf Juna über das Geländer aus Armatureisen.

In diesem Moment feuerte der Schmied aus seinem Gewehr, und der gewaltige Knall übertönte den Motorenlärm, das Klopfen der Räder, das Geschrei der Männer. Die Kugel prallte in die Bordwand der Lok und sie gab ein lang gezogenes Hupen von sich. Meine Beine knickten ein, ich fiel, packte im letzten Augenblick eine Geländerstange vor mir und wurde mitgezogen, meine Knie schleiften über die Schwellen. Juna umfasste mein Handgelenk und zerrte daran. In diesem Moment tauchte die Lok in den Tunnel ein.

Ich plumpste über das Geländer auf den Boden des Plattformwagens. Der helle, halbkreisförmige Ausschnitt des Depots entfernte sich. Ich sah noch, wie gelb gekleidete Männer aus der offenen Werkstatttür auf den Herrscher zurannten, während der auf den Knien hockte und uns hinterhersah.

»Wie geht es dir, Jegor?« Juna beugte sich über mich.

Es wurde immer dunkler. Das Gesicht des Mädchens schaukelte über mir hin und her.

»Jegor! Rasin, hörst du mich?«

Die Lok wurde von einem Schlag erschüttert, vorne rasselte etwas.

»Jegor!«

Junas Gesicht verschwand, löste sich in Dunkelheit auf. Dafür sah ich auf einmal ein anderes: schmal und faltig – das Gesicht von Luka Stiditsch. Es wurde undeutlich, als ob jemand darüberradiert hätte, die Falten glätteten sich.

Und plötzlich wusste ich, wo ich diesen Mann schon mal gesehen hatte.

21.

Ich presste die Hand auf den Verband, setzte mich vorsichtig auf und sah mich um. Durch die schießschartenartigen Fenster drang fast kein Licht in den Wagen, aber unter der Decke brannten zwei Glühbirnen in ordentlichen eisernen Lampenschirmen. Das Klopfen der Räder und das Dröhnen des Motors waren nur gedämpft zu hören, der Boden schwankte.

Wie nannten sie das hier? Die Karosserie eines alten Busses auf einem Plattformwagen … War das jetzt eine Art Waggon oder nannten sie es Salon? Ich saß an der Wand auf einer mit Samt überzogenen, abgewetzten Bank. Auf einem ausklappbaren Tischchen neben mir lagen blutige Tupfer und Verbände und einige Glasgefäße, daneben eine Schüssel mit einer Salbe, die nach Teer roch.

Die gelbe Jacke des Priesters lag auf der anderen Seite auf einer Bank, wo auch ein großer trüber Spiegel hing. Von der mit eisernen Jalousien verhängten Tür, die zum Trittbrett führte, bis hin zu der zweiten, die in Richtung Maschinenraum und Fahrerkabine lag, lief eine Blutspur.

Neben der Schüssel auf dem Tischchen standen noch ein gesprungenes Glas und ein Flachmann. Ich schraubte ihn auf, roch daran, goss mir das Glas voll mit dunkelrotem Wein und trank ihn in einem Zug aus. Als ich dabei den Kopf nach hinten legte, begann meine linke Seite heftig zu ziehen. Ich stellte das Glas auf den Tisch zurück und betastete den Verband, zog ihn leicht hoch, um darunterzublicken … Ja, Tschak hatte die Wunde offenbar mit einem ziemlich dicken Faden genäht.

Wie viel Zeit war vergangen? Ich konnte mich dunkel daran erinnern, wie sie mich durch den Wagen geschleift hatten, wie der Zwerg sich über mich gebeugt hatte, an dumpfe Stimmen und ein pulsierendes elektrisches Licht. Und an den heftigen Stoß. Was war das für ein Stoß gewesen, gerade als wir das Depot verließen?

Jede Bewegung meines linken Arms verursachte Schmerzen in der Seite, daher beschloss ich, die vom Blut völlig versaute Jacke nicht wieder anzuziehen. Ich öffnete das Schloss am Fenster neben mir und schob den eisernen Fensterladen ein Stück auf. Draußen zogen Bäume vorbei. Sie ragten von der Kuppe eines niedrigen Dammes auf, der entlang des Gleisbetts verlief. Hinter dem Damm waren Ruinen zu sehen – ihr Anblick war mir in den wenigen Tagen, seit ich hier war, schon vertraut geworden. Es nieselte, Regentropfen schlugen mir ins Gesicht, die ich mit der Hand wegwischte. Ich schloss den Fensterladen wieder fest.

Als ich mich im Tempel auf die Suche nach Juna gemacht hatte, war es gegen Abend gewesen. Das Depot hatten wir irgendwann in der Nacht verlassen, und jetzt schien es später Morgen zu sein. Also waren acht bis zehn Stunden vergangen. Ich hatte lange gelegen. Immerhin konnte ich mich wieder auf den Beinen halten und normal denken. Als Leibwächter würde ich im Moment nicht viel taugen, meine Wunde tat höllisch weh, ich konnte den linken Arm kaum bewegen, und an Rennen oder Springen war nicht zu denken.

Ich füllte das Glas noch mal zu einem Drittel, trank es leer, ließ mich wieder auf die Bank fallen und begann nachzudenken. Na gut, endlich wusste ich, wer er war, dieser Luka Stiditsch. Kurz bevor ich bewusstlos geworden war, hatte ich mich endlich erinnert. Er war Doktor Huberts junger Assistent. Deshalb hatte ich die ganze Zeit das Gefühl gehabt, Stiditsch erst vor Kurzem gesehen zu haben, aber ich konnte ihn einfach nicht einordnen. Für mich waren ja nur ein paar Tage vergangen, er dagegen war in dieser Zeitspanne um dreißig Jahre gealtert.

Also befand ich mich doch in der Zukunft?

Nein, das passte nicht richtig zusammen. Überhaupt nicht. Klar, es war möglich, dass Moskau vor dreißig Jahren von radioaktiven Raketen bombardiert worden war. Es war auch möglich, dass die Oka in dieser Zeit ausgetrocknet war und die Welt sich so irrwitzig verändert hatte. Das schon, aber …

Aber warum konnten die Menschen sich nicht an früher erinnern? Sie wussten von der Zeit vor dem Untergang nur noch aus ein paar alten Büchern. Auf dem Kutter hatte Tschak mir erzählt, dass auch die Kinder der Menschen schon gestorben waren, die diese Katastrophe erlebt hatten. Das bedeutete, dass seither weit mehr als dreißig, ja mehr als fünfzig Jahre vergangen sein mussten. Sonst müsste es noch Überlebende aus dieser Zeit geben. Vielleicht war Luka Stiditsch doch nicht Huberts Assistent? Sondern sein Doppelgänger? Nein, bestimmt nicht, es war dasselbe Gesicht gewesen, nur älter. Vielleicht war Luka der Enkel jenes

Assistenten? Aber das erklärte nicht die seltsamen Dinge, die der Opferpriester vor seinem Tod gesagt hatte. Er hatte ausdrücklich gesagt, dass er mich erkannt hatte, sich irgendwie daran erinnerte, mich schon einmal gesehen zu haben.

Ich massierte mir die Brust. Wie ich es auch drehte und wendete, es gelang mir nicht, das Mosaik zusammenzusetzen. Der Untergang hatte sich nach dem Experiment mit mir ereignet. Aber selbst wenn ich davon ausging, dass er am Tag danach eingetreten war, blieb es völlig unerklärlich, wie Huberts Assistent, also Luka Stiditsch, in der kurzen Zeit so stark hatte altern können.

Vielleicht war die Welt um mich doch virtuell, und Luka Stiditsch war ein Avatar des jungen Assistenten, der geschickt worden war, um Kontakt zu mir aufzunehmen. Aber dagegen sprach sein Verhalten. Warum hatte er sich dann von Anfang an so misstrauisch mir gegenüber benommen, warum hatte er nichts gesagt, bis er auf dem Sterbebett lag? Das Ganze war ein einziges Rätsel! Und ich hatte immer noch nicht ausreichend Informationen gesammelt, um es zu lösen.

Ich erhob mich mühsam von der Bank und ging auf die Tür zum Maschinenraum zu. Links davon stand ein Metallschrank, dessen Tür aufgebrochen worden war und leise quietschend in einer Angel baumelte. Der Schrank war leer. Vielleicht war es der Waffenschrank, und Tschak hatte alle Waffen rausgenommen. Oder hatten die Mönche keine Zeit mehr gehabt, ihn aufzufüllen?

An einem Haken neben dem Schrank hingen eine Schürze mit Maschinenölflecken und zwei Halbkutten. Irgendwie schaffte ich es, eine davon überzuziehen, dann schob ich die ovale

Tür zur Seite, und sofort drang donnernder Motorenlärm auf mich ein. In dem schmalen Gang vor mir zog es heftig, überall quietschte Metall, unter mir klopften die Räder auf die Schienen. Rechts von mir befand sich ein Fenster in der Wand. Hinter der trüben, stark verkratzten Plexiglasverglasung konnte ich den schwach beleuchteten Maschinenraum erkennen. Das Gehäuse des mächtigen Generators zitterte, der Getriebeblock war an Stangen aufgehängt, von dem verschiedene Leitungen wegliefen. Der riesige, von schwarzem Maschinenöl überzogene Motor brüllte wie eine Flugzeugturbine. Im Gang roch es stark nach Dieselkraftstoff.

Am anderen Ende des Gangs befand sich eine Tür und daneben führte eine kleine Leiter zu einer Luke in der Decke. Ich drückte die Tür auf und betrat eine geräumige Fahrerkabine.

Die schmutzige und mit Rissen überzogene Windschutzscheibe wurde an allen vier Ecken von großen quadratischen Metallplatten verstärkt und bot nur durch ein ausgespartes Kreuz in der Mitte Sicht nach draußen. Unter der Windschutzscheibe befand sich ein Pult mit Knöpfen und Hebeln, links davon ragte ein gebogenes Messingrohr mit einem Manometer heraus. Auf seinem Zifferblatt sprang der Zeiger hin und her. Der Boden bestand nur aus einem Metallgitter, man konnte die Eisenbahnschwellen darunter aufblitzen sehen.

Juna saß mit dem Karabiner auf den Knien neben Tschak auf einer eisernen Bank an der Seitenwand der Fahrerkabine. Der Zwerg hielt einen Zigarettenstummel zwischen den Zähnen. Auf der Bank lagen das MG und eine Granate.

»Ach, unser Söldner«, rief Tschak, der kaum den Motorenlärm übertönte. »Mach die Tür zu!«

Ich tat, wie er gesagt hatte, und das Getöse ließ nach.

»Na, bist du aufgewacht, armer Kranker. Hab ich dir deine Wunde nicht schön verbunden? Und die Salbe wirkt …«

»Wie geht es dir, Jegor?«, fragte Juna und legte den Karabiner weg.

Ich nickte ihnen zu und durchquerte die Kabine. Tschak spuckte seine Selbstgedrehte in eine Konservendose, die an die Wand genagelt war, kletterte auf das Pult, machte es sich zwischen verschiedenen Anzeigen im Schneidersitz gemütlich und setzte seine Erzählung fort, die er bei meinem Auftauchen unterbrochen hatte:

»Dann bin ich in das Rohr geklettert … Wahrscheinlich ein Lüftungsschacht oder so was. An seinem Ende war ein Gitter, das ich abgeschraubt habe. Und sieh mal an, unter mir liegt das Depot. Ich bin zu dem Balkenkran, von dort auf das Dach der Diesellok und ins Innere geschlüpft. Die Lok läuft schon, im Depot herrscht ziemliche Aufregung. Es ist klar, dass sie demnächst abfahren wollen. Aber die Fahrerkabine ist noch leer. Ich hab mir also alles genau angesehen und auf euch gewartet. Aber als dann der Kerl mit dem blonden Bart in die Fahrerkabine klettern wollte, musste ich ihm mit dem Schraubenschlüssel eins über die Rübe ziehen und ihn auf die Gleise zurückschubsen. Danach hab ich die Türen verschlossen und die Drehzahl im Leerlauf erhöht. Und dann …«

»Wo sind wir?«, unterbrach ich ihn.

»Südöstlich von Moskowien, Mann. Wir sind nicht lange durch den Tunnel gefahren.«

»Und was war das für ein Mordsschlag vorhin?«

»Welcher? Ach, du meinst beim Depot. Die Mönche haben die Tunneleinfahrt mit Toren versperrt. In der Tunnelwand gibt es eine Nische, wo Wachen postiert sind, damit niemand versucht, über die Gleise in den Tempel einzudringen. Durch diese Tore sind wir durchgebraust. Ich sag dir, die Mönche hatten nicht mal Zeit zu blinzeln.«

»Und später?«

»Später sind wir, denk ich mal, unter dem See durchgefahren, und dann kam so eine Art Gabelung, praktisch eine Weiche. An der Stelle sind wir nach rechts abgebogen. Der andere Weg führt vermutlich zu dem Ort, wo wir ursprünglich die Mönche treffen sollten, damals noch mit Potschtar. Aber die Weiche war so eingestellt, dass wir in die andere Richtung fuhren. Später kam noch ein Wachposten, aber da haben die Mönche nur salutiert! Wahrscheinlich gibt es unter der Erde keinen Funkkontakt, und sie dachten, dass der Herrscher in der Lok unterwegs ist. Danach stiegen die Gleise langsam an, wir mussten noch ein Tor durchstoßen, ein besonders schweres, und dann fuhren wir in eine riesige Halle. Überall Schienen, kaputte Bänke und Müll. Wir verließen die Halle – und dann kamen wieder Ruinen. Schließlich bin ich aufs Dach geklettert und hab mich umgesehen. Und weißt du was, wir halten geradewegs auf die Eisenbahnbrücke über den Bruch zu. Einen anderen Weg gibt es nicht. Juna hat mir erzählt, was im Tempel passiert ist. Bestimmt wollte der Herrscher mit dir auf diesem Weg zu dem Hügel fahren, wo dieses seltsame Gerät liegt.«

Eine große Halle, Gleise? Ich stellte mir Moskau auf einer Karte vor. Vermutlich war unsere Trasse am Pawelezki-Bahnhof an die Oberfläche gekommen und verlief jetzt in südöstlicher Richtung. Juna hatte erzählt, dass Gest einen Trupp Männer unter Djuk Abens Führung losgeschickt hatte, um das Gerät zu bergen. Vermutlich hatten sie auch ein Schienenfahrzeug benutzt, jedenfalls so weit es ging. Was kam nach der Brücke über den Bruch? Verliefen die Gleise auf der anderen Seite in Richtung der Brücke über die Oka, über die Juna und ich vor wenigen Tagen gewandert waren? Soweit ich mich erinnern konnte, rissen die Gleise hinter der Brücke jedenfalls ab.

Ich setzte mich vorsichtig auf eine Bank gegenüber von Juna. Das Mädchen war abgemagert und hatte Ringe unter den Augen.

»Du siehst schlecht aus«, sagte ich.

»Du auch, Rasin«, entgegnete sie. »Wir müssen überlegen, was wir als Nächstes tun.«

Tschak drehte sich zu uns, ließ die Beine vom Pult baumeln und lehnte sich mit dem Rücken gegen die Windschutzscheibe.

»Diese Trasse führt fast bis zu dem Hügel, wo das Bestrahlungsgerät versteckt ist«, sagte ich. »Aber da stehen jetzt ziemlich sicher Männer der Clans Wache. Wir können nur eins tun: Halten, ehe wir das Flussbett überqueren. Nachts schlage ich mich dann allein zum Hügel durch und hole das Gerät raus. Ihr müsst in der Zwischenzeit ein Fahrzeug auftreiben … Keine Ahnung, wie. Vielleicht ist noch eines von dem Überfall der Diversanten übrig. Mit dem Wagen wartet ihr an der Lok auf mich, und dann fahren wir zusammen nach Arsamas.«

Tschak schüttelte den Kopf. Juna stützte beide Ellbogen auf ihre Knie und bedeckte ihr Gesicht mit den Händen.

»Die Nekrose hat die äußeren Viertel der Stadt sicher schon erfasst«, sagte sie dumpf. »Wenn wir noch auf die Nacht warten müssen, und erst dann fahren können … Von Arsamas wird nichts mehr übrig sein. Und mein Vater …«

»Ach was, Nekrose hin oder her«, unterbrach sie Tschak. »Das ist doch totaler Quatsch!« Dann wandte er sich an mich: »Hast du den Spiegel im Waggon gesehen, Mann? Geh hin und schau rein. Deine Fresse ist völlig verknittert, sieht aus wie … wie mein Fußlappen hier. Du krümmst dich doch bei jedem Schritt vor Schmerzen. Deine Schusswunde ist zwar nicht sehr gefährlich, aber da ist noch die Verbrennung auf der Haut! Mit so einer Verletzung sollte man sich hinlegen und sich von den Weibern den Nachttopf unter den Hintern schieben lassen.«

»So schlecht fühle ich mich gar nicht …«, begann ich, aber Tschak fuhr dazwischen:

»Davon abgesehen, wie willst du an den Posten der Clans vorbeikommen, wenn die sich rund um diesen Hügel aufgestellt haben? Und du kannst Gift darauf nehmen, dass sie das getan haben. Da wimmelt es jetzt nur so vor Wachen. Sie rechnen bestimmt mit einem Angriff der Mönche. Keiner weiß, wie der Kampf zwischen der Festung und dem Tempel ausgeht, ob die Brennstoffler die Barrikaden der Mönche durchbrechen können. Einen Teil ihrer Leute haben die Clans am Hügel postiert, das heißt, dass in Moskau nicht so viele kämpfen wie sonst. Gut möglich, dass die Mönche sie zurückschlagen, aber dann wird Gest sofort alle Leute, die noch einsatzfähig sind, zum Hügel schicken. Und was schließen wir daraus? Dass bei den Wachen dort höchste Alarmstufe herrscht. Jetzt erklär mir mal, wie du da unbemerkt durchbrechen willst. Groß wie du bist und dann noch verletzt. Ich würde das schaffen, keine Frage, aber ich kann nun mal nicht durch die Nekrose gehen.«

»Himmelsgänger«, sagte Juna und erhob sich von der Bank.

Der Zwerg drehte sich eilig um, und ich beugte mich vor, um durch den kreuzförmigen Ausschnitt in der Windschutzscheibe nach draußen zu blicken. Ruinen waren nicht mehr zu sehen, links erstreckte sich Brachland mit einem einzelnen Gebäude in weiter Ferne, rechts lagen die Felder der Ljuberzer Versorger. Und hoch oben am Himmel flogen zwei Luftschiffe.

»Könnten das die Luftschiffe sein, die zur Rettung von Arsamas angefordert wurden?«, fragte ich.

»Keine Ahnung.« Juna schüttelte den Kopf. »Wenn ja, warum sind es dann nur zwei? Darin kann man ja nur ganz wenige Menschen evakuieren. Wir müssten sie irgendwie rufen! Das vereinbarte Signal setzen …«

»Was für ein Signal?«, brummte Tschak.

»Davon wissen nur wenige Menschen, nur Leute wie mein Vater, Luka Stiditsch oder ich. Man muss drei Feuer entzünden, die in einem gleichschenkligen Dreieck zueinander angeordnet sind, dann muss man sich daneben aufstellen und ein bestimmtes Signal geben, ›Gefahr‹ oder ›Wir brauchen Hilfe‹. Sobald der Navigator die Feuer bemerkt, greift er zum Fernrohr oder Fernglas …«

»Die Luftschiffe sind schon weit hinter dem Abbruch, und wir fahren gerade erst darauf zu.« Tschak kletterte vom Pult und hängte sich den Karabiner über die Schulter. »Außerdem bewegt sich da was auf der rechten Seite, das gefällt mir ganz und gar nicht. Was fährt da über die Felder? Komm, Mann, lass und rausklettern und nachsehen.«

Der Schornstein spie dicke Rauchwolken aus, die der Wind in Schwaden über unsere Köpfe hinwegtrieb.

»Das sind Teutonen!« Tschak hatte sich bis zum Gürtel aus der Luke geschoben und schlug mit der Faust in seine flache Hand. »Vier Stück! Woher kommen die?«

»Gibt es hier ein Fernglas?«

Er schüttelte den Kopf und verfolgte mit den Augen die Fahrzeuge, die über einen ungeteerten Weg am Rand eines breiten Feldes auf einen Kanal zufuhren. Zwischen den Ufern des Kanals verlief eine Balkenbrücke ohne Geländer, daneben drehte sich das große Wasserrad einer Mühle.

Ich bewegte mich ein Stück von der Luke weg, wobei ich auf allen vieren über das eiserne Gehäuse kroch. Der Wind pfiff, die Diesellok näherte sich dem Bruch. In weiter Ferne konnte ich den Übergang sehen, den wir auf dem Hinweg genommen hatten. Diesmal würden wir die Eisenbahnbrücke überqueren müssen, eine Gitterkonstruktion, die sich über drei Brückenbögen erstreckte und von Stahlträgern gestützt wurde.

»Gest hat sie geschickt, da wette ich.« Tschak hatte sich auf den Rand der Luke gehockt. »Wenn sie schon hier sind, heißt das, dass sie die Brennstoffler letzte Nacht zurückgeschlagen haben.«

Die Wagen überquerten einer nach dem anderen die Brücke über den Kanal. Weiter verlief die Straße noch ein Stück parallel zur Eisenbahntrasse, dann bog sie im rechten Winkel ab und führte geradewegs auf den Bahndamm zu, wo ein Bahnübergang lag. Die Entfernung zwischen diesem Bahnübergang und dem Bruch betrug etwa einen halben Kilometer.

»Gib Gas!«, sagte ich. »Wir müssen den Bahnübergang vor ihnen passieren.«

»Kann ich nicht, der Motor geht sonst hoch.«

Ich versetzte ihm einen Stoß in die Schulter.

»Gib Gas, was das Zeug hält, sag ich! Sieh dir doch mal die Brücke an, eine reine Eisenbahnbrücke – zwischen den Schwellen sind Löcher. Das heißt, sie können uns nicht folgen. Wir müssen als Erste an der Kreuzung sein. Sie werden trotzdem versuchen, uns vor der Eisenbahnbrücke einzuholen, aber dafür müssen sie neben dem Damm auf dem Gras herfahren. Und ich kann von hier oben besser auf sie schießen, als sie von unten. Sobald wir die Brücke erreichen, haben wir sie abgehängt. Los jetzt!«

Tschak kletterte wortlos durch die Luke nach unten.

Ich schrie ihm noch hinterher:

»Bringt mir Patronen! Alles, was wir noch an Munition haben!«

Ich setzte mich mit dem Gesicht zu den Teutonen mitten auf das Dach und stellte die Beine angewinkelt vor mir auf. Dann hob ich das MG. Die Mönche bretterten schon auf der Straße dahin, die direkt auf den Bahndamm zuführte. Am Übergang waren Kieselsteine zwischen den Schwellen aufgehäuft. Auf der anderen Seite führte die Straße in das öde Brachland hinein. Die Teutonen fuhren schneller als unsere Lok, aber noch hatten wir einen kleinen Vorsprung.

Das Eisendach unter mir zitterte und ruckelte heftig. Ich versuchte mich hinzulegen, aber im selben Moment schoss ein höllischer Schmerz durch meine linke Seite. Tränen stiegen in meinen Augen auf, ich wischte sie mit dem Ärmel weg. Vorsichtig streckte ich meine Beine wieder aus, drehte mich auf den Bauch und kam so quer auf dem Dach zum Liegen. Ich stützte die Ellenbogen auf und drückte den Schaft des Gewehrs in meine Schulter.

Ich konnte schon die bärtigen Gesichter der Männer in den Teutonen erkennen. Und plötzlich sah ich auch, dass auf dem ersten Fahrzeug ein Maschinengewehr montiert war. Auf dem Kofferraumdeckel ragte ein Dreifuß mit einem Laufbündel daran auf. Über den Abzug gebeugt stand ein Mönch, der mit Halteriemen gesichert war. Na klar, die Mönche hatte eine echte Gatling mit zig Läufen!

Die Fahrzeuge kamen schnell näher. Wenn Tschak nicht bald Gas gab, würden sie die Kreuzung wahrscheinlich vor uns erreichen. Ich versuchte auf sie zu zielen, aber der Lauf meines MGs wurde so heftig durchgerüttelt, dass ich keine Chance hatte, jemanden zu treffen. Plötzlich hob der Mönch neben dem Fahrer des ersten Wagens die Hand und ich sah, wie das Laufbündel hinter ihm gedreht wurde. Der Schütze lehnte sich zurück, richtete die Läufe auf die Lok, und eine Sekunde später schoss eine Stichflamme aus jedem einzelnen Lauf – mehrere Explosionsschläge übertönten das Getöse des Motors und das Klopfen der Räder. Aber im selben Moment beschleunigte der Zwerg endlich die Maschine. Ich spürte, wie das Eisendach unter mir heftig erzitterte, meine Ellenbogen rutschten ab und mein Finger drückte ganz von selbst den Auslöser. Meine Salve schoss weit an den Fahrzeugen vorbei. Ich riss mich zusammen und hörte auf zu schießen. Die Geschosse der Gatling dagegen schlugen krachend in die Außenwand der Lok. Nur Momente später raste der Zug über den Bahnübergang.

Ich schob das MG auf den Rücken und kroch auf allen vieren zur Luke. Zwei Teutonen hatten direkt hinter uns den Damm überquert und drehten jetzt bei. Das Leitfahrzeug bog auf die Schienen ein und versuchte uns auf direktem Weg zu verfolgen, doch nach wenigen Metern begriff der Fahrer, dass sein Vorhaben unmöglich war, und wich in den Grasstreifen neben den

Gleisen aus. Die Erde war voller Unebenheiten und ich konnte sehen, wie der Wagen durchgeschüttelt wurde. Alle Fahrzeuge fuhren jetzt deutlich langsamer hinter uns her. Sie fielen nicht zurück, konnten uns aber auch nicht einholen.

Die Gatling spuckte wieder Feuerzungen, die Geschosse schlugen auf der hinteren Trittfläche, im Geländer und in die Tür zum Waggon ein. Der Mönch lehnte sich wieder zurück, richtete das Laufbündel neu aus. Ich legte mich flach aufs Dach, verzichtete aber diesmal darauf, mich mit den Ellenbogen aufzustützen, sondern legte den Lauf meiner MG direkt auf den leicht abschüssigen Dachrand, hob den Schaft etwas und feuerte auf gut Glück schräg nach unten.

Die Geschosse meiner Salve wühlten sich in die Erde vor den Teutonen. Ich drückte den Schaft etwas nach unten und feuerte wieder. Diesmal drangen die Kugeln in die Karosserie ein, zerfetzten dem Mönch auf dem Beifahrersitz die Kutte an der Schulter und erwischten einen der drei Standfüße der Gatling, sodass Funken flogen.

Dann schwieg mein MG – ich hatte meine ganze Munition verbraucht. Aber auch die Gatling schwieg, der Schütze hing schlaff in seinen Haltegurten.

Ich drehte mich um. Aus der Luke hinter mir schob sich Juna und hielt mir mehrere MG-Magazine entgegen. Von den Fahrzeugen pfiffen noch vereinzelte Kugeln in unsere Richtung, dann schoss die Lok auf die Eisenbahnbrücke über den Bruch.

Sofort veränderten sich alle Geräusche: Das Pfeifen der Lok wurde höher, das Klopfen der Räder lauter und schneller, das Heulen des Windes durchdringender – er kitzelte mich in den Ohren. Rechts und links der Lok tat sich ein tiefer, dunkler Abgrund auf. Der Anblick nahm mir den Atem. Am anderen Ende des Bruchs ging die Brücke wieder in einen normalen Schienenstrang über, der eine Biegung machte und hinter einem Hügel mit einem Wäldchen auf der Kuppe verschwand. Ich kroch zu Juna hinüber, die sich nicht rauszuklettern traute, umfasste ihren Hals und zog sie zu mir heran. Aus dem Augenwinkel sah ich die Tätowierung an der Schulter. Meine Finger glitten wie von selbst darüber hinweg und ich spürte an der Stelle des Bildes etwas Hartes unter der Haut. Was war das? Als ob etwas in die Haut eingenäht wäre, etwas von der Größe einer Erbse, nur nicht rund, sondern eher länglich … Egal, jetzt war keine Zeit dafür.

Ich schrie ihr ins Ohr:

»Kletter runter und sag Tschak, dass er nicht bremsen soll!«

»Aber sie können doch nicht über die Brücke fahren!«, entgegnete sie mir schreiend.

»Aber sie könnten laufen! Und uns von dem Hügel da hinten beschießen, wenn wir langsam vorbeifahren!«

»Tschak sagt, der Motor hält das nicht lange aus!«

»Egal, er darf erst bremsen, wenn wir hinter dem Hügel da sind! Vorher nicht!«

Sie nickte, reichte mir die Magazine und stieg wieder runter. Ich war noch dabei, das MG nachzuladen, als sie noch einmal auftauchte und ihre schmale kalte Hand an meine Wange legte.

»Jegor, dir geht es schlecht«, sagte sie und blickte mir in die Augen. »Du bist weiß wie ein Laken und zitterst. Komm runter in den Waggon.«

»Einer muss hier oben bleiben, bis wir auf der anderen Seite sind«, widersprach ich. »Ich komme gleich, geh jetzt.«

Sie verschwand. Die Lok schwankte hin und her, als sie von der Brücke rollte. Auf dieser Seite des Bruchs gab es keinen Bahndamm. Ich warf das leere Magazin durch die Luke ins Innere der Lok. Meine Wunde pulsierte heftig, der Schmerz zog sich bis zur linken Schulter hoch. Ich konnte den linken Arm kaum heben. Trotzdem richtete ich mich so gut es ging auf und blickte zurück. Die Teutonen standen am Rande des Bruchs und die Mönche folgten uns zu Fuß, sprangen von Schwelle zu Schwelle. Einer rutschte aus und hing plötzlich bis zur Hüfte in der Luft.

Weit hinter ihnen, noch hinter den Ljuberzer Feldern sah ich neue Fahrzeuge. Ich konnte nicht mal zählen, wie viele. Wer war das? Noch mehr Mönche? Waren die Clans jetzt auch ausgerückt?

Die Diesellok rollte die Gleise lang, umfuhr den Hügel. Die Räder pochten, der Wind pfiff. Ich richtete den Lauf auf die Kuppe des Hügels, obwohl dort kein Mensch zu sehen war.

Hinter dem Hügel kam eine Art Bahnhof in Sicht: Ein Verladebahnsteig, auf dem ein verrosteter Minidumper mit geschmolzenen Reifen und einer verbogenen Ladegabel stand, außerdem ein niedriges Lagerhaus aus Ziegel, ein zylinderartiger Turm aus dunklem Metall auf einem fünf Meter hohen Dreifuß. Vom oberen Rand des Turms bis zur Erde zog sich ein Förderband. Und zur Seite der Gleise hin war ein Loch ausgeschnitten, an das sich eine Rinne aus Metall anschloss, die auf die Gleise zuragte. Irgendetwas wurde mit Hilfe dieser Vorrichtungen in Eisenbahnwaggons geladen – Sand oder Kies.

Oben auf dem Rand des Turms stand ein Mann und zielte mit einem Gewehr auf die Lok.

Ein Stück weiter schleppten Männer einen mächtigen Holzstamm den Bahnsteig entlang.

Ich zog den Kopf ein, um nicht von der Rinne getroffen zu werden, und gab eine Salve auf den Turm ab. Der Mann machte einen Satz nach hinten, schoss aber nicht zurück. Die Leute am Bahnsteig hievten gerade den Stamm auf die Gleise, dann gingen sie in Deckung. Der Motor heulte auf und die Lok beschleunigte. Mir war klar, was jetzt passieren würde, ich wollte mich aufrichten, um mich in die Luke zu schieben, aber im selben Moment krachten die Vorderräder schon in den Stamm.

Die Lok zuckte zusammen, als wäre sie mit voller Fahrt in eine Betonmauer gerast. Ich wurde auf dem Bauch liegend nach vorne geschleudert, rutschte über die Luke hinweg und wäre fast mit dem Kopf gegen den Schornstein gedonnert. Die Lok schaukelte heftig hin und her, meine Beine rutschten zur Seite und glitten über den abschüssigen Rand des Kabinendachs. Ich umfasste das Schornsteinrohr. Vor Schmerz in der linken Seite wurde mir schwarz vor Augen. Ich hatte keine Kraft mehr, meine Finger lösten sich, im letzten Moment stieß ich mich mit den Knien von der Kabine ab, um nicht unter die Räder der Lok zu geraten, dann fiel ich.

Zum Glück wuchs an dieser Stelle Gras neben den Gleisen, was meinen Sturz milderte. Meine verletzte Seite fühlte sich an, als wäre sie gerade frisch angeschossen worden. Als hätte jemand einen Meißel aufgesetzt und triebe ihn mit festen Schlägen in mein Inneres. Ich schrie auf, wälzte mich hin und her, presste schließlich das Gesicht ins Gras und biss mir die Lippen blutig. Endlich drückte ich die Hand auf die Wunde, stützte mich mit der anderen auf und kam auf die Knie.

Das Klopfen der Räder, das eben noch betäubend laut neben mir gedröhnt hatte, verklang. Ich konnte die Lok nicht sehen, denn ich stand mit dem Rücken zu den Gleisen. Dafür sah ich, wie mehrere bewaffnete Männer auf mich zugerannt kamen. Das bärtige Gesicht des einen kam mir vage bekannt vor … Ja, den hatte ich doch schon in der Erdölsiedlung gesehen. Das war doch einer der Typen, die Juna und mich als Mönche verkleidet verfolgt hatten.

»Rührt ihn nicht an«, schrie der Bärtige.

Die Männer blieben stehen, hoben nur die Gewehre, und der Bärtige sagte:

»Ich glaube, das ist der Südländer.«

»Ja, das ist er«, bestätigte eine Stimme aus der Menge.

Die Männer traten zur Seite, um einen Typ mit schmalen Augen, in dunkelblauem Uniformrock und Hosen mit Biesen, durchzulassen. Das Gesicht wirkte wie so oft bei Asiaten vollkommen unerschütterlich.

»Er ist es«, wiederholte Selga Ines, der Anführer der Südlichen Bruderschaft. »Bringt ihn zu meinem Auto, wir fahren sofort ab.«

22.

Die dunkelblaue Uniformjacke vor mir legte sich am Rücken in Falten, als sich Selga Ines auf dem Vordersitz zu mir umdrehte.

»Ich weiß nicht, wer du bist, Südländer«, fing er an. Seine Stimme war dumpf und gleichgültig. »Und ich weiß nicht, wo du herkommst und wie deine Verbindungen zum Tempel und zum Mecha-Korpus sind. Ich weiß nur eins: Rost hat gesehen, wie du durch die Nekrose gelaufen bist. Und deshalb wirst du jetzt tun, was ich dir sage. Später werde ich mich dann mit dir unterhalten.«

Wir fuhren an der Müllhalde vorbei, wo Grauer Brand lag. Passend zu seinem Namen stand die Siedlung in Flammen – über den Müllbergen stiegen dicke Rauchsäulen auf. Soweit ich das beurteilen konnte, hatten die Fahrzeuge der Südlichen Bruderschaft die Lok überholt. Denn Tschak hatte vermutlich ziemlich bald hinter dem Hügel das Tempo drosseln müssen, andernfalls wäre der Motor irgendwann explodiert. Wir dagegen waren auf direktem Weg querfeldein gefahren.

Was Ines Auto genannt hatte, war ein Bus, dessen oberer Karosserieteil abgesägt worden war. Für einen Moment fragte ich mich, ob die fehlende Hälfte vielleicht auf Gests Plattformwagen gelandet war. Aber die Maße stimmten nicht überein. Dieses Fahrzeug hier war deutlich kleiner. Die Karosserie war auf Höhe des unteren Fensterrands abgesägt worden. Auf den niedrigen Bordwänden hatte man rechteckige Eisenschilde errichtet und obendrauf Bretter und Blechplatten als Dach aufgeschweißt. Durch die vielen Spalten und Ritzen in diesem Dach konnte ich den grauen Himmel sehen.

Direkt hinter dem Fahrer saß der bärtige Rost mit meinem MG über der Schulter und einem Karabiner in den Händen, dann kam Ines, dann ich und hinter mir zwei weitere Männer. Auf der anderen Seite befanden sich keine Sitze, sondern eine lange Bank, die in einem Abstand von einem halben Meter parallel zur Fahrzeugseite aufgestellt war. Die drei Schützen, die da nebeneinander postiert waren, würden bequem durch die Schießscharten auf jeden beliebigen Angreifer von rechts feuern können.

Selga Ines fuhr fort:

»Wenn du mir das Bestrahlungsgerät besorgt hast, werde ich mich intensiver mit dir beschäftigen. Da gibt es verschiedene Möglichkeiten. Ich kann dir versprechen, dass ich alles aus dir rausholen werde, was mich interessiert. Es wäre klug von dir, wenn du keine Probleme machst.«

Er drehte sich wieder nach vorne und schwieg bis zum Ende der Fahrt. Wir hatten die Müllhalde hinter uns gelassen und näherten uns der Eisenbahnbrücke über die ausgetrocknete Oka. Als aus dem dichten Gras zwischen den Gleisen und unserem

Weg drei Männer auftauchten, bremste das Auto abrupt. Einer winkte mit dem Gewehr, woraufhin der Fahrer den Arm hob und dann wieder beschleunigte.

Also hatten sie sich hier vor der Brücke in den Hinterhalt gelegt. Und wahrscheinlich hatten sie auch rund um Grauer Brand Leute postiert. Falls Juna und Tschak also meinen Rat befolgen würden, die Lok schon vor der Brücke anzuhalten, würde man sie entweder sofort erschießen oder gefangen nehmen.

Das Auto holperte über die Schienen, als es auf die Brücke einbog und wurde heftig durchgerüttelt, während es über die fauligen Eisenbahnschwellen rumpelte. Die Radaufhängung knirschte.

Hinter der Brücke bog der Fahrer wieder ab und umfuhr das Wäldchen. Dann kam der Hügel in Sicht. Der Ort, an dem meine Reise vor Kurzem begonnen hatte. Nur dass es hier vor ein paar Tagen still und menschenleer gewesen war. Jetzt aber standen rund um den Hügel Fahrzeuge und überall waren Zelte aufgebaut. Der Rauch von mehreren Feuerstellen stieg zum Himmel auf.

In dem weitläufigen Zelt saß an einem Tisch ein alter grauhaariger Mann in einem abgerissenen weißen Kittel. Mit der Pinzette stocherte er am Verschluss einer breiten metallenen Armspange herum. In einem Auge klemmte ein kleiner Plastikzylinder mit einer Linse darin – eine Art Uhrmacherlupe.

Selga Ines wollte keine Zeit verlieren. Sobald wir das Lager erreicht hatten, wurde ich in ein Zelt geführt, wo ein Arzt meine Wunde untersuchte. Die Naht war durch den Sturz von der Lok aufgeplatzt. Der Arzt schnitt ein Stück Faden ab und nähte sie neu. Anschließend rieb er sie ein und verband mich frisch. Zum Schluss hielt er mir ein Glas mit einer ungut riechenden Flüssigkeit hin und forderte mich zum Trinken auf. Ich lehnte ab, aber der bärtige Rost hinter mir gab mir mit dem MG einen Stoß zwischen die Schulterblätter und befahl:

»Trink, Söldner, dann tut es weniger weh.«

Ich trank die Mixtur aus und nach wenigen Minuten legte sich der Schmerz vollständig.

Außer dem Alten befanden sich noch Selga Ines und zwei seiner Leute in dem Zelt, das als Hauptquartier eingerichtet worden war.

»Setz dich«, befahl das Oberhaupt der Bruderschaft und nickte zum anderen Ende des Tisches hin, wo eine Schüssel mit Fleischstücken, eine Flasche und ein Glas standen. »Wenn du Hunger hast, iss, aber beeil dich. Wie weit bist du, Amasin?«

»Fast fertig«, entgegnete der Alte mit dröhnender Stimme. Mit der Pinzette fasste er einen winzigen Kondensator, der auf dem Tisch lag, und setzte ihn in die Armspange ein. »Ich kann nicht löten, deshalb muss ich die Drähte festschrauben …«

»Hauptsache, das Ding geht nicht vorzeitig los«, sagte Ines.

»Sicher, sicher. Lenkt mich nicht ab!« Der Alte beugte sich wieder über seinen Reif.

Vorzeitig?

Armspange?

Nein, das Ding war keine Armspange, dafür war es zu groß. Außerdem hatte es eine Öse und einen Verschluss. So etwas hatte ich schon mal in Kasachstan gesehen. Die Teile hatten durchdringend gesummt, sobald ein Gefangener in die Nähe eines Wachpostens des Kriegsgefangenenlagers neben unserem Flugplatz kam. Der Kommandant hatte damals erklärt, dass es einfacher war, Geld für elektronische Überwachungsvorrichtungen mit eingebauter Sprengladung auszugeben, als extra Wacheinheiten zu unterhalten und Türme und Mauern um das Lager zu errichten.

Ich kaute das Fleisch Stück für Stück, spülte mit Wasser nach und fragte schließlich:

»Was soll das heißen, ›vorzeitig‹?«

»Die Sprengladung explodiert vierzig Minuten nachdem das Schloss des Halsreifens um deinen Hals geschlossen wurde. Zehn Minuten vor der Explosion …« Selga Ines unterbrach sich selbst, hockte sich an den Tisch und blickte mich an. »Weißt du, was ›Minuten‹ sind, Söldner? Bist du mit dieser Art der Zeitrechnung vertraut?«

Ich blickte ihn verständnislos an, dann begriff ich: Es gab hier kaum Uhren, und ein normaler Mensch, ein Bauer, ein Söldner oder ein Bandit wie dieser Fänger, hatte überhaupt keine Vorstellung vom Zeitverlauf und seiner Einteilung. Für diese Leute gab es nur jetzt, später, bald, in einiger Zeit, bei Sonnenaufgang, im Zenit … Nur die Anführer der Clans, die hiesigen Gelehrten und die Meister unter den Handwerkern, kurz: die Elite, teilten die Zeit in die mir vertrauten Sekunden, Minuten und Stunden ein.

»Nein«, sagte ich. »Wovon redest du, was für eine Zeitrechnung?«

»Du wirst ein Piepsen hören, dann wieder eins, und wieder«, sagte Selga nach kurzem Schweigen. »Kurze Zeit später …«

»Die Abstände zwischen den Tönen werden immer kürzer«, fiel der Alte ein, während er einen kleinen Deckel außen an der

Halsspange zuklappte und zu einem winzigen Schraubenzieher griff. »Irgendwann piepst es ununterbrochen. Wenn es so weit ist, haben Sie noch eine Minute … ich meine, nur noch ganz wenig Zeit, bevor der Reifen – puff«, er machte eine heftige Bewegung mit beiden Händen, »explodiert, zusammen mit Ihrem Kopf, Junge. Deshalb rate ich Ihnen, kehren Sie um, sobald Sie das Piepsen hören, denn nur ich kann den Timer zurücksetzen.«

»Den Timer zurücksetzen?«, fragte ich.

»Die Zeitschaltuhr neu einstellen.«

»Wenn du nicht rechtzeitig zurückkommst – bist du ein toter Mann«, beendete Selga Ines die Erklärungen. »Bist du so weit, Amasin? Haltet ihn fest.«

Ich tat so, als hätte ich noch immer nichts begriffen, stand mit einem Schrei auf und stieß den Stuhl um. Starke Hände packten mich und hielten mich fest. Rost stieß mir den Gewehrlauf in den Nacken.

»Beweg dich nicht! Kopf zurück! Zurück!«

Jemand zog mein Kinn nach hinten.

»Was, zum Mutanten?! …«, sagte ich heiser, bemüht, meine Rolle eines beschränkten Söldners zu spielen. »Wozu?«

Selga Ines stand vor mir.

»Bring mir das Bestrahlungsgerät.«

»Was für ein Bestrahl…gerät?«

»Das ist ein Apparat, mit dem man die Nekrose zerstören kann. Er sieht aus wie eine metallene Halbkugel mit einem runden Gitter.«

»Und wo soll ich diese Halbkugel suchen?«

Selga trat zurück, und Amasin kam mit der Halsspange auf mich zu.

»Wir wissen es nicht genau«, sagte der Chef. »Irgendwo in diesem Hügel, unter der Erde. Dort liegt ein sehr alter Keller, noch aus der Zeit vor dem Untergang. Da muss das Bestrahlungsgerät zu finden sein.«

»Und wenn nicht? Und wenn dieses Ding hier anfängt zu piepsen?«

»Kommen Sie zurück, und ich werde die Zeiger zurückdrehen«, sagte der Alte. »Aber wenn Sie nicht rechtzeitig da sind, gibt es eine hübsche kleine Explosion, die Brei aus Ihnen macht. Das wäre natürlich sehr unangenehm, denn ich rechne fest damit, mit Ihnen zu arbeiten … Ihr Organismus ist ja ganz außerordentlich – immun gegen die Nekrose! Versuchen Sie einfach, diesen Auftrag hinter sich zu bringen und heil zurückzukommen. Ich habe noch viel mit Ihnen vor und kann es gar nicht erwarten, Experimente mit Ihnen zu machen, Ihnen Elektroden ins Hirn einzuführen …«

»Halt den Mund, Amasin«, unterbrach ihn Selga Ines.

Der Alte verstummte. Als die Halsspange wie ein Fangeisen um meinen Hals gelegt wurde, schnappte das Schloss klickend zu. Im Innern erklang ein leises Schnalzen.

23.

»Lasst mich in Ruhe, ihr Schweine«, sagte ich mürrisch, ließ den Rucksack vom Rücken gleiten und setzte mich am Eingang des Zeltes auf den Boden. Dabei blickte ich die Umstehenden finster an.

»Steh auf!« Rost stieß mich mit der Schuhspitze in den Rücken.

»Ich geh da nicht rein! Habt ihr überhaupt mitbekommen, was die Nekrose aus den Bestien macht? Wenn mich irgend so ein Panzertier anfällt, wie soll ich mich verteidigen?«

Amasin wies mit seiner mächtigen Stimme auf die tickende Zeitschaltuhr hin, aber ich schüttelte nur widerspenstig den Kopf:

»Ohne Knarre in die Nekrose zu gehen, ist sowieso Selbstmord. Dann krepier ich lieber hier. Die Explosion geht schnell vorbei, rums – und der Kopf ist ab. Aber wenn so ein Mutafag erst mal anfängt, seine Klauen in mich zu graben … Sollen euch die Kriecher in die Hintern beißen – da geh ich nicht rein!«

Ich stellte mich noch immer dumm, spielte die Rolle des dumpfen Schlägertypen, redete abgehackt und dröhnend, verhaspelte mich beim Sprechen. Rost wollte mir schon mit dem Schaft seiner Waffe einen Stoß versetzen, aber Ines schüttelte abwehrend den Kopf.

Er hatte die Arme auf der Brust verschränkt und blickte mich nachdenklich an. In dem Moment rannte einer seiner Kämpfer mit einem Fernglas in der Hand auf uns zu und rief:

»Sie kommen!«

Ines folgte ihm, während ich auf dem Boden sitzen blieb, eingekreist von Rost, Amasin und zwei weiteren bewaffneten Typen. Als Ines zurückkam, sagte er:

»Na gut, Söldner, du kriegst einen Karabiner und ein Messer. Dazu zehn Patronen. Du kommst an dieser Stelle des Hügels wieder runter, ist das klar?« Er nickte mit dem Kopf zu der Öffnung in der Mauer. »Gebt ihm ein Gewehr.«

Einer der Kämpfer nahm sein Gewehr von der Brust und holte zusätzliche Patronen aus seiner Patronentasche. Rost nahm sie, zählte sie ab, entlud das Gewehr vollständig und reichte es mir dann zusammen mit der Munition und einem Messer.

»Du lädst es erst, wenn du oben bist«, brummte er. »Und denk dran, unsere Leute stehen rund um den Hügel. Du kannst nicht flüchten.«

Ich nahm den Karabiner an mich, schob das Messer in den Gürtel, steckte die Patronen in die Tasche, nahm den Rucksack und begann den Hügel hochzusteigen.

»Und beeilen Sie sich, junger Mann!«, rief mir Amasin hinterher. »Sie haben nur noch etwa dreißig Minuten … Ach, das verstehen Sie ja nicht. Kurz, Sie haben nicht mehr viel Zeit!«

Am Loch in der Betonmauer blieb ich stehen, zog die Gurte des Rucksacks zurecht, kontrollierte, ob die Karbidlampe an meinem Gürtel festsaß und blickte mich dann noch einmal um. Selga Ines, Amasin, Rost und die beiden anderen Männer standen am Fuß des Hügels und beobachteten mich. Neben dem Zelt, das als Hauptquartier diente, brannte ein Feuer, und zwischen den Fahrzeugen gingen die Kämpfer der Brennstoff-Clans hin und her. Ein Fahrzeug zog meine Aufmerksamkeit auf sich. Es sah seltsam aus, wie ein Motorrad, aber genau genommen schon zu groß dafür, denn rechts und links waren zwei Fässer horizontal an seine Seiten angeschweißt. Sie sahen aus wie Flugzeugturbinen. Unter den Fässern waren kleine Räder befestigt, wie unter einem normalen Motorradbeiwagen.

Selga Ines wies schweigend zum Gipfel des Hügels. Ich drehte mich um und stapfte durch das Loch der Hügelkuppe entgegen.

Als ich außer Sichtweite war, lud ich den Karabiner und blickte mich um. Ich hatte ein seltsames Gefühl. Als ob es mitten am Tag Spätabend geworden wäre – alles hatte sich verändert: Die Geräusche klangen dumpfer, das Licht wurde schwächer. Es herrschte Halbdunkel und war kalt.

Der feuchte, braungrüne Schimmel hatte sich ausgedehnt, bedeckte jetzt auch die Baumstämme, die Erde, sogar einige Büsche. Ich hatte keine Zeit zu verlieren, deshalb ging ich zügig in Richtung der Senke, durch die ich das Labor verlassen hatte.

Wo waren wohl Juna und Tschak? Was war mit ihnen passiert? Hatte man sie getötet, gefangen genommen? Und die Nekrose breitete sich in Arsamas aus, der quecksilberartige Nebel kroch durch die Straßen der Stadt, erfasste immer neue Viertel, während die Menschen im Zentrum zusammenliefen, denn eine andere Möglichkeit zu flüchten gab es nicht. Wenn die beiden Luftschiffe tatsächlich dorthin geflogen waren und versuchen sollten, wenigstens einige Bewohner der Stadt zu retten, indem sie Strickleitern von oben herunterließen, dann würde es unten zu einer wilden Schlägerei kommen, vermutlich sogar zu einer Schießerei. Und ich hatte keine Möglichkeit, irgendwas dagegen zu tun.

Der Rand der eisernen Halsspange kratzte an meinem Kinn, und ich hatte das Gefühl, aus dem Innern des Verschlusses käme ein kaum hörbares Ticken, aber vermutlich bildete ich mir das nur ein.

Das Rascheln zwischen den Bäumen war jedenfalls real. Es wurde von einem Knacken und einem hohlen Schnauben begleitet. Die Geräusche klangen wie durch eine Schicht Watte gedämpft. Im Gehen hob ich den Karabiner. Links von mir schlug sich humpelnd, zuckend und mit dem Kopf wackelnd ein gepanzerter Wolf durch den Wald. Ich brauchte einen Moment, bis ich begriff, um was für ein Tier es sich handelte, denn es war vollständig mit Nekrose bedeckt und sah aus, als ob es mit flüssigem Wachs übergossen worden wäre. Speichelfäden hingen an seinem Maul.

Ich blieb nicht stehen, zielte aber auf das Tier. Der Mutafag bewegte sich wie eine kaputte Aufziehpuppe. Er wackelte hin und her und zog an mir vorbei, ohne mich zu bemerken.

Als ich die Baracke erreichte und in nächster Nähe im Gebüsch ein Rascheln und ein Husten hörte, fing ich an zu laufen.

Auch die Baracke hatte sich – wie ich im Vorbeigehen sah – verändert: Die Nekrose hatte die Wände und das Dach erfasst, weshalb das Gebäude jetzt eher wie ein moosbedeckter Findling dalag, der seit Hunderten von Jahren in diesem Wald ruhte.

Die Zeit verging. Ich erreichte die Senke und rannte die Böschung hinunter – hier hatte sich der Schimmel noch nicht breitgemacht –, schob die Ranken der weinartigen Pflanze zur Seite, ließ mich vorsichtig in das Loch hinab und schaukelte dann einen Moment lang über dem leeren, stillen Saal.

Ziemlich weit oben an der Wand saßen die Bobachtungsfenster, alle waren zerschlagen. Der Kadaver des von mir getöteten Panzertiers verströmte einen süßlichen Verwesungsgeruch. Ich rutschte nur ein kleines Stück tiefer an der Ranke, dann begann ich zu schaukeln, um so zum Fensterbrett des nächstgelegenen Fensters zu gelangen.

Beim fünften Versuch, als die Ranke schon anfing, nachzugeben und locker zu werden, hatte ich Erfolg. Ich kletterte in das dahinter liegende Zimmer, streifte den Rucksack ab und löste die Lampe vom Gürtel. Sie sah aus wie eine eiserne Kaffeekanne mit Griff, statt einer Tülle hatte sie ein Rohr. Ich legte den Hebel um, der Brenner schnalzte – etwas zischte im Inneren, es knisterte, und das Acetylen strömte aus dem Rohr, entflammte und beleuchtete den Raum um mich.

Hier waren Doktor Hubert und seine Assistenten während des Experiments gewesen.

Ich stieg über die Glassplitter der gesprungenen Fensterscheiben und ging am vergilbten Mobiliar zur Tür, hinter der eine Treppe nach unten führte.

Über diese Treppe gelangte ich in den Gang hinter der Einsturzstelle, die sich unmittelbar vor dem Versuchsraum befand. Ich hob die Lampe hoch über meinen Kopf und lief zügig los, versuchte mich zu erinnern, wo genau sich der Raum mit der Halbkugel und dem riesigen, einer Seife ähnlichen Brocken befunden hatte.

Das Schmerzmittel wirkte. Meine verletzte linke Seite tat fast nicht weh, dafür spürte ich eine erdrückende Müdigkeit. Die Augen fielen mir fast zu, und ich konnte mich überhaupt nicht konzentrieren. Ich berührte die Halsspange, tastete nach dem Rand des Deckels, unter dem sich der Timer und die Sprengladung befanden. Wie viel Zeit war vergangen, seit der Alte das Teil an meinem Hals befestigt hatte? Fünfundzwanzig Minuten mindestens, eher mehr.

Der Strahl der Lampe fiel auf eine Tür am Ende des Gangs. Sie stand halb offen. Ich trat heran und warf einen Blick auf das Schloss.

Unwillkürlich wich ich zurück und hob den Karabiner. Dieses Schloss war erst vor Kurzem aufgebrochen worden: Das Metall war über die Jahre dunkel geworden, aber neben dem Schlüsselloch sah ich helle, frische Kratzspuren.

Wer war hier gewesen? Vielleicht noch bevor ich im Saal aufgetaucht war, oder erst, nachdem ich durch den Spalt in der Decke geklettert war?

War dieser Jemand noch hier?

Vorsichtig schob ich die Tür auf, brachte den Karabiner in Anschlag und spähte in den Gang, der sich anschloss. Nichts rührte sich. Ich trat vorsichtig zwei Schritte vor, leuchtete mit der Lampe von einer Seite zur anderen. Der Strahl glitt über die Wände neben der Tür, dann über den Boden. Dort lag ein Skelett. Es sah aus, als wäre der Mensch auf den Rücken gefallen und hätte dann Jahre, Jahrzehnte, vielleicht Jahrhunderte so da gelegen, bis seine Kleidung, sein Gewebe, seine Muskeln verfault und nur noch seine Knochen übrig geblieben waren. Daneben verlief ein breiter, dunkler Riss, der, soweit ich sehen konnte, im

Zickzack durch den Korridor führte. Ich hob die Lampe noch höher.

An der rechten Wand lagen mehrere Türen, und links befand sich eine große rechteckige Öffnung, die vom Boden bis fast zur Decke ging. Von unten ragten Glassplitter auf. Das war die verglaste Wand, an der mich die Wachen vor ein paar Tagen vorbeigeführt hatten.

Während ich den Strahl meiner Lampe auf den dahinter liegenden Raum richtete, empfand ich heftigen Durst. Mein Gehirn arbeitete langsam – das Medikament, das mir die Schmerzen nahm, schwächte offenbar gleichzeitig meine Denkfähigkeit.

Ich wischte mir mit der Hand übers Gesicht, zupfte mich am Ohrläppchen und schlug mir auf die Backe. Dann machte ich einige Schritte in den Raum.

Das Halsband piepste einmal.

Dann wieder.

Und wieder.

Auf dem runden Tisch in der Mitte des Raums stand eine seltsame Halbkugel mit einer vergitterten Wölbung.

Es war nicht die Halbkugel, die ich hier vor wenigen Tagen durch die gläserne Wand gesehen hatte.

Ich ging einmal um den runden Tisch herum und betrachtete sie genau. Nein, es gab keinen Zweifel. Nicht nur weil das Metall dunkel geworden war, dieses Ding hier vor mir war deutlich größer und irgendwie anders geformt, eckiger.

Ich stellte die Lampe auf den Tisch, beugte mich über das Gerät und strich mit dem Finger über die unsauberen Lötnähte. An der Rückseite der Wölbung befand sich das Schaltpult mit mehreren Knöpfen, Leuchtdioden und Messfeldern. Ein schief aufgeschraubter Deckel, an dessen Ecken die Schraubköpfe herausstanden. Womit wurde das Gerät betrieben? Ich sah nirgendwo ein Kabel. Verfügte es über Akku-Batterien?

Ich hatte weniger als zehn Minuten, es war an der Zeit abzuhauen. Ich warf den Rucksack auf den Tisch, öffnete ihn und hob das Bestrahlungsgerät hoch – höchstens sieben Kilo.

Dann stellte ich es zurück.

Was sollte ich tun? Was würde passieren, wenn ich den Apparat jetzt Selga Ines übergab? Auf alle Fälle würde es Juna Galos Ende bedeuten, und das von Arsamas und dem Mecha-Korpus. Und vermutlich auch Tschaks Ende. Und selbst wenn die Himmelsgänger Timerlan Galo retten sollten, würde ich ihn ganz sicher nicht zu Gesicht bekommen. In Balaschicha hatte ich Sklaven gesehen – so einer würde ich werden, wenn auch vielleicht privilegiert. Der Anführer der Südlichen Bruderschaft war ein kalter, brutaler Mann, das war klar. Warum sollte er sich auch von den anderen Anführern der Clans unterscheiden? Was bedeutete das für mich? Wenn sie erst einmal das Bestrahlungsgerät hätten, würde meine Fähigkeit, durch die Nekrose zu gehen, schon nicht mehr ganz so kostbar sein. Vermutlich würden sie mich dem Alten, diesem Amasin und seinen Experimenten überlassen. Und dabei würde ich früher oder später draufgehen.

Die Halsspange begann jetzt häufiger zu piepsen. Etwa alle drei Sekunden. Trotz der lebensgefährlichen Situation, in der ich mich befand, fielen mir die Augen zu, und ich musste ständig gähnen. Wieder schlug ich mir auf die Backen, tigerte durchs Zimmer. An der Wand neben einem gedrungenen Metallschrank hing ein Spiegel mit einer abgeschlagenen Ecke, ich blickte hinein. Das Licht drang kaum in diesen Winkel des Zimmers, daher konnte ich nur die dunklen Umrisse meiner Gestalt und das helle Oval meines Gesichts darin erkennen.

Spiegel. Halsspange.

Das konnte doch keine wirklich komplizierte Elektronik sein, oder? Eher ein primitiver Mechanismus, der für einen dumpfen Söldner zwar nicht zu knacken war, aber für Jegor Rasin schon.

Ich begann die Schubladen aus dem Metallschrank zu ziehen, fand aber nichts außer Büroklammern, einem Stapel vergilbtes Papier und einem zerbrochenen Skalpell.

Meine Gedanken rasten durcheinander. Ich blieb vor dem Tisch stehen, streckte eine Hand aus, kniff die Augen zusammen und schlug mir mit aller Kraft auf die Wange.

Die Schusswunde begann wieder wehzutun. Genau! Ich rieb mir die Ohren, kniff mir in die Ohrläppchen. Verpasste mir noch eine Ohrfeige.

Spiegel. Halsspange.

Ich packte die Lampe und trat direkt vor den Spiegel, richtete ihren Strahl darauf. Das Gesicht, das aus der Dunkelheit auftauchte, erinnerte mich an eine fiese Maske: tief eingefallene dunkle Augenhöhlen und ein schwarzer Riss als Mund. Ich hob das Kinn und spähte auf die Halsspange im Spiegel hinunter. Da war er, der kleine Spalt im Verschluss, genau an der Stelle, wo die beiden Enden der Spange aufeinandertrafen. In diesem Verschluss befand sich ein kleines Loch – ein Schlüsselloch. Der Schlüssel dazu hatte vermutlich die Größe eines Streichholzes, deshalb hatte ich ihn auch gar nicht in Amasins Händen gesehen. Das Piepsen erklang jetzt noch häufiger, im Sekundentakt.

Ich versuchte, meinen Zeigefingernagel in den Spalt zu schieben, aber dann zog ich ihn zurück.

Nein, so nicht.

Der nervige Ton schraubte sich wie ein Gewinde in mein Hirn. Wie viele Minuten blieben mir noch? Fünf oder weniger? Ich nahm den Karabiner an mich und rannte in den Gang hinaus.

Die Seite schmerzte wieder, dafür konnte ich allmählich wieder denken.

Und eine Idee tauchte auf.

Als ich schwer keuchend den Hang runtergerannt kam, blickten mir vier Gewehrläufe entgegen:

»Ich hab ihn gefunden! Aber dieses Ding an meinem Hals explodiert gleich!«

Auf dem Gras war ein Stück Segeltuch ausgebreitet worden, auf dem Amasins Werkzeuge lagen. Der Alte sprang auf und blickte Selga Ines fragend an.

Der Anführer des Clans knöpfte seine Uniformjacke auf, schlug den Rockschoss zur Seite und zog eine Luger aus dem Schulterhalfter. Das Laufende setzte er an meine Schläfe. Ich erstarrte und ließ die Karbidlampe fallen. Im selben Moment trat schon der Alte mit Schraubenzieher und Pinzette zu mir und brummte:

»Kinn hoch, junger Mann. Höher, noch höher …«

Rost kam ebenfalls auf mich zu und nahm den Karabiner von meiner Schulter.

»Hast du das Bestrahlungsgerät gesehen?«, fragte Ines.

»Ja«, flüsterte ich krächzend. Aber er konnte mich durch das gellende Piepsen der Zeitschaltuhr nicht verstehen und presste den Pistolenlauf fester gegen meine Schläfe.

»Ja!«, wiederholte ich. »Da unten, da sind lauter Gänge, es ist stockfinster und überall liegen Skelette rum. In einem Zimmer steht ein verschlossener Eisenschrank, der ist vorne vergittert, und darin steht die halbe … na ja, diese Hälfte von …«

»Halbkugel«, sagte Ines.

»Ja, ja … Schaltet das Ding endlich aus!«, schrie ich, und im selben Moment verstummte das Piepsen.

Ich hörte ein leises Zirpen, dann ein Schnalzen.

Amasin hatte die Halsspange wieder geschlossen und rückte mit zufriedenem Gesichtsausdruck von mir ab.

»Um ein Haar wäre es zu spät gewesen«, murmelte er und rieb sich die Hände. »Jetzt haben Sie noch mal vierzig Minuten Leben, junger Mann.«

»Waren Kratzer auf dem Verschluss?«, fragte Ines.

»Was?« Der Alte verstand die Frage nicht. »Ach … nein, nichts dergleichen. Woher auch?«

Ines ließ die Luger sinken, blickte den Tüftler kalt an und sagte:

»Der Söldner hätte versuchen können, die Spange zu öffnen.«

»Wozu?« Amasins Stimme war noch immer voller Verwunderung. »Ist das wahr, junger Mann? Wenn das so ist …«

»Wozu hätte ich das Ding öffnen sollen?«, fragte ich. »Damit es explodiert?«

»Na ja, ja, genau.« Der Alte nickte. »Kommen Sie bloß nicht auf dumme Gedanken … Machen Sie sich klar, dass Sie keine Ahnung von diesen Dingen haben. Jeder Versuch, die Leitungen zu unterbrechen oder die Elektronik zu zerstören, führt zu einer sofortigen Explosion. Haben Sie das verstanden?«

»Warum hast du den Apparat nicht mitgebracht?«, fragte Ines.

»Ich habe Durst«, sagte ich. »Hörst du, Rost? Gebt mir Wasser! Von eurem Schmerzmittel trocknet einem die Kehle aus, und der Kopf wird ganz wirr.«

Ines nickte, und jemand reichte mir eine Flasche.

»Erzähl«, befahl der Anführer, nachdem ich einige Schlucke genommen hatte.

Ich war mir ziemlich sicher, dass Selga Ines mir meine Rolle inzwischen abnahm. In seinen Augen war ich ein dumpfer Söldner, der keine Ahnung hatte, wie der Mechanismus in der Halsspange funktionierte. Und so sollte es auch bleiben.

»Der Schrank ist abgeschlossen«, sagte ich, während ich die Flasche zuschraubte und sie mir in die Tasche schob. »Das Schloss ist so eines … na ja, wie sie vor dem Untergang gemacht wurden, es hängt nicht nach draußen, sondern ist da drin in der Tür. Das Eisen ist dick. Man sieht das runde Ding durchs Gitter, aber man kann nicht ran. Was hätte ich tun sollen?«

»Aufs Schloss schießen«, sagte Ines scharf. »Die Tür aufbrechen. Das Gitter rausbrechen.«

»Das geht nicht!« Ich schrie ihn fast an. »Du Klugscheißer, geh doch selbst hin …«

Rost knallte mir seine Faust gegen den Kiefer, ich stürzte. Hustend kam ich auf die Knie, spuckte blutigen Speichel aus, holte die Flasche aus der Tasche, öffnete sie und hob sie an die Lippen. Aber der Bärtige kickte sie mir mit dem Fuß aus den Händen, dann stieß er mich in die Schulter und warf mich auf die Seite.

Eine eisenharte Hand packte mich am Kragen, drehte mich auf den Rücken und über mir erschien Ines' Gesicht.

»Wie willst du mir das Bestrahlungsgerät beschaffen?«

Meine Lippen waren schon angeschwollen und ich sagte undeutlich:

»Ich weiß, wie man Schlösser öffnet. Auf dem Südlichen Basar, auf der Krim, bin ich eine Zeit lang in Marktstände eingebrochen, hab verschlossene Truhen geknackt ...«

»Warum hast du den Schrank dann nicht aufgebrochen?«

»Ich hatte keine Zeit mehr! Außerdem brauche ich dazu Werkzeug. Ohne geht es nicht, dieser Schrank, der ist wie ein Safe. Schwer und dick, und an der Wand festgemacht.«

Er hielt mich noch immer am Kragen, presste mich auf den Boden.

»Was für Werkzeug?«

»Eine Beißzange, einen Draht. Eine kleine Zange. Ein paar dünne Nägel, um sie ins Schloss zu hauen.«

Amasin tauchte wieder in meinem Gesichtsfeld auf und fragte neugierig:

»Alles klar, aber wozu brauchen Sie einen Draht?«

»Du Schwachkopf!«, fauchte ich. »Ein Klugscheißer – und trotzdem ein Idiot, wenn du das nicht weißt! Den Draht biegst du zu einer Schlaufe und schiebst ihn ins Schlüsselloch. Wenn die Nägel nicht reingehen. Damit kann man die Zunge hochziehen oder das Zahnrädchen an einem Zahn erwischen und daran ziehen.«

Als auf der anderen Seite des Hügels eine lang anhaltende MG-Salve erklang, ließ Selga Ines mich los und richtete sich auf. Er blickte Rost an, der nickte und rannte los.

»Wie sieht es aus, Amasin, kann man mit Hilfe dieser Werkzeuge die Spange öffnen und den Timer ausschalten?«, fragte Ines.

Der Alte zögerte einige Sekunden, überlegte, rieb sich die Hände und grinste unsicher, dann sagte er:

»Theoretisch ja, aber …«

»Was aber?« Ines wandte sich so abrupt zu ihm, dass seine Absätze sich in die Erde bohrten. Er machte ein paar Schritte auf den Alten zu, der unwillkürlich nach hinten zurückwich und mit den Schultern zuckte.

»Ich könnte das mit diesen Werkzeugen, weil ich ein Fachmann bin. Aber schon jemand wie du könnte es vermutlich nicht! Keiner von den Leuten hier … Soll mich die Nekrose holen, da drin steckt ein verdammt komplizierter Mechanismus! Damit würden nicht mal die Techniker des Mecha-Korpus sich so ohne Weiteres auskennen! In ganz Moskowien können nur wenige Menschen mit so was umgehen, verstehst du?«

Ich setzte mich auf und wischte mir das Blut von den Lippen. Das MG-Donnern war verklungen, und man hörte jetzt einzelne Schüsse, und, wie mir schien, ein entferntes Motorengeräusch.

Mit schweren Schritten kam Rost zurückgerannt, stürzte zu Ines und begann leise auf ihn einzureden. Der Anführer hörte aufmerksam zu.

»He, da drin ist dieses Ding.« Zur Bekräftigung meiner Worte klopfte ich vorsichtig mit dem Finger auf das Halsband. »Die Zeit läuft. Hört ihr? Entweder soll ich diesen Schrank aufbrechen oder es ist vorbei, dann schenkt mir noch einen letzten Wodka ein, einen möglichst großen …«

»Gib ihm das Werkzeug, Amasin«, sagte Ines. »Alles außer dem Schraubenzieher. Du brauchst doch keinen Schraubenzieher, oder?«

»Doch«, entgegnete ich und stand auf. Meinst du, das Schloss ist mit Nägeln befestigt? Vielleicht brauche ich ihn, vielleicht nicht.«

»Keinen Schraubenzieher«, wiederholte der Anführer.

Der Alte wickelte die Werkzeuge in das Stück Segeltuch, reichte mir das Paket, und ich befestigte es an meinem Gürtel. Dann hob ich die Lampe und die Wasserflasche vom Boden auf. Noch immer konnte man Schüsse von der anderen Seite des Hügels hören, auch das Motorengeräusch war lauter geworden. Selga sagte zu Rost:

»Gib den Befehl, sich in einer Linie aufzustellen. Und die Wachen auf der anderen Seite des Hügels auf keinen Fall abziehen. Sie dürfen den Abhang nicht aus den Augen lassen. Ich komme gleich.«

Mit einem Nicken wandte Rost sich um und rannte wieder los. Selga Ines drehte sich zu mir:

»Wir haben nicht viel Zeit, Söldner. Wenn du wieder ohne den Apparat ankommst, hast du deine Chance vertan. Einen dritten Versuch wird es nicht geben. Geh jetzt.«

Ich überquerte die Kuppe des Hügels und pirschte mich auf der anderen Seite an die Mauer heran.

Das Gelände ging am Fuß des Hügels in eine weite Ebene über, auf der sich in einer langen Linie Dutzende von Teutonen und drei Panzerfahrzeuge der Mönche vorwärtsbewegten. Aus den Fahrzeugen wurde auf das Lager der Clans geschossen. Der Großteil der Krieger am unteren Ende des Hügels erwiderte das Feuer, während einige wenige eilig die Fahrzeuge wendeten. Plötzlich schoss das große Motorrad mit den Fässern an den Seiten mit heulendem Motor aus der Menge heraus auf die Flotte der Mönche zu. Und jetzt sah ich, wie sich Gewehrläufe aus den schmalen Schlitzen in den Fassböden schoben.

Drei Teutonen der Mönche hatten sich von der heranpreschenden Flotte abgesetzt, fuhren voraus. Auf einem war eine Gatling montiert. Der Mönch dahinter eröffnete das Feuer auf das Motorrad. Aber dessen Fahrer wurde durch ein gewölbtes Panzerschild auf dem Lenker geschützt, in dem nur ein schmaler Sehschlitz ausgespart war. Aus den Fässern wurde ununterbrochen geschossen, und innerhalb von Sekunden hing der Schütze hinter der Gatling leblos in den Gurten und der Teutone raste unkontrolliert in einen Baum.

Die Mönche in den beiden anderen Fahrzeugen wendeten und fuhren unter ständigem Beschuss zurück auf die Linie der eigenen Leute zu.

Der Kampf, der dort unten stattfand, interessierte mich nicht. Ich wollte wissen, wie die Wachen am Hügel verteilt waren. Auf dieser Seite waren es vier. Da sie den Befehl erhalten hatten, sich um keinen Preis ablenken zu lassen, blickten sie stur in meine Richtung und drehten sich nicht einmal nach der heranrasenden Fahrzeugflotte der Mönche in ihrem Rücken um.

Am Fuß des Hügels wuchs Gras, aber es war weder hoch noch dicht, und der Abstand zwischen den Wachmännern war nicht besonders groß. Es bestand keine Chance, sich unbemerkt bis dorthin durchzuschlagen und zwischen ihnen durchzuschleichen, nicht mal nachts wäre das ohne Weiteres möglich gewesen – ganz abgesehen davon, dass jetzt erst Mittag war.

Ich drehte mich um und lief los. Als ich an der Baracke vorbeikam, hörte ich von oben ein dumpfes Kläffen, und über dem Dachrand tauchte das mit grünem Schimmel überzogene Maul eines Panzertiers auf. Es sprang, ich schoss ihm in den Kopf und tauchte weg.

Der Weg zu dem Laborraum mit dem Bestrahlungsgerät nahm nicht viel Zeit in Anspruch. Das Schwierigste war, an der Ranke schaukelnd das obere Fenster im Beobachtungsraum zu erreichen. Meine Seite schmerzte jetzt heftig.

Als ich mein Ziel erreicht hatte, legte ich als Erstes das Paket mit den Werkzeugen auf dem Metallschrank ab, trat dann zu dem Spiegel und stellte die Lampe so auf, dass sie gutes Licht gab, mich aber nicht blendete.

Die Kampfgeräusche drangen nicht bis hierher und in dem Laborraum herrschte Totenstille. Die Wirkung des Schmerzmittels hatte endgültig nachgelassen, jede Bewegung tat weh, dafür war die Benommenheit verschwunden.

Ich entnahm der Schublade das abgebrochene Skalpell und löste mit seiner Hilfe die Schrauben in dem kleinen Deckel, der über dem Verschluss der Halsspange lag. Ich hob ihn an, schlug ihn vorsichtig zurück, zog ihn einfach ab und schleuderte ihn zu Boden. Ich trat ganz nah an den Spiegel.

Auf einem winzigen Zifferblatt im Innern des Halsbandes, das in einem schwarzen Plastikwürfelchen versenkt war, waren grüne Ziffern zu sehen. Sie zeigten an, wie viel Zeit noch bis zur Explosion blieben – zwanzig Minuten.

An diesem Timer waren drei dünne Kabel befestigt, sie führten zu einer Leiterplatte auf der Innenseite der Halsspange, die aus mehreren kleinen Kondensatoren, runden Relaisscheiben und silbernen Lötspuren bestand. Den Sprengsatz konnte ich nicht sehen, vermutlich bestand er aus Plastiksprengstoff und war irgendwo in dem Metallreifen versteckt.

Ich schob mich noch näher vor den Spiegel, griff zur Lampe und drehte sie hin und her. Endlich fiel der Strahl genau auf das Innenleben des Halsbandes. Ich spürte, wie sich Adrenalin in meinem Körper ausbreitete. Wie schnell die grünen Ziffern umsprangen. Ich hatte nur noch neunzehn Minuten, achtzehn.

Ich nickte mir selbst zu, stellte die Lampe auf den Schrank, schnitt mit der Beißzange drei Stücke Draht von etwa zehn Zentimeter Länge ab, bog sie zu einer Schlaufe und begann ihre Enden mithilfe einer kleinen Zange an den Kabelenden am Timer und an denen von der Leiterplatte festzudrehen. Es war eine mühsame Arbeit und als ich endlich fertig war, zeigte der Timer noch zwölf Minuten an.

Vor Anspannung war ich schweißgebadet, außerdem hatte mein linkes Augenlid zu zucken begonnen.

Drei Drahtbögen ragten jetzt aus dem Halsband heraus. Der Timer zeigte elf Minuten. Ich nahm die Beißzange, hielt sie an den kurzen Kabelstrang, der unterhalb des ersten Drahtbogens verlief, aber dann ließ ich das Werkzeug sinken. Meine Kehle war völlig ausgetrocknet – ich holte die Wasserflasche aus der Tasche und trank ein paar Schlucke. Ohne hinzusehen, schraubte ich den Verschluss wieder drauf und stellte die Flasche auf dem Schrank neben mir ab.

Der Timer zeigte jetzt zehn Minuten, und das Halsband begann zu piepsen.

Wieder griff ich zur Zange und knipste jetzt das erste kurze Kabel zwischen den Drahtenden durch. Dann das zweite und das dritte.

Nichts geschah – dank der Drahtschlaufen war das Schema nicht unterbrochen, der Timer tickte weiter.

Klar, ein dummer Söldner aus dem Süden wäre mit einem so einfachen Mechanismus nicht fertiggeworden.

Schweiß rann mir über die Stirn, meine Finger zitterten leicht, aber immerhin zuckte mein Lid nicht mehr. Dafür pochte meine Wunde schmerzhaft, fast so stark wie nach dem Sturz von der Lokomotive.

Neun Minuten. Mit der Zange verbog ich den dünnsten von den Nägeln und versuchte, ihn in das winzige Schlüsselloch zu stecken, aber er passte nicht. Amasins Draht war zu weich und taugte ebenfalls nicht …

Die Büroklammern!

Ich fand sie in der Schublade wieder, bog eine davon auseinander und das Ende zu einem kleinen Haken und schob ihn in das Schlüsselloch. Drehte ihn. Schob ihn tiefer, drehte ihn wieder, hin und her, zog – ein Knacken, es klickte …

Acht Minuten. Ich hatte noch den Rückweg vor mir, die Zeit war knapp. Langsam schob ich die Enden der Halsspange auseinander und die Drahtbögen spannten sich. Noch ein bisschen und der Draht, der provisorisch an dem Kabelende befestigt war, würde sich lösen … Ich hielt den Atem an, hob das Halsband. Gut, dass mein Schädel rasiert war. Der hintere Teil der Spange rutschte über meinen Hinterkopf, aber dann blieb der oberste Draht an meiner Nase hängen.

Sieben Minuten. Ich musste die Enden der Halsspange leicht zusammendrücken, sie in meine Wange pressen. Der Draht wand sich leicht nach außen, rutschte über die Nase, und ich konnte die Spange vorsichtig höherschieben, noch einen Zentimeter, noch einen … Endlich war sie auf Augenhöhe. Ich ging in die Hocke, dann streckte ich langsam die Hände in die Höhe, wobei ich versuchte, den Kopf absolut gerade zu halten. Ich atmete erleichtert aus, als der Metallreifen über Augenbrauen und Stirn glitt und ich ihn über meinem Scheitel in der Luft hielt. Geschafft.

Im selben Moment erzitterte der gesamte Hügel, Putz rieselte von der Decke und durch die dicken Erdschichten hindurch drang ein dumpfes Donnern.

Was war da explodiert? War ein Teutone oder sogar ein Panzerfahrzeug in die Luft geflogen?

Der Timer zeigte sechs Minuten an.

Ich führte die Enden der Halsspange wieder zusammen und umwickelte sie mit Draht, dann legte ich sie auf den Tisch. Ich hängte mir meinen Karabiner über die Schulter, griff nach dem Bestrahlungsgerät, schob es in den Rucksack, setzte ihn auf den Rücken, nahm den Metallreifen vom Tisch und rannte los.

Als ich mit der Karbidlampe zwischen den Zähnen vom Fensterrahmen zur Ranke hinüberhechtete, wäre ich fast abgestürzt. Die sieben Kilo mehr machten sich bemerkbar. Die Ranke knirschte. Ich kletterte zum Loch in der Decke, schob mich raus, stützte die Arme an den Rand des Lochs. Mit einiger Mühe stemmte ich mich hoch und kletterte aus der Senke.

Das gellende Piepsen ertönte jetzt in kürzeren Abständen.

Auf der anderen Seite des Hügels wurde ununterbrochen geschossen, Motorenlärm war zu hören, aber ich wandte mich zu der Stelle, wo alles still war und Selga Ines auf mich wartete. Der Timer zeigte drei Minuten.

Über mir brummte ein Motor. Im Laufen blickte ich zum Himmel.

Dort flog ein Flugzeug, … wahrscheinlich war das eine dieser Avietten. Ein rot angemalter schmaler Bauch und rote Flügel, vor der Nase war der graue Kreis eines wirbelnden Propellers zu sehen. Die Maschine flog sehr niedrig, streifte fast die Wipfel der Bäume. Als sie zur Wende ansetzte, kippte der Körper ein wenig und in der Kabine wurden drei Köpfe sichtbar.

Von der Seite des Hügels, wo es bisher ruhig gewesen war, wurde auf das Flugzeug geschossen. Es setzte zu einer neuen Kurve an und steuerte auf das ausgetrocknete Flussbett zu, wobei es immer mehr an Höhe verlor.

Vor mir tauchte etwas Dunkles auf, ich prallte voll hinein, konnte im letzten Moment noch das Halsband zur Seite ziehen, das ich an die Brust gedrückt hielt.

Die Wunde an meiner Seite brannte wie Feuer. Ich fiel hin und das Halsband rutschte mir aus den Händen. Schwerfällig riss ich mir den Karabiner von der Schulter, stellte mich auf die Knie. Über mir stand ein Mensch, zuckend und schwankend und vollständig von festem grünem Schimmel überzogen. Nur am Kopf war die Kruste noch weich: Die Augen waren nicht zu sehen, stattdessen wölbten sich feuchte Schichten über dem Gesicht, schoben sich hin und her. Der Mann streckte die Arme nach mir aus, die wie bemooste Äste mit beweglichen kleinen Zweigen an den Enden aussahen. Er gab ein hohles Husten und ein Jaulen von sich, aber die Geräusche hörten sich nicht so an, als ob sie aus seinem Mund kämen, sondern aus einem tiefen Brunnen. Dieses abartige Wesen war kein Mensch mehr.

Ich drückte den Abzug und der Karabiner klackte laut – ein Versager.

Verdammtes Gewehr! Hier ging einfach alles kaputt.

Als sich das Scheusal zu mir vorbeugte, begann ich mit dem Lauf darauf einzudreschen. Aber es riss mir die Waffe aus der

Hand und schleuderte sie weg. Kniend schwankte ich rückwärts, da tauchte in dem konturlosen Gesicht vor mir plötzlich ein Spalt auf, verbreiterte sich, wurde zu einem feuchten, dunkelgrünen Schlund, in dem sich statt Zähnen schleimige Geschwulste bewegten. Meine Knie trafen auf die Karbidlampe, die auf den Boden gefallen war.

Das Wesen packte mich am Hals, ich tastete mit der Hand nach der Lampe, bekam sie zu fassen, schaltete sie an, stieß meinem Angreifer das Rohr ins Gesicht und überzog ihn mit brennendem Acetylen. Mit aller Kraft presste ich die Lampe gegen ihn und stieß mich gleichzeitig von ihm ab. Es zischte, wie wenn Wassertropfen in eine glühend heiße Bratpfanne tropfen, und der Schimmel rund um das Rohr begann grüne Blasen zu werfen.

Im selben Moment, als das Scheusal in die Knie ging, ließ ich die Lampe los und sprang auf. Mit einem Griff zog ich das Klappmesser aus meiner Tasche, öffnete es und stieß ihm die Klinge in den Hals.

Aus der Tiefe des grünlichen Kokons drang ein Röcheln. Ich griff nach dem Halsband im Gras und lief los.

Der Timer zeigte noch eine Minute an. Als ich auf die Mauer zurannte, noch dreißig Sekunden. Ich hielt mich fern von dem Loch, durch das ich losgegangen war, und spähte stattdessen durch einen Spalt zwischen zwei noch heilen Betonplatten.

Rost war verschwunden, nur Ines, zwei Kämpfer und Amasin standen da und blickten in Richtung des Lochs. Sie wussten, dass die Zeit fast abgelaufen war. Entweder würde ich jede Sekunde mit dem Bestrahlungsgerät auf dem Rücken auftauchen oder die Operation war gescheitert. Außer den Männern waren noch ein Sender und ein Motorrad mit Soziussitz zu sehen. Alle anderen

Fahrzeuge waren offenbar zum Kampf gegen den Orden auf der anderen Seite des Hügels zusammengezogen worden. Vermutlich waren die Mönche nicht so stark, dass sie den Hügel einkreisen konnten. Sie hatten ihren Angriff auf eine Seite konzentriert.

Der Timer zeigte noch zwanzig Sekunden an.

Fünf davon verbrachte ich damit, mich noch gründlich umzuschauen. Dann brüllte ich:

»Ines! Chef!«

Die Männer hoben die Köpfe, und ich kreischte:

»Nehmt mir das Ding ab! Es piepst wie wild! Nehmt es ab!!!«

Dann rannte ich geduckt von der Mauer weg. Im Laufen blickte ich auf den Timer: Fünf Sekunden. Vier, drei, zwei …

Ich holte aus und schleuderte die Halsspange in Richtung Mauer.

Ich hatte mich verschätzt. Fast wäre sie auf der anderen Seite gelandet – dann wäre mein Plan gescheitert. Aber zum Glück prallte sie gegen den oberen Rand der Betonplatte und explodierte in der Luft. Eine große Flamme schoss hoch, und ein heftiger Knall erschütterte die Stille. Es sah aus, als hätte jemand die Betonplatte mit irgendwas bespritzt. Ein dunkel glänzender Fleck tauchte dort auf.

Etwas Verbogenes lag rauchend im verbrannten Gras etwa fünfzehn Meter von mir entfernt.

Wieder lief ich zur Mauer und spähte durch den Spalt.

Selga Ines stand reglos da und sah zur Kuppe des Hügels hinauf. Amasin neben ihm hatte hilflos die Arme ausgestreckt und redete auf ihn ein.

Der Anführer der Südlichen Bruderschaft gab seinen Kämpfern einen Befehl, woraufhin diese zu den Fahrzeugen rannten.

Ines wandte sich zu dem Alten und zog die Luger aus dem Schulterhalfter. Amasin wich zurück, stolperte, fiel und hob schützend die Hände vors Gesicht. Ines schoss einmal auf den Mann am Boden, wandte sich ab und ging weg, ohne sich noch einmal umzudrehen. Hinter ihm kamen die Fahrzeuge. Das Motorrad bremste, der Anführer setzte sich in den Beifahrersitz und nach wenigen Sekunden war niemand mehr zu sehen.

Ich blickte zur Kuppe des Hügels hinauf. Das Wesen kam langsam von dort auf mich zugeschwankt, das Messer steckte noch in seinem Hals. Irgendwo da oben musste mein Karabiner liegen, aber ich hatte keine Zeit, ihn zu holen. Die Mönche konnten jeden Moment hier auftauchen oder ein Fahrzeug der Südlichen Bruderschaft.

Ich tauchte durch das Loch hindurch, rannte den Abhang hinunter, vorbei an Amasin, der sich noch schwach regte. Der Alte röchelte heiser auf, als er mich sah, aber ich hetzte weiter in Richtung Fluss, wo die Aviette gelandet sein musste. Meine Seite brannte wie Feuer und mir war übel vor Schmerz. Der Rucksack mit dem Bestrahlungsgerät hüpfte auf meinem Rücken auf und ab.

24.

Sie bemerkten mich, als ich das Flussbett erreichte. Die Aviette befand sich noch in einiger Entfernung vor mir, sie war am Rand des hohen Flussufers gelandet. Ihr linker Flügel hing über dem ausgetrockneten Flussgrund. Durch den Kampflärm hörte ich, wie hinter mir ein Motor lauter wurde. Ich drehte mich im Laufen um und sah, dass mir jenes seltsame Automobil folgte, in dem ich hierhergebracht worden war.

In der Kabine der Aviette richtete sich Juna Galo auf. Tschak, der neben ihr saß, kletterte auf den einen Tragflügel. Beide winkten mir mit den Armen.

Hinter mir donnerten Schüsse.

Meine Kräfte ließen so rapide nach, dass ich nur noch mit Mühe einen Fuß vor den anderen setzen konnte.

Der Zwerg verschwand wieder in der Kabine und begann auf den hinter dem Steuerknüppel sitzenden Piloten einzureden. Schließlich kletterten Juna Galo und der Fremde aus der Kabine.

Mehrere Kugeln pfiffen über meinen Kopf hinweg. Ich spürte, dass die Naht ein zweites Mal geplatzt war. Es fühlte sich an, als würden meine Eingeweide aus mir rausbrechen. Mit letzter Kraft stolperte ich über die steinig trockene Erde entlang des Hochufers. Das Brüllen des Motors in meinem Rücken wurde immer lauter. Von vorne rannten Juna und der stämmige Pilot auf mich zu.

Als die beiden mich fast erreicht hatten, knickten meine Beine ein. Sie fassten mich unter den Armen und schleiften mich zum Flugzeug.

»Ich hab das Bestrahlungsgerät …«, krächzte ich heiser. »Aber ohne Strom funktioniert es nicht …«

»Macht nichts, Junge!«, polterte der Pilot, und ich blickte in ein faltiges Gesicht mit einem ausgeprägten Kinn und einem wild gezwirbelten grauen Schnurrbart. »Wir haben einen Akkumulator an Bord … Los jetzt, Baby, pack mit an!«

Er trug einen ledernen Helm mit Ohrenklappen, Reithosen, lange wollene Gamaschen und eine unpassend schicke Jacke aus Leder in allen Regenbogenfarben und mit einem Pelzkragen. Erst später wurde mir klar, dass die Jacke aus der Haut eines Manis gemacht war. Auf der Stirn trug der Pilot eine viereckige dunkle Brille, an seinem Rücken ragte ein mit weichen Lederbändern umwickelter Gewehrschaft aus einer Mündungskappe. An dem Schaft baumelte ein silbernes Kettchen mit einem Glücksbringer in Form einer winzigen Aviette.

»Schieb ihn hoch!«, schrie der Pilot, als wir das Flugzeug erreichten. Er schubste mich auf die Maschine zu, drehte sich um, zog aus seinem Rückenhalfter eine glänzende, verchromte Howdah und schoss.

Blitzschnell lud er die Howdah nach, die Waffe donnerte wieder los, während Juna und ich die kleine Leiter zur Kabine hochkletterten. Von oben streckte uns Tschak beide Arme entgegen. Um uns herum pfiffen die Kugeln. Gleichzeitig schob sich plötzlich die Sonne durch die graue Decke am Himmel und strahlte mit voller Kraft auf uns runter. Und dann wurde Juna Galo getroffen, und das Mädchen fiel mit einem Aufschrei in die Kabine.

Mir wurde schwindelig. Halb bewusstlos nahm ich wahr, wie Funken aus den Seiten der Aviette aufstoben, die Flügel getroffen wurden, wie der Motor dröhnte und die Maschine mit schweren Stößen über die steinige Piste entlang des Hochufers holperte. Und ich sah das verzerrte Gesicht von Selga Ines. Zum ersten Mal hatte der eiskalte Anführer der Südlichen Bruderschaft seine Unerschütterlichkeit verloren. Er war aus dem Auto gesprungen und stand am Uferrand. Die Aviette setzte zur Kurve an und schon segelte sie über das ausgetrocknete Flussufer davon.

Ich kam erst wieder zu mir, als wir schon die Rauchsäulen über dem brennenden Grauer Brand hinter uns ließen.

Ich hing im Notsitz, gegenüber von Juna. Der schnurrbärtige Pilot saß direkt vor der Windschutzscheibe und Tschak stand neben mir, hielt sich an den Messingbügeln fest, die aus der Kabinenwand ragten, und drückte mir gleichzeitig seinen Ellenbogen in die Schulter. Der Rucksack mit dem Bestrahlungsgerät lag am Boden zu meinen Füßen.

Junas linke Schulter war bandagiert, aber der Verband verfärbte sich bereits von Blut. Ihr Gesicht war sehr blass, und sie biss sich vor Schmerz auf die Lippen.

»Gib ihm doch mal was zu trinken, Baby!«, sagte der Pilot mit dröhnender Stimme, und hielt ihr ohne sich umzudrehen einen silbernen Flachmann hin. »Und du solltest auch was trinken, um wieder aufzutanken!«

Juna wollte nicht, aber ich nahm einige Schlucke. Mein Atem stockte, dieses Gebräu war weit stärker als alles, was ich bisher in dieser Welt zu mir genommen hatte, aber es war auch deutlich besser.

Meine Seite brannte, aber nicht mehr so stark wie zuvor. Tschak hatte die Wunde untersucht und sagte jetzt:

»Der Verband ist aufgegangen und sie hat wieder geblutet. Ich hab sie eingecremt, die haben vielleicht Salben … Ein reiches Volk, diese Flieger.«

»Himmelsgänger, Kleiner!« Der Pilot lachte dröhnend. »Wir heißen Himmelsgänger!«

»Das ist Karaban Tschiora«, sagte Juna mit schwacher Stimme. »Er ist Meister-Pilot aus der Gilde der Himmelsgänger.«

»Wie seid ihr zu der Aviette gekommen?«, fragte ich.

Das Mädchen nickte zu Tschak hinüber:

»Dank ihm. Er war der Meinung, wir sollten nicht zur Brücke fahren, weil dort die Männer der Clans auf uns warten würden. Wir haben uns gestritten. Na, jedenfalls hat er die Lokomotive angehalten. Die Müllhalde brannte, aber am Rand haben wir einen Sender gefunden. Er steckte mit der Motorhaube im Müll, daneben lagen Leichen. Aber er fuhr noch, und wir schlugen den Weg in Richtung Arsamas ein …« Sie verstummte, schloss die Augen und berührte mit den Fingern der rechten Hand vorsichtig ihre verwundete Schulter. Tschak fuhr fort:

»Kurz gesagt, Luftschiffe bewegen sich nur langsam am Himmel, und wir konnten sie einholen. Als wir in Sichtweite waren, haben wir angehalten, die Feuer angezündet und das Signal gegeben. Unter der Gondel des einen Luftschiffes hing eine Aviette. Und plötzlich löste sie sich und flog schnurstracks auf uns zu … So kamen wir hierher.«

»Ist es weit von hier bis nach Arsamas?«, fragte ich.

»Keine Stunde, Brüderchen!«, rief Karaban Tschiora. »Weißt du, was eine ›Stunde‹ ist? Aber die Maschine ist angeschossen. Wir verlieren Treibstoff. Die Verspannung am linken Flügel ist geplatzt. Außerdem müssen wir uns noch mit eurem Bestrahlungsgerät da befassen.«

»Dann lass uns landen«, schlug ich vor.

Brache Felder, Wälder und vereinzelte Ruinen zogen unter uns vorbei. Der Wind toste und vor uns ratterte der Propeller. Ich flog! Wie hatte ich dieses Gefühl in den letzten Tagen vermisst! Seit Doktor Hubert und der General mich in dem fensterlosen Raum verhört hatten, waren nur ein paar Tage, vielleicht eine gute Woche, vergangen, aber mir kam es vor, als müsste es Jahrzehnte her sein. Und diese ganze lange Zeitspanne hatte ich ohne Himmel auskommen müssen.

Die Aviette bewegte sich schwerfällig, in das Knattern des Propellers mischte sich ein unangenehmes Knacken. Die Müllhalde war längst nicht mehr zu sehen und wir flogen über eine einsame kleine Siedlung am Rande einer riesigen, mit schwarzem Wasser gefüllten Baugrube. Auf dem See schwammen einige Boote. Und plötzlich schien die Welt vor uns dunkler zu werden. Wir näherten uns der Stadt. Am äußersten Rand der von der Nekrose erfassten Gegend erhob sich ein Hügel mit einigen Gebäuden. Sie sahen aus wie Spielzeugklötze. Auf die flache Kuppe des Berges schwebten gerade zwei Luftschiffe zu. Selbst aus dieser Entfernung konnten wir erkennen, dass Arsamas von der Nekrose eingekesselt war. Aber es war nicht genau festzustellen, welche Stadtteile schon verseucht waren.

Direkt unter uns erstreckte sich eine brache Ebene, und Karaban ließ das Flugzeug sinken.

Wenig später setzte die Aviette auf, holperte über den buckeligen Erdboden, ihre Flügel erzitterten und endlich blieb sie stehen. Der Himmelsgänger sprang als Erstes aus der Maschine. Als Zweites folgte Tschak, dem ich den Rucksack mit dem Bestrahlungsgerät reichte. Dann half ich Juna, die Leiter herunterzuklettern. Ihr Gesicht war bleich und zerkratzt, der Schulterverband blutgetränkt.

Der Pilot machte sich sofort daran, den Tank zu flicken, aus dem ein feiner Strahl Treibstoff auslief. Er verstopfte das Einschussloch mit einer klebrigen Masse, die wie Wachs aussah, und klebte dann noch ein Stück Leder darüber. Tschak und ich untersuchten inzwischen den Apparat. Wir nahmen die Abdeckung von dem Bedienungspult. Darunter befand sich ein dicker Strang verschiedenfarbiger Kabel, und ein kleineres, mobiles Bedienungspult, das wie eine Fernbedienung aussah.

Juna saß auf dem Segeltuchmantel, den ihr der Himmelsgänger gegeben hatte, und fragte:

»Wisst ihr, wie man es einschaltet? Und wie man es bedient?«

»Ach Schwesterchen, es einzuschalten ist vermutlich nicht besonders schwer …«, sagte der Zwerg gedehnt. »Dies dürfte der Knopf sein, an dem man das Gerät anmacht, und an diesem Rädchen kann man die Stärke der Bestrahlung regulieren. Aber ich frage mich, woher wir den Strom nehmen wollen? Und funktioniert das Ding überhaupt?« Tschak blickte mich an. »Wo hast du das her, Mann?«

»Es war in dem Hügel in einem alten unterirdischen Labor versteckt«, erklärte ich.

»Na gut, die Brennstoffler haben vermutlich durch einen ihrer Spione im Tempel von dem Gerät erfahren. Aber woher wusste Luka von dem Labor und von diesem Gerät? Selbst wenn einer seiner Aufklärer ihn zu einer Zeit dort gefunden haben sollte, ehe der Hügel von der Nekrose erfasst wurde. Woher wussten sie, dass man mit diesem Gerät die Nekrose zerstören kann?«

Karaban kam zu uns herüber und sagte mit donnernder Stimme:

»Zu viert können wir nicht weiterfliegen. Meine Maschine hält das Gewicht nicht aus, selbst wenn … ha!«, er stupste Tschak in die Schulter, »… so ein kurzbeiniger Winzling wie du darunter ist.«

»Jeder Idiot ist davon überzeugt, dass er unheimlich clever ist, nur weil er eine große Birne hat«, entgegnete Tschak gereizt. Aber der gut gelaunte, selbstbewusste Himmelsgänger war nicht beleidigt.

»Da hast du recht«, stimmte er zu, und hob das Bestrahlungsgerät vom Boden auf. »Wenn ich so klein wäre wie du, würde es mich auch ärgern, dass jeder lange Lulatsch sich über mich lustig macht.«

»Ich ärgere mich nicht«, widersprach Tschak.

»Sicher.« Der Himmelsgänger lächelte breit. »Hauptsache, du glaubst das.«

»Hör mal!«, keifte der Zwerg und schlug den Himmelsgänger mit der Faust aufs Knie. »Ich sagte, dass ich mich nicht ärgere, und wenn du noch ein Mal …«

Ohne den keifenden Zwerg zu beachten, trug Karaban das Gerät zur Aviette hinüber. Wir folgten ihm.

Wie sich herausstellte, verstand der Himmelsgänger etwas von elektrischen Geräten. Er holte einen Metallkoffer mit Werkzeug aus der Kabine und schraubte mit wenigen Griffen die hintere Abdeckung der Halbkugel ab. Dort befanden sich der Transformator und Leitungen, die er an den Akkumulator seines Flugzeuges anschloss. Karaban stellte den Apparat so ins Gras, dass sein flacher Teil gegen den Metallkoffer lehnte.

Dann drückte er den Einschaltknopf, das Gerät brummte und am Pult begannen Leuchtdioden zu blinken.

»Seht ihr die Bügel hier an den Seiten?«, fragte der Himmelsgänger. »Man könnte das Gerät an der Unterseite der Aviette festbinden, sodass das Gitter nach unten zeigt. Die Fernbedienung kann man in die Kabine nehmen. Die Frage ist nur, funktioniert das Ding? Es brummt, das hört man …«

»Es funktioniert«, unterbrach ihn Tschak, der dem Himmelsgänger noch nicht verziehen hatte. »Die Ohren hat er aufgesperrt und hört was … Jetzt reib dir mal die Augen, Kerl, damit du auch was siehst. Na, was hast du noch für Fragen? Ist doch klar, dass es funktioniert.«

Wir gingen um das Gerät herum.

Die Luft vor der Halbkugel flimmerte, wie die Luft über heißem Asphalt. Dort wo der Strahl auf das Gras traf, begann es zu schmelzen.

Ungläubig ging ich in die Hocke. Die Halme knickten ein, ihr Grün verflüchtigte sich, sie wurden trüb-durchsichtig und brüchig, ehe sie zu grauem Mulm zerfielen. Das Moos unter dem Gras begann Blasen zu werfen und verflüssigte sich dann glucksend. Aber die Erde selbst veränderte sich nicht, auch wenn ich bemerkte, dass ein zerdrückter, längst verwelkter Halm sich ebenfalls zu einer Spirale zusammenzudrehen und dann zu schrumpfen begann.

»Was wohl passiert, wenn man seine Hand hineinhält?«, fragte Tschak nachdenklich. »He, Flieger, versuch du es mal, wir schauen zu.«

Karaban Tschiora lachte dröhnend. Das Schauspiel machte offenbar keinen besonders großen Eindruck auf ihn. Er drohte dem Zwerg scherzhaft mit dem Zeigefinger und schaltete das Gerät wieder aus.

»Wir wissen natürlich nicht, was das Gerät mit der Nekrose anstellt«, sagte er, »aber wir sollten es unbedingt versuchen … Kommt, helft mir, es am Bauch der Maschine zu befestigen.« Während wir das Bestrahlungsgerät am Flugzeugrumpf aufhängten und die Kabel in die Kabine zogen, fragte Tschak:

»Was hast du damit gemeint, dass wir nicht alle zusammen fliegen können?«

»Meine Maschine hält das nicht länger aus«, bestätigte der Himmelsgänger. »Seht ihr, wie angeschlagen sie ist? Löcher in den Flügeln, der Bowdenzug ist beschädigt. Außerdem verbraucht sie bei solcher Beladung extrem viel Treibstoff. Die Kabine ist für zwei. Nein, tut mir leid, einer muss hierbleiben … Wo ist eure Freundin?«

Wir blickten uns um – Juna lag auf dem Segeltuchmantel. Ihre Augen rollten hin und her, sie atmete schwer.

Karaban holte seine Apotheke, und Tschak brachte das Mädchen zu Bewusstsein. Sie zitterte am ganzen Körper, und wir deckten sie mit einer Decke aus dem Flugzeug zu.

»Tschak, du bleibst mit ihr hier«, sagte ich. »Hast du eine Waffe? Karaban, gib ihm eine.«

»Das hier ist ein sicherer Ort«, flüsterte Juna kaum hörbar. »Wir sind nah der Stadtgrenze, und hier kommen regelmäßig Patrouillen vorbei.«

»Früher mal, Schwesterchen«, entgegnete Tschak. »Ich weiß nicht, ob die jetzt noch … Na gut, ich werde Wache halten. Aber schickt jemanden, der uns holt, so schnell ihr könnt.«

Ich ging zu ihm und sagte leise:

»Du haust doch nicht ab, oder?«

Er war nicht beleidigt wegen meiner Frage, sondern schüttelte nur den Kopf, blickte mich mit seinen ungewöhnlichen, durchsichtigen Augen an und zwinkerte.

»Ich weiß noch, was du mir im Tempel gesagt hast. Nein, ich will selbst nach Arsamas. Ich hab mir schon genau überlegt, wie und was. Mach dir keine Sorgen, ich hau bestimmt nicht ab.«

»Na also, dann los!« Karaban reichte Tschak einen Revolver und Munition und klopfte sich auf die Oberschenkel. »Wir ziehen in den Krieg gegen die Nekrose! Kletter rein, Bruder.«

Juna berührte mich am Bein, und ich ging neben ihr in die Hocke. Sie schob einen braunhäutigen Arm unter der Decke hervor, legte ihn mir um den Hals und zog mich zu sich. Ihre Lippen berührten meine Wange, als sie flüsterte:

»Tu es. Ich bitte dich.«

Ich erhob mich wortlos und kletterte in die Aviette.

Der Himmelsgänger steuerte auf die Stadt zu. Ich saß mit der Fernbedienung auf meinen Knien hinter ihm. Verschiedenfarbige Kabel führten durch die Luke, die Bordwand hinunter zum Bestrahlungsgerät. Nach wenigen Minuten hatten wir den äußersten Rand der Nekrose erreicht – unten erstreckte sich eine schlammgrüne Kruste mit vereinzelten braunen und gelben Wölbungen dazwischen, die vor Feuchtigkeit schimmerten und die Unebenheiten der Landschaft nachzeichneten. Ich schaltete das Bestrahlungsgerät an und drehte den Regler bis zum Anschlag. Karaban hatte die Maschine steigen lassen und den Motor ausgeschaltet. Die Aviette segelte im Gleitflug über den Rand der Nekrose dahin. Der Pilot sah sich einmal besorgt nach mir um. Vermutlich wollte er sichergehen, dass ich nicht unter Schock stand – schließlich musste er annehmen, dass ich als einfacher Söldner keine Ahnung vom Fliegen hatte. Aber ich hatte keine Kraft mehr, irgendetwas vorzutäuschen, und blickte einfach nur schweigend nach unten. Wenig später gab der Motor ein Niesen von sich und begann wieder zu brummen.

Vielleicht war Arsamas für die Maßstäbe des Ödlands eine große Stadt, aber sie war nichts anderes als eine größere Siedlung. Hier lebten vermutlich kaum mehr als zwei- bis dreitausend Menschen. Zum Stadtzentrum hin wurden die Gebäude größer und solider, aber am Stadtrand glichen die Behausungen den Hütten der Fischer. Die Randgebiete waren schon vollständig vom Schimmel überzogen, und die Häuser sahen aus wie Moos bewachsene Findlinge, die neben dunkelgrünen Senken aufragten.

Auf der Kuppe des flachen Berges erhob sich eine Art Fort aus Betonplatten, Mauerteilen von zerstörten Hochhäusern, aus Trägerdecken, Stücken alten Ziegelmauerwerks, aus Steinen und verrosteten Maschinen. Soweit ich erkennen konnte, bestand die Schutzmauer rund um das Fort aus Autowracks, Bussen und Lkws, die aufeinandergestapelt und mit Zement übergossen worden waren. An den vier Ecken der Anlage befanden sich vier

Türme. Hinter der Mauer erhoben sich mehrere Gebäude, eines davon fünfstöckig und mit Flachdach. Über diesem hing ein Luftschiff. Das zweite schaukelte etwas weiter abseits in der Luft.

Wir flogen nicht in Richtung des Forts, sondern Karaban steuerte die Maschine gen Osten, wo sich auf leicht abfallendem Gelände ein Meer von Nekrose erstreckte, das Junas Worten zufolge bis zum Ural reichte.

»Schau mal, Bruder!«, schrie der Himmelsgänger. »Hinter uns verändert sich die Farbe.«

Die Aviette wendete schaukelnd. Wo wir entlanggeflogen waren, tauchten auf der schlammgrünen Kruste graue und braune Flecken auf. Die Nekrose starb. Die verseuchten Gebiete am Stadtrand veränderten sich ebenfalls: Der Schimmel rutschte wie Schneeplatten von den Dächern und Wänden, große Brocken stürzten zu Boden, wo sie schmolzen und in der Erde versickerten.

Ich hörte ein Knacken, dann ein Zischen und erst da wurde mir klar, dass sich in der Kabine ein Funkgerät befand. Warum hatte der Pilot das nicht schon früher eingeschaltet? Hatte er absichtlich gewartet, bis er wusste, ob das Bestrahlungsgerät funktionierte?

Karaban Tschiora nickte mir über die Schulter zu und begann zu sprechen. Durch das Knattern des Propellers konnte ich nur Bruchstücke verstehen: »Empfang … östliche Senke … unbekanntes Gerät … funktioniert … Sie ist die Tochter des Oberhauptes der Korporation … auf der Erde, verletzt … Mit einem Diener … muss sie abholen … Ja, Kapitän, unbedingt … Ich glaube, eine Evakuation ist nicht nötig … Tot? Dann erst recht nicht … Schicken Sie Leute, um das zu überprüfen. Wenn die Nekrose verschwindet …«

Als er fertig war, wandte sich der Himmelsgänger an mich, aber ich sprach als Erster:

»Wer ist gestorben?«

»Das Oberhaupt der Korporation, Timerlan Galo.«

»Was??« Ich schrie auf, beugte mich vor und hätte vor Schmerz beinahe aufgestöhnt. »Ihr Vater ist tot?«

»Ja … Worüber regst du dich auf, Bruder? Vor fünf Tagen gab es einen Anschlag auf Timerlan, er wurde vergiftet, verstehst du? Der Attentäter wurde nicht entdeckt. Entweder haben ihn die Brennstoffler geschickt, oder er kam aus dem Schloss Omega – keiner weiß das. Jetzt hat uns der alte Timerlan verlassen … Na gut, aber wir sind noch am Leben! Woher kommst du überhaupt, Junge? Du sprichst irgendwie seltsam … Krim?«

»Ja, aus dem Süden«, murmelte ich, während ich mich auf dem Sitz zurücksinken ließ und die Augen schloss.

»Und was hast du mit der ganzen Geschichte zu tun?«

»Juna hat mich angeheuert, als Leibwache.«

»Das heißt, du bist nur ein Söldner? Na ja, dann gibt es für dich ja keinen Grund, mir dazwischenzufunken, oder?«

»Du willst das Bestrahlungsgerät für dich, oder?«, fragte ich. In diesem Moment begann eine rote Diode auf dem Pult zwischen meinen Händen zu blinken.

»Genau. Das ist eine anständige Bezahlung für die Rettung der Stadt. Also hör zu.« Karabans Ton hatte sich verändert. Er klang immer noch energisch, aber seine Fröhlichkeit war wie weggeblasen. Jetzt wirkte er sachlich und hart. »Wir fliegen jetzt noch einmal um die Stadt, immer entlang der Nekrosengrenze. Dann kehren wir um. Ein Luftschiff ist schon auf dem Weg zu einem vereinbarten Ort. Wir landen dort, und du gehst deiner

Wege. Nach Arsamas oder wohin du willst. Schließlich verbindet uns nichts …«

»Nein«, unterbrach ich ihn. »Ohne Waffe geht das nicht. Außerdem muss ich im Interesse meines Auftraggebers handeln.«

»Was ist das denn für ein Gerede? ›Im Interesse meines Auftraggebers‹ – ein Oberklugscheißer, was? Außerdem hat sie dich nicht angeheuert, damit du das Gerät beschaffst.« Karaban überlegte eine Weile, dann fuhr er fort. »Na gut. Was sagst du zu meiner Howdah? Ich geb sie dir. Eine ordentliche Waffe, die eine Stange wert ist. Aber, Junge, ich warne dich: Ich habe hier noch einen Revolver im Halfter. Außerdem einen Dolch und einen elektrischen Schlagstock. Und noch habe ich sie dir nicht gegeben. Im Moment bist du ohne Waffe und außerdem verletzt, während ich gesund und bewaffnet bin. Was meinst du dazu?«

»Gib mir noch was von deinem Gebräu«, sagte ich, während ich den Blick auf die blinkende rote Diode gerichtet hielt.

Wir schafften noch drei Runden um die Stadt, immer entlang der Nekrosengrenze, zweimal flogen wir in die Senke in Richtung Ural hinaus und bestrahlten dabei eine Fläche von mehreren Dutzenden Quadratkilometern. Dann hörte die rote Diode auf einmal zu blinken auf, und vom Rumpf der Aviette stieg Rauch auf.

25.

Auf der Kuppe des Hügels brachte ich den Jeep zum Stehen, griff nach der Howdah, dem Flachmann und der silbernen Tabakdose und stieg aus. Auf dem Deckel der Dose waren zwei gekreuzte Dolche eingraviert, ihre Klingen verliefen wie Blitze im Zickzack.

Ich zog mir die Kapuze meines Mantels aus Manishaut über den Kopf und setzte mich auf die hohe Motorhaube. Die Howdah legte ich neben mich, streckte die Beine aus und ließ mich gegen die Panzerung fallen, die einen Großteil der Windschutzscheibe verdeckte. Nachdem ich mir eine Zigarette gedreht und sie mit einem Benzinfeuerzeug angezündet hatte, nahm ich einen tiefen Zug und blies den Rauch langsam wieder aus.

Die Sonne war nicht zu sehen, die Luft war still und klar, und der hohe hellgraue Himmel strahlte in kaltem Licht. Das Rascheln des Regens war kaum zu hören, die Tropfen waren winzig, schwerelos, fielen nicht, sondern schwebten langsam, ganz langsam zur Erde. Sie trafen auf dem Jeep auf, liefen über das unebene Metall, über die buckelige Karosserie, die von allen Seiten mit Panzerplatten verstärkt war, über die vergitterten runden Scheinwerfer, die Türen und die riesigen Reifen mit dem tiefen Profil.

Ich lehnte den Kopf gegen die Panzerplatte hinter mir, schloss die Augen und nahm wieder einen tiefen Zug. Der Mechanikermeister und Werkstattleiter des Forts nannte dieses Fahrzeug einen Sender – also ein Gefährt, das zur Fahrt durch das sandige Gelände des Ödlands geeignet war –, aber für mich war es nach alter Gewohnheit ein Jeep. Der Mann hatte fast geweint, als er sich davon hatte trennen müssen, vermutlich war es seine beste Kiste. Aber es half nichts, Befehl vom Oberhaupt der Korporation.

Ich schraubte den Verschluss von dem Flachmann und nahm einen großen Schluck Preiselbeerschnaps, dann wischte ich mir den Mund mit dem Ärmel ab. Vor mir erstreckte sich eine für diese Gegend und diese Saison typische Landschaft: von Regen aufgequollenes, ödes Brachland. Zwischen Steppengras und dichtem Unkraut zeichneten sich Überreste von Betonplatten ab, ebenso kaputte Eisenteile, die zu rostig waren, als dass sich noch irgendein Trödler dafür interessiert hätte, und die Ruinen von vereinzelten Gebäuden. Nicht weit entfernt vom Hügel erhob sich ein schiefer Hochspannungsmast. Rund um ihn herum war die Erde aufgewühlt, als ob Motorräder oder Autos stundenlang darum herumgefahren wären, und am Boden saß, gegen eine dicke Stütze des Masts gelehnt, eine Leiche in Lumpen.

Es war windstill, nichts regte sich, es herrschte Stille und Frieden.

Kein Mensch weit und breit. Nicht ein einziges Lebewesen war zu sehen, kein Raubtier, kein Vogel, – nur der Leichnam unter dem Strommast zeugte davon, dass es in dieser Welt Leben gab.

Und den Tod.

Ich nahm noch ein paar Schlucke. Nachdem ich meine Zigarette zu Ende geraucht hatte, stieg ich in den Jeep ein und ließ den Motor an. Vernünftige Straßenkarten gab es nicht, aber ich konnte mich in etwa erinnern, wie Arsamas im Verhältnis zu Minsk lag. Ich bewegte mich mithilfe eines Kompasses auf dem Armaturenbrett in Richtung Südwesten.

Alle hatten versucht, mich von meinem Plan abzubringen. Der Werkstattleiter, der fast schon eine Art Freund geworden war, hatte mir mit seinem dicken, ölverschmierten Finger einen Vogel gezeigt und mir prophezeit, dass ich es niemals in den Bienenstock, wie die Stadt der Himmelsgänger hieß, schaffen würde. Er hatte mich inständig gewarnt, durch die schreckliche Gegend zu fahren, die vom Erdfieber verheert worden war und wo nur noch aggressive Mutafage lebten. Das neue Oberhaupt des Sicherheitsdienstes der Korporation hatte mir erklärt, dass ich unterwegs massenhaft Vieh hütenden Symbioten, Mördern und Kannibalen begegnen würde. Und Juna hatte vorhergesagt, dass man mich nicht einlassen, sondern mich einfach erschießen würde, sobald ich von einem der Luftschiffe aus zu sehen sein würde.

Ich glaubte ihnen, jedem Einzelnen – und war trotzdem aufgebrochen.

Der Motor des Jeeps war erstaunlich leise. Ich schob die Howdah in ein Gewehrhalfter, das an der Innenseite der Tür hing. So kam ich auch während des Fahrens leicht an die Waffe. Ein Handgriff und ich könnte durch die seitliche Schießscharte in der Panzerung feuern. Ich steuerte den Wagen den Abhang hinunter, Steine wirbelten hoch.

Ich wusste nicht genau, wie viele Tage vergangen waren, seit ich an jenem Abend mehr tot als lebendig in Arsamas eingetroffen war. Vielleicht zwei, vielleicht drei Wochen. Obwohl man hier nicht in Wochen oder Monaten zählte, nicht mal in Jahren. Es gab nur Dekaden, Saisons und Zyklen. Auf jeden Fall war meine Wunde verheilt, die Fäden waren schon vor Längerem von dem Arzt im Fort gezogen worden, und meine Seite tat jetzt nur noch weh, wenn ich rannte oder mehrere Kniebeugen hintereinander machte.

Als ich in Arsamas eingetroffen war, hatte dort totales Chaos geherrscht. Die äußeren Stadtviertel waren in verheerendem Zustand. Der Schimmel hatte alles Grün aus ihnen herausgeleckt, sie in einen seltsamen trüben Raum verwandelt, wo alles von einer gräulichen Patina bedeckt war, als ob die Welt auf einen Schlag um hundert Jahre gealtert wäre. Durch die Straßen schwankten Menschen, die von der Nekrose befallen waren und ihren Verstand verloren hatten. Das Bestrahlungsgerät hatte sie nicht retten können. Eilig aus dem Fort entsandte Sondertruppen machten ihnen schließlich den Garaus.

Keiner nahm mich in Empfang. Es gelang mir ohne Probleme, die Schutzmauer ins Fort zu überwinden, denn in seinem Innern war inzwischen ein Aufstand losgebrochen.

Erst später sollte ich erfahren, dass dem Oberhaupt stets ein Rat aus fünf Personen zur Seite stand. Zwei dieser Männer hatten sich nach Timerlans Tod auf Junas Seite geschlagen, sobald man im Fort von der Rettung des Mädchens erfahren und es zusammen mit Tschak geborgen hatte. Die übrigen Ratsmitglieder wollten den Mann zum neuen Oberhaupt des Mecha-Korpus krönen, der bisher den Sicherheitsdienst geleitet hatte.

Übrigens waren die Himmelsgänger in ihren Luftschiffen abgezogen, sobald die Nekrose begonnen hatte, sich aufzulösen. Eines davon hatte den Ort angesteuert, wo Karaban Tschiora mit seiner Aviette aufgesetzt hatte. Der Pilot hatte mir wie versprochen seine Howdah zusammen mit der Munition übergeben und dafür den beschädigten Bestrahlungsapparat an sich genommen. Vom Luftschiff war eine Förderschale an einem langen Seil heruntergelassen worden. Dieser hatte Karaban einen Kanister Treibstoff für die Aviette entnommen und dafür das Bestrahlungsgerät hineingelegt. Dann war das Luftschiff weitergesegelt, und auch die Aviette war davongeflogen. Ich hatte mich schwankend und mit letzter Kraft in Richtung Stadt aufgemacht. Dort kam ich vom Regen in die Traufe.

Zu allem Übel hatte ich hohes Fieber bekommen. Immerhin hatte ich das Glück, gleich auf die richtige Seite innerhalb des in zwei Lager geteilten Forts zu gelangen, nämlich dort, wo sich Juna und ihre Anhänger verschanzt hatten.

Man brachte mich in einen abgelegenen, beschusssicheren Geschützraum, wo ich erst wieder richtig zu mir kam, als die drei Juna feindlich gesinnten Ratsmitglieder bereits zur Abschreckung an eisernen Haken aufgehängt, rechts und links des Haupttors zum Fort baumelten. Zu diesem Zeitpunkt ging es auch Junas Schulter besser, und wir trafen uns mehrmals. Sie erzählte mir, was sich nach unserer Trennung ereignet hatte.

Dann wurde ich in ein Zimmer unter dem Dach des hölzernen Turmes an der Außenmauer des Forts verlegt. Dort war es um einiges bequemer. Ich bekam ein gutes Bett, einen Tisch, einen Hocker. Aber am meisten freute ich mich darüber, dass es nicht mehr nach Schießpulver, sondern nach Holz roch. Eines Abends kam Juna herein, als ich gerade mit einer Selbstgedrehten zwischen den Lippen auf dem kleinen Balkon stand und die Umgebung betrachtete. Ein Sonnentag ging zu Ende, ein Tag, wie er in der Regenzeit angeblich nur sehr selten vorkam. Am Spätnachmittag waren wieder Wolken herangesegelt, die jetzt wie dunkle Berge über uns dräuten. Der Wind trieb einzelne Regentropfen heran, es war frisch und klamm. Ich stand barfüßig da, nur in Hosen, und stützte meine Ellenbogen auf dem Geländer auf. An den Schritten erkannte ich, wer gekommen war, daher sah ich mich nicht um. Eine warme Hand legte sich auf meine Schulter, strich über meinen Rücken, Finger berührten vorsichtig meinen Verband über der Brandwunde. Ich spuckte die Kippe übers Geländer und drehte mich um. Juna stand vor mir. Sie trug ein leichtes Kleid und Sandalen – es war das erste Mal, dass ich sie so sah. Sie legte die andere Hand in meinen Nacken und zog meinen Kopf zu sich. Einige Zeit blickten wir uns in die Augen, dann bewegten sich ihre Lippen, aber ich ließ ihr keine Zeit zu sprechen, sondern beugte mich vor und küsste sie.

Später, es war längst dunkel geworden, lagen wir nebeneinander im Bett und drückten uns unter der Decke aneinander, denn wir hatten die Balkontür nicht geschlossen und im Zimmer war es kalt geworden. Keiner von uns wollte aufstehen. Schließlich fragte ich:

»Wo ist Tschak? Ich hab ihn noch gar nicht gesehen.«

»Wirst du auch nicht. Er ist abgehauen.«

»Wie viel hat er mitgenommen?«

»Woher weißt du das?« Juna hob den Kopf und blickte mir in die Augen. »Hat er dir gesagt, was er vorhat?«

»Nein. Aber das war nicht nötig. Tschak ist ein Dieb.«

»Aber er hätte sich auch in unseren Werkstätten mit diesen Solarzellen beschäftigen können! Im ganzen Ödland ist niemand technisch so gut ausgestattet wie wir.«

»Und natürlich hätte der Mecha-Korpus ihm die Ergebnisse seiner Versuche überlassen?«, sagte ich. »Sicher nicht. Ihr hättet die Batterien selbst behalten, und Tschak wusste das.«

Sie legte ihren Kopf wieder an meine Schulter.

»Während wir im Fort kämpften, ist er in … zu einer bestimmten Stelle im Keller gerannt und hat … ich weiß nicht mal, wie viel mitgenommen. Irgendwie hat er die dicke Tür aufgesprengt und das Schloss aufgebrochen. Unser Schatzmeister wird noch immer bleich und fängt an, vor Zorn zu zittern, wenn man Tschak erwähnt. Man hat ihn für vogelfrei erklärt. Jedes Mitglied des Mecha-Korpus ist befugt, ihn zu verhaften und nach Arsamas bringen, wenn er ihn findet. Aber ich zweifle daran, dass ihn irgendwer zu sehen bekommen wird, allein schon weil er jetzt vermutlich der reichste Mann im ganzen Ödland ist.«

»In jedem Fall ist er der reichste Zwerg im Ödland«, sagte ich und lachte leise. Juna hob wieder den Kopf.

»Was?«, fragte ich.

»Du hast gelacht.«

»Ja, und?«

»Das habe ich noch nie gesehen. In dieser ganzen Zeit hast du nicht ein einziges Mal gelächelt. Du hast so ein Gesicht … Ich dachte, dass du das gar nicht kannst.«

Ich schloss die Augen. Wir lagen eine Weile schweigend so da, dann fragte sie:

»Bleibst du hier?«

»Nein«, entgegnete ich.

»Du könntest den Sicherheitsdienst übernehmen. Der Rat wird zustimmen, wenn ich dich als Leiter vorschlage. Du hast …« Juna schwieg einen Moment, dann sprach sie weiter. »Du hättest alles. Und mich dazu.«

Statt einer Antwort legte ich meine Hand auf ihren Nacken, fuhr mit den Fingern den Hals entlang bis zur Schulter und tastete nach der verhärteten Stelle, dort, wo sich neben der Tätowierung eine flache, feste Beule befand.

»Wohin wirst du gehen?«, fragte Juna.

»Ich weiß es nicht genau. Wahrscheinlich zu den Himmelsgängern.«

»Zu den Fliegern… Warum das?«

Was hätte ich ihr antworten können? Dass ich in Wirklichkeit nicht von dieser Welt war, dass ich dort, wo ich herstammte, früher große metallene Avietten gesteuert hatte? Solche, die enorme Geschwindigkeiten erreichen konnten? Dass ich an den Himmel gewöhnt war und wieder hinauf musste? Wie hätte ich ihr erklären sollen, dass es noch um etwas anderes ging als nur um die Himmelsgänger. Auch an ihrer Seite würde ich wieder nur ein Rädchen in einem fremden System sein. Dagegen würde es mir die Reise durch diese seltsame Welt vielleicht ermöglichen, eine neue Rolle für mich zu finden.

Oder mich selbst zu finden?

Sie würde mich nicht verstehen. Deshalb erzählte ich ihr, dass die Himmelsgänger eine vage Erinnerung in mir wachriefen, dass ich möglicherweise einmal mit ihnen zu tun gehabt hatte und deshalb in den Bienenstock musste.

Ich verließ Arsamas einige Tage später. Zuvor befragte ich noch etliche Leute aus Timerlans Umgebung nach der Tätowierung. Erst konnte ich nichts in Erfahrung bringen, aber als ich mich mit Timerlans Arzt unterhielt, bemerkte ich, dass der Mann nervös war und meinen Blick nicht standhalten konnte. Ich trieb ihn solange in die Enge, bis er mir schließlich erzählte, dass Juna Galo in Wirklichkeit nicht Timerlans Tochter war. Zumindest nicht seine leibliche Tochter. Eine Tatsache, an die sich nach den Worten des Arztes kaum noch jemand erinnerte. Timerlan hatte Juna in der Ebene östlich der Stadt gefunden. Damals hatte es dort noch keine Nekrose gegeben. Das etwa fünf Jahre alte Mädchen hatte seltsame Dinge geredet und viel geweint.

Der Arzt erinnerte sich sogar an einige ihrer Worte.

Auf die Frage, wie sie heiße, hatte das Mädchen »Julia« geantwortet. Aber dieser Name war mit der Zeit ganz von selbst zu Juna geworden, was den Menschen des Ödlands geläufiger war.

Timerlan hatte keine leiblichen Kinder. Seine Frau war mehrere Saisons zuvor gestorben und deshalb beschloss er, das Mädchen zu adoptieren. Mit der Zeit hatte Juna vergessen, wie sie nach Arsamas gelangt war, und das Oberhaupt der Korporation hatte befohlen, ihr nichts von ihrer Herkunft zu erzählen.

So erfuhr ich wenigstens mit Sicherheit, dass Juna Galo auf demselben Weg wie ich hierhergelangt war. Nach den Worten des Arztes erinnerte sie sich noch an einen Saal mit einem runden Podest, mit Fenstern oben an der Decke, an eine Liege mit Gurten und eine Explosion. Diese Explosion hatte sie immer besonders geängstigt.

Ich erzählte Juna nichts von dem, was ich erfahren hatte. Sie trauerte aufrichtig um ihren Vater und sie hielt sich aus tiefstem Herzen für die rechtmäßige Nachfolgerin des Oberhaupts des Mecha-Korpus. In dieser Welt, die mir wie ein wiederauferstandenes Mittelalter vorkam, war das Vererben von Titeln und Funktionen an der Tagesordnung.

Juna zwang den stöhnenden Schatzmeister, mir eine ordentliche Summe Gold und Silber auszuzahlen und befahl ihrem Werkstattleiter, mir alle Fahrzeuge zu zeigen und mich eines auswählen zu lassen.

Die Stadt kehrte allmählich zum normalen Leben zurück. Nach und nach zogen die Menschen wieder in die von der Nekrose befreiten Viertel ein. Allerdings ging dort etwas Merkwürdiges vor sich: Wo wir die Nekrose zerstört hatten, gab es weder Insekten noch kleine Kriechtiere, keine Würmer, ja nicht einmal mehr Ratten. Außerdem gab es Probleme mit der Elektrizität, Akkus entluden sich von selbst, Teig ging nicht mehr auf, Bier wurde schnell sauer und nachts waren seltsame Geräusche zu hören.

Juna und ich verabschiedeten uns vor den Toren des Forts. Zwei riesige Kerle aus ihrer Leibwache standen nicht weit von uns und starrten mich misstrauisch an, als ob sie fürchteten, dass ich ihre Herrin um die Taille packen, in mein Fahrzeug schieben und mit ihr abhauen könnte. Juna sagte, ich könne jederzeit wiederkommen, dann schenkte sie mir noch eine silberne Tabakdose mit dem Wahrzeichen des Mecha-Korpus auf dem Deckel. Sie blickte mir in die Augen und strich mir mit einer Hand über die Wange, ehe sie sich abrupt umwandte und davonging.

Während ich mich in den Jeep setzte, blickte ich ihr hinterher. Seltsam, früher hatte ich nie den Wunsch verspürt, einer Frau hinterherzusehen, wenn ich mich von ihr trennte oder wenn sie mich verließ. Aber Juna Galo hatte etwas Besonderes an sich … Eine untypische Härte, die sich mit einer früh entwickelten Weiblichkeit verband. Eine besondere Lebenskraft. Die Fähigkeit, zu lenken, zu befehlen und andere zu manipulieren, ohne dabei unmenschlich oder gefühllos zu werden. Vermutlich würde sie ein gutes Oberhaupt für die Korporation werden.

Ich wollte sie jetzt schon wieder sehen, aber ich konnte nicht bleiben, solange ich so orientierungslos war. Auch wenn mir mit Timerlans Tod die letzte Möglichkeit genommen worden war, etwas über die Hintergründe der Ereignisse zu erfahren. Zwar gab es noch Gest, den Herrscher, der ganz sicher mehr wusste, als er zugegeben hatte, aber wie sollte ich an den rankommen?

Unter dem Rücksitz des Jeeps standen zwei Kanister mit chemisch gereinigtem Trinkwasser, obendrauf lagen ein Maschinengewehr, ein Revolver und ein Rucksack mit Munition. Im Kofferraum befanden sich zwei Ersatzkanister mit Treibstoff sowie zwei Koffer: einer mit Essen, der zweite mit Ersatzkleidung, einem Schlafsack, Seilen und allem, was man sonst noch für eine Reise brauchte. Außerdem war ein Windrad an einer Teleskopstange und mit Leitungen versehen im Kofferraum verstaut.

Am Armaturenbrett war sogar ein Radio eingebaut, aber bisher hatte es nicht viel gesendet außer Gesprächsfetzen, dumpfe Stimmen oder von Störgeräuschen durchsetzte, undefinierbare Musik.

Als ich jetzt den Hügel runterfuhr, hielt ich mich links, um einen Strommasten zu umfahren, und genau auf seiner Höhe kam mir ein Fahrzeug entgegen.

Es war absolut ungewöhnlich, so eines hatte ich im Ödland noch nicht gesehen. Ich beugte mich sogar vor, presste die Brust gegen das Steuerrad, um besser aus dem schmalen Fenster zwischen den Panzerplatten auf der Windschutzscheibe spähen zu können. Es erinnerte an einen amerikanischen Hummer, allerdings war die Fahrerkabine deutlich größer. Vermutlich konnte ein Mann aufrecht darin stehen. Auf dem Dach erhob sich ein runder, gedrungener Geschützturm mit einem Maschinengewehrlauf. Seitlich auf die Karosserie war mit schwarzer Farbe eine liegende Acht gemalt – das Symbol der Unendlichkeit.

Ich drehte das Steuer, um dem Fahrzeug auszuweichen, der Hummer steuerte in dieselbe Richtung. Dann lenkte ich in die Gegenrichtung, und als ich mich davon überzeugt hatte, dass der Hummer mein Manöver spiegelbildlich wiederholte, bremste ich. Ich griff mir das MG vom Rücksitz, öffnete die gepanzerte Tür, duckte mich hinter ihr und schob den Gewehrlauf über ihren oberen Rand. Vorsichtig spähte ich aus meiner Deckung hervor.

Der Hummer rollte noch ein paar Meter weiter, dann blieb er stehen. Eine Weile lang tat sich nichts, nur der Lauf der MG auf dem Geschützturm wurde in meine Richtung geschwenkt.

Dann ging eine runde Luke auf, ein Mann schob sich heraus, blickte zu mir hinüber und verschwand wieder. Die Türen des Fahrzeuges öffneten sich und zwei Männer sprangen raus. Sie trugen schwarze Anzüge, Helme, schwarze Masken und hohe Schnürstiefel. Ohne mich zu beachten, stellten sich die beiden in einer Entfernung von etwa zehn Metern rechts und links vom Fahrzeug auf, um so das ganze Terrain um den Hummer zu kontrollieren.

Der Lauf der MG auf dem Geschützturm begann sich wieder zu bewegen und schwenkte langsam zur Seite, bis er von mir weg wies.

Jetzt stieg ein alter Mann in weiter schwarzer Kleidung aus dem Hummer. Mit langsamen Schritten kam er auf mich zu, wobei er sich auf einen hölzernen Gehstock mit Knauf stützte. Trotz des Stocks und der grauen Haare wirkte er nicht gebrechlich, Kraft und Sicherheit gingen von ihm aus.

Ich blickte in sein Gesicht, dann richtete ich mich auf und ließ das Gewehr sinken.

Hinter dem Alten stieg ein groß gewachsener, blondhaariger Mann aus, er trug eine Uniformjacke ohne Abzeichen und enge Hosen. In seinem offenen Gürtelhalfter steckte eine Pistole. Aus irgendeinem Grund wusste ich sofort, dass er Este sein musste. Der Alte sagte etwas zu ihm, woraufhin er neben dem Hummer stehen blieb, und mich, die Hand am Revolver, aufmerksam beobachtete.

Der Alte kam leicht humpelnd näher. Für mich war weniger als ein Monat vergangen, seit ich ihn das letzte Mal gesehen hatte, aber dieser Mann war um mindestens fünfundzwanzig Jahre gealtert. Nur sein Blick war noch genau so kalt und scharf wie früher.

Er blieb auf halbem Weg zum Jeep stehen, hob die Hand zum Gruß und sagte mit leichtem Spott in der Stimme:

»Ewigkeit.«

Er klang ironisch, als ob er eine Parole ausspräche, von der er genau wusste, dass sie längst bedeutungslos geworden und zur Worthülle verkommen war.

An seinem Finger blitzte noch immer der goldene Siegelring. Ich hängte mir das MG über die Schulter und schlug die Tür zu.

»Man hat mich informiert, dass du Arsamas verlassen hast«, sagte Doktor Hubert. »Eigentlich solltest du dort auf einem anständigen Posten sein, schließlich hast du die Korporation gerettet. Entschuldige … in all den Jahren habe ich deinen Namen vergessen: Stepan … Nein Jegor. Jegor Rasin, oder?«

»Ja«, sagte ich, während ich langsam auf den Doktor zuging.

Der Gast aus der Vergangenheit nickte:

»Du traust mir nicht, das ist verständlich. Wir können hier reden oder in deinem Auto oder in meinem. Ich würde es vorziehen, nicht im Regen stehen zu müssen. In meinem Alter erkältet man sich leicht und wird nur schwer wieder gesund …«

»Wir bleiben hier«, unterbrach ich ihn. »Sag mir eins: Wo sind wir – in der Zukunft? Ist das etwa die verdammte Zukunft?«

»Ja, Rasin«, sagte Hubert. »Was noch?«

»Am Anfang hatte ich das Gefühl, dass ich in eine Art von Computerspiel geraten bin. In eine virtuelle Welt, eine Location. Es fühlte sich irgendwie schizophren an, als ob ich durchgedreht wäre. Welches Jahr haben wir jetzt?«

»Das kommt auf die Zeitrechnung an. Nach meiner Kalkulation sind etwa hundert Jahre seit dem Untergang vergangen.«

»Und wann hat der Untergang stattgefunden?«

»Ungefähr zehn Jahre nachdem das Experiment an dir stattfand.«

Ich versuchte meine Gedanken zu ordnen. Es gab vieles, was ich nicht verstand, nach dem ich fragen wollte.

»Die Tätowierung. Warum hat Juna Galo sie? Dieselbe Zeichnung wie in deinem Siegelring. Ich hab mich daran erinnert und nach einer Spur zu dir gesucht und jetzt habe ich dich gefunden.«

Hubert schüttelte den Kopf:

»Ich habe dich gefunden, Rasin. Die Tätowierungen für die Entsendeten habe ich erst nach deiner Zeit eingeführt. Was Juna betrifft …«

»Entsendeten?«

»Alle, die ich in die Zukunft geschickt habe, sind Entsendete. Nach dem misslungenen Versuch an dir führten wir weitere Untersuchungen und Experimente durch, und allmählich konnten wir uns ein vages Bild machen. Uns war klar, dass unsere Versuchspersonen in der Zukunft landeten. Aber was geschah weiter mit ihnen? Gab es irgendeine Möglichkeit, sie unter unseren Nachkommen zu identifizieren? Deshalb überlegte ich mir, dass man unter der Haut der Versuchsperson eine Mikrokapsel mit einem bestimmten Isotop einpflanzen müsste, dessen Strahlung mit Hilfe eines bestimmten Geräts zu orten wäre. Darüber hinaus brauchten wir noch eine einfache optische Markierung auf dem Körper, daher nahmen wir die Tätowierungen vor.«

»Du hast deine Versuche an fünfjährigen Kindern durchgeführt?«

»Ja, das habe ich. Juna hatte einen Gehirntumor, wie es bei Kindern häufig vorkam, nachdem in Sibirien biologische Waffen getestet worden waren. Ihre Entsendung in die Zukunft hat sie vor dem Tod gerettet. Die zeitliche Verschiebung wirkt sehr unterschiedlich auf verschiedene Teile des Gehirns. Übrigens habe ich nach dem Versuch an ihr meinen Dienst quittiert. Ich wollte nicht mehr für die Regierung arbeiten. Natürlich ließ man mich nicht einfach gehen, ich wurde der Spionage beschuldigt, dann versuchte man mich umzubringen, aber zu dem Zeitpunkt hatte ich schon …« Er klopfte mit dem Stock auf den Boden. »Ich hatte schon Verbindungen geknüpft. Zu einflussreichen Leuten. Ich hatte Geld im Ausland. Und ich konnte entkommen, verschwand von der Bildfläche. Später richtete ich dann mein eigenes Labor ein. Du erinnerst dich sicher noch, was damals in den GUS-Staaten los war – all die Konflikte und lokalen Kriege. Es war nicht schwer, einen Ort zu finden, der für unsere Spezialeinheiten unzugänglich war. Dann entsandte ich noch jemanden in die Zukunft …«

»Warte«, unterbrach ich ihn, weil ich das Gefühl hatte, dass irgendetwas an dieser Erzählung nicht stimmen konnte. »Du hast doch gesagt, dass du Juna nach mir entsandt hast. Aber als ich herkam, war sie schon zehn, zwölf Jahre hier. Außerdem hat der Arzt in Arsamas gesagt, dass man sie irgendwo in einer Ebene gefunden hat, nicht in dem Hügel, wo das Labor ist …«

Ich verstummte, als Hubert die Hand hob.

»Halt, Rasin. Mir fällt es schwer, zu erzählen, wenn du die ganze Zeit von einem zum anderen springst. Hör zu und unterbrich mich nicht.«

26.

»Ursprünglich forschten wir zu Spionagezwecken und auch für den Kriegseinsatz an einem neuen Satellitensystem. Die Satelliten waren mit Lasern ausgerüstet und ermöglichten daher geballte Angriffe auf feindliches Territorium. Um den Fluss hochenergetischer Partikel zwischen den Satelliten zu ermöglichen, setzten wir Unterraumkanäle ein. Diese Maßnahme war notwendig, um Kommunikationssysteme für potentielle Feinde unabhörbar zu machen. Als wir endlich ein System testen konnten, das alle Satelliten auf einen Schlag über Kanäle verband, erhielten wir absolut unglaubliche Messergebnisse. Als Leiter des Projekts war mir sofort klar, dass es sich dabei um etwas weit Interessanteres als die Entwicklung eines Satellitennetzes zur Kriegsführung handelte. Ich entdeckte eine ganz neue Welt – ich konnte nur nicht klären, wo diese Welt war, also wo genau sich diese endliche Sphäre, wie wir sie damals nannten, befand. Das fand ich erst sehr viel später heraus. Bei gleichzeitiger Zuschaltung aller Satelliten verursachte das Satelliten-Netz eine Raum-Zeit-Interferenz …«

Er verstummte, weil der blonde Mann mit einem Stuhl und einem Regenschirm an einer langen Stange auf ihn zutrat. Nachdem der Stuhl aufgestellt, die Stange des Schirms daneben in den Boden gedreht und der Schirm aufgespannt waren, sagte Hubert:

»Ich danke dir, Romulus.«

Der Blonde zog sich wieder zurück. Ich stand noch immer so da, der Regen lief mir über das Gesicht, aber Doktor Hubert hatte es nicht eilig.

Ich erfuhr, dass er nach einer Reihe weiterer Tests begriffen hatte, dass dicsc Raum-Zeit-Interferenz, die von dem Unterraumkanalsystem ausging, Wellen in der Zeit verursachte. Und auf den Kämmen dieser Wellen war es möglich, materielle Objekte in die Zukunft zu schicken.

»Stell dir vor, dass die Zeit ein Fluss ist«, sagte Hubert, während er mit seinem Gehstock im Takt seiner Worte auf den Boden klopfte. »Die Strömung trägt ein Boot ohne Ruder und Segel mit sich. Das Boot ist unsere Wirklichkeit. Und diese Wirklichkeit mit allem, was dazugehört, kann sich nur mit der Geschwindigkeit der Strömung fortbewegen. Und jetzt stell dir vor, dass du vom Boot aus einen flachen Stein mit der Strömung über die Wasseroberfläche schleuderst. Er hüpft über die Wellen und verschwindet an einer bestimmten Stelle im Fluss. Er ist von uns aus gesehen in der Zukunft gelandet. Verstehst du? Dieser Vergleich hinkte allerdings, da die von mir entsendeten ›Steinchen‹ nicht untergegangen sind, sondern an der Oberfläche blieben und mit der Strömung weitergetrieben wurden. Lediglich dem Boot unserer Realität ein gutes Stück voraus. Einige Steinchen sind allerdings doch untergegangen … Zumindest konnte ich ihre Signale nicht auffangen.«

Ich hörte Hubert aufmerksam zu, und ganz allmählich setzten sich die Puzzlesteine zu einem Ganzen zusammen. Die Forscher konnten die Kraft, mit der sie ihre Probanden »entsendeten«, nicht genau kalkulieren. Zu komplex waren die Parameter, die Einfluss darauf nahmen. Daher flogen einige »Steinchen« weiter als andere. Außerdem war, wie sich herausstellte, auch der Ort, an dem sie landeten, nicht vorhersagbar. Nur die wenigsten kamen in der Zukunft im Labor zu sich, die meisten tauchten an verschiedenen Orten in einem Umkreis von einigen hundert Kilometern auf. Verhältnismäßig nahe. Das war der Grund, warum die fünfjährige Juna mehrere Jahre vor mir in der Zukunft gelandet war, obwohl das Experiment an ihr einige Zeit später durchgeführt wurde als das an mir. Und deshalb hatte man sie östlich von Arsamas gefunden.

Sie war die Erste, die eine Tätowierung und die Mikrokapsel mit dem Isotop unter der Haut erhalten hatte.

Während er sich mit dem Siegelring über das faltige Kinn rieb, sagte Hubert:

»Übrigens ist das ganz und gar keine simple Zeichnung. Dieser Siegelring kam durch sehr ungewöhnliche Umstände in unsere Hände … Aber davon ein anderes Mal.«

Nach dem Experiment mit Juna hörte Hubert also auf, für die Regierung zu arbeiten, machte sich aus dem Staub und baute sein eigenes Labor auf. Zu diesem Zeitpunkt war er schon nicht mehr auf das Satellitennetz in der Erdumlaufbahn angewiesen. Er hatte herausgefunden, wie er ein eigenes Netzwerk in kleinem Maßstab errichten konnte, um dann mit Hilfe der »Zeit-Wellen« alle möglichen Dinge und Menschen in die Zukunft zu entsenden.

Jahre vergingen. Längst hatten sie herausgefunden, dass eine rückläufige Bewegung auf dem »Zeit-Fluss« praktisch unmöglich war, da sie unvorstellbar viel Energie kosten würde. Hubert und seine Forscher hatten herausgefunden, dass man für die Rückführung auch nur eines einzigen Gramms Materie alle Sterne unserer Galaxie auslöschen müsste. Aber für reine immaterielle Information war der Weg in beide Richtungen durchlässig, und Hubert fand eine Möglichkeit, Quantensonden in die Zukunft zu entsenden, die ihm von dort Signalströme übermittelten.

Schritt für Schritt wurde ihm klar, dass in der Zukunft irgendetwas Schreckliches auf unser »Boot« wartete.

Er konnte nicht klären, worum genau es sich bei dem Untergang handelte. Irgendeine Kraft mischte sich in die Vorgänge auf unserem Planeten ein. Die Erde schien für einige Jahre vollständig eingehüllt von einer finsteren Wolke, die für jegliche Art von Sonden undurchdringlich war. Und als die Wolke sich hob, herrschte schon *Tekhnotma*. Die Menschen waren zur Sklaverei, Kleinstaaterei und endlosen Clanfehden zurückgekehrt. Das Rostige Zeitalter, so nannte Hubert die Zeit nach dem Untergang.

Nur eines hatte Hubert mit Sicherheit herausfinden können, nämlich, dass die Plattformen nach dem Untergang am Himmel aufgetaucht waren. Was sich in ihrem Inneren befand und welche Verbindung sie zum Untergang hatten, war ein Geheimnis geblieben.

Als Hubert begriffen hatte, dass sein Labor den Untergang nicht überstehen würde, ebenso wie vermutlich alle anderen Labors auf der ganzen Welt, beschloss er der Katastrophe aus dem

Weg zu gehen, indem er sich selbst in eine Zukunft danach entsandte. Sich selbst, seine gesamte Ausrüstung, seine Waffen und seine Leute.

Hubert stellte aus seinen Assistenten und Technikern eine fähige Truppe zusammen, zu der auch einige pensionierte Soldaten aus Spezialeinheiten gehörten. Alle wussten, was auf sie zukam, und jeder trug eine Mikrokapsel unter der Haut und darüber eine Tätowierung. Hubert entsandte mehrere kleine Gruppen, und bei der letzten war er selbst dabei. Begleitet wurde er von seinem persönlichen Assistenten. Das war der Mann, der später unter dem Namen Luka Stiditsch Huberts Agent im Tempel, Gests engster Vertrauter und Chef der Sicherheitsabteilung des Ordens geworden war.

Nachdem Hubert im Zeitalter des Rostes angekommen war und sich einigermaßen eingelebt hatte, begann er, seine ehemaligen Leute zusammenzusuchen. Einige blieben unauffindbar, doch die meisten konnte er mit Hilfe seiner Assistenten ausmachen. Einige der Männer fand er erst nach vielen Jahren, denn seine Entsendungen waren noch immer nicht so zielgenau, dass alle zum gleichen Zeitpunkt in der Zukunft hätten landen können.

Viele Jahre nachdem er selbst in der neuen Welt angekommen war, empfing Hubert eines Tages die Signale einer Mikrokapsel. Als sie die Quelle erreichten, mussten sie feststellen, dass das fünfjährige Mädchen bereits vom Oberhaupt des Mecha-Korpus adoptiert worden war. Hubert ließ das Mädchen bei Timerlan, schleuste aber einen Spion in die Korporation ein, die sich damals noch am Anfang ihres Aufstiegs zur Macht befand. Hubert verfügte über Spione in allen größeren Clans, meist waren es

Menschen, die tatsächlich aus dem Rostigen Zeitalter stammten und die den Doktor für das Oberhaupt eines geheimen Ordens hielten.

Der Spion im Mecha-Korpus war eben jener Arzt, der mir von Junas Kindheit erzählt hatte.

Der Sprung durch die Zeit führte zu Veränderungen im Gehirn. Einige Teile wurden ausgeschaltet, andere aktiviert. Aber die Folgen für die Probanden waren sehr unterschiedlich. Einige verloren das Gedächtnis, andere konnten nicht mehr lesen. Bei Juna Galo dagegen hatte die Entsendung in die Zukunft offenbar zu einer Zerstörung der Krebszellen geführt und sie von ihrer Krankheit geheilt.

Der Sprung durch die Zeit hatte noch eine andere Nebenwirkung: Alle, die aus der Vergangenheit stammten, waren gegen die Nekrose immun.

Der Doktor hatte seine Spione überall: im Orden und im Mecha-Korpus, in allen Clans und sogar im Schloss Omega. Nach und nach gewann er aus den Mitteilungen seiner Leute ein Bild von dem, was im Ödland vor sich ging. Aus Andeutungen, beiläufigen Bemerkungen und aus der Analyse der Ereignisse schloss er irgendwann, dass in dieser postapokalyptischen Welt Agenten einer anderen Macht am Werke sein mussten. Agenten, die extrem gut getarnt waren und über ungewöhnliche Technologien und außerordentliche Möglichkeiten verfügten. Es waren nicht viele, aber sie waren erbarmungslos und hochgefährlich. Dazu kamen andere äußerliche Hinweise auf eine übergeordnete Macht: Klimaveränderungen, saurer Regen und eine extrem große Zahl von Mutafagen, die nicht allein durch radioaktive Strahlung zu erklären war. Irgendwer mischte mit auf diesem Planeten, nahm Einfluss und lenkte ihn auf ein einziges, unerklärliches Ziel hin. Hubert war davon überzeugt, dass das fremde Spionagenetz auch in Verbindung mit den Plattformen stand. Trotz seiner Erkenntnisse war es ihm noch nie gelungen, einen dieser Spione zu erwischen und zu verhören.

»Aber was wollen sie?«, fragte ich. »Diese Typen von den Plattformen … Um was geht es ihnen?«

Hubert wusste es nicht. Mir fiel auf, dass seine Erzählung immer vager geworden war, seit sie sich um die angebliche Anwesenheit einer fremden Macht auf der Erde drehte.

In seiner geheimen Forschungsanlage hatte der Doktor schon lange vor dem Untergang Versuche mit Mikrowellenwaffen gemacht. Damals hatte man geplant, diese neuen Waffen anstatt Energie zehrender Laserkanonen einzusetzen. Man hatte damit gerechnet, dass die Strahlung einer solchen Waffe die Gehirne der Soldaten zum Kochen bringen würde. Aber dann entdeckte man einen anderen Effekt: Mit dieser Strahlung ließ sich die atomare Struktur bestimmter Substanzen zerstören. Seinerzeit hatte der Doktor diesen Forschungszweig aufgegeben, aber jetzt, in der Zukunft, beschloss er, daran anzuknüpfen, in der Hoffnung, dass man mithilfe der Mikrowellenstrahlung in entsprechender Frequenz den »nekrotischen Schaum«, wie er die Nekrose nannte, unterdrücken, ja sogar vernichten könnte. Und er behielt recht damit.

Als Hubert endlich auf die Ereignisse der letzten Tage und die Machtverhältnisse unter den Clans zu sprechen kam, wurde sein Bericht noch karger. Das meiste musste ich mir aus seinen spärlichen Andeutungen zusammenreimen.

Aus irgendeinem Grund war es für Hubert von Vorteil, wenn der Orden und die Korporation sich zusammenschlossen. Der Anschlag auf Timerlan und die plötzlich einsetzende, rapide Ausbreitung der Nekrose um Arsamas ereigneten sich offenbar rein zufällig zur selben Zeit. Aber Hubert hatte schnell begriffen, wie er sich die Situation zunutze machen konnte. Er vereinbarte mit Luka Stiditsch, dass dieser den Herrscher zu einer Union mit dem Mecha-Korpus überreden sollte, gleichzeitig schickte er seine Leute los, um das neue Bestrahlungsgerät in jenes alte Labor zu bringen, das sie immer noch als geheimen Treffpunkt nutzten, denn er und Luka kannten den Ort gut. Das Bestrahlungsgerät wurde nicht einfach im erstbesten Saal abgestellt, wo gelegentlich Mutafage und von der Nekrose verseuchte Menschen hingelangten, sondern genau in dem Zimmer, wo sie viele Jahre zuvor die Versuche mit der Mikrowellenstrahlung durchgeführt hatten.

Sobald das Gerät dort versteckt war, erzählte Luka dem Herrscher von der angeblichen Entdeckung seiner Aufklärer, nämlich von jener Maschine, die aus der Zeit vor dem Untergang stammte und in der Lage war, die Nekrose zu zerstören. Zu diesem Zeitpunkt musste bereits alles sehr schnell gehen, sodass Gest keine Zeit hatte, Lukas Behauptungen zu überprüfen. Außerdem vertraute er dem Opferpriester. Der schlug das Bündnis mit der Korporation vor. Der Tempel würde Arsamas von der Nekrose befreien, dafür würde die Korporation den Orden im Kampf gegen die Mutanten unterstützen. Gest war einverstanden.

Man nahm Kontakt zur Korporation auf, aber der Herrscher verlangte eine Garantie dafür, dass die Korporation sich später an ihren Teil der Abmachung hielt. Und diese Garantie war Juna Galo.

In meinem Kopf wirbelte alles durcheinander. Ich wischte mir die Stirn ab und ging vor dem sitzenden Hubert auf und ab. Wenige Schritte hinter dem Wissenschaftler stand Romulus und beobachtete mich, die Hand noch immer am Pistolengriff.

Während wir uns unterhielten, war der MG-Turm langsam wieder in unsere Richtung zurückgeschwenkt.

Es wurde allmählich dämmrig und über das öde Brachland wehte ein kalter Wind. Es war klamm, und mich fröstelte.

»Was willst du jetzt von mir?«, fragte ich.

Hubert schwieg lange. Schließlich stellte er seinen Stock vor sich auf dem Boden auf, erhob sich und sagte:

»Die Plattformen und ihre Herren – das ist unser Hauptfeind, Rasin, hörst du. Wir wissen nicht, was das für Raumschiffe sind und woher sie kommen, und wir wissen nicht, wer sie steuert, was in ihnen steckt. Zum Mutanten noch mal, wir wissen nicht einmal, ob dort Maschinen oder Lebewesen sind. Einer meiner Leute ist sogar der Ansicht, dass die Plattformen organische Gebilde sind.«

»Außerplanetarische?«

»Vielleicht, vielleicht aber auch anderszeitliche. Oder noch was anderes. Wir wissen nichts. Mein Ziel ist es, herauszufinden, worin der Untergang bestand, wer auf diesen Plattformen herrscht und reinen Tisch mit diesen Wesen zu machen. Willst du das auch, Rasin?«

»Ja«, entgegnete ich. »Wahrscheinlich.«

»Dann hilf mir. Hast du mit dem Mädchen geschlafen?«

»Das geht dich nichts an.«

Er sah mich kalt an, sein Blick war so messerscharf und bohrend wie damals, als ich ihn das erste Mal gesehen hatte.

»Mich geht alles an, was mit euch passiert. Weil ich es war, der euch hierhergeschickt hat. Ohne mich wären die meisten von euch während des Untergangs gestorben. Und dich, Rasin, das weißt du genau, hätte man schon viel früher erschossen. Auch Juna Galo verdankt mir ihr Leben. Und jetzt will ich, dass du ihr Liebhaber wirst, dass du einen einflussreichen Posten im Mecha-Korpus übernimmst. Hat sie dir kein Angebot gemacht?«

»Sie bat mich, ihren Sicherheitsdienst zu leiten.«

»Und du hast abgelehnt? Du wirst umkehren und ihr sagen, dass du einverstanden bist.«

»Jemand anderes hat den Posten übernommen.«

»Egal, den werden wir wieder los. Ich kann mich nicht völlig auf das Mädchen verlassen, selbst wenn ich ihr erzähle, wer sie in Wirklichkeit ist. Es ist gut möglich, dass sie nicht immer in unserem Interesse handeln wird, aber …«

»In unserem?«, unterbrach ich ihn. »Oder in deinem?«

Ich blieb vor ihm stehen, und Hubert hob den Stock und stieß ihn mir in die Brust.

»Unterbrich mich nicht, Rasin. Bedeutet dir das Mädchen etwas? Wenigstens ein bisschen? Willst du, dass sie am Leben bleibt? Hör mir jetzt gut zu: Die Kapsel mit dem Isotop ist nicht nur ein Sender. Wenn ich ein Signal in ausreichend hoher Frequenz abgebe, zerstört sich die betreffende Kapsel selbst. Ihr Inhalt gelangt in den Organismus. Erst setzt eine Lähmung ein, dann stirbt der betreffende Mensch. Keiner der hiesigen Ärzte ist in der Lage, diese Kapsel rauszuoperieren. Bei dem geringsten Versuch, sie zu verpflanzen, löst sie sich automatisch auf. Also, was ist, willst du, dass Juna Galo am Leben bleibt? Dann kehr um und tu, was ich dir sage. Sonst werdet ihr beide sterben.«

Ich blickte ihn einige Sekunden forschend an, dann hob ich den Blick zu dem MG-Turm, der auf uns gerichtet war.

»Hast du es begriffen, Rasin?«, fragte Hubert. »Du bist nur ein Teil des Ganzen, ein kleines Zahnrädchen im Mechanismus, den ich erschaffen habe. Der Arzt in Arsamas hat ein Funkgerät, wir bleiben in Kontakt. Hast du noch Fragen? Wenn ja, dann frag, wenn nicht, mach dich auf den Weg. Bis zum Einbruch der Nacht musst du in Arsamas sein.«

In diesem Moment wurde mir klar, endgültig klar, was für ein Mensch Hubert war. Der Ursprung des Untergangs und die Plattformen interessierten ihn nicht, weil er den Planeten vor unsichtbaren Feinden retten wollte – falls es die überhaupt gab –, sondern nur, weil er selbst über den Planeten Erde herrschen wollte. Zumindest aber über das Ödland.

Und ich sollte ihm dabei helfen?

Nein.

Was konnte ich tun?

Ja, ich würde nach Arsamas zurückkehren und Juna Galo von allem erzählen.

Ich drehte mich einfach um und ging zum Jeep zurück. Als ich das Fahrzeug erreicht hatte, blickte ich mich noch einmal um. Hubert war schon im Hummer verschwunden, aber Romulus klappte gerade den Regenschirm zusammen.

»Hubert!«, rief ich. »Du hast doch gesagt, die Zeit ist wie ein Fluss!«

Die Tür des Hummers öffnete sich und Hubert blickte nach draußen. Ich fuhr fort:

»Besser gesagt, wie die Oberfläche eines Flusses. Unsere Welt schwimmt mit der Strömung. Aber was ist unten?«

»Wo?«, fragte er.

Ich zeigte mit dem Finger in Richtung meiner Füße:

»In der Tiefe. Unter der Wasseroberfläche. Außerhalb … außerhalb der Zeit? Vielleicht sind die Plattformen von dort aufgetaucht? Was, wenn sie wie Fische sind, die Bewohner der Tiefen? Oder wie Kraken. Wenn sie uns zum Kentern bringen und unter Wasser ziehen wollen. Oder sonst was mit dem Schiff vorhaben.«

Er blickte mich lange schweigend an, dann schlug die Tür mit einem Knall wieder zu.

Ich kletterte auf die Motorhaube des Jeeps und drehte mich noch einmal um. Romulus war mit Schirm und Stuhl im Hummer verschwunden. Der Regen hatte aufgehört, und um mich herum erstreckte sich im kalten Abendnebel das Ödland: grenzenlose Brachen, Halden und Ruinen. Hinter der Windschutzscheibe des Hummers brannte ein heimeliges Licht. Plötzlich sprang einer der Leibwächter im schwarzen Anzug, der noch abseits des Fahrzeugs auf Fersen da hockte, auf und starrte in den Himmel. Ich hob meinen Kopf und folgte seinem Blick. Hoch über uns schwebte eine Plattform. Sie sah aus wie eine gigantische, dunkle Medusa mit wolkigen Rändern. Über ihre Unterseite glitten blinkend fahle Lichter in allen Farben hin und her.

Dann erklang Romulus' Stimme aus der Fahrerkabine und beide Leibwächter verschwanden im Innern des Fahrzeugs. Ich rutschte von der Motorhaube und setzte mich hinter das Steuer.

Die Scheinwerfer des Hummers gingen an. Er legte den Rückwärtsgang ein.

Ich ließ den Motor an, wendete das Auto und fuhr durch die feuchte Abenddämmerung zurück nach Arsamas, zu Juna Galo.

Lesen Sie weiter in

Aleksei Bobl und Andrei Levitski

TEKHNOTMA
DAS WÜSTE LAND

Glossar

Seite 5 **Kiewer Hügel**
das historische Stadtzentrum am westlichen Dnepr-Ufer ist von zahlreichen, ursprünglich bewaldeten, kleinen Hügeln geprägt.

Seite 5 **Lawra**
heißt das Kiewer Höhlenkloster, das am Westufer des Dneprs, südlich des Kiewer Stadtzentrums, liegt. Es ist eine der ältesten und bedeutendsten Klosteranlagen der russisch-orthodoxen Kirche.

Seite 5 **SU-25**
Erdkampfflugzeug aus sowjetischer Herstellung, das auch »Saatkrähe« (russ: »gratsch«) genannt wird.

Seite 5 **Mutter Heimat**
62 Meter hohe Kolossalstatue aus rostfreiem Eisen auf einem 40 Meter hohen Sockel, die sich am Ostufer des Dnepr erhebt und 1981 zum Gedenken an den Sieg der sowjetischen Streitkräfte über Deutschland im Zweiten Weltkrieg errichtet wurde.

Seite 6 **Fassrolle**
eine Flugfigur, bei der das Flugzeug eine horizontale Schraublinie fliegt. Die Fassrolle und die halbe Fassrolle nehmen im Luftkampf eine besonders wichtige strategische Rolle ein.

Seite 7 **Mi-24**
sowjetischer Kampfhubschrauber, der auch als »fliegender Panzer« oder »Krokodil« bezeichnet wird.

Seite 8 **Luft-Luft-Rakete**
wird im Luftkampf eingesetzt, um ein feindliches Ziel in der Luft zu treffen.

Seite 8 **Blau-gelb**
Nationalfarben der Ukraine.

Seite 10 **Kedr**
eine Maschinenpistole, die in den 90er Jahren in der Sowjetunion entwickelt wurde und bei russischen Streitkräften und der Polizei weitverbreitet ist.

Seite 10 **Chreschtschatyk**
zentrale, 1,2 km lange Straße Kiews, die als Hauptverkehrsstraße wie auch als Flaniermeile dient. Sie teilt den Majdan Nesaleschnosti in eine nördliche und eine südliche Hälfte.

Seite 12 **Majdan**
vollständig: Majdan Nesaleschnosti, »Platz der Unabhängigkeit«. Zentraler Platz im Zentrum Kiews.

Seite 13 **Saporoscher Kosaken**
ursprünglich ein Volksstamm, dem die Gründung eines ukrainischen Urstaats gegen Ende des 16. Jahrhunderts zugeschrieben wurde, der aber nicht überlebte. Seine Nachkommen wurden im 18. Jahrhundert ein privilegierter Militärstand im zaristischen Russland. Nach dem Zerfall der Sowjetunion wurde unter gleichem Namen eine Nachfolgeorganisation gegründet, die noch heute existiert.

Seite 13 **Winnyzja**
Stadt in der Westukraine / Podolien.

Seite 13 **Browary**
Stadt im Verwaltungsbezirk Kiew, 12 km von der ukrainischen Hauptstadt entfernt.

Seite 13 **Lesja Ukrainka**
(1871-1913), ukrainische Dichterin, Dramaturgin und Übersetzerin.

Seite 25 **Krokodil**
siehe Mi-24.

Seite 25 **Gatling**
automatische Schusswaffe, bei der mehrere Läufe bündelartig so um die Mittelachse angeordnet sind, dass sie rotieren können.

Seite 29 **Stinger**
eigentlich FIM92 Stinger, eine amerikanische Luftabwehrrakete.

Seite 29 **Rasin**
Nachname, der mit dem Donkosaken Stepan Rasin in Verbindung gebracht wird. Rasin war der Anführer eines Aufstands von Kosaken, der 1760 ausbrach, viele leibeigene Bauern mobilisierte und sich vom Kaspischen Meer die Wolga stromaufwärts ausbreitete, bis er niedergeschlagen wurde.

Seite 32 **Turgaj**
Fluss im Nordwesten Kasachstans, der das gleichnamige, 600 Kilometer lange Plateau durchschneidet, wo der Wasserlauf sich in eine Vielzahl von Armen aufspaltet und durch zunächst sumpfig step-

penartiges Gebiet und später durch eine Halbwüste verläuft.

Seite 32 **Medeo**
bekanntes Eisstadion auf 1700 Meter Höhe unweit der Großstadt Almaty in Kasachstan.

Seite 32 **Bachtschissaraj**
tatarische Stadt auf der Halbinsel Krim. Seit Mitte des 15. Jahrhunderts wurde von dort aus etwa 300 Jahre lang das islamische Khanat der Krim regiert.

Seite 36 **Vatersnamen**
in Russland ist der Vatersname regulärer dritter Bestandteil des vollständigen Namens. Er steht an zweiter Stelle nach dem Vornamen und wird aus dem Vornamen des Vaters und einer Nachsilbe gebildet.

Seite 71 **Nekrose**
in der Biologie und Medizin: das Absterben von Zellen.

Seite 114 **Perzowka**
Wodka, der mit Chilischoten angesetzt wird.

Seite 122 **Ljuberzy**
russische Großstadt, 20 km südöstlich von Moskau; etliche große Industrieunternehmen, aber auch Agrarbetriebe sind dort angesiedelt.

Seite 122 **Arsamas**
russische Stadt, 392 Kilometer östlich von Moskau, im Verwaltungsbezirk Nischni Nowgorod.

Seite 122 **Balaschicha**
Großstadt, 25 km von Moskau entfernt; Zentrum der Schwerindustrie und des Maschinenbaus.

Seite 126 **Neuronenshunt**
Erfindung des Autors Sergej Lukianenko (siehe sein Roman »Das Schlangenschwert«). Als »Shunt« wird in der Medizin eine Kurzschlussverbindung mit Flüssigkeitsübertritt zwischen getrennten Gefäßen oder Hohlräumen bezeichnet.

Seite 145 **Griwna**
russ. Bezeichnung der ukrainischen Währungsmünze Hrywnja.

Seite 166 **Luschniki-Stadion**
größtes Stadion Russlands im gleichnamigen Moskauer Stadtviertel.

Seite 174 **Mammillaria**
Pflanzengattung der Kakteengewächse.

Seite 215 **Urban explorer**
(russ.: »digger«, abgeleitet vom Englischen) erforscht ungenutzte und vernachlässigte Einrichtungen des

städtischen Raums. Oftmals handelt es sich dabei um alte Industrieruinen, vor allem auch Kanalisationen, Katakomben.

Seite 239 **Promedol**
schmerzstillendes Mittel.

Seite 245 **Perwomajskaja**
Metrostation auf der Moskauer Arbatsko-Pokrowskaja-Linie, die von Nordwest nach Nordost verläuft. Die Perwomajskaja wurde 1961 fertiggestellt und liegt im Nordosten Moskaus. Sie verfügt nicht über ein überirdisches Stationsgebäude.

Seite 258 **Ismajlowoer Stadtwald**
und Ismajlowoer Park, eine der größten Grünanlagen Moskaus, befinden sich im östlichen Verwaltungsbezirk der Hauptstadt.

Seite 279 **L-39**
genauer: Aero L 39 Albatros, ein zweisitziges Schulflugzeug der tschechischen Luftstreitkräfte.

Seite 302 **Cyborg**
(von engl: »cybernetic organism«) Mischwesen aus lebendigem Organismus und Maschine.

Seite 328 **Jausa**
linker Nebenfluss der Moskwa, ca. 48 km lang, mün-

det im historischen Stadtzentrum Moskaus in die Moskwa.

Seite 341 **Belowodje**
in russischen Überlieferungen und Legenden ein Land der absoluten Freiheit und gilt als Inbegriff des Paradieses.

Seite 353 **Christ-Erlöser-Kathedrale**
eines der zentralen Gotteshäuser der russisch-orthodoxen Kirche in Moskau, befindet sich am linken Ufer der Moskwa, westlich des Kremls.

Seite 354 **45er**
Panzerabwehrkanone mit einem Kaliber von 45 mm; ein sowjetisches Panzerabwehrgeschütz, das im Zweiten Weltkrieg verwendet wurde.

Seite 384 **Pawelezki Bahnhof**
Fern- und Regionalbahnhof am südlichen Rand der Moskauer Innenstadt, mit gleichnamiger Metrostation.

Seite 426 **Luger**
Selbstladepistole, benannt nach ihrem Entwickler Georg Luger, der sie zu Beginn des 20. Jahrhunderts konstruierte und selbst verbesserte. Sie wurde weltweit in vielen Ländern jahrzehntelang als militärische Dienstwaffe geführt.

Sergej Snegow

Die ferne Zukunft: Die Menschheit durchpflügt das Weltall, erforscht fremde Planeten, schließt Freundschaft mit außerirdischen Zivilisationen. Kurz: Sie verfügt dank ihrer fortgeschrittenen Technologie über all jene Fähigkeiten, die früher den Göttern zugeschrieben wurden. Eines Tages jedoch stößt der Raumschiffkapitän Eli bei einem Erkundungsflug auf einen Planeten, auf dem Spuren einer noch überlegeneren Zivilisation existieren … Es ist der Beginn eines atemberaubenden Abenteuers!

978-3-453-52519-1

Für Generationen junger und alter Leser wurde Sergej Snegows Meisterwerk »Menschen wie Götter« – seit seinem Erscheinen 1966 – zu einem Einstieg in die Welt der Science Fiction. Und noch immer ist die Faszination dieses Romans ungebrochen.

Leseprobe unter: **www.heyne.de**

HEYNE

Sergej Lukianenko

Die Wächter-Romane

Der Millionen-Bestseller aus Russland!
Eine einzigartige Mischung aus Fantasy und Horror über den ewigen Kampf zwischen den Mächten des Lichts und der Finsternis – die Vorlage für den erfolgreichsten russischen Film aller Zeiten.

»Sie kennen Sergej Lukianenko nicht? Dann sollten Sie ihn kennen lernen! Er ist einer der populärsten russischen Autoren der Gegenwart. Und einer der besten!« ***The New York Times***

978-3-453-53080-5

Wächter der Nacht
978-3-453-53080-5

Wächter des Tages
978-3-453-53200-7

Wächter des Zwielichts
978-3-453-53198-7

Wächter der Ewigkeit
978-3-453-52255-8

Der neue russische
Bestseller-Autor
HEYNE <
DMITRY
GLUKHOVSKY
METRO
2033
ROMAN
Es ist das Jahr 2033.
Nach einem verheerenden Krieg liegen weite Teile der Welt in Schutt und Asche. Die letzten Menschen haben sich in die riesigen U-Bahn-Netze der Städte zurückgezogen. Doch sie sind nicht allein...
»Ein phantastisches Epos!«
Sergej Lukianenko